타나카 유 지음
Llo 일러스트
이소정 옮김
전생했더니 검이었습니다
"I became the sword by transmigrating" Story by Yu Tanaka, Illustration by Llo
19

『간다! 스킬 '왕랑' 발동!』

스응

"깨어나라!"
프란
"신수화아아아아아!"

전생했더니 검이었습니다 19

"I became the sword by transmigrating" Story by Yuu Tanaka, Illustration by Llo

타나카 유 지음
Llo 일러스트
이소정 옮김

펜리르
스승 안에 잠든 영혼 중 하나. 전 신수.

알림
스승 안에 잠든 영혼 중 하나. 전 신검.

은의 여인
신급 대장장이 젝스가 만든 특별한 골렘.

아스라스
랭크 S 모험가이며 대지검 가이아 소지자. 귀인.

쿠이나
메아의 시중을 드는 배틀 메이드. 수인족.

프레드릭
베르메리아의 숙부이자 스승. 반사룡인.

네르슈
소필리아의 호위 리더. 인간.

프레알
불법 도시 센디아의 길드 마스터. 양 수인.

누멜라에
은밀 타입의 사냥꾼. 노란색 비늘을 가진 반룡인.

가즈올
용왕회의 삼조. 풍린이라는 이명을 갖고 있다. 풍룡인.

미란레류
용왕회의 삼조. 견명이라는 이명을 갖고 있다. 화룡인.

게프
용왕회의 삼조. 사도라는 이명을 갖고 있다. 반사룡인.

드루레이
수인회 혈아대 제3석. 토끼 수인.

왕곤
수인회 혈아대 제2석. 적견족 수인.

브라이네
미형이지만 병적으로 마르고 하얀 혈아대 제1석 수인.

티르디아
???

CHARACTER

스승

본작의 주인공. 검으로 전생한 전 인간.

프란

본작의 또 하나의 주인공. 흑묘족.

울시

스승과 프란의 애완동물 겸 파트너. 다크니스 울프.

나디아

프란의 옆집에 살던 소녀. 흑묘족.

무르사니

프란의 고향을 아는 상인. 인간.

소필리아 (소피)

악신의 축복을 지니고 태어난 소녀. 치료원에서 성녀로 불린다. 인간.

베르메리아

과거에 파나틱스의 표적이 되었던 소녀. 반수룡인.

메아 (네메아 나라싱하)

수인국의 왕녀이자 폭룡검 린드부름의 소유자. 수인족.

제프메트

청묘족의 젊은 리더. 흑묘족을 차별하지 않는 몇 안 되는 멀쩡한 청묘족.

필리아

치료원의 최고 권력자. 소피의 후견인. 인간.

세리아도트

'수전노' 라는 별명을 가진 랭크 A 모험가. 할머니 말투를 쓰는 로리 엘프?

CONTENTS

"I became the sword by transmigrating"
Volume *18*
Story by Yuu Tanaka, Illustration by Llo

프롤로그

"아줌마……."

프란 앞에는 의식이 없는 나디아가 조용히 누워 있었다.

이곳은 레딜루아 상회 회장인 무르사니의 저택이었다.

프란이 데려온 나디아는 그대로 이 저택의 최상위 객실로 안내되었고, 딱 보기에도 고급스러워 보이는 침구 위에 눕혀졌다. 아마 귀족 같은 사람들이 묵을 수 있는 방 아닐까?

나디아의 의식이 있었다면 분명 질색했을 것 같은 방이었다. 다만 그 푹신한 침구는 무척 편안해 보였다. 무르사니가 나디아를 얼마나 소중히게 대하고 있는지 알 수 있었다.

곁에는 시중을 드는 메이드가 대기하고 있어 응급 상황에 대한 대비도 만전이었다.

"눈을 안 떠."

『감정해 본 바로는 이상은 없는데…….』

치유 마술이나 생명 마술을 사용해도 나디아의 혼수상태에는 변화가 없었다. 몸 안이 엉망인 걸 보면 체력 소모가 심했던 거겠지.

"……."

프란은 침대 옆 의자에 앉아 말없이 나디아의 얼굴을 바라보았다.

정적이 지배하는 방 안에 아주 잠깐 평화로운 시간이 흘러갔다.

그러던 중 방에 한 남성이 들어왔다. 큰 키에 구릿빛 피부를 가진 남성이었다. 이 저택의 주인인 무르사니였다.

"안녕하세요, 프란."
"무르사니. 여러모로 고마워."
"나디아 씨는 제 친구이기도 하니까요."
"아줌마 일 외에도, 여러 가지로."
제하르드를 파견해 준 것에 대한 감사 인사도 아직 제대로 하지 못했다. 카스텔 방위 부대 전원분의 물자를 모아 준 것을 포함해서 무르사니에게는 많은 신세를 졌다.
"부탁받았던 센디아의 정보에 대해서는 이 종이에 정리해 두었습니다."
"응."
무르사니에게는 나디아의 일을 포함해 몇 가지 부탁을 했었다. 그중 하나인 센디아에 관한 정보 수집에 바로 착수해 준 모양이었다.
그가 여러 가지 정보가 적힌 종이 뭉치를 내밀었다.
"그 지역은 뒷골목 조직들이 들끓는 특수한 도시입니다. 부디 조심하세요."
"괜찮아. 무리는 안 해."
걱정하는 무르사니의 말에 크게 고개를 끄덕이는 프란. 다만 프란의 말을 들은 뒤에도 무르사니의 표정은 밝아지지 않았다.
이 짧은 만남을 통해 프란이 여차하면 얼마든지 무리를 할 수 있는 성격이라는 것을 간파했기 때문이었다.
무르사니가 손으로 직접 쓴 조사 보고서를 챙긴 프란은 결심을 굳힌 표정으로 몸을 일으켰다.
『이제 괜찮아?』

'응. 게으름 피우면 아줌마한테 혼나.'

『그렇지는 않을 것 같은데.』

오히려 나디아는 좀 더 게으름 피워도 된다고 말할 것 같기도 했다.

뭐, 프란도 진심으로 하는 말은 아니겠지. 나디아를 핑계로 멈춰서고 싶지 않은 것이다.

프란은 마지막으로 나디아의 볼을 가볍게 쓰다듬고는 침대에서 등을 돌렸다.

무르사니도 프란을 막지는 않았다.

"프란. 잘 다녀오세요."

"응, 고마워. 아줌마. 갔다 올게."

프란이 조용히 의지를 불태우는 것이 느껴졌다. 흑묘족의 천적인 청묘족 암노예 상인. 그들이 암약하고 있다고 소문난 불법 도시에 드디어 향하기 때문이다.

'스승. 힘낼게.'

『응.』

나디아를 지키기 위해서라도 반드시 암노예 상인들의 덜미를 잡겠다.

그렇게 결심한 얼굴이었다.

저택을 나온 프란은 군것질도 하지 않고 길드로 걸음을 서둘렀다.

제1장 불법 도시 센디아

『프란. 잘 들어. 상대가 암노예 상인이라고 해도 갑자기 베어 죽이면 안 된다?』

"알아."

『정말로 아는 거 맞아? 앞뒤 안 따지고 달려들었다가 조직 전체를 적으로 돌리기라도 하면 진짜 최악이다?』

"응."

밤의 평원을 환히 비춘 은색 달을 등진 채, 프란을 태운 울시가 밤을 가로질렀다.

향하는 곳은 불법 도시 센디아. 암노예 상인들이 둥지를 틀고 있다고 알려진 무법자들의 도시. 지금도 골디시아로 넘어오는 무법자들은 이 도시로 모여든다고 한다.

다만 무르사니에게서 얻은 정보에 따르면 이미지나 사전 정보만큼 흉악한 장소는 아니라고 한다. 대부분의 사람들은 중범죄를 저지르지도 않고, 평범하게 항마를 사냥하며 하루하루 살아가고 있다고.

모험가 길드 지부도 있다고 하고 위병 등도 있다. 독자적이긴 해도 다른 도시와 비슷한 법이 적용되고 있다는 말도 들었다. 본래는 불법적인 범죄 도시였다고 해도, 수백 년의 시간이 흐르며 변화를 거치고 독자적인 규율에 의해 지배되고 있는 것이겠지. 뭐, 야쿠자 같은 조직이 큰 소리를 내고 있다고 하니 평범한 도시와 완전히 똑같다고 생각할 수는 없겠지만. 역시 도시 내에서 너무 무모한 짓은 벌이고 싶지 않았다.

프란의 몸 상태는 격전과 스킬의 반동으로 인해 아직 완전하지 않았다. 원래라면 한 달 정도는 안정을 취했어야 하는데, 프란이 센디아로 향하겠다고 고집을 부린 것이다.

다만 아무리 그렇다 해도 격전 다음 날 바로 가는 것은 지나치게 무모했다. 그래서 적어도 마술을 무리 없이 사용할 수 있게 될 때까지는 쉬어야 한다며 프란을 설득했다.

물론 겨우 며칠로는 내가 목표했던 수준까지는 전혀 미치지 못했지만 말이다. 프란이 얌전히 누워 있으려 하지를 않았다. 침대 위에서 한참을 윗몸일으키기를 하질 않나, 방에서 휘두르기를 시작하질 않나, 끊임없이 다 나았다는 것을 어필했다.

내버려두면 더 심해질 것 같고, 방에서 마술이라도 쓰기 시작하면 일이 더 커질 테니까.

어쩔 수 없이 천천히 재활 훈련을 하면서 센디아로 향하기로 했다.

게다가 완전히 회복되지 않은 지금 상태는 어떤 의미로는 나쁘지 않은 상황일지도 모른다.

현재 프란의 몸으로는 센디아에서 그렇게 요란하게 움직일 수는 없었다.

평범한 도시였다면 범죄자를 구석구석 뒤져서 찾아내는 방법을 사용할 수 있겠지만, 센디아에서 그런 짓을 했다가는 도시 전체를 적으로 돌리게 된다. 그것만은 반드시 피해야 했다. 물론 쉽게 져줄 생각은 없지만, 이 대륙은 싸우는 사람들의 수준이 높았다. 범죄 조직에 소속된 이들 중 강자가 없으리라는 보장은 없었다.

하지만 프란이 은밀 행동에 적합하지 않다는 것은 명백한 사실이었다. 능력적으로는 문제가 없지만, 성격적으로 여러모로 좀 그러니까. 솔직히 불안함도 있었다.

하지만 몸 상태가 좋지 않은 지금의 상태라면 프란도 무모한 짓을 하지는 않을 것이다. 안 하겠지?

"음. 스승."

『항마 무리인가. 100마리 정도네.』

"강해 보이지도 않고, 몸풀기에 딱이야."

"웡!"

병에서 갓 몸을 회복해 날뛰고 싶은 프란과, 역시나 며칠간 사냥을 하지 못해 스트레스가 쌓여 있는 울시가 의욕에 찬 눈으로 나를 바라보았다. 하지만 나 역시 시험해 보고 싶은 것이 있었다.

『잠깐만. 저건 내가 싸워보면 안 될까? 스킬 검증을 해 보고 싶어.』

"오버그로우스를 해치웠을 때의 그거?"

『맞아. 오버그로우스를 흡수해서 얻은 새로운 스킬 합마 퇴치.』

아직 검증하지 못한 합마 퇴치라는 스킬을 여기서 사용해 보고 싶었다.

『그러니까 저건 양보해 줘.』

"응. 알았어."

"웡."

마지못해 고개를 끄덕이는 프란과 울시.

『그럼 다녀올게. 프란과 울시는 기척을 지우고 숨어 있어줘.』

"힘내."

"웡!"

『그래!』

단숨에 뛰어올라 항마 무리를 상공에서 내려다보았다. 100마리 정도의 하급 항마 무리였다. 가볍게 시험해 보기에는 딱 좋은 상대였다.

『좋아, 일단 아무것도 안 한 상태로 공격이다!』

나는 염동과 바람 마술로 속도를 높여 항마 몇 마리를 한꺼번에 꿰뚫었다. 이후에도 몇 마리를 더 베었지만 별다른 변화는 없었다.

스테이터스도 확인했지만 공격력도 마력도 마석치도 변화는 없었다.

다만 항마에게 가해지는 대미지가 상승한 것 같은 느낌이 들었다. 상대가 잔챙이라 알기 어려웠지만, 전보다 항마에 대한 공격력이 늘어난 것 같았다. 몇 번 정도 검증해 봤으니 확실하겠지.

오버그로우스처럼 항마에게서 힘을 흡수하는 능력은 없는 것 같지만, 항마에 대한 특공 효과는 남아 있는 모양이었다. 다만 그 힘은 무척 약했다. 10퍼센트도 상승하지 않았다.

다음은 스킬을 의식해 보았다. 이 세계에서는 자동으로 발동하는 패시브 스킬이라도 직접 사용하면 효과가 상승한다. 그만큼 소비량은 더 무거워지겠지만, 과연 어느 정도 변화가 있을까?

『합마 공격 발동! 으랴앗~!』

오오! 이거 굉장한데! 역시 자동 발동보다 효과가 더 상승했어! 마력 소비는 예상대로 무겁지만, 장시간 계속 사용하지 않는다면 크게 신경 쓰이지 않을 정도였다.

『다만 흡수 능력은 남아있지 않은 모양이네.』

아무리 합마 퇴치에 마력을 쏟아 부어도, 항마에게서 힘을 흡수하고 있다는 감각은 들지 않았다. 항마에 대한 대미지 상승 효과만 있는 것 같았다.

조금 아쉽긴 하지만 안심도 되었다. 항마의 힘을 너무 많이 빼앗은 탓에 스스로 항마가 되어버린 나디아를 본 직후였으니까. 프란이 그렇게 될지도 모른다는 리스크를 생각하면 흡수 능력은 오히려 필요 없는 능력에 가까웠다. 안심하고 합마 퇴치를 쓸 수 있을 것 같았다.

『그럼 빠르게 항마들을 섬멸하고 프란에게 돌아가볼까.』

나는 남은 항마들을 참격과 마술로 쓰러뜨려 나갔다. 그러는 사이에 깨달았다. 항마의 움직임을 희미하게나마 예상할 수 있었다. 그리고 항마의 위치를 더욱 찾기 쉬웠다. 합마 퇴치는 탐지 계열에도 효과가 있었던 모양이다. 퇴치하는 이상 상대를 찾아내는 기술도 필요하다는 거겠지.

『센디아에서 활동할 거라 당분간은 항마와 싸울 기회가 없을지도 모르지만.』

도시는 항마가 거의 나타나지 않는 장소에 만들어진다고 하고, 게다가 다가온다 해도 성벽이나 병사가 막아낼 테니까. 딱히 모험가가 크게 활약할 상황은 없지 않을까.

하지만 이 대륙에 있는 한 유용하게 쓰일 스킬인 것은 분명했다.

그 후 항마를 상대로 몸도 풀 겸 검증을 이어가면서 여행하기를 며칠. 조금 서두르기 위해 하늘을 날아가던 우리는 눈 아래 우뚝 솟은 도시를 내려다보았다.

『저기가 센디아구나. 상상했던 것보다 더 크네.』

“응. 하지만 뭔가 지저분해.”

『지저분하달까, 통일감이 없네.』

위에서 내려다본 센디아 외벽은 울퉁불퉁하고 왜곡된 형태를 띠고 있었다.

큰 원에 작은 원을 몇 개나 붙인 것 같은 느낌이었다. 원래 있던 외벽 밖에 새 외벽을 덧붙여서 그곳에 도시를 만드는 일을 반복한 것처럼 보였다.

벽의 형태뿐만이 아니다. 외벽은 상부와 하부 건축 자재가 확연히 다른 부분도 많았다. 처음에 낮은 외벽을 만들고 나중에 더 높게 증축한 것 같았다. 심지어 같은 곳의 외벽이라도 석재의 색깔이 확연히 다른 곳이 있었다. 그때그때 가장 값싼 석재를 적당히 갖다쓴 것일지도 모른다.

어쨌든 통일감이라는 것이 전혀 없었다. 그것은 안쪽에 보이는 건축물들도 마찬가지였다. 색깔도 건축 양식도 전혀 다른 10층짜리 아파트 같은 고층 건축물이 빼곡하게 늘어서 있었다.

굳이 묘사하자면 버킹엄 궁전 옆에 타지마할이 세워져 있고, 그 옆에는 히메지성이 놓여 있는 것 같은 느낌이랄까. 위화감이 엄청났다. 게다가 그 구조가 좀…… 이쪽 세계에 건축기준법 같은 건 없겠지만, 너무 심하지 않나? 일본인의 시선으로 보자면 내진성 같은 것은 조금도 느낄 수 없었다.

낡아서 기울어지기 시작한 건물 옆에 새 건물을 지어버려서 낡은 건물을 반강제로 지탱하고 있는 것이 아닐까 싶을 정도로 밀집도가 높았다.

다만, 그렇다 보니 묘한 박력이 느껴지는 것도 사실이었다. 일그러진 광기. 잡다하기 때문에 무엇이 도사리고 있는지 알 수 없는 공포. 그 모든 것을 집어삼키는 깊은 어둠. 그런 섬뜩함이 도시 전체에서 느껴지고 있는 것이다. 이세계판 구룡채성 같은 느낌이랄까. 생겨난 과정을 감안하면 슬럼가와 암흑가가 합쳐진 장소일지도 모른다.

우리는 센디아의 입구와 조금 떨어진 곳에 내려선 뒤 걸어서 도시로 향했다. 하지만 가는 도중 문득 프란과 울시가 걸음을 멈췄다.

"뭔가 있어."

"웡."

『여자? 하지만…….』

센디아와 우리들 사이에 한 여자가 서 있었다.

길고 단단해 보이는 은발이 햇빛을 반사해 반짝였다. 피부는 하얬다. 다만 너무나도 하얘서 현실감이 느껴지지 않는다고 할까, 마치 만들어낸 존재 같았다.

몸에 걸친 것도 은색의 토가(Toga)였다. 아무리 은실로 짰다고 해도 저 정도로 반짝이지는 않을 것 같은데, 그 정도로 금속 재질이 느껴지는 옷감이었다. 은박지처럼 보이기도 했다.

눈에 띄는 은색 빛깔에도 놀랐지만, 그 이상으로 이상한 부분이 있었다.

우리가 당황한 가장 큰 이유는 외모에 관한 것이 아니었다. 바로 여자의 기척이 희미하다는 점이었다.

아니, 희미한 걸 넘어서서 기척이 아예 없었다. 이 정도로 확실하게 눈에 보이고 있는데도 생명의 숨결이나 마력의 파장이 전혀 느껴지지 않는 것이다.

"……."

우리는 천천히 여자에게 다가갔다.

꿈쩍도 하지 않는 여자. 몸을 움찔거리기는커녕 조금의 떨림이나 흔들림조차 없었다.

석상일까, 아니면 환상일까. 그렇게 느껴질 정도로 반응이 없었다.

'환영?'

『이런 곳에?』

항마가 환영을 사용한다는 정보는 듣지 못했는데…….

환영인지 확인해 보기 위해 이런저런 시도를 해 보았지만, 그럼에도 여자는 요지부동이었다. 눈 하나 깜빡하지 않은 채 우리를 바라보고 있었다.

경계를 늦추지 않고 더 가까이 다가가 보니 여자 주위에서 아주 미세한 공기의 흐름이 느껴졌다. 발밑을 자세히 보니 여자가 신고 있는 샌들에 밟힌 풀잎이 꺾여 있었다.

즉 여자는 그곳에 제대로 실재하고 있고, 질량을 가진 존재라는 뜻이었다.

프란이 무심코 걸음을 멈췄다. 그래도 여자는 움직이지 않았다.

『이쪽을 보고 있네.』

'응. 보고 있어.'

『적인 것 같아?』

'……모르겠어.'

우리가 당황한 또 하나의 이유는 바로 여자의 목적을 전혀 알 수 없다는 점이었다. 얼굴에 표정은 없었다. 뿐만 아니라 그 어떤 감정도 느껴지지 않았다. 적의나 악의, 증오도 없었고 우호적인 분위기도 없었다. 그저 그곳에 선 채, 유리구슬처럼 투명한 은색 눈동자로 이쪽을 응시하고 있었다.

더더욱 경계하며 다져진 흙길을 따라 나아갔다. 수천 년 동안 모험가들에 의해 밟히면서 자연스럽게 완성된 길이었다. 그렇게 넓지는 않지만, 지나가는 정도는 문제가 없었다.

"……."

"……."

거리가 좁혀졌다.

가까이 다가가자 그 얼굴의 생김새가 자세히 보였다. 무서울 정도로 정교하게 생긴 여성이었다.

그리고 프란 일행과 은발의 여인의 거리가 3미터 정도 남았을 때였다.

"그 검에서 미약하게 오버그로우스의 기척이 느껴집니다. 능력을 흡수한 겁니까?"

역시 환영도 조각상도 아니었다.

"……누구야?"

프란은 경계를 늦추지 않고 되물었다. 그에 대한 여자의 대답은 상상도 못한 것이었다.

"이 대륙 사람들에게는 은의 여인이라 불리고 있습니다."

『뭐? 은의 여인이라고?!』

나디아에게 폐기 신검인 오버그로우스를 가져다준, 신급 대장

장이가 만들었다고 알려진 골렘. 분명 그런 호칭이었던 것으로 기억한다.

프란도 눈을 동그랗게 뜬 채 되물었다. 역시 그녀도 잊지 않은 모양이었다.

"나디아에게 들었어. 골렘?"

"네."

"골렘? 골렘이야?"

"네."

여자는 고개를 끄덕였지만 프란은 고개를 갸우뚱했다. 나도 같은 마음이었다. 아무리 봐도 골렘으로 보이지 않았기 때문이다. 답을 듣고서도 납득할 수 없을 정도로, 완벽한 인간의 모습을 재현하고 있었다. 정교하게 만들어졌다고 말할 수준이 아니었다.

하지만 자세히 보니 눈을 깜빡이지도 않고, 심장 소리나 혈류 소리도 들리지 않았다. 애초에 열이나 마력도 감지되지 않았다. 원래부터 기척이 희미한 골렘인 데다 이 대륙에서 활동하기 위해 은밀 성능을 극한까지 높인 것으로 보였다. 역시 신급 대장장이가 만들어 낸 특제 골렘다웠다.

"……무슨 볼일?"

프란이 언제든지 움직일 수 있도록 자세를 취하면서 그렇게 물었다.

우리는 오버그로우스를 파괴해 버렸다. 아무리 생각해도 은의 여인의 목적이 온건할 것 같지는 않았다.

그러나 은의 여인은 달려들기는커녕 그 자리에서 조용히 고개를 숙였다.

"감사를 하러 왔습니다."

"?"

『음?』

프란도 나도 순간 어리둥절한 표정을 지었다.

"오버그로우스를 파괴해 주셔서 감사합니다."

"무슨 말이야?"

은의 여인에게 감사 인사를 받는 의미를 알 수 없었다.

"……저는, 존재 의의를 잃었습니다."

"?"

존재 의의를 잃었다녀 비난을 받는다면 이해할 수 있었다. 그녀가 오랜 세월 계승자를 찾으며 길러왔던 오버그로우스를 파괴한 셈이니까.

하지만, 그 일로 감사를 한다? 딱히 비꼬는 것 같지도 않았다.

"무슨 말이야?"

그러나 그녀가 이쪽의 질문에 답하는 일은 없었다.

"그럼 이만."

"잠깐만!"

프란이 손을 뻗었지만, 은의 여인은 고개를 숙인 채 순식간에 사라져버렸다. 공간 전이였다.

은의 여인이 신출귀몰한 이유는 바로 이것 때문이겠지.

『뭐였지?』

"모르겠어."

일단 적대적인 태도는 아니었지만…….

마지막으로 고개를 숙이기 직전에 보았던 은의 여인의 표정.

변화는 조금도 없었을 텐데, 어쩐지 웃은 것처럼 보였다.

"웃고 있었어."

『프란도 그렇게 보였어?』

"응."

쓸쓸해 보이면서도 기뻐하는 것 같은 희미한 웃음. 그것은 사람과 유사하게 만들고자 넣은 기능이 아니라, 어떤 감정이 실려 있는 것처럼 느껴졌다.

골렘에게도 감정이 있는 걸까?

그녀가 마지막으로 보인 표정이 묘하게 뇌리에 남았다.

*

"들어가도 돼."

"응."

『뭔가 싱겁게 끝났네.』

불법 도시 센디아에는 수월하게 들어갈 수 있었다. 역시 이 대륙은 도시의 출입이 쉽고 편하다. 이 도시는 더더욱 간단해서 신분증 제시조차 하지 않았다. 문지기에게 들어가고 싶다고 말하자 대문 옆의 작은 문을 열어서 들여보내주었다.

오는 것은 막지 않는다는 것일까.

『그건 그렇고, 안에 들어와 보니 한층 더 분위기가 위험하다는 게 느껴지네.』

"어두워."

『햇빛이 가려져 있어.』

5, 6층 이상의 고층 건축물이 밀집된 탓에 햇빛이 가려져 지면까지 닿지 않았다. 게다가 위층들 사이가 공중에서 무수하게 연결되어 있어 더더욱 빛이 들어오지 않았다.

큰길은 그 나름대로 폭이 넓어 조금 희미한 정도로 그쳤지만…… 그보다 좀 더 좁은 뒷골목 쪽을 살펴보니 낮인데도 밤인가 싶을 정도로 어두웠다.

애초부터 불법 도시라 불리는 장소다. 저 어둠 속에서 어떤 불법 행위가 자행되고 있는 것인지 알 수 없었다.

다만 큰길에는 그래도 사람들이 제법 있었고, 그중에는 전투력이 없는 여성이나 어린이의 모습도 보였다.

활짝 웃고 있거나 크게 떠드는 느낌은 아니었지만, 주위를 필요 이상으로 경계하는 모습도 아니었다. 처음 상상했던 것만큼 치안이 나쁘지는 않은 건가? 실제로 프란에게 시비를 거는 녀석도 아직 나타나지 않았다.

지금은 진화 은폐를 사용하고 있고 울시도 그림자에 숨어 있어 그렇게 강해 보이지 않는 상태였다. 이 대륙의 도시가 아니라 해도 시비가 걸릴 가능성이 높았다.

그러나 이 도시에서는 관찰만 당할 뿐. 정말로 그냥 치안이 좋은 걸까.

그렇게 생각했는데, 아무래도 아닌 것 같았다. 어두운 뒷골목에서 이쪽을 바라보는 시선에는 명백한 악의나 경멸의 감정이 실려 있었다. 이런데도 덮치지 않는 것이 더 신기할 정도였다.

"……음."

『아, 프란! 어디 가는 거야! 일단 길드부터 가야지!』

'괜찮아.'

프란은 큰길과 골목이 거의 맞닿은 곳으로 이동했다. 악의를 품은 자들을 낚으려는 것이었다.

통로에서 손만 뻗으면 프란을 만질 수 있는 거리였다. 하지만 신기하게도 그들은 해를 가하지 않았다.

프란이 무방비한 척하며 큰길에서 골목을 기웃거리거나 그곳에 있는 남자들에게 시선을 향해도, 결코 이쪽으로 다가오려 하지 않았다.

순간 기척이 흔들린 것은 느껴졌다. 도발하고 있다는 것을 알아차리고 짜증을 내는 자도 있었다. 하지만 그뿐이었다.

기척을 숨기는 것도 못하는 불량배들이 프란의 실력을 꿰뚫어 봤다고는 생각할 수 없었다.

혹시 큰길에 있는 인간에게 손을 대지 못하는 이유라도 있는 건가? 영역과 관련된 문제인가? 어쨌든 귀찮은 일을 피하고 싶다면 큰길을 사용하는 것이 정답이라는 뜻이었다.

프란은 평범하게 큰길을 걸어 모험가 길드로 향했다. 평범한 도시라면 입구 부근에 길드가 있는 경우가 많았다. 아이템 주머니 같은 것이 없는 모험가가 사냥감을 바로 납품할 수 있기 때문이었다.

피투성이 마수를 짊어지고 온 동네를 돌아다니면 길드에 대한 인상도 나빠질 뿐더러 경우에 따라서는 독 같은 피해가 발생하는 경우도 있었다.

물론 도시를 확장했을 때 적당한 부지가 없어서 제자리에 남게 된 결과 도시 안에 자리하게 되는 일도 있었다. 알레사가 바로 그 경우였다. 다만 그런 경우에는 문 근처에 매입소 같은 곳이 있기 때문에 거기서 사냥감을 매입할 수 있었다. 우리는 차원 수납이 있어서 이용해 본 적은 없지만.

다만 이 대륙의 도시에서는 길드가 도시 안쪽에 있는 경우가 많았다. 사냥감이 거의 항마뿐이라 납품에 대한 문제를 걱정할 필요가 없기 때문이었다. 오히려 모든 문과 동일한 거리에 있는 도시 중앙 부근이 편리성은 더 높을 것 같았다.

15분 정도 걸어가자 모험가 길드 간판이 보였다.

6층짜리 건물이 통째로 길드로 되어 있었다. 제법 크긴 하지만 묘하게 황폐한 분위기가 감돌았다. 건물의 더러움과 내부에서 들려오는 거친 웃음소리 때문이었다.

스윙 도어를 밀고 안으로 들어가자 역시 어두웠다. 낮임에도 랜턴이 켜져 있어서 마치 밤의 술집 같은 분위기를 연상시켰다.

"실례."

술을 마시며 시끄럽게 웃던 모험가들이 일제히 수상쩍은 눈초리를 보냈다. 개중에는 비열한 표정으로 일어난 모험가도 있었지만——.

"역시 항마의 계절이라는 겐가. 이런 곳에 이명을 가진 자가 연달아 오다니 말야."

카운터에 있던 바텐더처럼 보이는 노인이 쉰 목소리로 그렇게 말하자, 모두가 얌전히 다시 자리에 앉았다. 노인도 소란을 일으키지 않기 위해 일부러 모두에게 들리도록 말한 것 같았다.

"어서 오시게, 흑뢰희. 불법 도시 센디아 길드에."

그건 그렇고, 이름을 밝히기도 전에 정체를 알아맞힌 것은 오랜만 아닌가?

"잠시 센디아에 있을 거라 인사하러 왔어."

"그렇군……. 나는 이곳의 길드 마스터인 프레알이라고 한다. 잘 부탁해."

술집 마스터인줄 알았더니 이 사람이 길드 마스터였나!

프레알은 양 수인으로 보였다. 원래 그런 것인지 노화에 의한 것인지 알 수 없는 긴 백발 사이로 둥글게 말린 뿔이 보였다.

마른 나뭇가지 같은 가느다란 육체와 작은 체구에서는 전투력이 있어 보이지는 않았다. 실제로도 그렇게 강하지는 않다. 그러나 그것은 의태다. 그 안에서 발산되는 엄청난 힘과 프란을 꿰뚫어 보는 안목.

위기 감지 능력이 이 노인은 적으로 돌려서는 안 된다고 외치고 있었다.

"진화를 숨기는 스킬을 갖고 있다는 건 사실인 모양이군."

"……어떻게 나라는 걸 알겠어?"

"기척, 걸음걸이, 마검, 외모적 특징, 말하는 법. 힌트는 얼마든지 있었지."

『괴, 굉장하네, 이 영감.』

"항마의 계절에 실력자는 환영이다. 그 목적이 무엇이든 간에."

잠깐, 혹시 프란의 목적까지 간파하고 있다는 건가? 아니, 프란이 전에 노예였다는 사실은 딱히 숨기지 않았으니, 이 영감이라면 알고 있다고 해도 이상하지는 않았다. 설령 모른다고 해도 흑묘족이라는 사실만으로 암노예 상인에게 좋지 못한 감정을 품고 있다는 것은 알 수 있을 것이다. 그리고 이 도시에 암노예 상인이 있다는 것을 알고 있다면, 프란의 목적도 쉽게 상상할 수 있지 않을까.

"……청묘족 암노예 상인은 어디 가면 만날 수 있어?"

"역시 그건가……. 미안하지만 자세히는 모르겠다. 이 도시의 어둠은 짙고 깊지. 가볍게 들여다보기만 해서는 어떤 것이 도사리고 있는지 이해하기 어려울 정도로……."

"무슨 정보든 있으면 살 테니까 알려줘."

"어쨌든 지금은 무리다. 항마의 계절이라 일손이 부족하거든. 아, 혼자서 정보 수집을 해도 소용없을 거다. 외지인에게 함부로 정보를 팔 사람은 없으니까."

"그래."

"그러니까 여기서 잠시 머물면—— 이봐! 어딜 가는 거냐!"

"정보가 없다면 더는 볼일 없어."

"기다려! 이봐! 무모한 짓은 하지 마! 조직 간에도 균형이라는 게 있어!"

프레알의 외침을 무시한 프란은 모험가 길드를 빠르게 나가버렸다.

프레알의 말처럼 이 도시에서 느긋하게 지내며 적응하는 짓은 죽어도 하고 싶지 않은 거겠지.

『나는 프레알의 말에 찬성이긴 한데.』

'항마의 계절이 끝나고 잡힌 사람이 팔려가기 전에 도와줘야 해.'

『아, 그런 거였나…….』

'응.'

지금도 잡혀 있을 노예들. 그들을 생각하면 가만히 있을 수 없는 것도 납득이 갔다.

'반드시 도와줄 거야.'

분명 자신과 겹쳐보고 있는 거겠지. 그 초조해 보이는 표정을 보자 차마 강하게 말릴 수가 없었다.

『어쩔 수 없지……. 하지만 위험하다고 생각되면 말릴 거야.』

'응.'

프란이 고개를 끄덕이고는 큰길을 걷기 시작했다. 발걸음은 가볍지만 그 눈은 사냥감을 노리는 것처럼 날카로웠다. 아니, 실제로도 사냥감을 찾고 있는 것이리라.

자신을 바라보는 온건치 못한 시선 속에서 적당한 상대를 물색하고 있었다.

그리고 프란은 건물과 건물 사이의 틈새 같은 좁은 골목으로 발을 들였다. 경계하는 기색도 없이 성큼성큼 골목 안을 나아갔다. 그 모습을 보고 아무것도 모르는 외부 모험가가 길을 헤매고 있다고 생각한 모양이다.

더욱 안쪽으로 나아가자 프란에게 소리없이 다가오는 기척이 있었다.

그로부터 3분 후.

"컥!"

"넌 암노예 상인의 동료?"

"뭐, 뭐야 이 녀석── 크아악!"

"물어본 건 나야. 다시 한번 물을게. 넌 암노예 상인의 동료?"

프란은 습격해 온 불량배에게 반대로 공격을 가했다. 습격을 당했다기보단 틈을 일부러 드러내서 습격을 하게 만든 것이지만.

본래 컨디션이 아니라고는 해도 불량배 정도라면 순식간에 제압할 수 있었다.

다만 프란이 원하는 성과는 좀처럼 나오지 않았다. 암노예 상인들은 이 불법 도시에서도 드러내놓고 활동하지는 않는 모양이었다. 불량배들에게서는 일반적인 노예 상인 이야기밖에 들을 수 없었다.

그 후에도 불량배를 유인해서 때려눕히는 일을 몇 번이나 반복했는데……. 이 도시에 대한 정보는 여러모로 모였지만 암노예 상인에 대해서는 아무런 수확이 없었다.

센디아에 대해 알고 싶었던 나로서는 나쁘지 않은 성과였지만.

우선 이 도시에서는 거다란 세 조직이 항쟁 직전의 상태라고 했다. 그리고 그 때문에 통치 기구 자체가 흔들리고 있는 상황이었다.

본래 센디아의 통치는 치료원이라 불리는 센디아에서 가장 오래된 조직 상층부, 거기에 다른 유력 인사를 더한 의회 합의제였지만, 최근 그 관계가 무너지고 있었다.

그 이유는 용왕회(龍王會)라는 무장 조직의 폭주 때문이었다.

불량배들은 용왕회의 적대 조직 구성원들이라 그런지 최악의 테러리스트 집단인 것처럼 이야기했지만, 역시 그 정도로 심하지는 않을 것이다. 간단히 말하자면 용인의 상호 부조 조직이 힘을 얻으며 우쭐해진 나머지 다른 조직 상대로 폭력 사태를 일으키고 있다는 것이었다.

그런 용왕회와 정면으로 대립하고 있는 것이 바로 수인회. 이름 그대로 수인을 중심으로 구성된 용병 위주의 조직이었다.

혈기 왕성한 인물들이 많은 조직이라 그런지 만날 때마다 피를 보는 상태라고 한다. 서로 얕보이면 끝이라고 생각하는 거겠지.

그 사이에 끼어든 것이 바로 모험가 길드. 처음에는 치안 유지가 목적이었던 것 같은데, 이곳 역시 만만치 않게 혈기 왕성한 모험가들이 모인 곳이었다. 게다가 사연 있는 인간들이 많은 이 대륙 안에서도 더더욱 사연 있는 자들만 모인 불법 도시의 모험가들.

어느새 말리는 쪽에서 항쟁에 참가하는 쪽이 되어버려 3파전 같은 상태가 되고 말았다.

길드 마스터 프레알이 모험가들을 막지 않을까 생각했는데, 그는 그 정도는 그냥 방치하는 분위기라고 했다. 통솔할 수 없는 것은 아닐 것이다. 길드에서 만난 노인은 상당한 책사로 보였다. 모험가들을 막을 생각이 없는 거겠지. 어차피 말려봤자 소용없을 테고. 괜히 모험가 길드가 저자세로 나갔다가 얕보이기라도 하면 조직 간의 균형이 어떻게 될지도 알 수 없을 테니까.

그리고 큰 조직이 서로 대치하고 있는 상태에서 합의가 순조롭게 풀릴 리도 없다. 결과적으로 어떤 결정을 하든 제대로 풀리지 않는 상황이 되어버린 것이다.

"이봐, 너…… 수인회 쪽 인간인가……?"

"아니야."

"그, 그럼──."

"시끄러워. 입 다물어."

"히익!"

"내 이야기는 아무한테도 하지 마. 말하면 어떻게 될지 알지?"

프란이 나를 뽑아 남자의 눈앞에 들이댔다. 그것만으로 겁에 질린 남자에게 프란이 마지막 박차를 가했다.

"울시."

"그르르르."

"히이이익!"

남자의 뒤에 통로 폭에 거의 딱 맞는 크기의 울시가 등장했다. 갑자기 등 뒤에 나타난 칠흑 같은 거대한 늑대가 콧김을 뿜자 사내는 완전히 패닉 상태에 빠졌다. 어둠 속에 녹아든 그 모습은 햇빛 아래에서 보는 것보다 더한 박력을 자랑했다. 오줌을 지리는 것도 무리는 아니었다.

"이 마수는 코가 예민해. 네 지독한 오줌 냄새를 확실히 기억했어."

"가르릉!"

"네가 내 이야기를 다른 사람에게 한다면, 이 마수가 땅 끝까지 쫓아가서 널 통째로 씹어먹을 거야."

"어후!"

"알았어! 말 안 할게! 아무한테도 말하지 않을게! 그러니까 살려줘!"

"……오늘은 봐줄게."

"아아아, 감사합니다아아아!"

다른 불량배들한테 했던 것과 똑같이 이 녀석도 그렇게 협박한 뒤 일단 놔주었다. 죽일 만한 상대도 아니었다.

다만 안노에 상인을 찾는 흑묘족 소녀가 있다는 소문이 퍼지면 일이 귀찮아질 테니 입막음만 해 두었다. 이 위협이 영원히 통할 거라 생각하지는 않았다. 프란이 이 도시에서 활동하는 기간 동안만 겁에 질려 떨고 있으면 그것으로 충분하다.

'또 정보가 없었어.'

『이제 찾기 시작한 첫날이야. 어쩔 수 없어.』

'응…….'

그렇게 걷다 보니 전방에서 다가오는 기척이 느껴졌다. 지금 있는 곳은 캄캄한 뒷골목이다. 그렇다는 건 또 습격자가 다가온 건가?

그렇게 생각하고 걸음을 멈췄는데, 상대는 기척을 지우려는 시도조차 하지 않았다. 단순히 지나가는 행인인가?

『아니 이 기척과 마력은…….』

'알아.'

'웡!'

다가오는 이는 확실히 아는 상대였다. 프란은 걸음을 멈추고 그 자리에서 대기했다.

그렇게 기다리고 있자, 어둠 속에서 거대한 사람의 그림자가 불쑥 모습을 드러냈다.

위압감 있는 거구에 이마에서 뻗어나온 긴 뿔. 그리고 등에 짊어진 투박한 대검.

"안녕."

"아스라스!"

가벼운 태도로 한 손을 들어올린 거구의 남자는, 랭크 S 모험가인 아스라스였다.

이 대륙에 와 있다고 듣긴 했는데, 센디아에 몸을 숨기고 있었구나. 프레알이 말했던 또 한 명의 이명을 가진 자는 아스라스를 말한 것이었나.

"오랜만이야. 기척이 느껴져서 설마 했는데 역시 프란이었구나. 스승도 건강해——보인다고 말해도 될지 모르겠지만, 오랜만이네."

『그쪽도 건강해 보여서 다행이야. 뭐, 아스라스가 다치는 건 상상이 안 가지만.』

"난 보다시피 지겨울 정도로 튼튼하니까."

아스라스가 자조하듯이 웃으며 어깨를 으쓱했다.

이 남자는 자살조차 불가능할 정도로 튼튼했다. 정확히 말하자면, 어느 정도의 대미지를 입으면 폭주하고, 엄청난 재생력으로 상처도 아물어 버린다. 과거에 그 일과 관련해 힘든 일도 겪은 것 같으니 그 주제는 무척 예민한 화제일 것이다. 겉으로 보기에는 호쾌해 보이지만 나름 섬세한 부분도 있다는 거겠지.

『아—, 아스라스는 언제부터 여기 있었어?』

"크란젤의 왕도에서 너희들과 헤어진 뒤로 바로 이쪽으로 건너왔어."

"베르메리아는?"

"이 도시에 있지. 프레드릭 녀석도 말이야."

『프레드릭도 역시 이 대륙에 왔었구나.』

파나틱스에게 조종당해 왕도에서 아스라스와 석두를 빌였던 반룡인 베르메리아. 그는 크란셀 국내에 있으면 처벌받을 가능성이 높다는 이유로 아스라스가 그 신병을 맡아주고 있었다.

그리고 그녀의 종자이자 호위였던 반룡인 프레드릭. 그는 사건

직후 자취를 감추었다. 베르메리아를 따라갔을 것이라 생각했는데, 그 추측은 틀리지 않았던 모양이다.

"둘 다 잘 지내고 있어. 뭐, 지금은 좀 바쁘지만."

"바빠?"

"용왕회라는 이름, 들어본 적 있어?"

"알아."

"그럼 이야기가 빠르겠네."

놀랍게도 베르메리아와 프레드릭은 용왕회에 잠입해 있다고 한다. 일부 용인들이 수상한 행동을 보여서 그 배후를 캐고 있다는 것이다.

아스라스도 일단 협력은 하고 있지만, 기본적으로는 따로 행동하고 있었다. 이 대륙으로 데려온 책임도 있으니 어느 정도 돌봐주고는 있지만, 부하나 수하처럼 대하지는 않는 모양이었다.

"너는 왜 이 도시에 온 거지?"

"암노예 상인들을 없애러 왔어."

"아, 녀석들 말이지."

아스라스가 그렇게 중얼거린 순간, 프란의 눈이 반짝 빛났다.

"알아? 어디 있어?"

"있는 곳은 나도 몰라. 예전에 우연히 마주친 적이 있을 뿐이야."

이곳과는 다른 동네에서 납치 장면을 목격한 적이 있다고 한다. 다만 때려눕힌 유괴범들은 경비대에 넘겨버린 탓에 배후 관계에 대한 것은 전혀 모른다고.

"센디아에도 있다는 말은 들었지만, 정보는 없어."

"그래……."

“뭔가 알게 되면 알려줄게.”

“부탁해.”

아스라스도 프란의 실망한 기색을 알아차린 것인지 진지한 얼굴로 약속해 주었다.

“그 대신 너희도 뭔가 정보를 얻게 되면 알려줘.”

“어떤 정보가 필요해? 용왕회의 정보?”

“그것도 좋지만, 정말로 필요한 건 용인왕에 대한 정보야. 나보다는 베르메리아 아가씨가 그 정보를 모으고 있거든.”

“용인왕? 트리스메기스트스 아냐?”

“최근에 용인왕을 자칭하는 녀석이 나타나서 용인 일부를 선동해 뭔가 시키려 한다는 이야기가 있어서 말이야.”

용인왕에 관한 이야기는 들어본 적이 있었다. 녹타에서 프란에게 시비를 걸었던 용인 불량배가 그 이름을 입에 올렸었다. 다만 그런 녀석이 있다는 것만 알지 어디에 있는지는 모른다.

『애초에 베르메리아는 왜 용인왕에 대해 캐고 있는 거야?』

본래 이 대륙의 태생이라고 들었는데, 그것과 관련이 있는 것일까?

“베르메리아의 어머니에 대해 들어본 적 있어?”

“이 대륙의 높으신 분이라는 건 들은 적 있어.”

“뭐, 높으신 분이라기보단 뭔가 역할이 있는 모양이야. 그것 때문에 용인왕의 표적이 되고 있다는 소문이 있어.”

관련되는 걸 넘어서서 어머니가 문제의 한가운데에 있었잖아!

“베르메리아의 어머니── 티라나나리아였나? 그 사람을 지키기 위해 두 사람은 용인왕과 그 휘하의 정보를 모으고 있어.”

"그렇구나."

"도움이 될 만한 좋은 정보가 있으면 서로 교환하는 게 어때?"

"응. 그럴게."

『오히려 이쪽에서 부탁하고 싶을 정도야.』

"그럼 바로 정보 하나를 알려줄게. 정보라기보단 조언이야. 이 도시에서 활동한다면, 치료원에는 필요 이상으로 거스르지 마."

『아까 그 불량배도 치료원이니 뭐니 했었는데. 이름으로 유추하면 회복 마술사들의 조합 같은 건가?』

"옛날에는 그랬지."

아주 옛날, 센디아가 생겨났을 무렵에는 선량한 의료인의 모임이었다고 한다.

포션을 쉽게 구할 수 없는 이 대륙에서 치료를 할 수 있는 사람은 무척 귀중하다. 몸을 의탁해 신변을 보호받으면서 저렴한 값으로 평등하게 많은 사람에게 치료를 베푼다. 치료원이란 본래 그런 조직이었다. 또한 그 영향력을 사용해 혈기 왕성한 무법자들의 사이를 중재하고 이 불법 도시의 평화를 지키는 일도 하고 있었다고 한다.

하지만 언제부터인가 거기서 끝나지 않게 되었다. 조직 사이를 중재하는 것뿐만 아니라, 그들 스스로가 뒷조직과 더욱 견고한 관계를 맺으며 자체적인 전투력을 갖기에 이른다.

모험가를 고용하고 무법자를 끌어들여, 단순히 선량한 조합에서, 앞에서든 뒤에서든 가장 큰 영향력을 가진 조직으로 오랜 시간에 걸쳐 변모해 나갔다.

용왕회나 수인회가 대두되고 있다고는 하나 치료원이 아직도 이 센디아의 최대 세력이라는 점에는 변함이 없었다. 아스라스의 말대로 거스를 만한 이점은 없었다.

"특히 조심할 건 성녀라는 여자야. 몇 년 전에 치료원 대표 같은 자리에 앉았는데, 이 여자가 제일 위험해."

"……어떤 사람?"

"나도 만나본 적은 없지만 젊은 여자라고 하더군. 뭐, 이 성녀 자체가 위험하다기보단 그 경호원들이 좀 과격해. 어지간히도 중요 인물인 모양이지. 성녀에게 부주의하게 다가갔다가 베인 녀석도 있다고 들었어."

『과격하긴 하네.』

광신도라는 걸까? 그렇다면 말도 통하지 않을지도 모른다. 다만 성녀의 위광은 내 상상 이상으로 훨씬 강력했다.

"만약 성녀에게 해를 가하는 일이라도 생긴다면 도시 전체가 나서서 죽이려 들지도 몰라. 뭐, 최근에는 성녀의 이야기가 갑자기 안 들려서 아직 이 도시에 있는지 어떤지는 모르겠지만."

도시 전체가……. 일반 시민들에게까지 성녀라는 호칭이 침투해 있다는 뜻이었다.

『주의할게. 성녀에게는 거스르지 않을 거야.』

"응. 적이 아니면 공격 안 해."

"거기서 절대 하지 않겠다고 말하지 않는 점이 프란답긴 하지만……."

아스라스가 쓴웃음을 지으며 말했지만, 나는 웃을 수 없었다. 만약 암노예 상인의 동료라면 프란은 누구라도 절대 용서하지 않을 테니까.

성녀란 녀석이 부디 내면도 그 이름대로이길!

*

아스라스와 재회한 다음 날.

프란은 뒷골목에 있다는 술집으로 향하는 길이었다. 오늘도 뒷골목에서 불쌍한 불량배들에게 정보를 모으고 있었는데, 그런 와중 흥미로운 이야기를 들은 것이다.

현지의 주민――이 경우, 무법자를 말한다――들이 모이는 술집이 있다는 것이다.

그곳에 정보상이 있는데, 돈만 내면 어떤 상대에게도 정보를 판다는 소문이 있다고 했다. 어디까지나 소문이고, 불량배도 정말로 있는지 어떤지에 대한 확증은 없는 듯했지만.

그래도 방문해 볼만한 가치는 있었다.

'이제야 정보를 얻을 수 있어.'

『아직 확실한 건 아니다? 가능성만 있다는 거지.』

'응!'

내가 재차 주의를 해도 프란은 의욕이 넘쳤다.

어제부터 아무런 성과가 없는 탓에 조바심이 나는 모양이었다. 어젯밤에는 모험가 길드의 허름한 숙소에 머물면서 일부러 방문을 반쯤 열어놓고 빈틈을 드러냈을 정도다.

나는 반대했다? 하지만 프란이 기어코 한다고 고집을 부려서 어쩔 수 없었다.

그렇게까지 했는데도 암노예 상인 수하가 숨어들어오는 일도 없었고, 열린 문틈으로 적당한 미풍이 흘러들어온 덕분에 프란은 아주 잘 잤다.

아직 이틀째였지만, 프란 입장에서는 벌써 이틀이라는 느낌인 거겠지. 역시 잡혀 있는 노예들을 생각하면 조바심이 나는 것 같았다. 무리하지 않았으면 좋겠는데.

'이 근처? 울시, 알겠어?'

'웡!'

대형견 크기의 울시가 그림자에서 나오더니 냄새를 따라 프란을 인도했다.

아직 저녁이지만 어둠이 깊은 뒷골목은 밤과 별반 다르지 않았다. 밤눈이 없으면 전혀 보이지 않을 정도로 캄캄한 골목을, 울시의 인도를 따라 프란이 달려갔다. 미로 같은 뒷골목을 나아가길 수십 초. 울시가 걸음을 멈췄다.

"찾았다."

"웡!"

어둠 끝에 보인 것은 빛 속에 떠오른 낡은 스윙 도어였다. 틀림없이 저곳이 소문의 그 술집일 것이다. 울시에게는 술이나 요리, 위험한 약물 냄새가 강하게 나고 있는 것 같았다.

"가자."

"웡!"

프란이 술집을 향해 달려가려고 했지만, 나는 황급히 그것을 멈춰 세웠다.

『아, 잠깐만! 내가 분신으로 들어가는 게 나아!』

이전에 도적 길드와 접촉했을 때에도 사용했던 방법이었다.

아이가 술집에서 탐문을 한다고 해도 제대로 상대해 줄지 어떨지 알 수 없다. 그보다는 거의 확실히 방해꾼 취급만 받고 끝날 것이다. 정보를 얻기 위해서도 내 분신 창조를 사용하는 게 나을 거라 생각했는데…….

"괜찮아."

『프란!』

마음이 급한 나머지 느린 방법을 쓸 여유가 없는 것일까. 프란은 내가 말리는 것도 듣지 않고 술집으로 돌격해 버렸다.

스윙 도어를 강하게 밀어서 연 프란이 술집에 발을 들여놓았다. 스프링의 힘으로 되돌아간 문이 삐걱거리는 날카로운 소리를 냈다. 달아오른 공기와 함께 거칠고 난폭한 소란이 밀려들었다.

안에서는 인상이 험악한 남자들이 술을 마시며 시끌벅적하게 떠들고 있었다.

무법자들이 모이는 술집이라고 해도 모험가의 술집과 별반 다르지 않았다. 아니, 애초에 세상의 기준으로 보자면 모험가도 무법자의 범주에 들어간다.

프란이 몇 걸음 안으로 나아가자 비로소 취객들도 그 존재를 알아차린 모양이었다. 어울리지 않는 장소에 대형견을 데리고 나타난 소녀에게 무례한 시선들이 쏟아졌다.

『프란. 시비 좀 걸었다고 때려눕히면 안 된다?』

'알아. 게다가, 울시도 있으니까 괜찮아.'

'웡!'

확실히 울시는 박력은 있긴 하지만, 얼마만큼 막아줄지는…….

*

『일단 마스터에게 이야기 먼저 들어보자.』

"응."

프란이 입구 부근의 카운터로 다가가 그곳에 있던 마스터에게 말을 걸었다. 얼굴에 칼자국이 무수하게 나 있는, 엄청나게 험악한 인상을 가진 드워프였다.

"주스나 우유."

"……술에 타 마시는 포도 주스라면 있다."

"그걸로 줘."

"그래."

노려보는 듯한 얼굴이긴 했지만 프란을 쫓아내지는 않았다. 프란의 강함을 알아본 것일까, 아니면 돈만 내면 누구나 손님이라는 것일까.

어쨌든 카운터에 앉은 프란 앞에 곧바로 포도 주스가 나왔다. 그것을 한 모금 마신 프란이 얼굴을 찌푸렸다. 독 반응은 없었는데…….

"맛없어."

"술을 희석하기 위한 거니까. 떫고 시기만 한 음료다. 맛이 좋을 리가 없지."

"음……."

포도 주스가 담긴 나무 컵을 조용히 카운터 위에 올려놓은 프란이 본론을 꺼냈다.

"여기 정보상이 있다고 들었어."

"……소개장은?"

"없어."

"그럼 모른다."

역시 소개장이 필요했던 건가. 길드 마스터인 프레알도 외지인에게 정보를 팔 만한 녀석은 없다고 말했었다.

"돈이라면 낼 수 있어."

"그러니까 모른다니까."

그런 대화를 반복하고 있는데, 근처 테이블에서 이쪽으로 다가오는 남자들이 있었다.

히죽히죽 저속한 웃음을 머금은 전사풍의 남자들이었다.

"못 보던 얼굴인데, 모험가인가?"

"으하하하핫! 이런 꼬맹이가 모험가일 리가 없잖아!"

"그렇겠지!"

감정해 보니 공갈이나 절도 스킬이 있는 것으로 보아 악당은 맞는 것 같았다. 다만 유괴 계열 스킬은 없는 것을 보면 이 녀석들은 암노예 상인은 아니었다. 애초에 이 술집에 있는 녀석들 대부분이 이런 스킬을 갖고 있을 텐데, 감정만으로는 암노예 상인인지 아닌지 알 수 없지 않을까.

"헤헤헤. 슬쩍 들었는데 돈이라면 있다고? 그럼 우리한테 한턱 내달라고."

역시 갈취 목적인가. 미스디는 프란을 도와주려는 내색도 보이지 않았다. 나이도 종족도 관계없이 본인의 책임이라는 뜻이었다.

카운터에 앉은 프란이 씨익 웃었다. 그 호전적인 미소를 목격한 것은 나와 울시, 그리고 흠칫 몸을 떤 마스터뿐이었다. 다만 그 이상의 변화는 없었는데, 너무 심하게 담력이 좋은 거 아닌가? 프란에게서 새어나온 위압감을 적지 않게 받았을 텐데.

프란이 의자에서 스르륵 일어났다. 어느새 울시도 임전 태세였다. 시비를 걸어온 불량배들에게서 힘으로 정보를 캐낼 생각인 모양이었다. 그러나 나는 반대였다. 여기서 난동을 부리다 쫓겨나기라도 하면 더 이상 정보 수집도 할 수 없게 된다.

프란이 정보를 얻고 싶어서 조급해하는 마음을 이해하지 못하는 것은 아니다.

암노예 시절이 그만큼 가혹하고 비참했을 것이다. 어딘가에서 암노예가 될지도 모르는 사람들이 있을지도 모른다는 생각만으로도 냉정함을 잃고 폭주 직전이 될 정도로.

하지만 여기서 갑자기 소란을 피우는 것은 상책이 아니었다. 나는 허둥지둥 프란을 말리러 들어갔다.

"프란! 좀 진정해!"

"스승?"

"나 참, 기다리라고 했는데……."

프란과 불량배들 사이에 끼어들어 그들을 감쌌다. 뭐, 남자들은 전혀 고마워하지 않겠지만 말이다.

"뭐야, 네놈은?"

"방해하지 마."

엄청나게 노려본다. 알고는 있었지만 내 강함도 느끼지 못하는 모양이었다. 당장이라도 주먹을 날릴 태세였다. 이 녀석들의 주먹 정도로 큰 대미지는 없겠지만 말이다. 이번 몸은 마력을 많이 사용해 꽤 강하게 만들어두었다. 랭크 C 모험가 레벨은 될 정도로.

그랬다. 프란을 멈춘 것은 나의 분신이었다.

부랴부랴 가게 밖에 분신을 만들어내고 전속력으로 술집에 돌입한 것이다. 가게 밖에 사람이 없어서 천만다행이었다.

『프란! 마음은 알아. 하지만 혼자서 앞서가지 마!』

'……하지만.'

『말대답하지 말고! 잘 들어, 이 불량배들이 큰 조직의 일원이라면 도시 전체가 적이 될지도 모른다고!』

'…….'

『내 진생에는 급할수록 돌아가라는 말이 있었어. 급해도 지름길로 가지 말고 안전한 길을 가는 게 낫다는 뜻이야. 암노예 상인을 찾고 싶은 마음은 이해하지만, 여기서 소란을 피워서 상대가 숨어버리면, 곤란해지는 건 잡혀 있을지도 모르는 사람들이야.』

'……응.'

내가 평소보다 더 강하게 타이르자 자신의 행동이 잘못되었다는 것을 이해한 모양이었다. 프란의 눈동자가 흔들렸다.

'스승…… 하지만…….'

『여기는 나한테 맡겨.』

'…….'

『지금은 진정하고. 응?』

'알았어…… 미안해.'

프란에게서 살기가 완전히 사라졌다. 자신이 폭주하고 있었음을 깨닫고 반성하고 있는 것이 느껴졌다. 하지만 여기서 어리광을 받아주면 안 된다. 나는 마음을 굳게 먹고 프란에게 벌을 내리기로 했다.

『내일부터 열흘 동안 카레는 하루 한 그릇뿐이야.』

'스승!'

'웡!'

『둘 다 그런 표정을 해도 소용없어!』

프란이 절망적인 표정을 지었지만, 그만큼 내가 화났다는 것은 전해졌을 것이다. 어깨를 축 늘어뜨렸다. 이제 불량배들을 해결하는 일만 남았다.

프란을 타이르는 동안에도 내 분신은 불량배들을 달래고 있었다. 동시 연산 스킬 덕분이었다.

프란이 사람을 찾고 있었고, 이곳에는 그 인물에 대해 물어보러 왔다고. 소란스럽게 해서 미안하다고. 그런 느낌으로 이야기를 풀어나간 것이다.

"뭐, 이 아가씨가 좀 무례했던 건 맞지만, 여기서는 너그럽게 넘어가줄 수 없을까?"

나는 처음에 말을 걸어온 불량배와 어깨동무를 하고 그대로 가볍게 힘을 주었다. 불량배의 안색이 바뀌었다. 내가 언제 자신과 어깨동무를 했는지도 모르는 데다, 겉으로 보기에는 상상도 할 수 없을 정도로 강한 힘이 들어가 있다는 것을 깨달았기 때문이었다.

아프지는 않게, 그러면서도 꼼짝도 할 수 없게, 격투 기능까지 사용해 붙잡았다.

이 정도 하니 힘의 차이를 이해한 모양이다. 불량배들은 갑자기 입을 다물었다. 이제 이 녀석들은 당분간 얌전할 것이다. 마지막에는 금화를 한 장 꺼내 마스터 앞에 놔두었다.

"이걸로 여기 있는 전원에게 한 잔씩 살게."

""""우오오오오오오!""""

술을 공짜로 사주는 상대에게 나쁜 감정을 가질 사람은 없다. 그건 어느 술집이나 마찬가지인지 귀를 기울이고 있던 주위에서 환호성이 터져 나왔다. 동시에 전원이 맥주잔을 들고 나에게 가볍게 흔들어왔다. 예의를 아는 신참을 일단은 받아들여준 모습이었다.

그리고 불량배들은 더 이상 우리에게 시비를 걸 수 없게 되었다. 그런 짓을 했다가는 주위의 인간들이 모두 적으로 돌아간다. 우리의 기분을 상하게 하면 공짜 술이 날아갈지도 모르니 말이다.

술집을 나간 뒤에는 돈을 노리고 다가오는 녀석이 있을지도 모르지만, 그 경우에는 정보원이 한 명 더 늘어나는 것뿐이다. 자, 이제 남은 건 정보를 얻는 것뿐인데…….

술집을 둘러보니 한 명의 수인이 눈에 들어왔다. 이 소란스러운 술집 안에서, 구석에 앉아 술을 홀짝이는 초로의 남성이었다. 하지만, 꽤 강하다. 랭크 C 상위. 진화했다면 랭크 B는 확실할 것이다. 그런데도 위압감은 조금도 느껴지지 않았다. 그저 수수하게 주위의 공기에 동화되어 있었다.

수인 중에서는 드문 타입이었다. 일반적인 수인은 이 정도로 강하면 패기를 한껏 드러내 주위를 복종시키려 들었을 것이다 저 귀를 보면 개 계통인가?

"프란과 울시는 여기서 기다려."

"……응."

“……어후.”

카레 한 그릇 제한이 꽤나 타격이 컸는지 프란은 풀이 죽은 얼굴로 의자에 앉아 있었다. 울시도 그 옆에서 상실감에 젖어 있었다. 시비가 붙었을 때도 간섭하지 않던 마스터가 안주용 견과류를 조용히 내주었을 정도다.

어쨌든 견과류를 오독오독 씹어먹기 시작했으니 시간이 지나면 부활하겠지.

나는 혼자 카운터를 떠나 개 수인(임시)이 술을 마시는 테이블로 다가갔다. 특별히 은형은 쓰지 않았기에 그쪽도 바로 이쪽을 알아차렸다.

하지만 도망치거나 하지 않고 여전히 조용히 잔을 기울이고 있다.

“여어, 아까는 시끄럽게 해서 미안했어. 저 아가씨가 좀 앞서가는 바람에.”

“그래.”

“당신, 제법 하는 것 같네.”

“……그쪽이야말로.”

서로를 가늠하는 듯한 시선이 교차했다. 역시 꽤 강하다. 내 힘을 즉각적으로 알아차렸지만, 그러면서도 긴장하는 기색도 없다. 오히려 적인지 아군인지 냉정하게 판단하고 있었다.

“사실 사람을 찾고 있거든. 정보에 밝은 사람을 찾고 있는데, 짐작 가는 사람 없나?”

“왜, 나에게 묻는 거지?”

“당신이 모르면 아무도 모를 것 같아서. 마스터는 알려줄 마음이 없어 보이고.”

“…….”

이쪽의 속마음을 꿰뚫어 보려는 듯 탐색하는 눈빛으로 바라보는 남자. 자, 이 남자는 우리를 어떻게 판단할까. 무시할까, 적대할까. 아니면 우호적으로 대해 줄까.

“어때?”

“…….”

개 수인 남자가 이쪽을 물끄러미 응시하고 있다. 그리고 천천히 입을 열었다.

“어제부터 꽤 들쑤시고 다닌 모양이던데.”

어제부터라니…… 혹시 우리의 행동을 파악하고 있는 건가? 하지만 감시당하는 기색은 없었다. 이동에는 전이도 사용했으니 추적하기도 어려울 것이다. 아니면 어떤 장소에서도 쫓을 수 있는 감시망이 있나?

그것도 아니면 협박한 불량배들이 윗사람에게 보고했을 가능성이 더 클까? 협박이 부족했던 걸지도 모른다.

“……무슨 말이지?”

일단 시치미를 떼 보았지만, 상대는 이미 확신하고 있는 듯했다.

“협박이 너무 잘 먹혔어. 평소에는 골목에서 활개치던 놈이 대낮부터 은신처에 숨어들어가 벌벌 떨고 있으면 누구라도 미심쩍게 생각하겠지.”

“아…….”

협박이 부족했던 것이 아니라 그 반대였던 모양이다.

공포에 떠는 불량배의 거동이 지나치게 수상해서 반대로 무슨 일이 있었는지 눈치챘다. 우리에게 입막음을 당했더라도 윗사람에게 추궁을 당하면 입을 열 수밖에 없다. 그래서 암노예 상인에 대해 물어보고 다니는 흑묘족 소녀가 있다는 이야기가 무법자들 사이에서 일부 퍼지게 된 것이다.

"그, 이 근처 조직들과 적대할 생각은 없어. 시비를 걸어와서 조금 되갚아준 것뿐이지."

"……그렇겠지. 당신들 정도 힘이 있으면 다른 방법도 있었을 테니."

나뿐만 아니라 프란과 울시의 강함도 알아차린 건가. 위기 감지 능력이 높은 것인지도 모른다.

"당신은 눈에 띄지 않지만, 그 아가씨에 대한 이야기는 제법 퍼져 있어. 고삐를 단단히 잡아두도록 해. 아까도 위험했잖아?"

"그래, 나중에 한 번 더 따끔하게 혼낼 거야. 아까 그건 나도 살짝 간담이 서늘했어. 지금은 제대로 반성하고 있으니까 다음에는 조금 더 생각한 다음에 행동할 거야."

내가 그렇게 말하며 어깨를 으쓱이자 남자가 쓴웃음을 지으며 고개를 저었다. 내 태도를 보고 나와 프란의 관계를 깨달았을 것이다. 나는 보호자이지만 명령할 수 있는 것은 아니다. 애초에 명령을 할 생각도 없지만 말이다.

"나는 여기서 날뛰지만 않는다면 상관없어."

"정보만 손에 넣으면 사라질게."

"……."

"대신 정보를 손에 넣지 못하면 수시로 찾아오게 될지도 모르지만?"

"흥…… 좋아."

남자는 그렇게 중얼거리더니 잔을 천천히 들어올렸다. 그리고 내가 든 잔에 가볍게 부딪쳤다.

그 모습에 주위에 있던 무법자들의 시선의 압력이 눈에 띌 정도로 낮아졌다. 역시 단순히 강하기만 한 외톨이는 아니었다. 이 근방에서 얼굴이 제법 알려진 인물이었다.

이 개 수인과 터놓고 이야기하는 것처럼 보이자 완전히 적이 아니라고 판단한 모양이었다.

"알고 싶은 게 있다면 마스터에게 물어보도록 해."

"역시 그 사람인가."

"그래."

"알았어. 고마워."

"감사 인사는 됐으니 빨리 가버려. 가능하면 이 근방에는 더는 얼씬도 안 해 주면 고맙겠군."

"그건 우리가 찾는 사람이 있는 장소가 어딘지에 달렸겠지. 당신은 모르는 거지?"

"나도 소문 이상은 몰라. 우리는 관계없……을 거다."

개 수인의 말에 거짓은 없었다. 남자는 우리에게 협박당한 불량배를 통해 사정을 알아냈다. 그러니 우리가 찾는 사람이 암노예 상인인 것을 알고 있을 것이니.

그런데도 거짓말을 하고 있지 않다는 것은 정말 그나 그가 소속된 조직은 상관없다는 뜻이었다. 다만 조직을 배신하고 개인적으로 노예 매매에 연루된 구성원이 있을 가능성은 부정할 수 없다.

그러니 마지막에 그런 애매한 대답이 나온 거겠지.

"실례했어."

나는 남자에게 다시 한번 감사의 뜻을 전하고는 그대로 자리에서 일어났다. 그리고 카운터에서 어깨를 축 늘어뜨리고 있는 프란 옆에 다시 앉았다.

"마스터. 정보를 원해. 괜찮을까?"

"어떤 정보를 원하지?"

그 남자와 건배한 것이 소개장을 받은 것과 같은 취급을 받은 모양이었다.

나는 바람 마술로 소리를 차단한 뒤 마스터에게 용건을 말했다.

"암노예 상인에 대한 정보라면 뭐든지. 가장 원하는 건 녀석들의 거점에 대해. 그리고 그 조직에 어떤 강자가 있는지도."

"……역시 그건가."

마스터가 잠시 프란에게 시선을 돌리는가 싶더니 그렇게 중얼거렸다. 프란의 정보는 이미 입수하고 있었던 모양이다. 처음부터 알고 있었던 거겠지. 그런데도 프란에게 그런 태도를 보였다니 역시 대단한 담력이다.

"거점에 관해서는 정확하게는 몰라. 출입 금지 구역 중 한 곳이겠지만."

"출입 금지 구역? 그런 곳이 있어?"

"도시 중앙. 치료원 본부가 있는 구역 중 일부는 관계자 외 출입 금지다. 게다가 그 안쪽에는 간부나 그 부하들 말고는 들어갈 수 없는 장소도 있지."

경비도 비정상일 정도로 삼엄해서 정보상이라 하더라도 자세한 정보를 얻는 것은 어려운 모양이었다. 어설프게 캐내려 했다가는 쥐도새도 모르게 사라지니 정보상들조차 기피하는 장소라고.

"즉 치료원이……?"

"조직 전체가 주도하고 있는 건 아니겠지만, 간부 중에 암노예 장사에 손을 대고 있는 자가 있을 가능성은 있겠지."

불법 도시에서 가장 적대해서는 안 되는 조직에 적의 중요 인물이 섞여 있을지도 모른다는 건가…….

"붙잡은 노예는 최종적으로 그 거점에 모인 다음 센디아 밖으로 끌려가는 것 같아. 하지만 그 방법은 모르겠다. 지하도인지, 전이인지. 지상으로 평범하게 운반하는 건 아닐 테니까."

"최종적으로 그 출입 금지 구역으로 끌려간다고 해도, 그 전에 노예들이 모이거나 구성원들이 먹고 자는 곳이 있지 않을까?"

"암노예 상인들은 겉으로는 다른 조직 인간으로 생활하고 있어. 그래서 확실하게 꼬집어서 수상하다고 말할 수 있는 인물이나 조직은 적지."

"적다는 건 짐작 가는 곳이 제로는 아니라는 거네?"

"뭐 그렇지. 짐작 가는 건 세 곳이야."

의외로 많았다.

"첫 번째는 치료원 경비 부대. 구성원의 인원이 많아 경비 부대 내부에 침투하기 쉽다. 그리고 금지 구역에 들어가도 부자연스럽지 않지."

"그렇군."

"경비 부대에는 청묘족도 소속되어 있어."

청묘족이라는 말을 들은 프란의 눈썹이 꿈틀 움직였다. 시무룩

한 와중에도 천적의 이름은 놓치지 않았다. 하지만 조금 전의 일을 반성하고 있는지 끼어들지는 않았다. 얌전히 앉아 마스터의 말에 귀를 기울이고 있다.

"두 번째는 모험가들. 어떤 경력의 인간이 있어도 이상하지 않고, 의뢰를 받고 금지 구역에 들어가기도 해. 잠입하기에는 제격일 거다. 청묘족 모험가도 몇 명 있고."

이곳의 모험가 길드에는 유독 굴곡진 사연을 가진 다양한 사람들이 많았다. 그중에 암노예 상인 관계자가 있을 가능성은 충분하고도 남았다.

"세 번째, 수인회의 무법자들. 수인회조차 감당하기 힘들어할 정도로 잔인한 악당들이지. '혈아대(血牙隊)'라고 자칭하고 있어. 이 녀석들이라면 무슨 짓을 해도 이상하지 않고, 그 구성원 중에는 청묘족도 있다."

이 혈아대는 너무 거친 짓을 벌여대는 탓에 같은 수인회 구성원들에게도 미움을 사고 있다고 한다. 용의자 후보로서는 가장 가능성이 높아 보였다. 그건 그렇고 마스터도 청묘족을 수상하게 여기고 있는 듯했다. 어떤 식으로는 접점이 있다는 것은 확신하는 모양새였다.

"이상이다. 나머지는 직접 조사해 봐."

"……청묘족을 찾으면 돼?"

『음, 일단 그렇게 할까.』

결국 흑묘족의 적은 청묘족이라는 건가.

*

그렇게 정보를 얻고 술집에서 돌아오는 길. 걸으면서 나는 프란과 울시에게 말을 걸었다.

『프란. 울시.』

"!"

"어후."

내 목소리에 반응한 프란과 울시가 같은 타이밍에 몸을 떨었다. 내 목소리가 조금 굳어 있다는 것도 눈치챘으려나?

프란이 조심스럽게 뒤를 돌아보며 등 뒤의 나를 바라보았다. 그 눈에는 겁먹은 눈빛이 띠올라 있었다. 동시에 미안함을 느끼고 있다는 것도 알 수 있었다. 자신이 폭주 식선이었나는 것을 스스로도 깨달은 것이다. 저 버려진 아기 고양이 같은 눈빛을 보면 제대로 반성하고 있다는 것도 알 수 있었다.

『……여기는 적지나 마찬가지야. 신중하게 행동해.』

"응."

"어후."

크게 고개를 끄덕이는 두 사람. 이렇게까지 했으니 특별한 일이 없는 한 폭주하지는 않을 것이다.

『반성하는 건 좋은 일이지만 벌은 벌이야. 카레는 한 그릇밖에 못 먹어.』

"응. 벌은 필요해."

"어후."

조금의 말대답도 없이 곧바로 고개를 끄덕이다니…… 내가 생각하는 것 이상으로 반성하는 마음이 강한 듯했다.

『일단── 음!』

"응!"

"그르르!"

이 후의 일을 상의하려고 생각한 직후, 우리는 순간적으로 임전 태세를 취했다.

어두운 골목 안쪽에서 날카로운 적의가 뿜어져 나온 것이다. 아무리 생각해도 이쪽을 노리고 있었다.

'어쩔까?'

『상대가 누구인지 확인하자. 여차하면 전이를 써서 도망치는 거야.』

'알았어.'

다가오는 적의의 주인을 기다리길 10초.

어둠 속에서 모습을 드러낸 것은 기이한 풍체를 가진 거대한 용인이었다. 일반적인 용인은 인간의 몸에 용의 특징이 살짝 드러나 있다. 머리의 뿔이나 긴 송곳니, 눈가나 팔에 난 비늘 정도였다.

하지만 나타난 용인은 두 발로 걷는 용이라고 해도 무방한 모습을 하고 있었다. 머리 부분은 완전히 용이다. 인간다운 부분은 일절 없었다. 팔을 포함한 모든 부분이 비늘로 덮여 있어 피부색은 보이지 않았다.

외투 뒤로는 긴 꼬리가 삐져나와 있고, 다리는 레그가드를 착용하고는 있지만 기본적으로 맨발이었다. 신발을 신는 것보다 자신의 비늘이 더 튼튼하다는 거겠지.

허리에 찬 검은 쇼트소드로 보였지만, 실제로는 장검이었다.

이 용인의 키가 3미터 가까이 되는 탓에 작아보이는 것이었다. 프란이 나를 사용하고 있으면 대검으로 보이는 현상의 반대인 셈이었다.

헐렁한 회색 외투 위에서도 금속 갑옷을 입고 있다는 것을 알 수 있었다.

금속 갑옷이 서로 부딪치는 절걱거리는 소리를 울리며 경계하듯 천천히 다가오던 용인은, 프란의 공격 범위에 들어갈 듯 말 듯한 장소에서 걸음을 멈췄다.

"……누구?"

"……."

자세를 취하며 묻는 프란의 말에 대답하지도 않고, 용인은 가만히 이쪽을 내려다보았다. 그 시선에는 역시 강한 전의가 담겨 있었다.

감정해 보니 꽤 강했다. 이름은 가즈올. 남자다. 종족은 풍룡인이라고 되어 있었다.

검성술 4, 검성기 3, 격투기와 바람 마술도 수준급이다. 풍룡화라는 고유 스킬도 소지하고 있다.

다만 그 이상으로 눈에 띄는 것은 방어 계열이나 체력 증강 계열 스킬이었다.

강인, 근육 강체, 경기공, 체력 상승, 인내, 통각 무효 등에 더해 고속 재생, 생명 흡수 등의 스킬까지 갖고 있다. 게다가 모든 것이 수준급이었다. 얼마나 혹독한 싸움을 경험해야 이 정도의 스킬이 몸에 배는 것일까. 아니면 끊임없이 고문을 받는 생활이라도 했던 것일까.

특히나 용린(龍鱗)이라고 하는 고유 스킬이 강력했다. 마력을 비늘에 휘감아 제2의 갑옷처럼 만드는 것이 가능한 스킬이라고 한다. 이러한 스킬 이외에도 가즈올은 마강제 갑옷을 입고 있었다. 이 대륙에서 만난 인간 중에서도 그 수비력은 제일이 아닐까 싶을 정도였다.

『상당히 단단한 상대다. 조심해.』

'응.'

그런 남자가 말없이 허리의 칼자루에 손을 뻗었다.

상대의 움직임에 맞춰 프란도 어깨 너머에 있는 내 칼자루를 잡았다.

"훔치러 왔어?"

"……!"

『말도 안 하겠다는 거냐!』

남자는 두 번째의 질문에도 반응을 보이지 않고 갑자기 검을 들고 달려들었다. 답답한 얼굴로 검을 뽑는다 싶더니, 위에서부터 날카로운 일격이 날아왔다. 그 일격을 냉정하게 받아넘긴 프란은 그 자리에서 몸을 웅크렸다.

쪼그려 앉은 프란의 머리 위로 용인의 거대한 다리가 허공을 가르며 스치고 지나갔다. 검과 앞차기의 이단 공격이었다. 뭐, 프란은 완전히 간파하고 있었지만.

아마 기습을 가할 생각으로 인적 없는 이 골목을 습격 장소로 삼은 거겠지. 하지만 아무리 생각해도 이 남자에게 맞는 싸움터는 아니었다. 탁 트인 장소에서 그 체격을 활용하는 것이 훨씬 유리했을 것이다. 오히려 이런 좁은 골목에서는 움직임이 제한된다.

아니나 다를까 공격이 단조로웠다. 앞차기도 답답해 보이는 예비 동작이 훤히 보였다.

반면 작은 체구인 프란은 이곳에서도 충분히 움직일 수 있었다.

"핫!"

"컥!"

가즈올의 앞차기를 회피한 프란은 나를 들어올려 가즈올의 다리 힘줄을 끊어냈다. 사실은 다리를 잘라내려고 했는데 상대의 방어력이 상상 이상으로 견고했다.

마력으로 뒤덮인 가즈올의 용린은 그 자체만으로도 강철 이상의 방어력을 갖고 있었다.

다만 프란은 그럴 가능성도 생각해 두고 있었던 모양이다. 그래서 가벼운 상처만으로도 상대의 움직임을 제한할 수 있는 아킬레스건을 노렸다.

이어서 프란은 몸을 웅크린 상태에서 단숨에 뛰어오르더니 삼각 점프를 하듯 좌우 벽을 걷어차 용인의 머리 위를 뛰어넘었다.

당연히 가즈올도 반응했다. 어퍼컷처럼 치켜든 주먹은 상당한 위력을 가졌겠지만, 내 염동으로 모두 튕겨져나갔다.

공격을 모두 막아낸 가즈올은 황급히 반전하려 했지만 다리의 상처와 거대한 몸이 방해가 되어 움직임이 한 박자 늦어지고 말았다.

이제 보니 시가지에서의 전투 경험이 적은 것 같았다. 그 강함에 비해 움직임은 상당히 허술했다. 평소에는 도시 밖에서 항마를 사냥하고 있는 것일지도 모른다.

게다가 이 남자의 공격에는 살기가 실려 있지 않았다. 상처를 주는 것만이 목적이었는지 죽이지 않기 위해 봐주기까지 하고 있다. 경고가 목적이었겠지. 그렇다고 해서 프란이 용서할 리는 없겠지만.

"하아아앗!"

"크악!"

비늘이 아무리 단단하더라도, 자세를 잡지 못한 상태에서 공기발도술 직격탄을 맞고 무사할 수는 없었다. 가즈올의 오른발은 무릎부터 잘려나갔고, 그 자리에서 거구가 옆으로 쓰러졌다.

"내 다리를……! 흑묘족이……?"

눈을 부릅뜬 가즈올의 얼굴은 화가 난 것처럼 보이지는 않았다. 어느 쪽인가 하면 경악에 가까운 표정이었다. 뭐, 얼굴이 용이라 잘은 모르겠지만. 멍한 얼굴을 한 가즈올에게 프란이 검을 들이밀었다.

"너는 누구야? 왜 나를 노렸어?"

"……빌어먹을. 수인회의 조력자가 이 정도의 강자일 줄은 몰랐는데……."

갑자기 공격해 온 용인 가즈올에게 프란이 검을 들이밀자 분한 얼굴로 신음한다.

수인회라고 했나? 수인회로 착각하고 습격해 왔다는 건…….

『이 녀석 용왕회의 구성원인가?』

"넌 용왕회?"

"……."

입을 다무는군. 애초에 말이 많은 타입도 아닌 것 같으니 어쩔 수 없지만…… 조금은 정보를 얻어야겠는데.

"나를 수인회의 조력자라고 착각한 이유는?"

"……?"

"나는 수인회 사람이 아니야."

"거, 거짓말 마라!"

"거짓말 아니야. 그래서 넌 용왕회?"

"……."

음, 입을 열지 않네. 이 녀석은 통각 무효 스킬이 있으니 강압적인 심문도 별다른 성과를 기대하긴 어려울 것이다. 이미 출혈은 멈췄고, 약간의 상처 정도로는 위협도 되지 않겠지.

내가 입을 열게 할 방법을 고민하고 있는 동안 프란이 일단 위협을 이어갔다.

나를 가즈올의 머리에 대고 살기를 뿜어내는 프란.

"……솔직히 말하지 않으면 따끔한 맛을 보게 될 거야."

"흥."

가차없는 살기를 맞고도 가즈올은 멀쩡한 얼굴을 하고 있었다. 프란이 뿜어내는 살기에도 동요한 기색은 보이지 않았다. 역시나. 하지만 다음에 프란이 한 말을 들은 순간 표정이 싹 바뀌었다.

"일단은 뿔. 그 다음은 꼬리. 재생하지 못하게 정성껏 뭉개줄게."

"윽!"

이는 수인이나 용인이 상대였기에 사용할 수 있는 협박이었다. 그들에게 꼬리와 뿔은 종족을 나타내는 긍지나 다름없었다. 손발 하나를 잃을 각오는 할 수 있어도 꼬리나 뿔을 잃는 굴욕은 참을 수 없었다.

이전에 만났던 청묘족도 키아라에게 꼬리를 빼앗긴 것을 몇십

년이 지난 뒤에도 마음에 품고 있었다.

가즈올처럼 종족적인 특징이 더욱 두드러지게 발현한 자에게는 무척이나 효과적인 협박이었다. 난 떠올리지 못한 협박이다.

"그 후에는 발톱을 자르고, 송곳니를 부수고, 마지막에는 비늘을 한 장 한 장 벗길 거야. 온몸이 얼마나 매끈해지는지 시험해 볼까."

"……."

"말 안 할 거야? 그럼——."

"알았어! 말할게!"

뿔 밑동에 대고 있던 나를 쥔 손에 힘이 들어간 순간, 가즈올이 흑빛이 되어 소리쳤다. 프란의 진심을 느낀 것이다.

"정말 무서운 아가씨로군……. 같은 꼬리를 가진 자인데……피도 눈물도 없어."

"다짜고짜 공격한 녀석한테 듣고 싶지 않아."

"……크. 반박은, 못하겠군."

가즈올이 무너졌다. 거대한 용인이 어깨를 축 늘어뜨리는 모습은 어딘가 코믹했다.

어쩐지 미워할 수가 없었다. 게다가 습격할 때에도 프란에 대한 적의는 있었어도 살의는 없었다. 공갈을 치려는 비열한 감정 같은 것도 전혀 느껴지지 않았다.

심지어 프란 같은 아이를 덮치는 것에 불만을 품고 있는 것처럼 보이기도 했다.

"너는 어디의 누구?"

"……나는, 가즈올. 용왕회에 소속된 전사다……."

"길거리 살인마가 아니라?"

"……그렇게 불러도 된다. 이렇게 된 이상 달게 받아들이마."

씁쓸한 얼굴을 하면서도 프란의 말에 반박하지는 않았다. 어느 정도의 떳떳함도 갖고 있는 것 같았다.

"그래서? 왜 나를 덮쳤어?"

"우리 쪽 상부에서 수인회를 돕고 있는 뛰어난 실력의 전사들을 때려눕히고 이 도시에서 쫓아내라는 지시를 받았다."

"수인회의 실력자?"

"음. 이미 용왕회 구성원들이 몇 명이나 쓰러지고 붙잡혔다."

무투파 소직인 용인을 몇 명이나 붙잡았다니, 상당한 실력자 아닌가?

프란도 수인회의 조력자라는 이에게 흥미를 느낀 모양이었다.

"그건 어떤 녀석들이야?"

"고양이 계통 수인 전사 2인조라고 했다."

"고양이 수인……."

"그래. 그중 한쪽은 몸집 작은 소녀고 큰 검을 메고 있다는 정보가 있었다. 그 외모에 강하기까지 하다면 후보는 한정되지."

그건 확실히 프란이라고 착각할 만했다. 고양이 계통 수인의 작은 소녀. 게다가 검을 메고 있고 확실한 강자. 듣고 보니 특징에 딱 맞아떨어졌다.

내가 기억하는 한 그런 특징에 부합하는 것은 프란 외에는 메아 정도였다. 뭐, 메아가 있는 곳은 수인국이니까 이곳에 있을 리는 없겠지만.

"이 근방에서 찾고 있었는데, 부하에게 특징과 일치하는 자가 있다는 보고가 들어왔다. 찾아와서 보니 너희들이었다는 거지."
"그 조력자는 강해?"
"음. 불확실한 정보까지 합치면 요 며칠 사이에 10명 이상이 수인회에 붙잡혔다. 이대로는 곤란하다고 생각한 부두목이 나에게 대처를 명한 거고."
"……죽일 생각이 없었던 건 왜야?"
"그 녀석들은 정식으로 소속된 게 아니라 일시적인 조력자라고 들었다. 수인회에 대한 충성심 같은 것도 없을 테니 때려눕히면 도망칠 거라고 생각했다. 아이라는 말을 들으니 차마 죽일 수 없기도 했고."
"그렇구나."
"그 결과가 이거다. 어둠을 틈타 어린 여자애를 습격하는 비겁한 짓을 한 대가라는 거겠지……."
가즈올은 그렇게 말하며 탄식했다. 상부의 지시 때문에 어쩔 수 없이 프란을 덮쳤지만, 실제로는 야습은 하고 싶지 않았던 모양이다. 본인은 정정당당하게 싸우고 싶지만 윗선의 명령이라면 더러운 일도 어쩔 수 없이 해낸다. 그런 느낌이었다.
"다음에 습격할 때는 상대가 맞는지 먼저 확인해."
"음. 다음이 있으면 그렇게 하겠다……."
자아, 저쪽에서 먼저 뛰어든 정보원이니 좀 더 정보를 캐볼까.
"물어보고 싶은 게 있어."
"뭐지? 이렇게 된 이상 뭐든 대답하겠다."
"암노예 상인의 정보나 그들과 관련된 청묘족의 정보를 알고 싶어."

"암노예 상인? 녀석들에 대해 뭘 알고 싶은 거지?"

"아무거나 좋아. 정보라면."

"음, 우리는 노예 장사와는 표면상으로도 접점이 거의 없어서 말이지."

"그래?"

"그래."

가즈올의 설명에 따르면 용인은 노예를 사용하지 않는다고 한다.

자신들 이외의 종족을 깔보는 자들이 많기 때문에 '다른 하등 종족은 모두 노예로 만들어 주겠다!'라는 느낌이 아닐까 생각했는데, 오히려 그 반대였다.

어느 쪽인가 하면 '다른 종족 따위는 어차피 바보 같고 약해서 쓸모없는 녀석들뿐이니 노예로 쓸 가치도 없다!'라는 사고방식이라고 한다. 노예를 데리고 있으면 '푸훗, 재 노예 써? 한심하긴!'이라는 식으로 여겨진다고 하니 어떤 의미로는 한결같다고 할 수 있었다.

또한 골디시아 대륙을 떠나는 것이 허용되지 않는 순혈 용인들은 이 대륙에서 노예를 잡았다고 해도 그들을 수출할 방법이 없었다.

그 결과 용인들이 노예 매매와 관련되는 일은 많지 않다고 했다.

"수인회에서 암노예를 잡고 있다는 소문은?"

"음, 들어본 적 없군. 난 평소에는 흉마 사냥을 나가서 도시 안의 소문에는 어두워."

"그래……."

"아! 다만 수인회의 조력자 중 한 명이 청묘족이라는 소문은 들었다.”

“정말?”

“소녀 쪽은 어느 종족인지 정확하지 않은 모양이지만, 상대편 남자는 청묘족이 틀림없다고 하더군.”

“그래…….”

수인회의 강한 청묘족이라. 조사해 볼 가치는 있을 것 같았다.

그 후 다른 짐작 가는 것에 대해 물어보았지만 가즈올은 정말 아무것도 모르는 것 같았다. 자잘한 소문 같은 것을 신경 쓰는 성격도 아닌 것 같으니 이 이상의 정보는 나오지 않겠지.

그럼 이제 이 남자는 어떻게 할까? 뭐, 일단 오해는 풀어두자.

“나는 수인회 사람과 만난 적도 없어.”

“그래, 그런 것 같군…….”

가즈올이 처량한 얼굴로 어깨를 축 늘어뜨렸다. 우리가 수인회의 이런저런 내부 사정을 물어본 것을 듣고 정말로 외부인이라는 것을 깨달은 것이다.

목표를 착각한 끝에 소녀에게 덤벼들었고, 게다가 패배해 붙잡혔다. 보기 좋은 구석이 한 군데도 없었다.

이쯤 되자 미워할 수 없는 모양인지, 프란도 조금 불쌍한 눈빛으로 가즈올을 내려다보고 있었다. 가즈올도 연민의 시선을 민감하게 알아차리고 자조하듯 중얼거렸다.

“훗. 꼴사납군.”

“응.”

“…….”

“…….”

역시 나도 가즈올에게 동정심이 들었다. 불쌍한 녀석.

가즈올이 희미하게 눈물을 글썽이며 소리쳤다.

"크, 죽여라!"

용인 아저씨의 저런 대사라니! 대체 누굴 위한 대사냐!

'스승. 어쩔까?'

『음…….』

여기서 바로 움직이지 않고 제대로 나에게 의견을 구해 준 것이 기뻤다. 생각하고 행동하려는 것이 잘 느껴졌다.

『죽이는 건 위험해.』

'응.'

가즈올은 꽤 강했고, 용왕회에서도 말단은 아닐 것이다. 간부급 인간을 죽였다는 사실이 드러난다면 보복은 피할 수 없다. 게다가 나도 프란도 더는 죽일 마음은 사라진 상태였다.

『어쩔 수 없으니까 적당한 곳에 던져둘까.』

'응. 알았어.'

가즈올의 모습을 봐서는 다시 덤벼들 가능성은 낮겠지만, 일단 구속은 해 두었다.

대지 마술로 지면을 변화시켜 가즈올의 몸통을 옭아맸다. 그리고 프란이 치유 마술로 가즈올의 다리를 붙여주었다.

"으어엇? 뭐, 뭐냐!"

"가만히 있어."

"내 다리에 무슨 짓을……!"

"됐으니까 움직이지 마."

"이, 이건 회복—— 아니, 치유 마술인가?"

"응."

가즈올이 날뛰는 것을 멈추고 태도도 얌전해졌다. 치료받을 수 있다는 것을 알고 조용해졌나 생각했는데, 아무래도 그뿐만은 아닌 것 같았다.

"소녀여……."

"왜?"

"오늘 일, 없었던 일로 해달라고는 하지 않겠다. 하지만 모든 용인이 너의 적이라고는 생각하지는 말아주겠나? 나쁜 건 우리 용왕회다."

"무슨 말이야?"

"회복 마술 사용자는 이 대륙에서는 귀중하다. 특히나 이 도시에서는 더더욱 말이지……. 치료원이 권력을 잡고 있는 것도 그게 이유다."

귀중한 치유 마술 사용자를 습격했다는 사실을 알고 우리의 상상 이상으로 충격을 받은 모양이었다. 그리고 프란이 용인족 전체를 적으로 여겨 앞으로 용인을 아예 회복시켜주지 않으면 어쩌나 두려워한 것이다.

"용왕회에는 너에게 손대지 말라고 전해 두겠다. 못 믿겠으면 여기서 내 목숨을 거둬가도 상관없다."

"……딱히 아무나 치료해 주는 건 아니야."

"알고 있다. 다만 동족들이 어딘가에서 목숨을 잃지 않을 수도 있는 가능성을 내가 빼앗고 싶지는 않을 뿐이다."

"……몰라."

"음."

더 이상 어떻게 대답해야 할지 알 수 없었던 걸까. 프란은 가즈올에게 등을 돌리고 걷기 시작했다.

"만약 내 힘이 필요하게 된다면 불러다오! 무슨 일이든 하겠다!"

"……."

"미안했다!"

가즈올의 목소리를 등 뒤로 들으며 한참을 걷고 있는데, 갑자기 프란이 주위를 둘러보았다.

『왜 그래?』

"뭔가……."

말로 표현할 수 없는 미미한 이변 같은 것을 감지한 모양이다. 나도 주위를 살펴보았지만 아무것도 발견하지 못했다. 하지만 나보다 더 촉이 날카로운 프란이 무언가를 느꼈다면 그것은 무시할 수 없었다.

『빨리 여기서 벗어나자.』

'알았어.'

프란이 느낀 위화감은 무엇이었을까? 항마 출현의 전조? 누군가에게 감시당하고 있는 건가? 용왕회가 무슨 짓을 한 건가? 우리에게 해가 되지 않는 일이라면 좋겠는데…….

*

가즈올에게 정보를 얻어낸 다음 날.

우리는 아침 일찍부터 모험가 길드로 향하고 있었다. 정보 수집을 위해서였다.

일반적인 도시였다면 군것질을 했을 텐데 이 동네에는 노점이 거의 없었다. 애초에 식량이 귀한데다 항마의 계절이라 비축을 우선시하고 있는 모양이었다.

그 때문에 프란은 빈손으로 터덜터덜 걷고 있었다. 아무리 프란이라도 이런 곳에서 차원 수납 속 꼬치를 꺼낼 정도로 눈치가 없지는 않았다. 사실 내가 말렸지만. 아무리 생각해도 필요 이상으로 주목을 받을 테니까.

"청묘족 없어."

『큰길이니까.』

이 동네에서 며칠을 지내다 보니 알게 된 것인데, 역시 일반 시민과 무법자들의 세력권이 확연하게 나뉘어 있었다.

무법자들은 큰길이나 주택가에는 들어가지 않았고, 만약 들어간다면 얌전히 지냈다. 그리고 모험가 길드의 영향력이 강한 장소에도 무법자들이 접근하지 않는 것 같았다.

프란이 지금 묵고 있는 여관도 모험가들이 주로 이용하는 곳이라 안전한 듯했다.

치안이 안 좋아지면 외부에서 사람이 들어오지 않게 되고 물자 등의 수입도 막힌다. 무법자들도 그 부분은 잘 알고 있을 것이다.

안전한 길을 지나 모험가 길드에 도착했다. 안은 변함없이 황량한 분위기였다.

프란은 카운터로 가자마자 프레알 앞에 앉았다. 길드 마스터인데도 매일 바텐더 일을 하고 있는 건가? 거친 사람들을 감시하려는 목적이 있는 걸지도 모르지만, 일은 괜찮은 걸까?

"주스."

"싸구려라도 괜찮겠나?"

"응."

어젯밤 술집에서 마신 것과 똑같은 주스였다. 프란이 떨떠름한 얼굴로 그것을 마시고 있는데 프레알이 입을 열었다.

"물어볼 게 있다. 짧은 시간에 꽤 화려하게 움직인 모양이더군."

"응?"

"왜 거기서 의아한 얼굴을 하는 거냐!"

"탐문을 한 것뿐이야."

이쪽에서 먼저 싸움을 건 적은 없으니까. 프란은 정말 모르겠는 얼굴을 하고 있었다.

"몇 명이나 때려눕혔지?"

"응……? 많이."

"하아아아. 정확히 누구인지 특정되지는 않았지만, 이 근방에서는 꽤 소문이 돌고 있다. 암노예에 대해 캐묻고 다니는 꼬맹이가 있다고 말이지."

"흐음."

"관심을 좀 가져봐!"

"관심 있어. 암노예 상인이 접촉해 오면 행운."

"아무리 그래도 도시 안에서 사망자가 나올 정도로 크게 일을 벌이면 길드에서도 감싸줄 수 없다."

즉, 어느 정도는 감싸줄 마음이 있다는 건가?

"의아한 얼굴이군. 지금은 항마의 세절이야. 너만한 수준의 모험가가 있어 주는 건 감사한 일이지. 비난의 방패 정도는 되어줄 수 있다. 다만 일반인에게 피해를 입힌다면 감싸줄 수 없어."

"알았어."

프란을 얼마나 망나니 같은 아이라고 생각하는 거냐. 일반인에게 손을 댈 리가 없잖아! 뭐, 불법 도시에 오는 인간들 중엔 하나하나 주의하지 않으면 알아듣지 못하는 위험한 녀석들이 많아서 그런 거겠지만.

"진짜로 이렇게 부탁한다. 만일의 경우에는 믿고 있을 테니 말이야."

"응. 도시가 항마에 습격당하면 싸울게."

"그 말만으로도 충분하다. 너는 약속을 적극적으로 어기는 타입은 아닐 테니까."

"악인과의 약속 이외에는 지켜."

"……말해 두겠는데, 나는 착한 사람은 아니지만, 나쁜 짓만 하지는 않았어."

본인이 악인이 아니라고는 말하지 않는구나. 뭐, 센디아에서 길드 마스터를 하고 있는 이상 청탁을 모두 받아들일 필요는 있겠지.

"청묘족의 정보를 원해."

"모험가 중에도 몇 명 있긴 하지만, 정보를 다 알려줄 수는 없다. 그들이 암노예 상인과 이어져 있다는 증거가 없다면 말이지."

프란이 랭크 B의 이명 보유자라 해도 선불리 다른 모험가의 정보를 흘릴 수는 없다는 뜻이었다. 길드의 신용 문제와 직결되니까.

"음. 그럼 수인회의 뛰어난 조력자에 대한 정보는?"

"얼마 전부터 화제가 되는 소문 말이지. 다만 이쪽에도 자세한 정보는 들어오지 않았어. 고양이 계열 수인 남녀 콤비라는 것 정도만 알고 있다.”

“남자가 청묘족이라고 들었어.”

“그 얘기는 나도 들었다. 소녀 쪽은 늘 은폐의 로브를 입고 있어서 종족을 알 수 없다고 하더군.”

수인회의 조력자에 관한 소문은 프레알의 귀에도 들어간 모양이었지만, 길드에서 알아낸 정보는 아쉽게도 거기까지였다.

“아무래도 모험가와 의도적으로 접촉하지 않으려고 하는 것 같아.”

“왜?”

“유명한 모험가이거나, 현상범이거나. 둘 중 하나일 가능성이 높겠지.”

소녀 쪽은 확실하게 신상을 감추고 있다고 한다. 신분 노출을 막기 위해 모험가를 피하고 있는 건가?

『점점 더 수상한데.』

“응. 그 녀석들을 만나려면 어디로 가면 돼?”

“모르겠── 아니, 잠깐. 내가 조사해 보마.”

“괜찮아?”

“네가 멋대로 움직였다가 소란이라도 일어나면 곤란해. 수인회의 골칫덩이라 해도 이 도시의 방위에는 필요한 전력이니까.”

프란이 수인회와 마찰을 일으켰다가 상대 쪽이 피해를 입는 것을 염려한 것 같았다.

이 도시는 조직들끼리 미묘한 균형 관계를 이루고 있다고 했으니 그것을 무너뜨리고 싶지 않은 거겠지. 안 그래도 용왕회가 기세등등하게 굴면서 균형이 무너지기 직전이었다.

'어쩔까?'

『길드의 정보망을 쓸 수 있다면 맡기는 게 좋겠지.』

우리가 조사할 수 없는 정보까지 얻을 수 있을지도 모른다.

"응. 맡길게."

"오오! 그래! 맡겨줘! 며칠은 걸리니까 그동안은 부디 얌전히 지내줘."

"……알았어."

프란이 나서면 그만큼 소동이 벌어질 확률이 올라간다. 조용히 있어 주길 바라는 것이다.

"그럼 그동안은 관광할게."

"큰길에서 벗어나면 안 된다? 그리고 치료원에서는 소란 피우지 말고? 진심으로, 부탁할게."

"응. 알아."

*

길드 마스터 프레알에게 정보 수집을 부탁한 다음 날.

우리는 도시 중앙으로 향하고 있었다. 어제 이미 주택가나 큰길가는 대충 둘러보았기 때문이었다.

'저 높은 건물?'

『맞아. 저 하얀 탑이 치료원 본부라나봐. 치료소뿐만 아니라 간부 숙소나 연구소 같은 것도 들어가 있대.』

"흐음."

프란은 별 관심 없는 얼굴로 흘려들었지만, 이 세계의 기준으로 보면 꽤나 진보된 시설이라 할 수 있었다.

청결한 진료실에 회복 마술사 육성을 위한 수업 시설. 심지어 외과 의술을 위한 연구소까지 있었다. 마치 일본의 대학병원을 연상시키는 곳이었다.

그렇다면 상층부가 썩었다는 것은 충분히 있을 수 있는 일이었다.

하얀 탑의 대학병원. 딱 예상이 갔다. 분명 교수 선거 때 회진에서 뇌물이 오갈 것이다. 진흙탕 같은 권력다툼이 벌어지고 있는 것이 분명하다. 아닐 수도 있지만.

'스승?'

『미안. 생각 좀 하느라. 치료원의 평판은 나쁘지 않지만, 큰 조직이 깨끗한 방식만으로 돌아가고 있을 리가 없지. 방심하지 마.』

'응.'

동네 잡화점에서 치료원에 관한 이야기를 가볍게 물어보았지만 칭찬 일색이었다. 가게를 지키는 할아버지가 간호사가 미인이라느니 선생님이 거유라느니 하는 쓸데없는 정보까지 늘어놓았다.

일반 시민 입장에서는 비싸긴 해도 마술을 써서 제대로 회복시켜주는 선량한 존재에 지나지 않는 것 같았다. 뭐, 잡화점의 할아버지는 미인계에 홀랑 넘어가 속고 있는 것뿐일지도 모르지만.

그 밖에도 길을 가는 여자에게 은근슬쩍 평판을 물어보기도 했다.

"저기."

"어머? 뭐니, 꼬마 아가씨?"

"저 탑이 치료원이라는 곳이야?"

"응, 맞아. 넌 밖에서 온 모험가니?"

"응. 이 도시에 막 왔어. 치료원이 커서 깜짝 놀랐어."

"그렇구나. 다른 곳의 치료원은 그렇게 크지 않다고 들었는데, 역시 드문가?"

불법 도시라고 해도 시간이 점차 지나면서 일반인들도 많이 살게 되었다. 그런 사람들은 다른 대륙의 일반인들과 별반 다르지 않은 생활을 하고 있었다. 딱 보기에도 수다스럽고 오지랖이 넓을 것 같은 아줌마를 골라 말을 걸어봤는데, 정답이었다.

프란에 대해 별다른 의구심을 품는 기색도 없이 묻는 말에 선뜻 대답해 주었다. 아니, 물어본 것에 대해 몇 배나 더 많은 정보를 들려주었다.

그 결과 치료원의 평판이 높다는 사실만 알게 되었을 뿐이다.

하지만 이상하지 않나? 이렇게 물어봤는데도 나쁜 소문이 하나도 나오지 않는 것이 가능한가? 그 완벽함이 오히려 수상했다. 떳떳하지 못한 부분이 있어서 선량한 조직을 연기하는 것은 아닐까? 너무 지나친 생각인가? 하얀 거탑과 비슷한 모습에 의심병이 걸린 것뿐일까? 드라마 중독이냐고?

물론 내가 색안경을 끼고 보고 있는 것은 맞았다. 권력과 이권을 쥔 거대 조직이 청렴결백할 리가 없다. 분명히 평판 조작이 행해지고 있을 것이다.

'어떻게 하지?'

『일단 환자를 가장해 내부 조사를 해 보자. 할 수 있겠어?』

'응. 맡겨줘.'

프란은 내 말에 고개를 끄덕이더니 자신의 배에 양손을 얹었다.
“아파— 배가—.”
『오오.』
놀라울 정도의 발연기! 발연기 여왕이라는 칭호를 부여하마!
『거기서 좀 더 아프게 할 수 있을까?』
“너무 아파—.”
『힘든 표정도 좀 지어볼까?』
“힘들어—.”
『조, 좀 나아진 것 같은데?』
“응!”
이런, 스킬을 정리할 때 연기 스킬은 남겨둘 걸 그랬나. 아니, 얼마 전에 다시 습득했었지. 고블린 같은 녀석들에게 얻은 건가? 연기 1을 보유하고 있었다.
『프란. 연기 스킬을 발동한다는 생각으로 한 번 더 해봐.』
“아야야—.”
발동하고 있는 건가? 하고 있네. 하고 있는데도 이 정도구나.
아마도 프란은 절망적으로 연기에 재능이 없는 모양이었다.
운동 신경이 좋은 인간이 수행을 하며 익힌 검술 1과 운동 신경이 나쁜 인간이 마도구의 효과로 강제로 발동시킨 검술 1은 분명 효과가 다르다.
그와 마찬가지로 연기에 재능이 있는 인간이 습득한 연기 스킬과 재능이 없는 프란이 나에게 부여받아 하는 연기 스킬은 하늘과 땅만한 차이가 났다.
“완벽해.”

『뭐, 어떻게든 되겠지. 그냥 진찰만 받는 거니까.』

그렇게 우리는 치료원으로 향했지만, 도착할 수는 없었다.

그 전에 소동과 맞닥뜨렸기 때문이었다.

"죽여버리겠어!"

"당하고만 있을 순 없지!"

"용왕회 녀석들을 찾아내라!"

살기로 가득찬 수인들이 큰길을 가로질러 가는 것이 보였다. 분위기가 살벌했다.

'스승, 어쩔까?'

『일단 기척을 지우고 따라가 보자.』

'알았어.'

『여차하면 울시한테 추적을 맡길 수도 있으니까 준비해 둬.』

'웡!'

프란이 스킬과 마술로 기척을 지우고 수인들이 사라진 쪽으로 달려갔다. 폭력적인 기운을 내뿜고 있는 수인들은 멀리서도 쉽게 위치를 파악할 수 있었다. 추적하기는 쉬웠다.

게다가 주위에서 수인들이 삼삼오오 모여들고 있었다.

따라잡고 보니 수십 명의 수인과 용인이 마주보고 서 있었다. 서로 칼을 빼들고 있어 언제 전투가 벌어져도 이상하지 않을 분위기였다.

『어떻게 엮여도 귀찮아질 것 같은데……』

불온한 기운을 내뿜고 있는 용인과 수인들의 모습을 조금 떨어진 곳에서 관찰했다.

『조직 간의 항쟁이겠지.』

'가즈올은 없네?'

『뭐, 용왕회 구성원은 꽤 많은 것 같으니까 어디에나 있는 건 아니겠지.』

이거 위험한 상황 아닌가? 여기서 양측이 서로 죽이기라도 하면 용왕회와 수인회의 항쟁은 확실하게 격화될 것이다. 최대 조직들이 서로 치고받고 싸우는 상태에서 항마의 계절을 무사히 극복할 수 있을 리 만무했다.

큰길까지는 아니지만 나름대로 넓은 사거리에서 마주 보는 양측.

말려야겠다고 결심했지만, 사태는 그보다 더 빠르게 움직여 버렸다.

수인 한 명이 갑자기 신음하며 한쪽 무릎을 꿇은 것이다.

어디선가 날아온 화살이 그 어깨에 박혀 있었다. 새빨간 피가 골목에 튀었다.

그것이 방아쇠가 되며 현장의 살기가 단숨에 치솟았다.

"감히 건드렸겠다!"

"죽어라!"

수인들이 그렇게 말하며 앞으로 나서자 용인들도 질세라 무기를 들었다.

"우리들의 무서움을 알려주마!"

"짐승 놈들, 전부 죽여주마!"

그리고 말릴 새도 없이 싸움이 시작되고 말았다. 저 화살은 뭐였지? 용인의 복병? 그렇지만 용인들도 놀란 것처럼 보였는데…….

그러나 계기가 무엇이든 일단 시작되자 그 싸움은 치열했다.

검에 베인 수인이 쓰러지고, 창에 찔린 용인이 배를 누른 채 몸을 웅크렸다. 그렇게 흐른 피가 남자들을 더욱 흥분시켰다.

내버려두면 사망자가 나오는 것은 시간문제일 것 같았다.

『조금 더 가까이 다가가서 몰래 힐을 걸어보자.』

'알았어.'

여기서 대놓고 끼어들었다가는 확실하게 눈에 띈다. 그렇다고 양쪽 모두에게 감사를 받고 모든 일이 잘 풀리는 결말은 절대 일어나지 않을 것이다. 그렇다면 최소한 죽는 사람만은 나오지 않도록 몰래 움직이자.

프란과 나는 둘이서 힐을 사용해 중상자를 치유해 나갔다. 의식은 잃은 채로 나뒹굴기에 10분이 지나자 수가 줄어들었다. 남은 것은 수인 3명, 용인 5명이다.

그러고서야 그들은 드디어 이상하다는 것을 깨달은 듯했다. 그도 그럴 것이, 이 정도의 격전이 벌어졌는데 신음하며 쓰러진 자는 있어도 적에게도 아군에게도 사망자가 없기 때문이었다.

"……?"

"……?"

양 진영 모두 상대가 무슨 짓을 했다고 생각한 모양이었다. 탐색하는 눈빛으로 서로를 마주 보고 있다.

처음의 흥분은 가라앉은 것 같았지만, 전의는 아직도 가시지 않은 채였다. 이대로 가만히 있으면 금방 싸움이 다시 시작될 것이다.

자, 어떻게 할까? 내가 몰래 전원을 재워버릴까?

이런저런 생각을 하고 있는데, 다시 한번 화살이 날아오는 것이 보였다. 이번에도 수인을 노리고 있었다. 하지만 그렇게 여러 번 당할 줄 알고!

나는 염동을 사용해 화살을 쳐냈다. 그러자 그것을 본 수인들이 다시 험악한 분위기를 풍겼다.

“숨어서 화살을 쏘다니 비겁한 놈들 같으니!”

“모, 몰라! 우리를 모욕하는 거냐!”

“모욕이고 뭐고! 사실이잖아! 처음 그 화살도 지금 화살도 우리를 노리고 있었다고!”

“어차피 우리에게 죄를 뒤집어씌우기 위한 자작극이겠지! 지금도 이상하게 떨어졌잖아!”

“그런 비겁한 짓은 안 해! 비겁한 네놈들 용인과 같은 취급 마라!”

“거짓말하지 마! 이런 짓이라도 하지 않으면 나약한 수인이 우릴 이길 방법이 없으니까 그런 거겠지!”

“뭐라고?! 이 도마뱀 자식이!”

“짐승 주제에!”

이런, 화살을 막은 게 오히려 역효과가 났나? 하지만 내가 막지 않았으면 수인의 머리에 박힐 궤도였다고……. 우선은 남은 여덟 명의 의식을 빼앗고 그 후 사수 문제를 해결해야 하나?

하지만 또다시 우리가 움직이기도 전에 변화가 일어났다.

서로 노려보던 양측 사이로 무언가가 굴러오는 것이 보였다.

『뭐지? 검은 구슬?』

‘누가 던졌어?’

우리뿐만 아니라 용인들이나 수인들의 시선도 갑자기 나타난 그 구슬에 집중되었다. 그대로 데굴데굴 굴러가던 구슬이 양측의 딱 중간쯤 되는 절묘한 위치에서 움직임을 멈추더니── 폭발했다.

펑! 하는 소리와 함께 대량의 연기가 주위에 퍼져 나갔다. 엄청난 양의 연기가 주변을 완전히 뒤덮었다. 그곳에 갑자기 누군가의 기척이 생겨났다. 은밀 능력을 가진 것인지 기척이 상당히 희박했지만 그 움직임은 상당히 빨랐다.

"뭐, 뭐야 이건── 크악!"

"아무것도 안 보── 크헉!"

"어, 어떻게 된── 끄흑!"

연기 속에서 남자들의 비명이 계속해서 울려 퍼졌다. 의문의 기척이 움직일 때마다 부법자들의 묵식한 비냉이 터져 나왔다.

멈춰 세울까 잠시 고민했지만, 그림자에서는 살기가 느껴지지 않았다. 게다가 쓰러진 수인이나 용인도 의식을 잃은 것뿐이었다. 일단 상태를 지켜보기로 했다.

난입자 이외에 서 있는 자의 기척이 모두 사라진 후, 연기가 희미해지기 시작했다.

'전부 쓰러졌어.'

『저 검은 옷 입은 놈이 그런 것 같아.』

용인들과 수인들 사이에, 온몸을 검은색 장비로 감싼 한 남자가 서 있었다. 저 녀석이 양 진영의 남자들을 모두 기절시킨 것 같았다. 단시간에, 게다가 시야가 가려진 연기 속에서 저만한 수의 의식을 빼앗다니…… 상당한 실력이었다.

『뭐, 그 녀석이라면 그 정도는 하겠지.』

'응.'

'웡.'

『두 사람도 기억하고 있구나.』

프란은 강한 상대를 잊지 않았고, 울시는 같은 은밀 계열로서 그를 묘하게 라이벌로 여기고 있었다.

『이 도시에 있다는 건 아스라스에게 들었지만, 여기서 나올 줄이야……. 목적이 뭐지? 용인들까지 때려눕혔잖아.』

그곳에 있던 것은 왕도에서 함께 싸웠던 은밀에 특화된 용인 프레드릭이었다.

그 시선이 은밀을 유지하고 있던 프란에게 향했다. 다만 이쪽을 완전히 간파한 것은 아니고 골목에 무언가가 있다는 것만 알아차린 것 같았다. 고민하는 얼굴로 자세를 취하고 있었다.

『이건 나가는 게 낫겠다.』

'알았어.'

프란이 은밀을 유지한 채 골목에서 나왔다. 눈앞에 모습을 드러내면 이쪽의 정체는 알 수 있을 것이다.

은밀을 계속 유지하고 있는 이유는 수수께끼 사수의 존재 때문이었다. 우리들도 상대의 기척을 감지할 수 없는 상태였다. 그런 상대에게 무방비하게 기척을 드러내는 짓은 하고 싶지 않았다.

"오랜만이야."

"이런, 여기서 만날 줄은 몰랐는데……."

저쪽도 놀란 얼굴을 했다. 다만 서로의 목적을 몰라 당황하고 있었다.

항쟁을 막으려 했던 것은 알겠지만, 그 목적은 무엇일까? 그쪽도 프란이 이곳에 있는 이유는 알 수 없을 것이다.

어느 쪽도 완전한 아군이라고 단정할 수 없었기에 그저 침묵의 시간이 흘렀다.

거기에 다가오는 기척이 느껴졌다. 다만 이쪽도 아는 상대였다.

1분 정도 기다리자 하늘색 포니테일 머리의 소녀가 나타났다. 크란젤 왕국의 귀족인 베일리즈 백작의 외동딸, 반수룡인 소녀 베르메리아다. 예전과 같은 검은 옷차림을 하고 골목길에서 모습을 드러냈다.

"프레드릭, 죄송합니다. 사수를 놓쳤습니—— 프란?"

"응. 베르메리아. 오랜만."

"오, 오랜만이네요. 그건 그렇고 기척을 전혀 눈치채지 못했습니다……. 또 실력이 는 건가요?"

"수행하고 있으니까. 하지만 베르메리아도 강해졌어."

"후후. 저도 매일 수행하고 있으니까요. 게다가——."

"잠깐. 할 이야기가 많겠지만 여기서는 곤란해. 이동하자."

"그렇겠네요."

두 사람에게서 적의는 느끼지 않았고, 이동하는 것도 상관없었다. 하지만 이곳의 뒤처리는 어떻게 하지?

무법자들을 여기에 재워두면 어느 한 쪽의 원군이 왔을 때 다른 한쪽이 몰살당하지는 않을까? 그렇게 되면 항쟁을 멈춘 의미가 없어진다.

"이 녀석들은 어떻게 해?"

"치료원의 지인 유지 부대에 신고해놨다. 내버려 두면 알아서 데려가겠지. 응급 처치를 하면 치료비를 받을 수 있으니 기꺼이 연행해 갈 거야."

강제로 치료를 하고 그걸로 돈을 가져가는 건가. 뭐, 모험가 길드의 치료사도 비슷한 일을 하고 있으니 맡겨도 괜찮겠지.

"그럼 일단 은신처로 돌아가자."

"프란, 안내할게요."

"응……?"

"왜 그러세요?"

"뭔가, 이상해."

프란이 걸음을 멈추고 주위를 둘러보았다.

『혹시 저번이랑 같은 거야?』

"응……."

프란이 이전과 같은 위화감을 느낀 모양이었다. 이렇게 된 이상 철저하게 주위를 조사할 수밖에 없겠군!

그렇게 생각했는데, 그러지 못했다. 프레드릭이 부른 치료원의 치안 유지 부대가 바로 코앞까지 다가오고 있었기 때문이었다.

무엇이 프란의 감각에 걸려든 것인지는 신경 쓰였지만, 여기서는 물러나는 것이 현명한 선택이었다.

우리는 프레드릭의 뒤를 따라 그 자리를 떠났다.

이들과 함께 향한 곳은 주택가에 있는 숙소 중 한 곳이었다. 무법자가 큰 소란을 일으킬 수 없기 때문에 잠복하기에는 제격이라고 했다. 당연하지만 오는 길에는 마술과 스킬을 사용해 모습과 기척을 감추고 방으로 돌아갔다. 상대가 어지간한 상위자가 아닌 이상 추적당하지는 않을 것이다.

"자, 여러 가지 물어보고 싶은 건 많지만, 그 전에 베르메리아. 결과는?"

"죄송합니다. 사수는 놓쳤습니다. 하지만 저격 지점으로 보이는 곳에 이것이 있었습니다."

베르메리아가 손에 들고 있던 화살을 테이블 위에 올려놓았다. 그것을 프레드릭이 손에 들고 관찰했다.

"특이한 구조군."

"네. 속이 비어 있습니다."

듣고 보니 확실히 안이 통 모양으로 되어 있었다.

나도 염동으로 떨어뜨린 화살을 꺼내 프란이 수납에서 꺼낸 것처럼 가장해 건네주었다.

"이것도 안이 뚫려 있어."

프란이 그렇게 말하면서 화살 속을 들여다보았다. 다만 딱히 뭔가가 들어 있는 것도 아니었다. 독을 넣었을 거라 생각했는데, 두 화살 모두 독물 반응은 없었다.

무슨 이유로 이렇게 된 것인지 몰라 고개를 갸우뚱하고 있는데, 프레드릭은 이 화살을 알고 있었던 모양이다.

"이 화살, 견명의 화살과 똑같이 생겼는데……."

"그렇군요. 그러고 보니 일반적인 것과는 다른 화살을 사용한다고 했었죠."

"견명?"

누군가의 이명인가?

"용왕회의 간부 중 한 명이다."

"용왕회에는 삼조(三爪)라 불리는 전투 특화 간부가 있습니다. 견명(犬鳴) 미란레류, 사도(邪道) 게프, 풍린(風鱗) 가즈올. 각각이 자신의 특기 분야에서는 랭크 A 모험가에 뒤지지 않는다고 하는 강자들입니다. 만약 적대하게 된다면 조심하세요."
"가즈올? 풍룡인?"
"알고 계신가요?"
"응. 습격당해서 쓰러뜨렸어."
아무렇지도 않게 고개를 끄덕이는 프란의 모습에 베르메리아가 경악했다. 조심하라고 충고한 직후 이미 쓰러뜨렸다는 말을 들은 셈이니 저런 반응도 어쩔 수 없지만.
"견명이라는 건 어떤 녀석이야?"
"잠깐, 그 전에 가즈올을 쓰러뜨렸다니! 주, 죽인 겁니까?"
"응? 안 죽였어. 저쪽도 봐주길래 조금 손봐준 것뿐이야."
"여, 역시 대단하군요. 조금은 차이를 줄였다고 생각했는데, 더 벌어졌을지도 모르겠네요……."
가즈올은 넓은 장소에서 날뛰는 것이 특기인 타입이었고, 시가지에서의 암투에서는 절반의 힘도 내지 못했다. 진심으로 싸웠다면 더 좋은 싸움이 되었을 것이다.
"풍린은 용왕회에서도 그나마 나은 편이야. 죽이지 않았다면 됐어. 그것보다 문제는 견명이다."
"그 녀석은 궁사?"
"그래. 이 속이 빈 화살을 쏠 때 마치 큰 개가 짖는 것 같은 독특한 소리가 난다고 해서 견명이라고 불리지."
"그렇구나."
이 화살이 견명과 관련되어 있다는 증거가 되는 것일까. 하지만 너무 대놓고 티내는 거 아닌가?
프레드릭도 나와 같은 생각을 한 모양이다.

“견명은 성격에 문제가 있는 여자이긴 하지만 바보는 아니야. 이 정도로 명확한 증거를 남기지는 않았을 거다.”

“그럼 누군가가 견명에게 죄를 뒤집어씌우려 한다는 건가요?”

“그럴 가능성이 높겠지.”

역시 누군가가 암약하고 있는 모양이었다.

『개가 짖는 소리라…….』

‘들렸어?’

『나는 안 들렸어. 프란은 어때?』

‘못 들었어.’

거리가 있어서 듣지 못한 것일 수도 있지만…….

“그 견명이 있었다고 추정되는 장소는 어디쯤이었어?”

“항쟁이 있었던 사거리에서 100미터 정도 떨어진 곳입니다.”

의외로 가깝네. 그렇다면 소리가 들리지 않았다는 것은 좀 이상했다. 바람 마술 등으로 소리를 지웠을 가능성도 있지만, 글쎄. 그 사실을 전하자 프레드릭이 고개를 저었다.

“견명은 워낙 화려한 성정이라 은밀 행동에는 어울리지 않아. 본인의 화살 소리를 숨기는 짓은 하지 않을 거다. 화살 소리를 들려주면서 상대를 위협하기를 좋아하는 여자니까.”

그렇다면 확실히 다른 사람이었다. 겨우 100미터 거리에서 나와 프란에게 기척을 들키지 않았다면 은밀 특화형이 아니고는 설명이 되지 않았나.

“소리도 기척도 없었어.”

“흑뢰희조차 기척을 느끼지 못할 정도의 레벨인 건가……. 미란레류는 은밀 타입이 아니라 화룡인이다. 불 계통의 마술밖에 쓸 수 없지. 그러니 소리를 지우는 마술도 못 써."

"화룡인이면 불 마술밖에 못 써?"

"프란은 자세히 모르시는군요. 용인 중에 속성 보유자가 있다는 건 알고 계신가요?"

"응."

베르메리아 일행은 용인에 대해 이것저것 설명해 주었다.

용인은 어릴 때는 속성의 편향 없이 모든 속성의 마술을 사용할 수 있다고 한다. 하지만 성장해서 수룡인이나 풍룡인으로 진화하게 되면 특기 속성에 특화된다. 그렇게 되면 다른 속성은 사용할 수 없게 된다.

반룡인이라면 속성의 제약이 그렇게 강하지는 않지만, 반대로 특화형 용인만큼 강력한 타 속성 마술은 쓰지 못한다고 한다.

"진화의 방향은 특기 속성에 더해 생활권의 속성이나 쓰러뜨리고 흡수한 적의 마력에 따라 달라집니다."

쉽게 말해 물 마술을 계속 쓰고 물가에 살면서 물 속성의 적을 계속 쓰러뜨리면 수룡인이 된다는 뜻이었다.

"가장 많은 건 어떤 용인이야?"

"개인의 선호도는 있지만 딱히 어느 속성이 더 두드러지거나 하지는 않습니다."

섬멸력이 높은 불 속성. 방어와 진지 구축에 뛰어난 흙 속성. 탐지 능력과 이동 보조가 가능한 바람 속성. 귀중한 물을 만들어내고 보조에 뛰어난 물 속성. 어느 것이 최고라 할 것 없이, 어느 속성이든 필요한 능력이었다.

용인들도 그렇게 생각하고 있는 모양인지 되도록이면 동료들끼리 속성이 치우치지 않도록 신경 쓰고 있다고 한다. 그렇게 해서 진화한 속성 용인들 중 한층 더 수행을 거듭한 자가 용화 스킬을 습득하고, 다른 용인을 이끌게 된다.

첼시가 이끌던 용인 전사들은 전원이 용화 스킬을 사용할 수 있었는데, 그건 최정예 부대이기 때문이겠지. 풍룡인이라고 해도 반드시 풍룡화 스킬을 사용할 수 있는 것은 아니라고 한다.

"다른 속성은? 프레드릭은 사룡인."

"사룡인 이외의 속성 용인에 대해서는 정확하게 알려져 있지 않아. 이전에는 뇌룡인이나 빙룡인 등도 있었다고 하는데, 진화한 건 우연이었다더군."

습득 조건이 마술과 비슷하다고 생각하면, 뇌룡인은 바람 속성과 불 속성이 높아야 하고, 나아가 거의 같은 레벨을 유지하는 것이 중요할지도 모른다.

"사룡인에 대해서는 알아?"

"그렇게 어려운 일은 아니니까."

용인이 진화하기 위해서는 속성을 흡수해야 한다. 화룡인이 되려면 불 속성. 그렇다면 사룡인이 되기 위해서는 사기를 많이 흡수하면 된다.

이 대륙에는 악의를 품은 항마가 대량으로 넘쳐나기 때문에 사룡인이 되려고 마음먹으면 그 뒤는 간단했다.

원해서 되는 자는 없는 것 같지만. 사룡인이 되면 매우 난폭한 성격이 되며 개중에는 이성을 잃고 날뛰는 자도 있다. 그래서 용인들도 사기가 너무 많이 쌓이지 않도록 조심한다고 한다. 진화 전의 젊은 개체는 결계 내에서 싸우는 시간 등을 제한하여 연속으로 전투하지 않도록 지도하고 있다고.

그렇게 해도 사룡인이 되는 경우가 있었다. 그 이유는 크게 두 가지였다.

하나는, 장로회의 말을 듣지 않는 말썽꾼이 레벨업이나 포인트 획득을 노리고 결계 내에 자주 침입했을 경우. 항마를 계속 쓰러뜨린 결과 예상 이상의 사기를 흡수하여 사룡인이 되어 버린다.

또 하나는, 항마의 계절이 찾아와 항마가 대량으로 쏟아져나온 탓에 젊은이들도 계속 싸울 수밖에 없는 경우. 이쪽도 마찬가지로 항마에게서 한계 이상으로 사기를 흡수하여 사룡인이 되어 버린다.

그리고 어느 쪽이든 사룡인이 되어버린 자는 대부분 동족에게 살해당한다. 난동을 부려 피해가 나기 전에 자신들의 손으로 처치해 버리기 때문이었다.

하지만 프레드릭은 반룡인이었기에 목숨을 잃는 일까지는 없었다. 반사룡인은 능력이 떨어지는 정도였고, 날뛸 정도로 정신이 오염되지는 않기 때문이었다.

"다만 골디시아 대륙에 있는 건 허락되지 않아서 아가씨의 호위 역으로 대륙에서 추방당했지."

"……지금은 괜찮아?"

"들키지만 않으면 돼."

즉, 아직 허용된 것은 아니라는 뜻이다. 그래서 은밀하게 움직일 수밖에 없는 거구나.

"신룡인은?"

신룡화는 베르메리아가 파나틱스에게 부여받았던 스킬이었다.

신검을 해방한 아스라스와 막상막하로 싸울 수 있을 정도의 초강력 스킬이다.

"그건 좀 특수해요. 적어도 자력으로 도달한 사람은 없을 겁니다."

"그럼 어떻게 배워?"

"용인의 시조라 불리는 육주(六柱) 신룡. 그 후예인 용의 무녀들에게 대대로 전해지고 있습니다. 오랜 세월 두 가문이 단절되어 현재는 네 명밖에 없지만요."

용의 무녀가 역할을 계승하는 의식을 치르면 그들에게 신룡화 스킬이 부여된다. 하지만 무녀들이 그 스킬을 사용하는 일은 없다고 한다.

"정확히 말하면 사용할 수 없는 겁니다. 신의 이름을 딴 스킬이나 직업의 힘은 제대로 다루려면 오랜 수행이 필요합니다. 무녀들은 신룡화를 품고 다음 세대에 전하는 것이 주된 역할입니다."

어떠한 방법으로 신룡화 스킬을 몸에 익힐 수는 있어도 제대로 다루는 것은 할 수 없다는 말인가? 우리에게도 경험은 있었다.

검신화가 바로 그런 타입의 스킬이었고, 그 밖에도 짐작 가는 바가 있었다. 예를 들면 가르스의 신안 스킬. 나를 간파한 스킬이지만 생각해 보면 그렇게까지 모든 것을 보는 느낌은 아니었다. 아마 아직 제대로 다루지 못하는 거겠지.

이민디의 신편시도 그와 비슷할지도 모른다. 전직한 지 얼마 되지 않아 그 힘을 제대로 다루지 못했을 가능성이 높았다. 만약 힘을 제대로 다루고 있는 상태였다면 우리도 더 쉽게 졌을 것이다.

"근데 쓸 수 없는데 왜 물려받아?"

"전해 내려오는 이야기로는, 제대로 다룰 수 있는 자가 나타나면 무녀에게서 그 사람에게 스킬이 부여된다고 합니다."

신룡의 피를 이어받은 왕이 태어날 때 그 힘 또한 이어진다. 그런 전승이 남아 있다고 한다. 용의 무녀에 대한 이야기를 듣자 그 존재에 짐작가는 것이 있었다.

"베르메리아의 어머니는 무녀야?"

"아스라스 님께 들으셨나요?"

"응. 역할이 있는 탓에, 용인왕의 표적이 되고 있다고."

"네, 저희 어머니 티라나나리아는 무녀입니다. 그래서 이 대륙에서 나가는 것이 허용되지 않습니다."

이 대륙에서 중요한 역할을 맡고 있다고는 들었는데, 베르메리아의 어머니는 역시 용의 무녀였던 건가. 그리고 용인왕은 그녀가 가진 신룡화 스킬을 노리고 있다고 한다. 전승을 듣는 한 신룡화 스킬을 잘 다룰 수 있는 자가 왕으로 인정받는다고 하니까.

"베르메리아의 어머니랑 아버지는 어디서 만났어?"

"아버지는 기사단의 지휘관으로, 골디시아에 파견되었을 때 만나셨어요."

달콤하고 파란만장한 러브 로맨스가 있었던 모양이다. 뭐, 시간도 없고, 나도 프란도 남의 러브 로맨스에는 관심이 없으니 그 이상은 물어보지 않았지만.

"하지만 왜 베르메리아의 어머니가 표적이 돼? 다른 무녀도 있잖아."

"속성이 일치하기 때문이겠죠."

현재 용인왕이라고 밝힌 남자는 화룡인으로 알려져 있으며,

티라나나리아는 화룡신의 무녀였다. 용인왕은 속성이 일치하는 쪽이 상성도 좋고 더 큰 힘을 얻을 수 있다고 생각하고 있는 듯했다.

티라나나리아가 사는 신전에 여러 차례 접촉하여 신룡화 스킬을 넘기라는 요구를 했다고 한다.

처음엔 온건한 협상이었지만 번번이 거절당하자 초조해진 것일까. 마지막에는 거의 협박에 가까운 말을 하며 완전히 빼앗을 마음으로 가득했다고 한다.

“어머니를 지키기 위해 용왕회에 잠입해서 그 움직임을 감시하고 있었습니다.”

“용인왕을 쓰러뜨릴 거야?”

“……가능하다면요.”

쓰러뜨린다기보단 완전히 죽일 생각인 것 같았다. 살기를 억누르지 못하고 있었다. 그러나 용인왕의 소재를 파악하지 못해 아직 찾고 있는 단계인 듯했다.

외부 협력원과 비슷한 입장인 베르메리아 일행으로서는 거처에 관한 정보를 알기 어려운 모양이었다.

“그럼 아까 용왕회 녀석들, 그대로 놔둬도 괜찮아?”

“확실히 용왕회의 힘을 줄일 기회이긴 했지만…… 대규모 항쟁은 바라는 바가 아닙니다.”

본래 용왕회는 그 역사가 오래되어 여러 곳에 영향력을 가진 조직이었다. 다만 뒤를 이은 수인이 용인왕이라고 자칭하며 폭주하기 시작했을 뿐이다.

조직이 피해를 입으면 용인 전체에 영향을 미칠 수도 있었고,

항마의 계절에 소란을 일으키는 것은 좋지 않았다. 어머니를 구하기 위함이라고는 해도 큰 피해를 내는 것은 원치 않을 것이다.

"안 그래도 요즘 이상하게 혈기가 왕성한데……."

"무슨 말?"

"항마의 계절이 다가오면서 신경이 예민해진 거겠죠. 구성원들의 다툼이 평소 이상으로 많아졌습니다. 아마 다른 조직도 비슷할 거예요. 그런 이유도 있어서 조직 간에 긴장감이 돌고 있습니다."

말단 간의 싸움이 대규모 항쟁으로 발전할 뻔한 적도 있었다고 한다.

"어쨌든 용왕회의 조직력이 떨어지면 그만큼 혼란이 일어납니다. 그래서 몰래 용인왕을 찾고 있었던 거고요. 프란도 용인왕의 거처에 관해 아는 정보가 있다면 꼭 알려주세요."

"응. 알게 되면 알려줄게. 그 대신 암노예 상인에 대한 정보가 있으면 알려줬으면 좋겠어."

"암노예 상인 말인가요……. 그렇군요. 흑묘족이니까요."

자세한 말은 하지 않았음에도, 흑묘족이 암노예 상인을 찾고 있다는 말만으로 사정을 눈치챈 얼굴이었다.

"암노예 상인이라. 소문은 듣긴 했지만……."

"소문이라도 괜찮아."

프란이 그렇게 대답하자 베르메리아 일행이 몇 가지 정보를 알려주었다.

우선 용왕회가 암노예 상인과 연결되어 있을 가능성은 낮다는 정보. 이는 가즈올에게 들은 정보와도 일치했다.

다만 용인왕은 확실히 지금까지의 용인과는 다른 가치관을 갖고 있는 개체였다. 트리스메기스트스를 제쳐두고 용인왕이라고 자칭할 정도니까.

암노예 상인에 관해서도, 접점이 있을 가능성은 있다고 했다.

"남은 것은 수인회군요."

수인회에서도 눈 밖에 난 자들이 모인 혈아대. 이 부대가 요즘 수면 아래에서 크게 움직이고 있다고 한다. 여러 차례 확인된 거점 출입도 잦아졌고, 큰 전투도 일으키고 있다고.

동시에 몇몇 간부가 모습을 감췄다는 보고가 용왕회의 감시역에게서 들어왔나. 용왕회는 어떤 작전 행동을 개시했다고 추측하고 있는 것 같았다.

그리고 용왕회의 감시망에서 사라진 자들 중에 청묘족이 포함되어 있다고 했다.

"용왕회나 모험가 길드에 대한 작전 행동이 아니라 암노예에 관한 일로 움직이고 있을 가능성도 있을 수 있어요."

"그렇구나."

역시 수인회의 혈아대라는 조직이 가장 수상했다. 한 번 제대로 된 정보를 얻고 싶은데…….

"그건 어디가면 만날 수 있어?"

모험가 길드의 정보를 기다리고 있긴 하지만, 만일의 경우를 내비해 정보를 모아둬서 손해 볼 것은 없었다. 그 후 수인회에 대한 몇 가지 정보를 듣고 나서 정보 교환은 종료되었다.

서로 머무는 장소는 알고 있었으니 만일의 경우에는 정보를 나눠주기로 약속했다.

나는 이제 슬슬 헤어질 시간인가 싶었는데, 프란에게는 또 하나 궁금한 점이 있었던 모양이다.

"좀 이상한 느낌 없었어?"

"이상한 느낌, 이요? 구체적으로 어떤?"

"음…… 뭔가…… 이상해."

설명하려 했지만 프란 자신도 잘 모르겠다는 느낌이었다. 말이 제대로 나오지 않았다.

"그것만으로는 잘 모르겠네요……."

"아까 떠날 때 뭔가를 신경 쓰는 기색이던데, 그거 말인가?"

"응."

프레드릭이 잠시 생각에 잠겼다.

"사실 나도 위화감을 느낀 적이 있었어. 그때는 착각이라고 생각해서 마음에 두지 않았는데……."

아무래도 프레드릭도 이상한 기척을 느낀 적이 있는 모양이었다. 다만 그도 그것이 무엇이었는지는 특정하지 못했다.

"다음에는 제대로 주위를 확인하도록 하지."

"응."

"저도 신경 쓰겠습니다."

마지막으로 베르메리아에게 충고를 들었다.

"현재 조직 간의 관계가 급속히 악화되고 있습니다. 너무 무모한 짓은 하지 마세요. 특히 당신이 날뛰면 눈에 더 잘 띄니까요."

"응. 알았어."

그 후 베르메리아 일행과 헤어지고 일단 탐문을 하러 돌아갈 생각이었는데…….

길을 가다가 프란이 걸음을 멈췄다.

"이봐, 잠깐 멈춰봐. 잔챙이 묘족 꼬맹이."

"……어?"

청묘족이 프란의 앞을 가로막았다. 미안, 베르메리아. 살짝 날뛰게 될지도 모르겠어.

제2장 불법 도시의 무법자들

주택가를 걷는 프란의 앞길을 두 명의 청묘족이 가로막았다. 평온함과는 거리가 먼 분위기로 프란에게 위압감을 내뿜고 있었다.

울컥한 얼굴의 프란을 보고 청묘족들이 못마땅한 듯 얼굴을 와락 구겼다.

"뭐야, 그 얼굴은? 진화도 못하는 하등 종족 주제에 기어오르지 말라고!"

"청묘족."

"그래! 너희 같은 쓰레기 묘족의 지배자이신 청묘족님이시다!"

"주인님이 앞에 계신데 어디서 고개를 쳐들어? 당장 땅바닥에 이마를 대고 울라고!"

베르메리아 일행과 재회한 덕에 즐겁게 걷고 있던 프란의 기분이 단숨에 하락했다.

그리고 남자들의 말을 들은 직후에는 몸에 살기마저 감돌았다.

얼굴은 무표정하지만 완전한 임전 태세였다. 잔챙이라고 생각했던 프란이 뿜어내는 박력에 당황하는 청묘족들. 아무래도 프란의 정체는 모르고 있는 모양이었다.

아마 혼자 걷는 흑묘족 소녀를 보고 괴롭힐 목적으로 말을 걸어온 거겠지. 심지어 이곳은 주택가인데도 말이다. 암묵적인 룰을 잊어버릴 정도로 바보이거나, 무마할 수 있을 정도로 뒷배가 있거나. 어느 쪽이든 쓰레기라는 것만은 확실했다.

『수인회 구성원일지도 몰라. 죽이지 마.』

'……최대한 조심할게.'

언제든 치료할 수 있도록 마술은 준비해 두자. 청묘족에게 이런 말까지 들은 이상 프란은 더는 멈추지 않을 것이다.

싸움 자체는 순식간에 끝났다. 물론 죽이지도 않았고 베지도 않았다.

상대가 잘못했다고는 해도 주택가에서 유혈사태를 일으키는 건 곤란하니까. 당장이라도 청묘족들을 베어죽일 기세였던 프란을 간신히 달래 주먹으로 결판을 내게 했다.

살의를 숨기지 않은 프란의 주먹에 위액을 토하며 땅에 엎어지는 청묘족. 의식을 잃었는지 파르르 경련하며 더는 움직이지 않았다. 그러나 프란은 자세를 풀지 않았나.

"……아픈 척 연기해서 날 방심하게 하려는 걸지도 몰라. 확인해 볼래."

"크헉!"

"끄아악!"

프란이 더욱 공격을 가했다. 차이고 밟힌 청묘족들은 그야말로 반죽음 상태로 부들부들 경련하기 시작했다. 내장과 뼈 몇 개가 나가긴 했지만 죽지는 않았다. 일단 가볍게 힐도 걸었다.

"이 녀석들, 어떻게 해?"

차가운 눈으로 두 청묘족을 내려다본 프란이 물었다. 지금 당장 이 녀석들을 강제로 일으켜서 정보를 캐내고 싶겠지만, 주택가에서 이야기를 시작하는 것은 좋지 않다는 것도 알고 있을 것이다.

『일단 골목으로 데리고 들어가자. 거기서 바로 심문하는 거야.』

숙소로 데려갈 수도 없었고, 달리 이 녀석들을 데려갈 만한 마땅한 곳도 없었다.

순간 베르메리아 일행에게 부탁할까도 생각했지만, 어설프게 눈에 띄는 짓을 했다가는 폐를 끼칠지도 모른다. 어쩔 수 없어 최대한 빠르게 심문을 끝내기로 했다.

골목에 청묘족을 내던진 뒤 울시의 어둠 마술과 나의 바람 마술로 외부와 완전히 차단했다.

지금 이대로라면 대화도 제대로 할 수 없었기에 힐을 약하게 걸어 상처를 치유했다. 그 후 울시가 그 얼굴을 할짝할짝 핥자 그제서야 눈을 떴다.

"뭔가 축축한 게── 끄아아악!"

"히이이이익! 괴물이다!"

힐을 걸어주긴 했지만 아직 대미지가 남아 있을 텐데, 통증보다도 울시에 대한 두려움이 더 큰 모양이었다. 하긴 눈앞에 갑자기 큰 늑대가 나타나면 놀라는 것도 당연하지. 게다가 청묘족들 입장에서는 당장이라도 물어뜯을 것처럼 보였을 것이다.

위를 보고 누운 상태에서 필사적으로 울시에게서 거리를 벌리려 애쓰고 있었다. 하지만 그 뒤쪽은 바로 벽이다. 그 이상은 물러날 수 없었다. 아직도 패닉 상태에 있는 남자들을 향해 프란이 말을 걸었다.

"야."

"엉? 아! 네놈은!"

"아까 그 잔챙이 묘──."

"흥."

"크헉!"

잔챙이 묘족이라고 말하려던 청묘족이 프란의 발차기를 맞고 날아갔다. 벽에 등을 세게 부딪치고 다시 의식을 잃었다. 가벼워 보이는 발차기 한 방에 덩치 큰 남자를 날려버린 프란의 모습에 다른 한 명은 그대로 굳어버렸다. 겉모습이 전부가 아닌 소녀라는 것을 이제야 이해한 것 같았다.

"너희들은 암노예 상인?"

"뭐? 네놈한테 왜—— 끄이이이이익!"

"말대꾸하지 마. 질문에 대답해."

"……!"

가볍게 전격을 맞은 청묘족이 험악한 눈으로 프란을 올려다보았다.

다만 그것은 단순히 프란의 강함에 놀란 느낌은 아니었다.

"흑뢰희……?"

"응?"

"늑대를 거느린 흑묘족 암컷 꼬맹이…… 틀림없어!"

아무래도 프란의 정보를 제법 알고 있었던 모양이다. 그리고 단순히 알고 있기만 한 것도 아니었다. 청묘족은 벽에 등을 기댄 채 앉아 증오에 가득 찬 눈동자로 프란을 올려다보았다.

프란이 청묘족을 그런 눈으로 노려본다면 이해가 간다. 하지만 그 반대는 이해하기 어려웠다.

단순히 두들겨 맞았기 때문이라고 하기엔 그 증오가 깊이 보였다.

"날 알아?"

"수왕 그 자식에게 빌붙어서 청묘족을 모함한 빌어먹을 꼬맹이! 너 때문에 우리 청묘족은……!"

"?"

"왜 우리들이 죄를 받아야 하는데! 지금까지 하던 대로 쓸모없는 것들을 돈으로 바꿔줬을 뿐이라고! 존재하는 의미도 없는 쓰레기들에게 가치를 부여해 주고 있었던 거다!"

"……흥."

"크헉…… 흑묘족 따위가 우리를 내려다보지 마라! 너희들은 우리보다 아래라고!"

프란의 주먹을 얼굴에 맞고도 청묘족은 반항적인 태도를 굽히지 않았다. 오히려 더더욱 폭언을 쏟아냈다.

"다른 종족 놈들도 똑같아! 계속 우리가 하는 일을 묵인해 와놓고 이제 와서 죗값을 치르라고? 있을 곳이 없다고? 웃기지 말라 그래! 자기들도 계속 누릴 거 다 누리고 살았으면서!"

"그만 입 다물어."

"우리는 과거 수왕님의 명을 받고 흑묘족을 사용해 왔던 거라고! 그걸 이제 와서 그만두라고? 흑묘족을 존중하라고? 웃기지 마! 잔챙이 묘족 따위는 존재 가치도 없는 하등한 결함 종족이다!"

"……핫!"

"끄아악!"

마침내 프란의 인내심이 한계에 도달한 듯했다. 청묘족의 오른쪽 다리를 베어내고 그 상처를 짓밟았다. 비명을 지르며 몸을 꿈틀거리는 청묘족.

"시끄러워."

"용서 못 해……. 전부 노예로── 크악!"

그 후 한동안 더 고통을 가했음에도 청묘족은 태도를 바꾸지 않았다. 시간이 있었다면 마음을 꺾을 때까지 계속할 수 있었겠지만, 지금은 그렇게까지 시간을 들일 여유가 없었다.

『어쩔 수 없지. 순순히 말할 것 같지도 않고, 다른 한 명을 깨워서 그 녀석한테 물어보자.』

'알았어.'

이 녀석의 태도를 보니 청묘족에게도 나름대로 고충이나 억울함이 있겠다는 생각이 들었지만, 그래서 뭐 어쩌라는 건가. 그것이 솔직한 심정이었다. 오랫동안 흑묘족을 얕잡아 보고 노예로 삼아왔다. 심지어 금지된 이후에도 멈추지 않았나. 동정의 여지가 없다.

착하게 살아왔는데 소문만으로 피해를 입은 청묘족이 있다면 조금 정도는 동정해 줄 수 있겠지만…… 적어도 이 녀석들은 아니다.

『그럼 저기 있는 녀석을──.』

"음?"

"그릉!"

떠들어대던 남자가 정신을 잃고 있어 발로 걷어차 의식을 잃은 쪽을 깨우려던 그때였다. 프란이 자세를 취하고 울시가 으르렁거렸다.

『누가 있다!』

"몰랐어."

놀랍게도 우리가 친 어둠과 바람의 결계 밖에 누군가 서 있었던 것이다. 우리도 청묘족에게만 집중하고 있던 것은 아니었다. 그런데도 기척이 갑자기 나타났다. 엄청난 은밀 능력의 소유자이거나 전이를 사용할 수 있는 상대였다. 어느 쪽이든 얕잡아볼 수 있는 상대는 아니었다.

『온다!』

내가 경고를 한 직후, 결계가 날아가며 상대의 모습이 보였다.

"우리 구역에서 활개를 치고 다니는구나. 길드 녀석들이 우리 혈아대를 캐고 다닌다 싶더니…… 네놈, 길드의 끄나풀이냐!"

우리가 쳐두었던 결계를 파괴하고 나타난 것은 한 명의 수인이었다.

키는 그렇게 크지 않았다. 오히려 체구가 작고 160센티미터도 안 되어 보였다. 게다가 얼굴이 의외로 곱상했다. 소년이라고 할 정도로 젊지는 않지만, 어쨌든 귀여웠다. 도저히 무법자로는 보이지 않는 얼굴이었다. 다만 얼굴과 팔에 무수한 상처가 새겨져 있어 귀여우면서도 살벌함이 공존하는 느낌이었다.

귀여움과 위압감이 동시에 느껴지는 남자를 보고 프란이 고개를 갸우뚱했다.

"혈아대?"

"무슨 얼빠진 소릴 하는 거야! 혈아대 제3석, 이 드루레이 님을 모른다는 거냐?"

틀림없는 혈아대 멤버, 그것도 간부였다. 얼굴과 딱 어울리는 높고 가느다란 소프라노 보이스로 거친 말을 뱉고 있었다. 하지만 프란은 다른 것이 신경이 쓰인 모양이었다.

"송곳니가 없는데 혈아대야?"

"시, 시끄러워! 딱히 상관없잖아!"

남자는 초식동물 수인이었다. 귀를 보면 누구나 한방에 알 수 있었다. 토끼 수인이 분명하다.

수왕의 측근인 회토족 로이스와 같은 종족으로 보였다. 이것으로 갑자기 나타난 이유도 알 수 있었다.

소형 초식동물 수인은 가뜩이나 은밀 행동에 능한데, 회토족은 시공 마술에 적성도 있었다. 이 녀석도 전이를 이용해 여기까지 뛰어온 거겠지.

프란 입장에서는 피의 송곳니라는 이름까지 달고 있는 부대의 간부에게 송곳니가 없는 것이 더 이상했던 모양이다.

"'?"

"제, 젠장……."

드루레이도 속으로는 신경을 쓰고 있던 것일까. 깜짝 놀랄 정도로 당황하고 있었다.

그리고 프란의 순진무구한 눈을 마주하고 어떻게 해야 할지 모르겠다는 눈치였다.

아마 평소 같으면 이런 일로 조롱을 당했다면 주먹으로 입을 다물게 했을 것이다. 하지만 프란은 진심으로 물어보고 있다. 그저 순수하게 궁금한 것을 입밖으로 꺼냈을 뿐이다.

"단순히 옛날부터 이런 이름인 것뿐이라 송곳니가 없어도 상관없이!"

"흐음."

"본인이 먼저 물어놓고 관심도 없어 보이잖아!"

묘하게 리액션이 좋았다. 다만 드루레이는 뒤늦게 부하들의 모습이 눈에 들어온 모양인지, 곧바로 표정을 굳히고 프란을 노려봤다.

"우리 동생들을 잘도 건드렸겠다!"

"저 녀석들이 먼저 습격했어."

"그런 건 모르겠고! 당장 날려주마!"

"음."

혈기 왕성하네! 대답도 듣지 않고 주먹을 날려왔다!

맨손이라고 해서 봐주는 일은 없었다. 누가 봐도 살기가 섞인 일격이었다. 일단 때려눕히고 나서 생각하는, 손이 먼저 나가는 타입이었다. 프란은 백스텝으로 피했지만 드루레이는 더욱 가속해 파고들었다. 역시 토끼 수인이구나!

"요즘엔 흑묘족도 제법이라고 들었는데, 좋은 움직임이구나!"

"훗!"

"다 보인다고!"

프란이 견제로 날린 휘두르기를 재빠른 더킹으로 피하더니 순식간에 파고들어 잽을 날린다. 확실한 전문가의 움직임이다. 가즈올이 외부에서의 대규모 전투 전문가라면, 이 남자는 좁은 골목에서의 전투를 상정하고 단련한 것처럼 보였다.

"하앗!"

검 아래로 파고드는 드루레이의 공격에 프란이 앞차기를 날렸다. 하지만 드루레이는 더더욱 몸을 비틀어 그것을 피했다.

가즈올과 싸울 때의 프란을 떠올리게 하는 움직임이었다. 하지만 이것도 프란의 의도대로였다.

"어설프다고!"

"너야말로."

"으앗?"

드루레이의 움직임에 맞춰 대지 마술을 사용해 땅을 파헤쳤다. 이 남자는 확실히 빠르고 강하지만, 코르베르트나 힐트에 비하면 한 단계 아래였다.

그 움직임에 맞춰서 마술을 날리는 것 정도는 지금의 프란이라면 어렵지 않았다.

각성했다면 더 좋은 싸움이 되었겠지만, 프란을 얕보고 있었다.

있어야 할 땅이 사라진 탓에 균형을 잃어버린 드루레이. 거기에 프란의 주먹이 직격했다.

리버 블로에서 턱으로 이어지는 어퍼컷, 그리고 관자놀이 훅이라는 3연타를 맞고 드루레이가 쓰러졌다. 의식은 있지만 뇌진탕과 배의 경련으로 인해 조금도 움직이지 못했다.

"아……?"

마술 공격으로 얌전히 만들 수도 있었지만 프란은 굳이 같은 조건에서 싸웠다. 마술은 사용했지만, 결판은 주먹으로 냈다. 자신이 위라는 것을 깨닫게 하고, 더 쉽게 심문하기 위함이었다.

일단 대지 마술로 그 몸을 감싸 구속한 다음 어둠과 바람의 결계를 다시 쳤다.

"힐. 너한테 물어보고 싶은 게 많아."

"……칫. 암컷 꼬맹이에게 졌으니 이 이상의 수치는 보일 수 없지. 뭐든 물어봐."

저이로 도망칠 거라 생각했는데, 의외로 순순했다.

"너는 수인회?"

"일단은. 그쪽은 우리를 동료라고 생각하지 않아. 습격할 때 사용할 수 있는 특공 요원으로 확보해 둔 것뿐이지."

혈아대가 수인회에서도 미움을 받고 있다는 것은 사실인 모양이다.

"거기 있는 청묘족도?"

"우리 쪽 말단이야."

"너희들은 암노예 상인과 이어져 있어?"

"뭐? 아아, 그런 거였나. 흑묘족과 청묘족이라."

드루레이가 수긍한 얼굴로 고개를 끄덕였다. 역시 수인 입장에서 이 두 종족의 대립은 당연한 것일까.

"그런 소문도 있는 것 같지만, 혈아대는 관련이 없어. 저놈들도 마찬가지고."

"거짓말. 흑묘족이라는 것만 보고 갑자기 습격했어. 저쪽 주택가에서."

프란이 그렇게 말하자 드루레이는 눈을 크게 뜨더니 고개를 푹 떨궜다.

"그건 미안하게 됐군……. 이 녀석들은 흑묘족을 원망하고 있는 것 같아. 하지만 너희들 흑묘족에게 있어서는 완전히 억지 원망이지. 네 녀석이 화를 내는 것도 당연해."

이 녀석, 혈기 왕성한 망나니라고 생각했는데 의외로 멀쩡하잖아? 아니, 시작부터 주먹을 날려왔으니 제대로 된 녀석은 아닌가. 다만 나름대로의 규칙을 갖고 그것을 지키며 사는 것 같았다. 일반인에게는 민폐에 지나지 않겠지만, 프란은 그렇게 싫어하지 않는 상대였다.

아니나 다를까 좀 난처한 표정을 짓고 있었다. 가즈올 때와 마찬가지로 미워할 수 없기 때문이겠지.

"저 녀석들, 얼마 전에 실수로 크게 다친 이후로는 좀 불안정해. 널 보고 무심코 시비를 건 걸 거야."

"그래서?"

"미안하다. 너랑은 상관없는 이야기지. 내가 이런 말 할 처지가 아니라는 건 알아. 그걸 알고 하는 부탁이다. 그 바보 녀석들, 목숨만은 살려줄 수 없을까? 그 대신 내가 네 말은 뭐든 들어줄게. 안 될까?"

드루레이는 고개를 들더니 진지한 얼굴로 그렇게 간청해 왔다. 동생인 청묘족들의 목숨을 살려주기를 간청하는 드루레이. 프란은 그 말을 듣고 언짢은 얼굴로 되물었다.

"……왜 이런 쓰레기들을 위해 그렇게까지 하는 거야? 그럴 만한 가치, 이 녀석들에겐 없어."

프란이 내뿜는 극한의 살기에도 물러서지 않고 드루레이는 쓴웃음을 지으며 말을 이었다.

"하하하하, 가차없네. 쓰레기에겐 쓰레기 나름의 쓰임새가 있지. 이런 구제불능인 녀석들도 동생이니까, 버릴 수는 없어."

드루레이는 진심으로 그렇게 생각하는 것 같았다. 동생이니까 지킨다. 단순하지만, 그것을 이렇게까지 철저하게 지킬 수 있는 사람은 드물다.

"그리고 부끄러운 얘기지만 이 녀석들은 옛날의 나랑 닮았거든. 남 일 같지가 않아. 내 쪽에서도 제대로 다시 가르칠 테니까, 이번 한 번만 눈감아줄 수 없을까?"

"이 녀석들이 멀쩡해질 리가 없어."

프란은 곧바로 받아쳤다. 드루레이의 말을 부정한다기보단, 청묘족을 조금도 믿지 않는 것에 가까웠다.

"그럴지도 모르지. 하지만 그 부분을 좀 봐줘! 이번 한 번만이라도 좋아. 부탁한다. 이렇게 빌게."

"……그 대신 네가 내 말을 뭐든 듣는 거야?"

"그래."

드루레이가 바로 고개를 끄덕였다. 거짓말은 하지 않았다. 프란은 고민하는 것 같았다. 이 청묘족들은 개선의 여지가 보이지 않았기에 죽일 생각이었기 때문이다. 그러나 혈아대의 간부와 인연을 맺을 수 있다면 봐주는 것도 나쁘지 않았다. 프란도 그것은 알고 있을 것이다.

"……일단 녀석들 이야기를 들어볼게. 결정은 그 후에."

프란은 드루레이에게 그렇게 말하고는 청묘족들에게 다가갔다. 상처를 치유한 후 물을 만들어 온몸에 뿌렸다. 남자들은 차가운 물에 놀라 비명을 지르며 펄쩍 뛰어올랐다. 패닉 상태인 틈을 타 그 몸을 구속하고 다시 땅에 눕혔다.

"뭐, 뭐야!"

"떠들지 마."

"너, 너는――읍!"

대화가 진행되지 않을 것 같아 염동으로 입을 막았다. 그럼에도 남자들은 계속 시끄럽게 소리쳤지만, 프란은 무시하고 몇 가지 질문을 던졌다. 처음에는 입을 다물고 있던 남자들도 드루레이의 호통을 듣자 마지못해 질문에 답하기 시작했다. 역시 형님의 말은 무시할 수 없는 모양이었다.

그러자 이 녀석들은 암노예 상인이 아닌 것으로 밝혀졌다. 지금 현재 관계가 있는 것도 아니었다.

노예 상인을 알고 있는 것처럼 말한 이유는 부모가 암노예 상인이었기 때문이었다.

부모는 흑묘족 매매가 금지된 뒤에도 몰래 장사를 계속하다가 현재의 수왕에게 숙청당했다. 이 녀석들은 그 후 수인국에 있기 어려워져서 이 대륙으로 도망쳐 왔다고 한다.

악인이긴 하지만 지금 현재 암노예 상인과의 연결고리는 없었다. 그런 청묘족이었다.

지금까지 흑묘족과 관련해서 폭력을 행사한 적은 있어도 심하게 다치게 한 적은 없었고, 당연히 노예로 잡은 적도 없었다. 애초에 수인회 안에서도 같은 수인인 흑묘족을 사고파는 것은 금기시되고 있었다. 그곳에 몸을 의탁하고 있는 이상 암노예 장사에 손을 대는 것은 어렵다고 했다.

"수인회는 암노예와 관계가 없어?"

프란의 힘없는 질문에 드루레이는 조금 씁쓸한 얼굴로 고개를 저었다.

"아니, 그렇다고는 단언할 수 없어. 청묘족이 몇 명 있는데, 그 녀석들 중에는 안 좋은 소문이 도는 녀석도 있으니까."

드루레이도 흑묘족을 암노예로 삼는 것에 반대하는 입장인 듯했다. 프란을 향한 시선에는 안쓰러움의 빛이 섞여 있었다.

"……너희들의 목숨은 살려줄게. 그 대신 수인회 안에 있는 암노예 상인과 연결된 녀석들의 정보를 모아다줘."

"좋아. 진 데다 목숨까지 건진 몸이니까. 그 정도는 해야지."

"정보는 모험가 길드에 가져오면 돼. 내 이름을 말하면 받아줄 거야."

"네 이름이 뭐지?"

"프란."

"프란……? 너, 너 흑뢰희구나! 크하! 그럼 못 이기는 게 당연하지!"

드루레이는 그렇게 말하며 하늘을 향한 채 크게 웃었다.

"푸하하하하! 오히려 너한테 도움을 줄 수 있다면 영광이야!"

진심으로 하는 말이었다. 강자에게 동경을 품고, 오직 강함만으로 상하 관계를 따지는 타입인 듯했다. 그렇다면 배신하지는 않겠지.

"흑뢰희는 검은 늑대를 데리고 다닌다고 들었는데……."

"울시."

"웡."

프란의 목소리에 응답하듯 울시가 그림자에서 튀어나왔다. 드루레이가 결계를 파괴한 직후 그림자 속에 숨어 있었다. 물론 도망친 것이 아니라 만일의 경우에 기습을 가하기 위함이었다. 오랫동안 함께 싸워온 덕분에 우리가 지시를 내리지 않아도 빠르고 정확한 판단을 내릴 수 있게 되었다.

"무, 무지 크네……."

"그릉."

"나, 난 더는 적이 아니야! 진짜야! 거역할 마음 없다고!"

울시가 으르렁거리며 얼굴을 가까이 대자 드루레이는 당황한 기색으로 소리쳤다. 토끼 수인이라 늑대를 싫어하는 건가? 아니, 움직이지 못하는 상태에서 울시의 으르렁거림을 들으면 누구든 겁을 먹겠지.

"그럼, 난 갈게."

"그래."

드루레이 일행의 구속을 풀어주고 프란은 몸을 돌렸다. 드루레이가 등 뒤에서 습격하지 않을 거라는 것을 알고 있기 때문이었다.

하지만 청묘족들은 별개다. 신뢰의 정반대에 있는 녀석들이니까.

"아, 그리고 저놈들. 다음에 봤을 때 변해 있지 않다면 그때는 용서하지 않을 거야. 설령 그게 어떤 장소든 어떤 때든── 죽인다."

"히익!"

"힉!"

프란이 살기를 내뿜으며 말하자 청묘족들은 다시 한번 주저앉았다. 반항적인 태도를 보이던 남자도 진심 어린 살기 앞에서는 버티지 못한 모양이다. 얼굴이 창백했다.

"그때는 어쩔 수 없지. 프란이 하고 싶은 대로 해."

"네? 혀, 형니임!"

"애초에 너희들이 쓸데없는 짓을 해서 그런 거잖아!"

매달리는 동생들을 향해 소리지는 드루레이의 말을 뒤로 하고, 이번에야말로 프란은 걸어가기 시작했다.

『프란, 잘 참았어.』

'지금은 암노예 상인의 정보를 손에 넣는 게 제일 중요하니까.'

『그래도 청묘족을 상대로 참은 건 대단해.』

'응.'

원수인 암노예 상인의 정보를 얻기 위해, 관련이 없는 적은 눈감아준다. 그런 판단을 내릴 수 있는 것은 프란이 성장했다는 증거였다. 만난 지 얼마 되지 않았을 무렵이었다면 전부 베어버리고 고문했을 것이다.

『그나저나 저 녀석들은 어떤 정보를 모아올까?』

청묘족들이야 그렇다 쳐도 드루레이는 성실하게 일할 것이다. 뭔가 정보를 가져올 확률은 높아 보였다.

*

드루레이의 간청을 받은 프란이 괴로운 심정으로 청묘족을 놔준 다음 날.

프란은 평소보다 조금 더 늦게 일어났다. 어젯밤 한참이나 잠을 설친 탓이었다. 폭언을 내뱉은 청묘족을 놔준 일이, 자신조차 예측하지 못할 만큼 스트레스가 된 것이다.

평소 같으면 이불에 들어가자마자 순식간에 잠들었을 프란이 드물게 한 시간 정도는 깨어 있었다.

언제나 마이 페이스인 프란이지만, 청묘족에 관해서는 평정심을 유지하기 힘든 모양이었다.

『얼굴 닦자.』

"으응."

『자, 신발 신고.』

"우웅."

잠이 덜 깬 프란의 몸을 염동으로 움직여가며 몸단장을 해 주었다.

처음에는 목이 덜렁거릴 정도로 꾸두각시 상태였지만, 차원 수납에서 아침 식사를 꺼내자마자 정신을 차렸다. 역시 먹보답다. 맛있는 냄새가 최고의 알람이다.

"우물우물."

"쳅첩."

『맛있어?』

"응. 카레 만두 최고."

"웡!"

카레는 하루에 한 그릇이라는 벌을 받는 중이지만, 이건 카레가 아니다. 카레 맛 고기 만두다. 그러니까 괜찮다.

……응. 궤변이라는 건 나도 안다.

하지만 프란의 기운을 북돋아주기 위해서라도 좋아하는 걸 먹여주고 싶었다.

식사를 마친 우리는 일단 길드 마스터의 이야기를 들어보러 가기로 했다.

『그리고 그 후엔 치료원에 가자.』

어제는 결국 프란의 기분이 나아지지 않아 치료원을 보러 갈 상황이 아니었으니까.

오늘은 제대로 가서 정찰을 하고 싶었다.

『오늘이야말로 저 탑에 가보자.』

"응."

이 후의 행동을 의논하면서 점심 전의 한적한 모험가 길드로 내려갔다. 길드 위에 마련된 숙소는 이럴 때 편리해서 좋았다. 옮겨오길 잘했네.

"오, 마침 잘 왔군."

"응?"

프레알에게 인사를 하러 갔더니 그는 무슨 편지 같은 것을 읽고 있는 중이었다.

"방금 막 정보를 입수했다."

그리고 이쪽을 발견한 그가 씨익 웃더니 그렇게 말했다. 프란은 진지한 얼굴로 프레알 앞에 앉아 조용히 그 눈을 응시했다.

"……알려줘."

"여기는 술집인데? 뭐라도 주문해."

"……주스."

"그래."

프란이 풍기는 '빨리 말해' 오라에도 개의치 않고, 프레알은 평소와 같은 모습으로 주스를 준비하기 시작했다. 역시 무법자 도시의 길드 마스터. 프란의 압력에도 조금의 동요조차 없다.

"받아."

"응."

프레알이 내준 맛없는 주스를 꿀꺽꿀꺽 마시는 프란. 그러자 그 강한 산미 덕분인지 흥분해 있던 마음이 조금 가라앉은 모습이었다.

얼굴은 찡그리고 있었지만 새어나오는 위압이 누그러졌고, 프레알의 말을 얌전히 기다릴 여유가 생겼다.

그것을 확인한 노인이 입을 열었다.

"큰 정보가 두 가지 있다. 부탁받은 정보와 부탁받지 않은 정보. 어느 쪽부터 듣고 싶나?"

"……부탁하지 않은 쪽 정보."

부탁하지 않았는데도 알려준다는 것은 그만큼 중요하다는 뜻이었다.

"어제부터 용왕회의 움직임이 심상치 않아. 구성원들이 주택가나 큰길에서 소란을 피우고 있다. 조심해. 최악의 경우 항쟁에 휘말릴 수도 있으니까."

"어제 이미 봤어."

"잠깐, 벌써 적으로 돌린 건 아니겠지?"

"괜찮아. 난 안 싸웠어."

"그럼 다행이군. 그 움직임의 원인 말인데, 간부가 자취를 감춘 모양이다."

"배신자를 찾는 거야?"

발을 뺀 간부를 쫓고 있는 건가 싶었는데, 그럴 가능성은 낮다고 했다.

"그 녀석은 내가 보기에도 의리 있는 녀석이었다. 동료를 버리고 혼자 도망갈 녀석이 아니야. 용왕회가 그 녀석을 찾는다면서 혈안이 되어 있는 것 같더군."

프레알의 평가가 꽤 높았다.

『음. 용왕회 간부에다, 의리까지 있다?』

'한 명 알아.'

『그러게.』

나와 프란의 뇌리에는 한 용인의 이름이 떠올랐다.

"그거, 가즈올?"

"알고 있나?"

"만났어."

"호, 혹시 너——."

"싸우기만 했어. 그 후에 상처를 치료하고 놔줬어."

"정말인가? 죽이지 않았다는 거지?"

"응."

"……그렇다면 다행이지만. 일단 믿어보지."

그렇게 말하면서도 프란을 바라보는 눈에는 아직 의심이 남아 있었다. 프란이라면 가즈올을 상대로 이길 수 있고, 차원 수납을 갖고 있다는 것도 알고 있을 것이다.

'무슨 일이 있었나?'

『글쎄, 사라졌다는 정보만으로는 모르겠네.』

프란을 적으로 돌리지 않도록 용왕회 내부에 전달하겠다고 했는데, 그것 때문에 상층부와 충돌해서 제거된 건가? 하지만 용왕회가 가즈올을 찾고 있다는 건 내부 싸움은 아니라는 건데. 아니, 그렇게 보이게 하려고 일부러 구성원을 움직이는 건가?

『음. 모르겠네.』

'그래.'

행방불명된 이유는 궁금하지만 그렇게 친한 사이는 아니다. 찾아볼 생각까지는 들지 않았다. 그건 프란도 마찬가지였다.

정보원이 될 만한 상대가 없어진 것이 아쉬울 뿐이다. 일단 머릿속 한구석에 넣어두긴 하겠지만.

"자, 다음은 네가 부탁했던 정보. 즉 수인회의 조력자에 관한 거다."

"응."

프레알의 말에 프란이 다시 자세를 바로잡았다. 그리고 진지한 눈으로 노인의 얼굴을 바라보며 다음 말을 기다렸다.

"남녀 콤비로 수인회의 본부에 머물고 있다는 모양이야. 수인회의 의뢰로 움직이는 것 이외에는 거의 밖에 나가지 않고, 단골 가게 같은 것도 없다는군. 아가씨와 나리라 불리고 있고 이름은 몰라."

프레알이 거기까지 말하고 입을 다물었다. 나도 프란도 그 다음 말을 기다렸지만, 프레알은 난감한 얼굴로 머리를 벅벅 긁적일 뿐이다.

"……그것뿐이야?"

"그, 그래."

"……."

"아니, 나도 설마 이런 시시한 보고만 올라올 줄은 몰랐는데……."

프레알이 힘 빠진 표정으로 어깨를 으쓱했다.

겨우 이틀 만에 조사가 끝났나 싶어 감탄했는데, 애초에 조사할 만한 정보가 없었던 것이다. 본부에 눌러앉아 있고 경호원 일을 할 때 외에는 돌아다니지 않는다. 그렇다면 조금만 감시해 봐도 알 수 있겠지. 수인회 인간에게 탐문도 해 본 것 같지만, 강하고 존경받는다는 것 외에 눈에 띄는 정보는 없었던 모양이다.

"미, 미안하다. 계속해서 정보를 모아볼 테니까 먼저 움직이지 말아줘! 부탁해!"

"……."

고개를 숙이는 프레알의 모습을 가늘게 뜬 눈으로 바라보는 프란.

"화내는 것도 당연하다! 하지만 넌 랭크 B 모험가 아니냐. 이 도시 중에서는 가장 랭크가 높아. 그런 인간이 소란을 피우면 모험가 길드 전체가 의심을 받을 거라고!"

"……아스라스가 있잖아."

"녀석이라면 이미 이 도시를 떠났다."

"그래?"

"뭐, 조금 있으면 돌아오겠지만."

광귀화의 전조를 스스로 느낀 모양이다. 항마의 계절이 되면 치열한 전투가 예상된다. 그렇게 되면 도시 근처에서 폭주해 버릴 우려도 있었다. 그럼 차라리 멀리 떨어진 곳에서 한번 발동시켜 버리면 피해를 입히는 일은 없다. 즉 가스를 빼러 간 것이다.

"그 밖에 랭크 A 모험가는?"

"적어도 길드에 보고하러 온 사람 중에는 없다."

"랭크 B 모험가라면 또 있어."

"이명을 가진 건 너뿐이야."

"음."

우리가 모르는 사이에 이 도시의 최대 모험가 같은 존재가 되어버리고 말았다.

귀찮은 일이었지만, 그렇다고 랭크를 낮출 수도 없고, 랭크 B 모험가 중에서도 이명을 가진 프란이 눈에 띄게 특출나다는 것은 틀림없는 사실이었다. 지금까지 랭크가 올라가는 것의 단점을 느껴본 적은 없었는데, 처음으로 고랭크의 무게나 책임을 실감했다.

"그러니까 응? 며칠이면 돼. 얌전히 지내줄 수 없을까?"

"……다음에는, 믿어도 돼?"

"물론이지."

프레알은 진지한 얼굴로 고개를 끄덕였다. 자신이 있어 보였다.

근데, 믿어도 되는 걸까? 이번에도 대단한 정보가 나오지 않으면 프란이 날뛸지도 모르는데?

애초에 손을 빼고 대충 하고 있을 가능성은 없는 건가? 프레알에게 있어서는 센디아를 지키는 것이 가장 큰 과제였다. 그러기 위해서라면 무슨 일이든 할 것이다. 암노예 상인도 전력이 된다면 눈감아주고 있을지도 모른다.

그런 길드 마스터의 입장에서, 프란을 이 도시에 머물게 하면서도 무법자들에게 갈 피해를 줄이려면 어떻게 해야 할까? 나라면 여기서 정보를 다 넘기는 짓은 하지 않을 것이다. 어물쩍거리며 적당한 정보를 넘겨주고, 항마의 계절이 끝날 때까지 프란을 묶어두려 하겠지.

『으음.』

그렇게 의심하기 시작하니 프레알의 보고도 수상하게 느껴지기 시작했다. 프레알을 추궁해 볼까, 말까? 거짓말을 하지 않았다는 건 확실하지만, 진실을 전부 말하지 않았을 가능성은 있었다. 고민하고 있는데, 길드의 술집으로 뛰어들어오는 사람 그림자가 있었다.

스윙 도어를 거칠게 밀어젖힌 날카로운 소리가 술집 안에 울려 퍼졌고, 그 안에 있던 전원의 시선이 소리가 들린 쪽으로 향했다.

척후 계열의 모험가로 보였다. 얼마나 급하게 달려왔는지 이마에선 폭포수 같은 땀을 흘리며 거칠게 숨을 헐떡이고 있었다.

"크, 큰일났어……."

"무, 무슨 일이야? 무슨 일이 난 거냐!"

긴급 상황이 벌어졌다는 것은 누가 봐도 알 수 있었다. 당연히 프레알도 동요한 얼굴로 남자에게 되물었다. 혹시 항마의 대공세가 시작된 건가? 카스텔에 그렇게나 많은 항마가 나타났던 것을 생각하면, 언제 센디아에 항마 무리가 덮쳐온다고 해도 이상하지는 않았다.

다만 이번에는 아니었다.

"요, 용왕회와 수인회가……."

남자의 그 중얼거림만으로도 프레알은 사태를 파악한 듯했다. 노인의 몸이라는 것이 믿기지 않을 정도로 크고 날카로운 목소리로 남성에게 되묻는다.

"어디냐!"

"서, 서쪽 광장에! 수인회 지부가 있는 곳입니다!"

"다른 놈들은?"

"주위를 지키고 있습니다! 하지만 모험가로는 더 이상 막을 수가 없습니다……!"

무법자들의 구역인 서부 지구에서 항쟁이 시작되었다는 건가.

이 남자는 무법자들의 감시역으로 보였다.

'스승, 가자.'

『알았어. 하지만 섣불리 끼어들면 더 복잡해져. 일단은 상황을 지켜보자.』

'응.'

최악의 경우 자취를 감춘 상태에서 뇌명 마술을 날려 양 진영을 얌전하게 만들어야 할지도 모른다.

항쟁의 규모를 보고 나서 결정하겠지만. 드루레이나 베르메리아 일행이 있다면 양쪽 모두 얌전히 만들 수 있지 않을까.

*

길드를 뛰쳐나온 프란이 뒷골목을 달려가자 머지않아 소란이 들려왔다. 아무래도 아직 전투로는 발전하지 않은 모양이다. 대신 멀리까지도 양 진영이 퍼붓는 욕설이 들려왔다. 양쪽 모두 머리 끝까지 화가 난 것인지, 프란의 교육에 안 좋을 것 같은 말들이 오가고 있었다.

이 상태라면 진정시키기는 어려울까? 최대한 피를 덜 흘리고 끝낸다면 좋겠는데…….

피해가 너무 크면 도시의 방위 전력면은 물론 정보 수집면에서도 마이너스가 될지도 모른다.

수인과 용인의 항쟁 현장에 도착한 우리가 목격한 것은 지름 20미터 정도의 광장에서 대치하고 있는, 족히 50명은 넘어 보이는 무법자들의 모습이었다.

수인보다 용인이 더 많았다. 20 대 30 정도다.

프란은 광장을 둘러싼 건물 지붕으로 뛰어올라 그곳에서 아래를 내려다보았다. 20미터 가까운 곳에서 보자 그 진형이 잘 보였다.

수인들은 어떤 건물의 입구를 지키듯이 벽을 만들고 있었다.

반대로 용인들은 그것을 둘러싼 모습으로 광장 중앙에 진을 치고 있었다.

큰 소리로 서로에게 욕설을 퍼붓는 그 모습은, 작은 공터에서 눈으로만 싸우는 헛바람 든 양아치 같았다.

"드루레이는 없어."

『그러게. 하지만 베르메리아와 프레드릭은 있어.』

"응."

용인들의 끝자락 쪽에서 기척을 최대한으로 감추고 있는 것이 보였다.

용왕회에 잠입해서 정보를 얻어야 하는 저 두 사람이라면 이런 항쟁에 따라오지 않을 수 없을 것이다. 막고 싶은 마음은 굴뚝 같겠지만, 공개적으로 움직였다가는 용왕회의 신용을 잃는다. 그러니 도망치지도 못한 채 저렇게 한껏 몸을 움츠리고 있는 거겠지.

저 상태로 전투를 막기는 어려워보였다. 도움을 받을 수도 없을 것이다.

가즈올과 드루레이가 있었다면 이야기를 들어줬을지도 모르지만 말이다.

수인들을 이끌고 있는 것은 개 수인들이었다. 대검을 짊어진 적견족의 전사였다. 꽤 강하다는 것은 여기서 봐도 알 수 있었다.

"이봐, 도마뱀 자식! 여기는 수인회의 구역이다! 무슨 용건이냐!"

"네놈들한테 우리 쪽 방패막이 애들이 신세를 지고 있다고 들었는데? 그걸 돌려받으러 왔을 뿐이다!"

"그딴 건 들은 적 없다!"

"거짓말하지 마! 조사는 다 끝났다! 개 주제에 낑낑거리지 말라고!"

"아앙? 뭘 함부로 지껄이는 거야! 내가 혈아대 제2석 왕곤 님이라는 건 알고 하는 말이냐? 지금 사과한다면 봐줄 수도 있는데?"

강해 보인다고 생각했는데, 혈아대의 제2석인 모양이다. 즉, 드루레이보다 서열이 높다는 뜻이었다. 실제로도 강렬한 위압감이 여기까지 전해졌다.

하지만 선두에 서 있는 용인에게서 왕곤에게 겁먹은 기색은 느껴지지 않았다. 용인이라기보단 반룡인이지만.

이 대륙에 와서 용인이 반룡인을 차별하지는 않는다는 것을 알았지만, 그래도 용인을 이끄는 반룡인이 있다는 건 처음 알았다. 검은 머리로 눈이 가려진 미남이었는데, 왕곤과 말싸움을 벌이고 있는 입은 무척 험했다. 프란이 나쁜 말을 배우지 않았으면 좋겠는데…….

"봐줄 수도 있다는 건 내가 할 말이다, 이 멍청아! 당장 그 더러운 배를 내밀고 항복하라고, 멍멍아! 이 게프 님이 배를 쓰다듬어 줄 테니까 말이지!"

게프? 게프라면 가즈올의 동료이자 사도라는 이명으로 불리고 있다는 녀석 아닌가?

"저게 사도야?"

『그래, 반룡인. 게다가 프레드릭과 같은 반사룡인인 것 같네. 사도의 이명은 거기서 온 걸지도 몰라.』

"어떤 방법으로 싸울지 기대된다."
프란이 조금 들뜬 얼굴로 중얼거렸다. 게프나 왕곤의 전투력이 궁금한 모양이다.
『……가능하면 말리고 싶은데?』
"맞다."
『까, 까먹고 있었어?』
그런 대화를 나누는 사이, 광장에서 더욱 큰 노성이 터져나왔다.
"죽여버리겠어!"
"얼마든지 덤벼라, 머저리들아! 전부 받아주마!"
양쪽의 마력이 급격히 높아졌다.
『위험해, 프란!』
"응!"
뛰어오른 왕곤이 대검을 휘둘렀고, 몸을 낮춘 채 앞으로 나선 게프가 창을 내밀었다. 두 사람의 공격에는 완전히 살기가 실려 있었다.
어느 쪽이 다치든 항쟁의 불씨가 되는 결말이 눈에 선했다. 우리는 순간적으로 마술을 사용했다.
"으어? 뭐야?"
"마술인가!"
두 사람의 공격은 맞닿는 일 없이 공중에서 그대로 튕겨 나갔다.
나와 프란이 양측 사이에 친 바람의 방벽이 그 공격을 막아선 것이다. 내가 네 장, 프란이 두 장이다. 상당한 마력을 담았으니 쉽게 뚫을 수는 없을 것이다.
용인들도 수인들도 갑자기 나타난 바람의 방벽을 가볍게 두드려보고는 어리둥절한 표정을 짓고 있었다. 그대로 주위를 둘러보고, 이어서 대치하는 상대를 노려본다.

우리의 모습을 발견하지 못했으니 상대가 했다고 착각한 거겠지.

"도마뱀 녀석아! 나랑 싸우는 게 무서워진 거냐?"

"뭐라고? 내가 할 말이다!"

첫 공격을 막은 것만으로는 얌전해질 리가 없겠지……. 이렇게 되면 이대로 둘을 갈라놓고 머리가 식기를 기다리는 수밖에 없으려나?

하지만 왕곤과 게프는 우리의 상상을 뛰어넘는 실력을 가지고 있었다.

"각성!"

"사룡화아아!"

당연하게도 둘 다 진화했다. 방벽을 뚫을 생각인 건가? 하지만 어지간한 공격으로는 파괴할 수 없을 텐데.

우리가 자신만만한 것처럼 저쪽도 자신이 있는 것인지, 왕곤과 게프가 동시에 씨익 웃더니 각자 자세를 취했다.

『좋아! 해 보자고!』

조금 더 보강해 두자. 나는 한 번 더 바람 마술을 발동해서 방벽을 4장 더 늘렸다.

이것으로 쉽게 부서지지는 않을 것이다. 내 마음의 소리가 들린 것은 아니겠지만, 왕곤이 소리쳤다.

"좀 단단하긴 해도 이 정도의 장벽으로 나를 막을 수 있을 거라 생각하지 마라!"

왕곤은 원래 개에 가까운 얼굴이었는데, 각성하며 붉은 늑대가 된 지금은 팔이나 다른 곳도 털투성이가 되어 짐승 같은 느낌이 물씬 풍겼다. 그런 늑대인간 같은 모습을 한 왕곤이 그 자리에서 크게 숨을 들이마셨다.

5초, 10초가 지나도 끝나지 않는다. 머지않아 터지는 것이 아닐까 걱정될 정도로 가슴이 부풀어올랐다.

내가 놀라고 있자, 왕곤의 입에서 무시무시한 포효가 터져나왔다.

"랑포오오! 아오오오오오오오오오오오오오오!"

동료 수인들과 용인, 조금 떨어진 프란까지 귀를 누를 정도의 큰 소리였다.

게다가 이 폭음은 그저 부수적인 효과에 지나지 않았다. 진짜 노림수는 전방을 향해 발사된 충격파였다.

뭐, 위력은 별로 없어 보이니까 방벽이 파괴될 일은――.

'벽, 사라졌어.'

『말도 안 돼!』

충격파는 방벽에 튕겨 나가지 않았고, 그 절반을 한꺼번에 날려버렸다.

아무래도 충격파도 덤이었고, 거기에 실린 마력이 진짜였던 모양이다. 마력을 부딪쳐서 마술을 방해하는 효과가 있었던 것이다. 그와 거의 동시에 나머지 방벽도 사라져 버렸다.

"사돌충(邪突衝)!"

게프였다. 사기를 두른 창으로 방벽을 꿰뚫어버린 것이다. 술식이 안정을 잃으며 방벽이 허무하게 소멸했다. 이 현상, 어딘가 낯이 익었다. 시에라와 마검 제로스리드가 상대의 스킬을 없애기 위해 사용했던, 사기를 이용한 기술이었다. 규모는 작지만 비슷한 효과가 있는 기술을 사용할 수 있는 모양이었다.

방벽을 파괴한 기세 그대로 왕곤과 게프가 다시 한번 무기를 들었다.

"흐랴아아아!"

"으랴아아아!"

바람의 방벽 정도로는 더는 멈출 수 없을 것 같았다. 프란도 그렇게 생각한 것일까. 내가 말릴 새도 없이 옥상에서 뛰어내렸다.

공중을 박차고 초고속으로 두 사람 사이에 끼어들었다. 덤으로 순식간에 나를 두 번 휘둘러 양쪽의 공격을 튕겨내면서.

"거기까지."

"뭐야? 꼬맹이?"

"짐승놈들의 조력자인가?"

자신의 공격을 검 하나로 가볍게 받아친 프란의 모습에 모두가 벙찐 표정을 짓고 있었다.

『아아, 이미 늦었어!』

'멈추기 위해서는 어쩔 수 없었어.'

『그렇긴 하지만 말이야.』

왕곤과 게프 양쪽 모두에게서 미심쩍은 시선을 받고 있었다. 일단 용인들과 수인들의 전투는 멈췄지만…….

"칫."

"젠장."

왕곤과 게프가 거의 동시에 뒤로 물러섰다.

"이봐, 꼬맹이. 정체가 뭐냐? 대체 무슨 속셈이야?"

"아앙? 네놈들 조력자잖아!"
"아가씨를 말하는 건가? 이런 꼬맹이 아니거든!"
"그럼 어디 사는 누군데! 거짓말하지 말라고!"
붉은 늑대가 된 왕곤과 사룡화로 인해 비늘 같은 특징이 두드러진 게프가 프란을 사이에 두고 말다툼을 벌이기 시작했다. 실제로는 사이 좋은 거 아니야?
그 사이에 왕곤이 먼저 프란의 정체를 알아차렸다.
"넌── 아니, 잠깐만. 흑묘족의 엄청 강한 애송이……? 혹시 흑뢰희인가?"
"……아냐."
"뭐어? 무슨 소리야? 너 소문의 그 흑뢰희잖아?"
"……묵비권."
프란은 고개를 붕붕 저으며 입을 다물었다. 혹시 자신이 먼저 이름을 밝히지 않으면 어떻게든 해결될 거라 생각하는 건가?
"흑뢰희라면 최근에 이름이 자주 들리기 시작한 모험가 아닌가? 진짜냐?"
"틀림없어!"
역시 이 녀석들 사이 좋잖아! 거의 다 들켜버렸지만, 프란은 꿋꿋하게 고개를 저었다.
"아니야. 나는 흑뢰희가 아니야."
"거짓말하지 마! 이봐! 네놈 수인이니까 이쪽에 붙어라! 저 녀석들을 죽여버리겠어!"
왕곤의 말에 게프가 초조한 표정을 지었다. 역시나 실력자다. 프란의 힘을 알아차리고 지금 상대편에 붙으면 위험하다는 것을 깨달은 것 같았다.

"아! 치사하잖아! 이, 이봐! 아직 수인회에 소속된 건 아니지? 그럼 여기서는 일단 빠져줘! 돈은 줄 테니까!"

자신들의 편을 들어달라고 말하지 않는 부분이 용인 종족다웠다.

"어느 편도 안 들어."

"호오? 우리에게도 도마뱀에게도 붙지 않겠다? 그럼 무슨 생각으로 온 거지?"

왕곤이 눈을 가늘게 뜨고 프란을 노려보았다. 게프도 마찬가지였다. 아무래도 모험가 길드가 개입하려 한다고 여겨진 모양이다. 이거 좀 위험하지 않나?

『프, 프란, 일단 후퇴하자. 응?』

'괜찮아! 스승은 보고 있어.'

프란은 자신만만하게 그렇게 말하더니 양쪽을 향해 입을 열었다.

"일단 싸움은 멈춰!"

"싸, 싸움이라니……."

"싸움 아니거든!"

"모두에게 민폐야. 그러니까 싸움은 안 돼!"

뭐랄까, 미묘하게 김이 빠진 분위기가 서서히 감돌기 시작했다. 자신들의 긍지를 건 전투가 프란 같은 아이에게 싸움이라고 불리자, 그제서야 제삼자의 시점으로 상황을 인식하기 시작한 것 같았다.

"싸운 이유는 뭐야?"

"싸움 아니라니까! 도마뱀들이 갑자기 이쪽 구역을 망쳐놨다고!"

"그쪽이 먼저 손을 댔으니까 그런 거지!"

"안 댔거든!"

"시치미 떼지 마!"

모처럼 진정되기 시작했는데 다시 분위기가 격해지고 말았다. 그때 프란이 튕기듯이 고개를 돌렸다.

'스승. 저쪽.'

『무슨 일이 있나?』

프란이 시선을 돌린 곳을 나도 바라보았지만, 아무것도 느껴지지 않았다. 하지만 프란은 확실하게 어떤 이변을 감지하고 있었다. 센디아에 와서 대체 몇 번째지?

'살기.'

『뭐? 살기?』

그것은――.

"스승!"

『알아!』

나는 기척을 느끼지 못했지만, 그렇다 해도 날아온 화살을 놓치지는 않는다. 어디선가 화살 하나가 날아들었다. 그 화살을 나는 염동으로 받아낸 다음 끌어당겼다. 그것은 속이 비어 있는 그 화살이었다.

『예전과 똑같은 미란레류의 화살이야. 뭐, 쏜 녀석은 가짜겠지만.』

"음. 소리가 안 났어."

틀림없이 지난번과 동일한 범인이다. 이 녀석은 어떻게 해서든 항쟁을 격화시키고 싶은 모양이었다.

갑자기 프란의 눈앞으로 끌려온 화살을 보고 왕곤과 게프가 움직임을 멈췄다. 무슨 일이 일어났는지 몰라 당황한 얼굴이었다. 프란이 손에 쥔 화살을 빤히 바라보고 있다.

그리고, 거의 동시에 깨달은 얼굴을 했다.

"그 화살은…… 네놈들 쪽 궁사 화살이잖아!"

"화, 확실히 비슷하긴 하지만! 그 녀석은 여기 오지 않았다! 너희야말로! 역시 저 애는 너희들이 심어놓은 거지! 우리들에게 트집을 잡기 위해 이런 번거로운 짓까지 하다니! 비겁하다!"

"뭐라고오?!"

"아아앙?"

또 양 진영이 살기를 내뿜기 시작했다. 서로를 의심하고 있는 이상 어떻게 해도 상대의 음모로 귀결되는 것 같았다. 그 살기는 아까보다 더 날카로웠다.

하지만 프란은 전혀 신경 쓰지 않았다. 양쪽을 무시하고 화살이 날아온 방향을 응시했다. 사수의 기척을 살피고 있는 것이다.

'…….'

『못 찾겠어?』

'……응.'

프란은 미묘한 표정이었다. 조금만 더 하면 기척을 잡을 수 있을 것 같은데, 아슬아슬하게 잡히지 않는다. 그런 답답함이 느껴졌다.

나도 모든 스킬을 발동해서 사수를 찾았지만 조금도 감지할 수 없었다. 순간적인 직관력은 프란이 더 위라고 해도 시간을 들이면 나도 지지 않을 자신은 있는데…….

나로서는 조금의 위화감도 감지할 수 없었다. 화살이 날아온 방향에 누군가가 있는 건가?

아니, 사람은 많았다. 이곳은 높은 건물이 끝도 없이 밀집해 있는 불법 도시다. 그 안에는 수많은 인간들이 있고, 다들 항쟁의 기미를 느끼고 숨을 죽이고 있었다. 하지만 살기나 악의를 발하는 기척이나 강자의 기척은 없었다.

약해 보이게 가장해서 일반인 행세를 하고 있는 건가?

부추기는 자의 존재를 증명할 수만 있다면 수인회와 용왕회의 싸움도 멈출 수 있을지도 모른다. 가능하면 범인을 잡고 싶었다.

그러자 프란이 움직였다. 놀랍게도 적이 될지도 모르는 용인, 수인들 앞에서 눈을 감아버린 것이다. 나를 잡고 있긴 하지만, 상당한 무방비 상태였다.

그 모습에 왕곤과 게프는 발끈한 표정을 지었다. 얕보였다고 느낀 거겠지.

거의 동시에 입을 열고 프란의 어깨에 손을 뻗었다.

"야! 무슨 속셈이냐!"

"계집! 그 화살은 어디서 난 거지?!"

하지만 어느 쪽도 프란을 건드리지 못했다.

"각성. 섬화신뢰."

"으아악!"

"아파아앗!"

프란이 각성한 것도 모자라 섬화신뢰까지 사용했다. 흑뢰가 파지직 하고 터지자 남자들은 비명을 지르며 황급히 손을 움츠렸다. 프란이 진심을 내지 않았다고 해도 고통은 상당했을 것이다.

검은 번개에 그을린 손을 문지르며 후후 불고 있다.

험악한 인상의 남자가 그런 행동을 하자 묘하게 우스워서 나도 모르게 웃음이 터질 뻔했다.

거기서 순순히 입을 다물면 좋으련만, 그들은 부하 앞에서 한심한 모습을 보인 채로 있을 수도 없는지 다시 한번 고함을 지르려 했다.

"웃기지 마——."

"무슨 짓을——."

"시끄러워! 입 다물어!"

항쟁을 말리려는 자신을 방해하는 사수나, 집중을 흐트러뜨리는 왕곤 일행에게 짜증이 쌓인 것일까. 프란이 조용히, 그러면서도 위압감을 담아 소리쳤다. 성량이 그렇게 크지 않은 프란의 고함이다. 이 광장 끝까지 간신히 들릴 정도의 크기밖에 되지 않았다.

그것만 보자면 아이가 조금 화를 내는 것으로만 들렸을 것이다.

하지만 그 효과는 절대적이었다. 주위의 무법자들이 일제히 낯빛을 바꾸고 침묵했다.

수인들은 귀를 접거나 꼬리를 가랑이 사이에 끼우고 완전히 겁먹은 짐승 상태가 되어 있었다.

용인들도 다리에 힘이 풀리며 누가 봐도 프란의 박력에 겁을 먹은 모습이었다. 왕위 스킬의 효과였다. 무의식적으로 새어 나온 것이 아니라, 상대를 침묵시키기 위해 일부러 더 강하게 발동했다.

스킬의 효과와 섬화신뢰를 발동한 프란의 박력. 그것들이 합쳐지며 왕곤이나 게프 정도의 강자조차 압도할 만한 위세가 만들어졌다. 묘하게 뜨거운 시선을 보내오는 녀석들도 몇몇 있었지만 얌전히만 있어주면 상관없었다.

광장이 정적에 휩싸인 것을 확인한 프란은 만족스럽게 고개를 끄덕이고 다시 눈을 감았다. 나는 주위를 경계했지만, 습격해 오는 녀석은 없었다. 오히려 쓸데없이 프란을 방해했다가 또 한 번 분노를 받으면 돌이킬 수 없다는 것을 알아챘는지, 너나 할 것 없이 꼼짝 않고 굳어 있었다.

그런 기묘한 상태에서 5초, 10초 시간이 흘러갔고—— 갑자기 프란이 눈을 번쩍 떴다.

'찾았다!'

『오, 진짜냐!』

'왠지 알 것 같아. 찌릿찌릿이 어디 있는지 알려줬어.'

찌릿찌릿이라는 건 전기를 말하는 거겠지. 섬화신뢰 상태가 되면 전기나 전자파를 감지하는 힘도 강해진다. 그것을 써서 숨어 있는 상대의 위치를 알아낸 것이다.

프란은 공중으로 단숨에 도약하는가 싶더니 그보다 조금 더 앞쪽을 노려보며 소리쳤다.

"——흑뢰전동!"

프란의 몸이 흑뢰로 변하더니 순식간에 수십 미터를 이동했다

"찾았다."

"어?"

프란과 함께 이동한 내 시야도 순식간에 바뀌었고, 곧 눈앞에

남자의 등이 보였다. 프란의 목소리에 놀라 뒤를 돌아보지만, 이미 늦었다. 등을 발로 걷어차고 그대로 눈앞에 나를 들이민다.

"움직이지 마."

"큭……."

목에 검이 겨눠진 탓에 움직이지 못하는 금발 갈색 피부의 남자. 노란 비늘로 몸을 감싼 반룡인이었다. 쓰고 있던 후드가 벗겨지며 얼굴이 드러났다. 이마에 무슨 돌 같은 게 박혀 있는 건가? 마도구? 희미한 마력이 느껴지는데…….

"어, 어째서…… 드, 들킬 리가 없는데……!"

은밀 행동에 상당히 자신이 있었던 모양이다. 경악한 표정이었다. 그 말대로 감정해 보니 상당한 실력자였다. 은밀이나 기척 차단이 고레벨이다. 게다가 활 실력도 뛰어났다. 사냥꾼 타입으로 보였다.

이 정도면 그 정확한 저격 실력에도 납득이 갔다. 이 녀석이 사수가 틀림없었다. 다만 은밀이 특기라고는 해도 숨는 것에 너무 능숙한 거 아닌가? 내가 발견하지 못할 정도는 아닐 텐데. 게다가 '들킬 리가 없다'라는 말. 스킬 이외에 뭔가 자신감의 근원이 될 만한 마도구라도 있는 건가?

그렇게 생각하고 관찰을 계속하는데, 남자—— 누멜라에의 주위에 위화감이 감돌았다. 스킬을 방해한다기보단 빠져나가는 느낌이었다. 거기에 무언가가 있는데 간파할 수 없고, 그 뒤로 그대로 뚫고 나가는 듯한 느낌.

자세히 보니, 남자의 사방을 정사각형 형태로 둘러싸고 있는 작은 무언가가 놓여 있었다. 감정해 보자 결계 마석이라는 아이템이었다. 신기한 감각이었다. 감정은 가능하고 눈에도 보인다. 하지만 감지나 탐지 스킬은 반응하지 않아서 그곳에 무언가가 있다는 느낌이 들지 않았다. 마치 환영처럼 눈에만 분명히 보이고 있었다.

『프란, 저기 돌이 있어. 보여?』

'응?'

프란도 눈에는 보이는 모양이다. 그런데 나와 똑같이 스킬을 통한 감지가 안 되는 듯했다. 고개를 갸우뚱하며 누멜라에에게 캐묻는다.

"이건 뭐야?"

"겨, 결계 마석이다."

순순히 말을 꺼내는 누멜라에. 근접전으로는 승산이 없다는 것도, 이쪽이 정보를 얻기 전까지는 포기하지 않을 거라는 것도 알고 있기 때문이겠지. 시간을 끌다가 험한 꼴을 볼 바에야 따르는 편이 낫다고 생각한 모양이었다. 그런 부분은 프로라는 느낌이다.

돌이 있을 것이라 생각되는 곳을 무차별적으로 수납하자 확실히 결계 마석이 들어간 것을 알 수 있었다. 그리고 단숨에 감각이 선명해졌다. 남은 세 개를 스킬로 느낄 수 있었다.

4개가 한 세트가 되어 어떠한 효과를 발휘하고, 그중에 하나만 사라지면 힘을 잃는 것 같았다.

보이게 된 나머지 결계 마석들을 다시 한번 제대로 살펴보았다. 확실히 마석이다. 마법진을 새겨 특수한 가공을 한 것으로 보였다.

"이거 어떻게 써?"

"결계술을 담아둘 수 있다고 하더군."

결계술을 담아두고, 술자 이외에도 그 결계를 발동할 수 있게 만들어주는 도구였다.

여기에 담긴 결계는 인식을 속이는 능력이 있다고 한다. 특히 스킬이나 마술에 의한 탐지나 간파를 빠져나갈 수 있었다. 그 때문에 직관력이나 신체 능력이 아닌 스킬이나 마술에 의존하는 나는 멀리서는 전혀 눈치채지 못했던 것이다.

애초에 나에게는 육안이라는 것이 없으니까. 대부분의 지각을 마술과 스킬에 의존하는 나와는 상성이 맞지 않는 결계였다. 다만 스킬을 속일 수는 있어도 본인이 내뿜는 기척은 차단할 수 없다. 그래서 본능적인 감각이 날카로운 프란은 그 위화감을 깨달을 수 있었던 것이다.

그리고 생체 전기 같은 것이 결계 밖으로 새어 나와서, 섬화신뢰 상태인 프란이 그것을 캐치한 것 같았다. 육체의 능력 중에 온도 감지 능력을 가진 종족이 있다면 손쉽게 간파했을지도 모른다. 이를테면 뱀 수인이라거나.

"이거 네가 쐈어?"

"글쎄? 본 기억은 없는데? 이건 특수한 화살이잖아? 용인 중에서도 유명한 여자 용병이 비슷한 화살을 쓰지 않았나?"

프란이 특수 화살을 눈앞에 들이밀자 능글맞게 웃으며 시치미를 뗀다. 연기 스킬을 가져서 그런지 아무것도 몰랐다면 믿었을지도 모른다.

『거짓말이네.』

"거짓말하지 마. 이 근처에서 너 외에 수상한 녀석은 없었어.

게다가 화살을 날릴 때 소리가 나지 않았어.”

“아니아니, 거짓말 아니라니까. 정말 몰라——.”

“거짓말하지 마.”

“아! 왜, 왜 때려…….”

“네가 거짓말을 했으니까.”

프란에게 머리를 맞은 누멜라에가 눈물을 글썽이며 한심한 소리를 냈다. 이것 또한 연기 스킬을 사용하고 있는 것이었다. 한심한 그 모습은 동정심을 유발하려는 것처럼 보였다. 하지만 프란에게는 먹히지 않았다. 연민이든 뭐든 적이 거짓말을 내뱉고 있다는 사실만이 중요할 뿐이었다.

“사실대로 말해.”

“……거짓말 간파? 하지만, 그런 스킬은…….”

누멜라에는 감정 스킬을 갖고 있다. 그래서 프란을 감정한 결과 감정 위장으로 표시된 정보를 믿었을 것이다. 검사로서는 괜찮은 실력이지만 그 이외는 평범하다고 생각했겠지.

“이거 네가 쐈어?”

“……맞아.”

“뭘 위해?”

“아—, 그건, 저 녀석들에게 원한이 있어서——.”

『거짓말이야.』

“거짓말.”

“윽!”

이것으로 이쪽이 거짓말을 완전히 간파할 수 있다는 사실을 이해한 모양이었다. 절망적인 표정을 짓고 있다.

게다가 프란이 내뿜고 있는 위압감을 고스란히 맞아 완전히 마음이 꺾인 듯했다. 이제부터는 솔직하게 얘기해줄 것 같았다. 저쪽이 다시 으르렁대기 시작하기 전에 정보를 알아내고 싶었다.

"너는 용왕회?"

"아니야."

"그럼 왜 이런 짓을 했어? 누군가의 명령? 치료원?"

"나, 나는——."

남자가 무슨 말을 하려고 하는데 입만 뻐끔거릴 뿐 소리가 나오지 않았다. 연기가 아니라 정말로 입이 봉인된 것 같았다.

"나, 나는……."

역시 누멜라에는 아무 말도 하지 못했다. 그때였다.

『이건 뭐야!』

"빛나고 있어."

"뭐, 뭐야 이건!"

누멜라에의 갑옷 사이로 강렬한 빛이 새어 나왔다. 특히 빛이 짙은 것은 가슴팍이었다. 아무래도 목에 걸고 있던 펜던트로 보이는 무언가가 빛나고 있는 것 같았다.

감정했을 땐 아무 이상이 없었는데! 위장하고 있었던 건가?

전이 같은 도구인 줄 알았는데 남자도 비명을 지르고 있었다. 이 현상은 그도 모르는 일인 모양이었다. 목에 검이 겨눠진 것도 잊고 필사적으로 가슴팍에서 펜던트를 빼내려고 하지만 갑옷 아래에 넣어둔 바람에 쉽게 빠지지 않았다.

발광과 함께 마력이 단번에 높아지는 것이 보였다. 아무리 생각해도 온건한 효과로는 보이지 않았다.

나도 아무것도 안 한 것은 아니었다. 처음에는 수납해서 무효화할 수 없을까 생각했지만, 누멜라에의 장비품으로 취급되어 불가능했다. 마력 흡수도 의미가 없었고, 공격하는 것은 위험해 보였다. 결국은 휘말리지 않도록 거리를 두는 것 말고는 할 수 있는 것이 없었다.

프란이 뒤로 뛰어오른 그 직후.

남자가 있던 자리에서 '콰!' 하는 굉음과 함께 진홍색의 섬광이 뿜어져 나왔다.

작열과 폭풍이 프란의 뺨을 스쳐지나갔다. 다만 폭발의 위력에 비해 건물에 미치는 피해는 적어 보였다. 옥상에는 눈에 띄는 내미지가 없었다. 대상에 폭발의 위력을 집중시키기 위해 상부로 수렴하도록 조정되어 있었던 모양이다.

폭풍이 잦아들었을 때, 그 자리에는 상반신이 사라진 반룡인의 하반신만이 널브러져 있었다.

"자폭?"

『아니, 그 공포는 진짜였어. 입막음을 당한 거겠지.』

시한식이라고 하기에는 타이밍이 너무 좋았다. 혹시 누군가가 대화를 듣다가 원격 조종으로 기폭시킨 걸까? 아니면 소지자가 흑막의 정보를 누설하려고 하면 발동하도록 미리 설정해 놓은 것일까?

어느 쪽이든, 상대는 원격으로 내폭발을 일으키는 것이 가능하다는 뜻이었다. 게다가 식선까지는 바도구라는 것도 눈치채지 못하게 한 채로.

『어떻게 찾은 정보원인데!』

"응……."

누멜라에는 죽기 직전 흑막에 대해 무언가를 말하려 했었다. 치료원에 관해 질문한 직후 벌어진 자폭이다. 수상한가? 뭐, 정보상의 이야기에서도 수상한 부분이 있다고 했으니 한번 조사해 보는 편이 좋을지도 모른다. 프란은 누멜라에의 시체를 수납하고 광장으로 돌아갔다.

수인도 용인도 소란을 피우지 않고 조용히 있었다. 프란의 위압에 이어 수수께끼의 폭발까지, 연달아 충격적인 사건이 일어난 탓에 싸움을 계속할 상황이 아니기는 했다.

서로를 의식하면서도 난감한 표정으로 서 있었다.

특히 아랫사람들은 어쩔 줄 모르는 모습이었다. 리더인 왕곤이나 게프의 명령 없이는 떠날 수도 없었으니 어떻게 해야 할지 모르는 거겠지. 그런 왕곤과 게프에게서도 더 이상 전의가 느껴지지 않았다.

"흑뢰희 아가씨, 대체 무슨 일이 일어나고 있는 겁니까?"

"응. 설명할게."

"……역시 흑뢰희 님 맞잖아요."

"!"

아, 그러고 보니 부정하고 있었지! 제법이네, 왕곤! 프란은 황급히 고개를 저었지만 이미 늦었다.

"아니. 흑뢰희는 누군지 몰라."

왕곤은 가늘게 뜬 눈으로 이쪽을 바라보았다. 그래도 프란은 부정을 이어갔지만…….

"아니, 고개를 끄덕이지 않았습니까."

“……이제 됐어.”

프란이 그렇게 중얼거리며 어깨를 축 늘어뜨렸다. 모처럼 정체를 숨기고 있었는데 허무하게 들켜버렸기 때문이었다. 좀 분한 얼굴이다. 처음부터 전혀 숨기지 못했지만 말이지!

같은 수인이기도 해서 그런지 수인회는 이미 프란을 완전히 상위자로서 받아들이고 있었다. 문제는 용인들인데…….

프란이 게프에게 시선을 돌리자, 경계하는 다른 용인과는 달리 묘하게 웃는 얼굴로 다가왔다.

“너 정말 대단하군!”

“응?”

“그 박력! 캬아, 오랜만에 전율을 느꼈어! 네가 용인이었다면 반했을 텐데!”

아무래도 프란의 강함에 감동한 것 같았다. 당장이라도 형 동생 사이가 되자는 말을 꺼낼 것 같은 분위기였다. 그건 그렇고 용인이라면 반했을 거라니…… 로리코── 아니, 그 정도로 마음에 든다는 거지? 그렇다고 생각할게.

“이 이상의 싸움은 그만해.”

“알았다. 그런데 우리도 동료들이 당했어. 이대로 물러설 수는 없어.”

게프로서는 프란의 말에 따르고 싶은 듯했다. 애초에 프란이 실력 행사에 나서면 사신들의 동료가 내서 쓰러질 거라는 사실을 알고 있기 때문이었다. 하지만 무법사들은 체면을 중시하는 생물이었다. 부하들 앞에서 비굴한 모습을 보일 수는 없었다.

“가즈올을 말하는 거야?”

"알고 있나?"

"응, 근데 수인회가 범인은 아닌 것 같아. 설명해 줄 테니까 일단 이쪽으로 와."

"……알았어."

이어서 무법자들이 지켜보는 가운데 왕곤과 게프에게 설명을 시작했다. 먼저 프란이 무언가를 꺼냈다.

주위에 있던 무법자들이 소란을 피우는 것도 무리는 아니었다. 누멜라에의 하반신이 나왔기 때문이다. 개중에는 입가를 누르고 구역질을 참는 자들도 있었다. 의외로 섬세한데? 아니, 이 대륙의 인간이 싸우는 상대는 피와 살이 없는 항마인 경우가 많을 테니 의외로 피에는 익숙하지 않을지도 모른다.

"느, 느닷없이 흉흉한 걸 꺼내는구나, 너."

"이 화살을 쏜 범인."

"호오? 즉 용인놈들 사수가 쏜 게 맞다는 거군요?"

어딜 어떻게 봐도 반룡인의 특징이 남아 있는 하반신이다. 왕곤이 그렇게 말하는 것도 무리는 아니었다.

그러나 사태는 조금 더 복잡했다.

"반룡인은 맞아. 하지만 용왕회는 아니야. 수인과 용인을 싸우게 만들기 위해 이 화살을 사용했어."

왕곤과 게프가 날카로운 시선으로 프란이 꺼내든 화살을 노려보았다. 그들도 이 반룡인이 항쟁을 부추기기 위해 암약했다는 것을 이해한 얼굴이었다.

"미란레류의 화살을 흉내내서 우리 쪽에 죄를 뒤집어씌우려고 했다는 건가."

"이 녀석은 어디의 누구죠?"

"모르겠어. 하지만 용왕회가 아니라는 것만은 확실해. 자세히 듣기도 전에 폭발해 버렸지만."

프란이 그때의 상황을 간략하게 설명했다. 뭐, 그렇게 복잡하지는 않았다. 화살을 쏜 것은 이 녀석이고 용왕회가 아니라는 것은 인정했지만, 이후 폭발의 마도구로 인해 죽임을 당하고 말았다. 그 정도의 정보다.

"즉, 어딘가의 누군가가 우리와 용왕회의 항쟁을 부추기고 있다는 겁니까? 이 하반신은 그 범인의 것이고요?"

"응."

"……믿기지는 않지만, 네가 거짓말을 하는 걸로는 안 보이네."

"가즈올도 아마 이 녀석들이 잡아간 거라 생각해."

"그렇군요. 그런데 당신은 어떻게 그 녀석을 아는 겁니까?"

"싸웠으니까."

"허?"

프란이 가즈올에게 습격당했을 때의 일을 말했다. 가즈올에게 습격당해 되갚아주었다는 것. 상처를 치료해 주자 놀랐다는 것. 그 후 방치한 바람에 납치당했을지도 모른다는 것.

말하는 와중 프란이 얼굴을 찌푸렸다. 우리가 구속한 채로 방치한 탓에 저항하지도 못하고 끌려갔을 가능성도 있었기 때문이었다. 그러자 이야기를 전부 들은 제프가 분노한 표정을 지었다. 다만 그 분노는 프란을 향한 것이 아니었다.

"가즈올 녀석을 야습에 썼다고? 위에서는 대체 무슨 생각을 하고 있는 거야? 그 녀석에게 그런 일이 안 맞는다는 건 알고 있었을 텐데!"

그것은 적합하지 않은 임무를 내린 상층부를 향한 분노였다.

"넌 책임을 느끼는 것 같지만, 그럴 필요 없어. 100% 우리 쪽 잘못이다."

"……응."

먼저 덤벼든 가즈올이 나쁘다는 것은 알고 있지만, 그것이 용인과 수인의 대립을 부추기는 이유 중 하나가 되었다고 생각하면 어쩐지 마음이 편치 않았다.

"어쨌든 뒤에서 몰래 움직이는 놈들에게 놀아나는 건 마음에 안 드는군. 여기서는 물러나기로 하지. 흑막이라는 녀석도 찾아야 하고, 위쪽 녀석들에게도 이야기를 들어봐야 하니까."

다행이다. 어떻게든 이 자리는 물러나줄 모양이었다. 다만 반대로 용왕회 내부에서 싸움이 벌어지는 건 아니겠지?

"흑막에 대한 단서는 잡았나?"

게프의 말에 프란이 고개를 저었다.

"모르겠어."

"그렇군……. 어디 누구인지는 모르겠지만 이런 건방진 짓을 하다니!"

게프가 이마에 핏대를 세우고 이를 악물었다. 상당히 열이 받은 모습이다. 하지만 여기서 이 녀석들이 대대적으로 범인 색출에 나선다면 괜히 혼란만 더 가중될 것이다.

"크게 움직이면 안 돼. 수인과 용인이 싸우는 것보다 더 큰 소동이 벌어질 거야."

"알아. 그쪽도 그 강아지들 목줄 단단히 잡고 있으라고."

"뭐야? 흑뢰희 아가씨한테 무슨 말을 하는 거냐!"

"시끄러워! 찡찡대지 말라고, 이 자식아!"

아, 또 싸우기 시작했다. 싸울 정도로 사이가 좋다는 거겠지만, 이 녀석들 같은 경우는 동족 혐오에 가까워 보였다. 적과 성격이 비슷하기 때문에 짜증이 나고, 상대에 대한 혐오감이 더욱 강해지는 것이다.

그런 두 사람에게 프란이 다시 왕위를 휘둘렀다.

"싸우지 마. 아까도 말했어."

"죄, 죄송합니다……."

"미안…… 나도 모르게."

"다음에는 강제로 재울 거야."

"옙……."

"아, 알았어……."

프란이 위협하자 왕곤과 게프가 놀랄 만큼 빠르게 조용해졌다. 주위에서 떠들어대던 무법자들도 마찬가지다. 경외, 공포, 경의, 숭배. 감정의 차이는 있겠지만 프란을 완전한 상위자로 인정하고 있었다. 이 도시의 무법자들은 의외로 지내기 쉬운 녀석들일지도 모른다. 체면에 집착하거나 다혈질이라 좀 귀찮은 부분은 있지만, 힘을 드러내면 순순히 인정해 준다.

"이 이상 여기에 있어봤자 저 녀석과 또 싸우게 될 거고, 슬슬 가봐야겠군. 뭔가 정보가 있으면 너한테도 알려주마. 그러니까 그쪽도 가즈올에 대한 정보가 있으면 부탁하지."

"응. 알았어."

"이봐, 멍멍이! 일시 휴전이다! 다른 녀석들에게도 단단히 알려두라고!”

“이쪽이 할 말이다! 네놈야말로 다른 도마뱀들을 제대로 단속하라고!”

“흥!”

“헹!”

그 이상의 말싸움은 벌이지 않고 돌아섰으니 용서해 주자. 이제 와서 평범한 대화는 기대할 수 없을 테니까.

수인과 용인, 양쪽이 모두 떠난 광장에서 우리는 앞으로의 행동을 의논했다.

『제일 중요한 단서가 죽어버렸는데…….』

‘치료원에 갈래.’

『그럴까. 하지만 확증이 있는 건 아니야. 지금은 상황만 보고 오자. 알겠지?』

‘응. 알아.’

달리 짐작가는 곳이 없었기에 우리는 치료원을 정찰해 보기로 했다. 뭐, 오늘은 진찰을 받으면서 상황만 가볍게 살필 예정이지만. 그리고 가는 길에 결계 마석의 감각도 탐색해 보기로 했다. 가즈올과 시비가 붙었을 때도 그렇고, 프란은 몇 번인가 위화감을 느낀 적이 있었다.

죽은 누멜라에 외에도 공작원이 도사리고 있을지도 모르는 것이다. 그러자 아니나 다를까.

‘스승, 찾았어.’

『어느 쪽에 있어?』

‘저 건물 옥상.’

『좋아, 가보자.』

역시, 나로서는 아무것도 느낄 수 없었다. 결계 마석으로 은폐되고 있기 때문이었다. 하지만 한번 발견 방법을 익힌 프란은 이제 각성하지 않고도 찾을 수 있었다.

옥상에 올라가 보니 확실히 결계 마석이 설치되어 있었다. 하지만 그곳에는 아무도 없었다.

결계 마석을 수납해 보자 그 중앙에는 상자 같은 것이 놓여 있었다. 이름은 '원거리 감시 결계'. 아무래도 감시 카메라에 해당하는 것 같았다. 사람이 아닌 마도구를 써서 센디아 내 정보를 수집하고 있었던 것이다. 자폭시킨 것도 이것으로 감시하고 있었기 때문이겠지.

『잘 찾았네. 심지어 이번에는 사람이 있는 것도 아니었는데.』

조금 전에는 누멜라에가 내뿜는 전자파 같은 것을 감지하여 발견할 수 있었다. 하지만 이번에는 마도구만 덩그러니 놓여 있었다.

'음. 주변이랑 비교했을 때, 달라. 이상하지 않은 게 이상해.'

『무슨 말이야?』

'응. 뭔가——.'

프란의 감각적인 설명은 난해했지만, 어느 정도는 이해할 수 있었다. 요점은 이 일대에 미묘한 위화감이 있는데, 결계 마석 때문에 위화감이 느껴지지 않는 장소야말로 사실 가장 수상하다는 뜻이었다.

스킬을 사용하지 않고도 기척이나 마력을 감지할 수 있는 프란이기에 사용 가능한 탐지 방법이었다.

『하지만 이 일로 치료원에 가기 힘들어졌네.』

'왜?'

『감시 결계를 발견하고 수납한 사실이 상대방에게 알려졌을 가능성이 있으니까.』

그렇다면 치료원에 간다는 것은 적의 본거지에 쳐들어가는 것과 같을지도 모른다. 무방비한 상태에서 치료를 받으러 가는 것은 무섭다. 아무것도 모르고 적에게 일방적으로 감시당하는 것보다는 낫지만.

'그럼 밖에서 관찰하러 갈래.'

『뭐, 그 정도밖에 못하겠네. 울시, 가즈올의 냄새가 나면 알려줘.』

'웡!'

최종 수단으로서는 나 혼자 잠입하는 것도 계획에 넣어둬야 할 것 같았다. 조금이라도 정보을 얻을 수 있다면 좋겠는데 말이지.

*

그대로 도시 안을 달려 도시 중앙을 목표로 나아갔다. 그리 넓은 도시는 아니었기에 곧 하얀 탑이 보이기 시작했다.

치료원의 본부는 이 도시의 건축물 중에서도 한층 높은 흰색 탑이었다. 그 주위에 몇 개의 시설이 병설되어 있었다. 키가 큰 건물들이 밀집한 센디아 중 드물게 치료원 주변은 이층 정도의 건물이 대부분이었다. 게다가 공원처럼 길과 녹지도 정비되어 있었다.

땅과 돈을 사치스럽게 사용해서 치료원의 힘을 과시하고 있는 것일지도 모른다. 탑은 도시의 중심에 있었기 때문에 큰길을 지날 때마다 모습은 봤지만, 이렇게 가까이 오는 것은 처음이었다.
'어떻게 할까?'
『감지 계열 스킬을 사용하면서 건물 주위를 걸어보자. 울시는 냄새에 집중해 줘.』
'웡!'
마음 같아서는 안에 들어가고 싶지만, 흑막이 어떻게 움직일지 알 수 없으니…….
치료원 주위에는 사람이 꽤 많았다. 일반인이 대부분이지만, 무법자로 보이는 기척도 있었다. 다만 너나 할 것 없이 얌전했다. 치료원 부지 인이기 때문이었다. 그것만으로도 영향력이 얼마나 강한지 알 수 있었다.
『사람이 집중된 곳도 있기는 한데, 중요 시설이라 그런 걸 수도 있으니까.』
포션 보관소라거나 간부의 거주지 등이라면 당연히 경비원은 많을 것이다. 노예로 잡혀 있는 사람이 있다는 것을 가정하고 지하 같은 곳에서 인기척이 나지 않는지 살펴봤지만, 수상한 부분은 없었다.
다만 그럼에도 끈질기게 돌아다니자, 어느 한 지점에서 프란이 걸음을 멈췄다.
『왜 그래?』
'이 이레, 이상해.'
『이상해? 혹시 결계 마석인가?』
'응, 여기 아래 묻혀 있을지도?'
아무래도 땅 밑에 결계 마석이 있는 모양이다.

『얼마나 깊이 있는지 알 수 있을까?』

'나 10명 정도?'

『의외로 깊네.』

지상을 감시하기 위한 감시 결계를 땅에 묻어 놓은 건가 싶었는데, 아닐지도 모른다. 혹시 지하 통로 같은 것이 있고, 그곳을 감시하기 위한 것은 아닐까?

『프란, 지하 통로가 있을지도 몰라. 알 수 있을까?』

'음……?'

프란은 그 자리에서 몇 번이나 발을 구르며 반향 등을 확인하는 것 같았지만, 역시 너무 깊은 탓인지 빈 공간이 있는지 어떤지조차 알 수 없는 듯했다. 10미터가 넘어간다면 반향이 있을 리가 없겠지.

『다음엔 내가 해 볼게.』

내가 사용한 것은 흙 마술이었다. 어스 존이라고 하는, 적의 침입을 감지하는 결계를 칠 수 있는 술식이었다. 다만 적에게 감지되는 것은 되도록이면 피하고 싶어서 범위를 좁혀서 사용했다.

정말 딱 프란의 발밑 지점만. 그러나 깊은 곳까지 들어가 탐지 대상을 늘렸다. 마력의 흐름을 은폐하기 위해 나는 의식을 곤두세웠다. 초급 마술에 이 정도로 집중하는 것은 처음일지도 모른다.

좁고, 깊고, 조용히, 흙 마술을 발동했다. 지금이라면 근처에 마술사가 있어도 눈치채지 못할 것이라고 단언할 수 있었다. 상대가 랭크 A 모험가급의 실력자가 아니라면 위화감을 느낄 수조차 없을 것이다.

『……음.』

‘어때?’

『잠깐만……. 응? 이거구나! 알겠어!』

‘오, 역시 스승.’

프란이 있는 자리 아래, 사람이 다닐 수 있을 정도로 넓은 지하 공간이 확실하게 존재하고 있었다. 조금 더 조사해 보자 치료원이 있는 방향에서 주택가 방면으로 쭉 뻗어 있다는 것을 알 수 있었다.

하수도일 가능성도 있지만 물이 흐르는 느낌은 없었다. 아마 지하도일 것이다.

『울시, 이 아래 지하도로 그림자 전이를 할 수 있을까?』

‘웡!’

그림자에서 그림자로 전이가 가능한 울시의 능력이라면 지하 통로로도 이동할 수 있을 것 같았다.

『어디서 어디로 통하는지 알아보고 와줘. 들킬 것 같으면 탐색을 포기해도 괜찮아. 할 수 있겠어?』

‘웡웡!’

『좋아, 기대할게.』

‘울시, 힘내.’

‘웡!’

이제 지하도 탐색은 울시에게 맡기면 될 것이다.

하지만 그런 진전도 잠시, 우리는 귀찮은 일에 휘말리고 말았다.

“거기 아가씨! 움직이지 마!”

“뭐 하는 거야!”

"휴식 중."

순찰 중인 경비병들에게 둘러싸이고 만 것이다. 프란은 적의가 없음을 알리려 했지만 경비병들은 듣는 척도 하지 않았다.

"거짓말하지 마라, 도둑 녀석! 우리 경비반의 정보망을 얕보지 말라고!"

"계속 같은 장소에서 멈춰있었잖아!"

"게다가 믿을 만한 소식통에게서 정보 제공이 있었다. 증거는 다 파악했다고!"

"증거?"

"네놈에게 알려줄 필요는 없지."

"어쨌든 같이 가줘야겠어."

단순한 불심검문인 줄 알았더니 아무래도 돌아가는 상황이 달랐다. 경비병들은 처음부터 프란을 연행할 생각으로 온 것처럼 보였다. 누군가에게 거짓 정보를 듣고 프란을 도둑 등으로 착각하고 있는 것 같았다. 흑막의 소행이겠지. 적어도 치료원 경비병을 움직일 수 있는 위치에 있는 모양이다.

'도망갈까?'

『도망치면 완전 수배자가 되는 거야. 더는 이 도시에는 들어올 수 없어.』

나는 그래도 상관없었다. 하지만 프란이 암노예 상인 섬멸이라는 목적을 포기하지 않을 거라면 센디아 출입 금지는 피해야만 했다.

그러나 여기서 따라가도 누명을 쓰고 잡힐 가능성이 높은데…… 차라리 도망가는 편이 나을까? 하지만 우리가 행동으로 옮기기 전에 이쪽으로 달려오는 존재가 있었다.

"기다려! 하아…… 하아……."

부리나케 달려온 것인지 한 소녀가 거친 숨을 몰아쉬고 있었다.

"그만, 하세요. 그 창, 내려놔요."

"아니, 하지만……."

"내 명령이 안 들려요? 그만두라고 했어요."

"예! 죄송합니다!"

병사들이 창을 내리고 허리를 펴고 똑바로 섰다.

"소피?"

"그래, 오랜만이네."

그녀는 카스텔에서 함께 싸운 악사이자 전 무전취식 소녀, 소필리아였다.

예전과 달리 좀 더 깔끔한 차림을 하고 있었다. 귀족 아가씨까지는 아니지만, 상류층 자녀 정도는 되어 보였다.

"필리아의 명령이 들려서 황급히 와본 건데…… 정말로 너였네."

소피가 지친 얼굴로 중얼거렸다. 아무래도 소피는 여러 가지 사정을 알고 있는 것 같았다. 그런 그녀의 등장에 프란이 고개를 갸우뚱했다.

"소피는 왜 여기 있어?"

"네놈! 성녀님을 함부로 부르다니 무엄하다!"

"불경하다! 감옥에 넣어버리겠어!"

"조용히!"

"하, 하지만……!"

"나는, 조용히 하라고 했는데요?"

"죄, 죄송합니다!"

프란이 소피를 함부로 부른 것을 보고 격분했던 경비병들이, 반대로 그런 소피에게 꾸중을 듣자 풀이 죽었다.

하지만 방금 성녀라고 불렀지? 치료원의 성녀라면 요주의 인물 중 한 명이었다.

본인이 악인인 것이 아니라 그 주위 사람들이 폭주하기 쉽다는 이야기였는데…….

"하지만 성녀님을 업신여기는 발언을 하는 것은──."

"제 명령을 듣지 않는 당신들이야말로 저를 업신여기는 거 아닐까요?"

"다, 당치도 않습니다!"

"그렇습니다!"

"그럼 이제 정말 조용히 좀 해 주세요. 귀가 잘 안 들리는 것 같아서 다시 한번 말하는데── 입 다물어요."

"……!"

소피가 짜증난 기색을 숨기지 않고 쏘아붙였다. 그 표정은 카스텔에서 함께 싸운 소녀와 같은 인물이라고는 생각할 수 없을 정도로 냉혹했다. 등장할 때부터 느낀 것인데 묘하게 짜증이 나 있는 것 같았다. 소피의 박력에 겁먹었는지 경비병들이 희게 질린 얼굴로 입을 다물었다.

하지만 반성의 기미는 없었고 그저 당황한 모습만 역력했다. 본인들이 잘못된 일을 했다고는 생각하지 않는 거겠지. 어쩌면 소피가 없는 장소에서 폭주를 일으키고 있을지도 모르겠다.

"당신들은 필리아의 명을 받고 그녀를 잡으러 온 거죠?"

"네, 네! 정확히는 의장님을 호위하시는 분께 명령받았습니다."

"부지 밖에서 수상한 움직임을 보이는 흑묘족 소녀가 도적의 동료라고……."

의장? 그 녀석이 흑막인가?

"소피, 의장이 누구야?"

"……여기서는 좀. 내 방으로 가자. 그녀는 내가 데리고 갈게요. 괜찮겠죠?"

"……예!"

경비병들은 아무리 봐도 불만스러운 표정이었지만 거역하는 모습은 없었다.

"이쪽이야."

"응."

소피가 프란을 기다리지 않고 성큼성큼 걸어가기 시작했다. 잠시 망설이던 프란은 이내 그 등을 따라 걷기 시작했다.

치료원은 수상했지만 소피가 프란을 함정에 빠뜨릴 것 같지는 않았다. 게다가 성녀라는 말을 들을 정도라면 그녀와 함께 있으면 함부로 손을 대지는 않을 것이다.

여러 가지 묻고 싶은 것은 많았지만, 이동하기 전까지는 섣부른 질문은 할 수 없었다. 잠자코 걷고 있는데, 전방에서 심각한 얼굴을 한 남자들이 이쪽을 향해 달려오는 것이 보였다. 본 기억이 있다. 이전 소피를 호위하던 남자들이었다. 기스텔에서도 함께 싸운 이들이었다.

신뢰할 수 있다고 단언할 수는 없지만 소피를 배신하는 짓은 하지 않을 것이다. 어쨌든 죽을지도 모르는 곳까지 따라올 정도로 소피에 대한 충성심이 높은 자들이다.

"성녀니── 너는!"

"오랜만이야."

"그래……. 그, 그보다도 성녀님! 방을 멋대로 빠져나가셔서 걱정했습니다!"

이전에는 성녀라고 부르지 않으려고 했겠지만, 이미 프란에게는 들켰다고 판단한 것 같았다. 평범하게 성녀라고 부르고 있다.

"볼일이 있어서."

"그, 그렇습니까?"

시큰둥하게 대답한 소피의 말에 호위가 움찔했다. 그리고 곧바로 프란을 노려보았다.

"왜?"

"아무것도 아냐!"

아무것도 아닌 게 아닌 것 같았지만, 남자는 그대로 입을 다물어버렸다. 뭐, 프란 같은 모험가가 소피에게 스스럼없이 다가가는 것이 마음에 들지 않는 거겠지.

미묘한 분위기 속에서 우리는 치료원으로 발을 들여놓았다. 성녀라는 호칭이 거짓은 아닌지 마주치는 사람들마다 계속 고개를 숙였다. 병사, 환자, 무법자, 모두가 경의를 표하고 있는 것을 알 수 있었다. 개중에는 꽤 광신도 같은 표정을 짓고 있는 사람도 있었다.

프란을 수상하게 여기는 것은 병사들 정도밖에 없었다. 대부분의 인간은 소피에게 집중하고 있는 탓에 기척을 감추고 있는 프란은 눈에도 들어오지 않는 모습이었다.

소피는 그런 사람들에게 특별히 말을 건네지 않고 입을 다문 채 치료원을 빠져나갔다. 그리고 마력을 이용한 엘리베이터에 올라타 위로 올라갔다. 그나저나 이런 대규모의 마도구가 있다니 대단하다. 역시 치료원이라는 건가.

“자동 승강기야. 어때?”

“대단해.”

“……흥.”

소피는 프란을 놀라게 하고 싶었던 것 같은데, 엘리베이터에 반응이 없는 프란을 보자 못마땅한 표정을 지었다.

놀라지 않은 것이 아니라 얼굴에 드러나지 않은 것뿐이지만. 속으로는 꽤 놀랐을걸?

“이 방이야. 들어가.”

문부터 벌써 호화로운, 특별해 보이는 방으로 들어가는 소피.

“너희들은 밖에서 아무도 오지 않게 감시해 줘. 네르슈만 들어와.”

호위의 리더는 네르슈라고 하는 모양이다. 다른 호위들은 얌전히 방 앞에서 대기했다.

“그럼 프란에게는 내 입장을 조금 설명해 줄게.”

“응. 성녀님?”

“님은 빼. 소피라고 불러.”

“알았어. 소피.”

프란이 고개를 끄덕이자 소피가 기쁜 얼굴로 미소 지었다. 반면 네르슈는 착잡한 얼굴이었다.

치료원에서 재회했을 때부터 어렴풋이 눈치챘는데, 소피는 성녀 취급을 좋아하지 않는 듯했다. 네르슈는 그것을 씁쓸하게 생각하는 것 같은데, 소피의 의사도 무시할 수는 없다는 것일까.

"나는 성녀라느니 이 탑의 유력자라느니 하는 소릴 듣고 있지만, 딱히 특별한 신분을 가진 건 아니야."

"그래?"

"주변에서 성녀라고 부르니까 특별 취급을 받고 있을 뿐이지 신분은 객원이나 다름없어. 여기 온 지 얼마 안 됐을 땐 그렇지 않았지만……."

가라앉은 얼굴로 그렇게 말한 소피의 얼굴에는 또렷한 외로움이 서려 있었다.

*

소피가 자신의 과거를 꺼내기 시작했다.

"내가 이 탑에 온 건 8년 전."

"여기서 태어난 게 아니야?"

"태어난 곳은 다른 대륙이야."

소피는 변방 개척촌 출신이지만, 태어날 때부터 유니크 스킬인 악신(樂神)의 축복을 갖고 있었다고 한다.

친부모님은 그 사실에 기뻐하였다. 유니크 스킬이 있으면 개척촌의 고된 생활에서 벗어날 수 있기 때문이었다. 그리고 그 혜택을 자신들도 누릴 수 있을지 모른다. 딸을 향한 애정만큼이나 타산적인 마음도 강했다.

부모님의 그 바람은 곧 이루어지게 되었다. 소피의 소문을 들은 저명한 음악가가 그녀를 데려가고 싶다고 말한 것이다. 부모님은 오래 고민하지 않고 소피를 넘겨주었다. 물론 높은 보수를 제시받은 것도 이유였지만 상대는 귀족이자 음악가. 소피를 아껴줄 것이라 생각했다.

"하지만 그건 반은 정답이었고 반은 틀렸어."

"무슨 말이야?"

확실히 음악가는 소피에게 애정을 쏟아부었다. 그러나 그 애정은 누가 봐도 알 수 있을 만큼 비뚤어져 있었다. 광기라고 해도 좋을 정도였다.

먼저 음악가가 소피를 데려온 이유를 말하자면, 자신이 도달하지 못한 음악의 최고 경지를 소피라면 도달할 수 있을 거라 생각했기 때문이었다. 태어나면서부터 악신의 축복을 갖고 있었으니 그렇게 생각하는 것은 당연했다.

그는 소피에게 영재 교육을 시켰다. 남들이 보면 학대라고 생각할 수 있는 수준의 교육이었지만, 소피는 그 시련을 이겨냈다. 새로운 부모에게 버림받고 싶지 않다는 마음과 더불어, 양부가 하는 학대와 비슷한 교육 속에서 희미한 애정을 느꼈기 때문이었다.

"하는 짓은 형편없었지만, 나를 꾸짖는 목소리에는 애정이 담겨 있었어……."

그렇게 중얼거리는 소피. 거기에는 그러기를 바라는 소망이 담겨 있는 듯했다. 아무리 끔찍한 기억일지라도── 아니, 그렇기 때문에 그렇게 생각하지 않으면 자신의 마음을 지킬 수 없는 것일지도 모른다.

"결과적으로 나는 어린 나이에 다양한 악기를 연주할 수 있게 됐지."

다섯 살 때까지 10가지의 악기를 연주하며 그야말로 신동이라고 부를 만한 성장을 보인 것이다.

"하지만 양부의 교육은 그때부터가 진짜였어."

"? 악기 연습만 한 게 아니야?"

"양부가 요구하는 영역은 단순한 연주가가 아니었으니까. 모든 악곡에서 최고 경지에 도달해, 그 힘으로 마수나 정령조차 감동시키는 존재. 즉 마곡의 연주가였지."

소피는 마곡 연습을 행하는 것과 동시에 던전으로 자주 끌려갔다. 레벨링만이 목적이 아니었다. 양부의 진정한 목적은 소피가 흉악한 마수 앞에서도 연주할 수 있게 되는 것이었다.

마악사로서 레벨을 올리는 것과 동시에, 어떤 장소에서도 마음을 가라앉히고 연주할 수 있는 정신 단련이 목적이었다.

어린 소녀는 항시 죽음의 위험을 느끼면서도 양부가 내는 과제를 달성해 나갔다. 그렇게 해서 여덟 살이 될 무렵에는 일류라고 부를 수 있는 영역에 이르렀다. 이대로 성장해 가면 언젠가는 양부를 넘어설 것이다. 주위에서는 그렇게 평가했지만, 정작 양부는 그것에 만족하지 않았다.

그는 더더욱 소피에게 가혹한 시련을 안겨주었다.

양부는 자신의 목숨이 길지 않다는 것을 깨닫고 더 초조해했다고 한다. 자신이 살아 있는 동안 완성된 소피가 연주하는 완벽한 연주를 듣고 싶었던 것이다.

애정도 있었겠지만, 그 이상으로 음악에 대한 광적인 욕망이 강했다. 죽음이 다가올수록 음악을 향한 미칠 듯한 마음이 그를 정말 미치게 만들어버렸다.

소피의 연주가 완성되지 않는 이유는 무엇일까? 연주 기술? 악기 수준? 아니, 그뿐만이 아니다. 그것은 마음이다. 아직 한 인간으로서의 경험이 부족한 소피의 연주에는 깊이가 부족했다. 사랑을 존중하는 노래도, 절망을 한탄하는 노래도, 평화를 바라는 노래도 지금의 소피로서는 제대로 부를 수 없었다.

그렇게, 생각했다. 그런 생각을 하고 말았다.

그래서 양부는 소피에게 다양한 경험을 쌓게 하는 데 심혈을 기울이기 시작했다. 우정을 알려주기 위해 소피를 학교에 보내고, 애정을 쏟아주고, 이별의 슬픔을 알려주기 위해 일부러 친구와 떨어뜨려 놓았다.

평화의 소중함을 알려주기 위해 전쟁터를 방문하고, 야전 병원을 위문하고, 처형 장면을 낱낱이 관찰하게 했다.

그 도를 지나친 교육이 도달한 곳은, 흉악한 마수와의 전투였다. 지금까지 했던 것처럼 약한 마수 상대가 아니었다.

죽음이라는 것을 소피에게 알려주는 것이 목적이었기에, 상대는 위협도 C의 오거 무리가 되었다.

소피는 마도구 결계에 갇혔고, 주위에는 노예 전사들이 배치되었다. 게다가 사전에 소피와 만나게 해 친분을 쌓게 했다. 그런 노예들이 눈앞에서 쓰러져가는 가운데, 소피는 그들을 돕기 위해 필사적으로 연주를 이어갔다. 결국 노예들은 전멸했고 소피는 마음에 깊은 상처를 입었다.

"하지만, 양부는 기뻐했어. 그 일로 내 연주에 깊이가 생겼다고……."

『미쳤네.』

'응.'

"게다가 양부의 광기는 거기서 끝나지 않았어."

소피에게는 아직 절망이 부족하다. 그렇게 말한 양부를 따라간 곳은 한 마을이었다. 양부가 데리고 온 용병에 의해 유린당하는 개척촌. 그만두라고 부탁해도 양부는 껄껄 웃으며 그 광경을 눈에 새겨두라고 말할 뿐이었다.

어린아이나 여성의 울부짖는 소리는 귀를 막아도 막아지지 않았다. 소피의 청각이 비정상적으로 뛰어난 탓이었다.

피투성이 부부가 끌려나와 목이 잘리고, 어린 아기는 창에 찔려 죽었다. 그야말로 지옥도였다.

그리고 끔찍한 사실을 알게 되었다. 이 마을이 바로 소피가 태어난 마을이었다는 것. 심지어 눈앞에서 죽임을 당한 부부가 바로 소피의 친부모였고, 죽은 아기는 만난 적도 없는 그녀의 여동생이었다.

믿을 수 없는 사실에 울부짖는 소피를 보며 비웃는 양부. 그 모습을 보고 소피는 태어나서 처음으로 증오와 살의를 느꼈다.

"솔직히 그때 일은 별로 기억나지 않아. 하지만 솟아오르는 어두운 감정에 몸을 맡기고 나는 작은 하프를 계속 연주했어. 손톱이 벗겨지고, 피가 흘러나와도, 손가락을 계속 움직였던 것만은 기억해……."

그녀는 이성을 잃고 저주와 절망의 곡을 연주했다. 극심한 증오에 몸을 태우며.

결과적으로 그녀의 연주는 결실을 맺었다. 들은 자의 정신을 붕괴시키는 저주의 곡으로서.

소피가 연주를 마쳤을 때, 양부와 용병단은 영원히 계속되는 악몽을 꾸며 차례차례 쇠약사를 했다고 한다.

*

"아까도 말했듯이 어떤 곡이었는지는 기억나지 않지만……."

그렇게 고개를 젓는 소피의 표정은 차마 말로 형용할 수 없을 성노도 참남했나. 화가 난 것인지, 슬퍼하는 것인지, 후회하는 것인지 아니면 그 전부인지. 스스로도 감당하기 힘든 감정을 끌어안고 있는 것 같았다.

"그래서 모든 것에 싫증이 난 나는 세상을 방랑하다가 마지막으로 센디아에 도달했어. 이곳은 과거 같은 건 묻지도 않고, 무엇을 해 왔는지도 문제 삼지 않았지. 게다가 나의 힘을 필요로 해 줬어."

광범위한 치유가 가능한 소피의 능력은 아마도 환영받았을 것이다.

"하지만…… 여기에 오지 않는 편이 나았을지도 몰라."

"무슨 말씀을 하시는 겁니까! 성녀님! 당신 덕분에 많은 자가 구원받았습니다!"

"그럴까? 그런 것 같지는 않아. 결국 난 사람을 불행하게 만들 뿐인 존재니까……."

소피는 자조하듯 그렇게 중얼거리며 고개를 숙였다.

호위 리더인 네르슈는 무언가 말하고 싶은 얼굴을 했지만, 결국 아무 말도 하지 못했다. 소피의 어두운 분위기를 앞에 두고 차마 입을 열 용기가 나지 않는 모양이었다.

하지만 이곳에는 분위기를 파악하지 못하는 것으로 정평이 난 프란이 있었다.

"이 도시에서 무슨 일이 있었어?"

"응, 있었지. 사람이 많이 죽었어. 나 때문에……."

프란의 거침없는 질문에 창백하게 질린 네르슈를 놔두고 소피가 다시 입을 열었다. 아마 무의식적으로 프란이 물어봐 주길 바란 거겠지. 말이 많아진 것은 아니지만, 주저하는 기색도 없었다.

"무슨 말이야?"

"내가 이 도시에 왔을 때, 내 회복 능력을 둘러싸고 큰 싸움이 벌어졌어……."

이 도시에 도착했을 때 소피는 음유시인으로 활동하고 있었다. 그러면서 항마와의 싸움에서 상처받은 사람들을 치유하고 다녔다고 한다. 다만 순전한 선의에서 그런 것은 아니었다.

양부 일행을 저주의 곡으로 죽인 소피는 자신의 연주가 더럽혀졌다고 생각했다. 그 더러움을 없애기 위해 연주로 사람들을 구하고 싶다고 생각했다. 그것이 치유의 곡으로 사람들을 구한다는 행위가 된 셈인데…….

그녀의 행위는 생각지도 못한 혼란을 불러왔다. 모험가 길드나 치료원뿐만 아니라 많은 뒷조직이 그녀를 차지하기 위해 다툼을 벌이기 시작했다. 그녀가 가진 치유의 힘을 얻으면 다른 조직보다 한발 앞설 수 있다고 생각한 것이다.

지키려는 길드와 도망치는 소녀를 쫓는 조직들 사이에서 항쟁이 격화되면서 많은 사망자가 발생하고 말았다.

이후 치료원에 소속되며 항쟁은 수습되었지만, 소피는 자신 때문에 동네에 폐를 끼쳤다는 후회를 품게 되었다. 후회를 풀기 위해 소피는 헌신적으로 일했다. 모험가든 무법자든 노예든 상관없이 계속 도왔다. 때로는 마력 고갈로 의식을 잃기도 했지만, 그럼에도 매일 아침부터 밤까지 연주를 계속 이어갔다.

그러자 어느 사이엔가 성녀라고 불리게 되었다. 하지만 그 명성에 반해 소피가 사람들 앞에 나설 기회는 더 줄어들었다.

"치료원의 상층부가 나를 치료 현장에 내보내는 횟수를 줄였어."

"왜? 성녀잖아?"

소피가 치료를 계속하면 치료원의 명성도 높아지지 않을까?

하지만 소피를 성녀로 쓰는 것에는 장점뿐만이 아니라 단점도 존재했다.

"우선은 금전적인 문제."

소피는 속죄할 마음으로 행했기 때문에 돈을 거의 받지 않았다. 그것은 치료원에 소속된 뒤에도 마찬가지였다. 그 조건으로 치료원의 비호를 받게 된 것이니까. 하지만 많은 사람을 한꺼번에 치료할 수 있는 소피가 있다면 그것으로 대부분의 치료는 끝나버린다.

자선 단체가 아닌 치료원에게 그것은 중대한 사태였다.

또한 치료비를 받지 못하게 되면 필요한 물자 등을 구입할 돈도 부족해져 결국 치료원은 파탄나고 만다. 치유를 무작정 베푸는 것만으로 모든 일이 해결되는 것은 아니다.

또 하나의 단점으로 후진이 경험을 쌓을 수 없게 된다는 문제도 있었다. 젊은 치료사들이 환자를 치료하는 것은 몇 안 되는 스킬 레벨링의 기회였다.

소피가 혼자 치료를 계속 해 버리면 다른 치료사가 성장을 전혀 할 수 없게 된다. 실제로 그와 비슷한 일이 발생할 뻔했다고 한다. 그 상태에서 소피가 이 땅을 떠난다면? 치료사가 아예 사라져버릴 가능성마저 있었다.

결과적으로 치료원은 소피의 치료는 최후의 수단으로 남겨두었다고 한다. 백성들의 원성이 커지지 않을까 생각했는데, 모습을 자주 드러내지 않게 되면서 오히려 신비로움이 더해진 탓일까. 성녀의 명성은 날이 갈수록 높아졌고, 소피를 신성시하는 사람들은 늘어만 갔다.

그뿐만이라면 소피 본인만 조금 불편하고 끝날 일이다. 문제는 그 뒤였다.

소피가 있으면 위급할 때 치유받을 수 있다고 생각한 모험가나 무법자들이 지금까지보다 더욱 무리한 짓을 하기 시작한 것이다.

죽기 직전이라도 목숨만 붙어 있으면 치료받을 수 있다. 그렇게 생각하며 방심한 탓에 목숨을 잃는 사람들이 늘어났다. 성녀의 명성이 퍼지며 이전보다 사람의 유입은 늘었지만, 소모율도 그만큼 늘어나서 모험가의 수는 변함이 없었다. 그렇기에 아무도 그것을 문제 삼지 않았지만, 정작 소피는 그것을 가장 신경 쓰고 있었다. 자신이 좋다고 생각해서 벌인 일로 인해 사망자가 늘어난 것이다. 마음이 쓰이는 것도 당연했다.

또 성녀를 위한다는 명목으로 부당한 행동을 하는 호위나 위병이 늘어나게 된 것도 그녀의 고뇌를 키웠다. 자신이 있어서 이 도시가 이상해지는 것이 아닐까? 자신이 잘 돌아가고 있던 이 도시를 엉망으로 만든 것이 아닐까?

나아가 치료원 상층부를 향한 불신도 있었다. 누가 봐도 편리하게 이용당하고 있었기 때문이다.

어느덧 소피는 성녀로 불리는 것을 꺼리며 치료 행위 자체를 두려워하게 되었다. 지난 1년 정도는 치료를 하지 않고 항마 사냥만 하면서 지냈다고 한다.

하지만 그래도 마음은 나아지지 않았고, 이런저런 사정으로 가출한 타이밍에 프란을 만나게 된 것이다.

"내 사정은 대충 그 정도야. 그래서, 한 가지 물어보고 싶은 게 있어."

"뭔데?"

"넌 날 죽이러 온 거야?"

"?"

무슨 소리지? 프란이 고개를 갸우뚱하고 있는데 소피가 가볍게 숨을 내쉬었다.

"그래. 그럴 리가 없지."

"응. 그런데 왜 그런 걸 물어봐?"

"필리아가 부하에게 명령하는 걸 들어버렸거든. 흑묘족의 소녀가 수인회와 손잡고 나를 죽이려고 한다고, 즉시 체포할 수 있도록 준비하라고……."

소피의 입에서 나온 필리아라는 이름. 탑에 들어가기 전에도 그 이름을 들었다. 대체 어떤 상대지?

"필리아가 누구야?"

"이 탑의 최고 권력자. 의장이라고 불리는 여자야. 내 후견인이기도 해."

그런 인물이 프란이 암살자라는 거짓말을 병사에게 불어넣었다?

흑막은 치료원의 관계자일 가능성이 높았다. 그 녀석, 수상하네. 원거리 감시 결계로 우리를 엿보고 있던 상대인가?

"어떤 녀석?"

프란의 무례한 말투에 네르슈가 눈살을 찌푸렸다. 성녀인 소피뿐만이 아니라 필리아에 대한 무례도 신경 쓰이는 모양이다. 하지만 결국 입을 열지는 않았다. 더는 프란에게 무슨 말을 해도 소용없다는 것을 깨달은 것일까.

게다가 이야기도 조금 무거워졌다. 부주의하게 참견했다가 말려들고 싶지 않은 건지도 모른다.

"대대로 치료원의 간부를 맡아 온 치료사 일족의 여성이야. 그녀가 30대째라고 했던가. 나랑 비슷한 마곡도 사용할 수 있어. 치료원뿐만 아니라 이 도시에서 손에 꼽는 권력자라고 해도 좋을 거야."

"흐응. 그 녀석이 왜 내가 암살자라는 거짓말을 했어?"

"모르겠어. 누군가에게 속고 있는 건지, 아니면 뭔가 목적이 있어서 프란을 잡으려고 하는 건지……."

"성격은?"

"표면적으로는 상냥하고 정중해서 그녀야말로 성녀라고 불리기에 적합하다는 느낌이야. 요즘에는 바빠서 안 하는 것 같지만 예전에는 무료 연주회를 열기도 했어."

표면이라는 단어를 썼을 정도면 이면의 얼굴이 있다는 것일까?

"……뒤로는?"

"이면의 얼굴이 알려지면 성녀라고 불리지는 않겠지. 아주 무서운 사람이야."

소피의 말에 놀란 것은 프란뿐만이 아니었다. 네르슈도 눈을 부릅뜨고 있었다. 아무래도 정말 평소에는 이면의 얼굴을 숨기고 있는 모양이다. 프란은 네르슈를 곁눈질하며 고개를 갸우뚱했다.

"소피는 어떻게 뒷모습을 알아?"

"나는 청력이 남들보다 뛰어나서 먼 이야기도 잘 들리는 것뿐이야."

음악가인 소피는 청력이 남들보다 뛰어나다. 비밀 이야기 같은 것도 벽을 통해서 들리는 경우가 있다고 한다.

"나도 그녀의 본성을 알게 된 건 최근이야."

"그래?"

"응, 항마와 싸우면서 레벨이 올라간 덕분에 청력이 더 좋아졌거든. 그래서 더 많은 것들이 들리게 됐어……. 딱히 듣고 싶었던 건 아니었지만."

어쩌면 소피가 가출한 이유도 그와 관련되어 있는 것일까?

"왜 아무한테도 말 안 해?"

"고발하라는 거야? 남들 앞에서 스스로를 꾸미는 일 정도는 누구든 하잖아?"

"?"

"……프란이 정직한 사람이라는 건 알겠어."

뭐, 본인의 성격이 나쁘다는 사실을 숨기고 생활하는 것은 범죄가 아니니까. 겉으로는 사르르 웃으며 청순한 얼굴을, 뒤로는 욕을 달고 사는 악귀의 얼굴을. 어디에나 있을 것이고, 누구나 어느 정도는 하고 있을 것이다.

나도 생전에는 그런 경험이 있었다. 겉으로는 담소를 나누며 업무 이야기를 나누고, 돌아가는 길에는 상대방의 오만함에 욕을 퍼부으며 돌을 차는 일. 자주 있었다.

그렇지만 필리아의 경우는 더 검은 속내가 있어 보였다.

"최근의 필리아는 성격이 나쁘다고 말할 수준을 넘어섰어. 아니, 내가 눈치채지 못했을 뿐 계속 그랬겠지만……."

"나를 잡으라고 명령한 것 외에 또 다른 일이 있었어?"

"응, 필리아에게는 몇 명의 부하가 있는데, 그 사람들에게 수상한 명령을 하고 있는 걸 들어버렸어. 누군가를 습격하라고 말하더라. 용왕회의 소행으로 덮어씌우라느니 뭐니……."

그거, 혹시 수인회와 용왕회의 항쟁을 부추기라는 명령을 내린 거 아닐까?

"소피는 누멜라에라는 이름의 반룡인을 알아?"

"분명 필리아의 호위였을 거야. 지금 내가 말했던 명령받은 부하 중 한 명이야."

완전한 흑막이다! 역시 필리아가 배후였다.

"알고 있어?"

"응."

프란은 누멜라에에 대해 아는 것을 말했다. 원격 조작으로 살해당했다는 것, 나아가 누군가의 명령으로 항쟁을 부추겨 혼란을 일으키려고 했다는 것도 전부.

필리아가 거기까지 일을 벌였다고는 생각하지 못한 것일까. 프란의 말을 들은 소피의 얼굴이 창백하게 질렸다.

"뒷조직끼리 대립시켜서 싸우게 하다니, 왜 그런 짓을……."

"모르겠어. 하지만 누멜라에는 틀림없이 그런 식으로 움직였어."

"어째서?"

"일부러 부상자를 많이 만들고 치료해서 돈을 벌려고 했나?"

"굳이 그런 일을 하지 않아도 치료원 재정은 탄탄할 텐데……. 확실히 최근 조직 간의 싸움이 증가했다는 말은 나도 들었어. 치료하는 일손이 부족해서 필리아도 치료에 동원되었다고."

하지만, 그렇다 해도 아무 상관이 없는 이야기였다. 이제 와서 굳이 그런 자작극을 벌이지 않아도 돈은 충분히 벌고 있었고, 권력도 있다. 결국 소피도 필리아가 벌인 행동의 진의는 모르는 것 같았다.

"그리고 결계 마석과 감시 결계. 그것에 대해서는 짐작 가는 게 있어."

"정말?"

"응, 탑 안에도 있고, 예전에 내 방 앞에도 설치되어 있었어. 우연히 발견한 척하고 필리아에게 돌려줬지만."

그때 필리아는 침입자를 발견하기 위한 방어 장치라고 말했다고 한다. 하지만 명백하게 소피를 감시하기 위한 목적이었을 것이다.

"어떻게 찾았어?"

"거기 수변만 소리가 흡수되고 반향이 없어서 위화감이 있었어."

소피도 프란과 마찬가지로 스킬이 없어도 실력이 뛰어난 타입이었다. 그녀의 경우에는 타고난 귀가 좋았다. 그 능력으로 반향의 부자연스러움을 감지할 수 있었다.

"호위에게 만들게 했다고 하던데, 나를 감시하려고 했던 거겠지."

그리고 소피가 결계 마석을 간파하는 능력이 있다는 것을 알고 설치를 포기한 것이다.

"만든 호위는 어떤 녀석?"

"유명한 모험가야. 네가 더 잘 알 수도 있겠네. 랭크 A 모험가 결계사라고 하면 알까?"

"……?"

『어디선가 이름을 들은 것 같은데…….』

프란이 고개를 갸우뚱하는 옆에서 소피가 놀란 목소리를 내고 있었다.

"모, 몰라?"

"응."

"결계사 세리아도트. 강력한 결계술을 사용하기 때문에 그렇게 불리고 있는 여성 모험가야. 세계 각지를 떠돌아다니는 것으로도 유명하지."

거기까지 듣고 나도 떠올랐다. 알레사 근처에 있던 거미집이라는 던전에 결계를 친 모험가의 이명이었다.

"그리고 또 하나의 특징으로도 유명한 여자야."

"뭐야?"

"결계사── 다른 이름은 '수전노'. 돈에 엄청나게 까다롭고, 돈을 위해서라면 위험한 일도 마다하지 않아."

랭크 A 모험가 정도 되면 돈은 얼마든지 벌 수 있을 것 같은데, 결계사는 놀라울 정도로 돈에 까다롭다고 한다. 그 집착이 얼마나 대단한지, 그녀에게 줄 의뢰비를 깎으려 한 귀족이 부하들과 함께 몰살당했다는 이야기가 떠돌 정도였다. 그로 인해 몇몇 나라에서는 현상범이 되어 있다고.

또 금전을 매개로 한 계약에는 엄격하기 때문에 고용주를 절대 배신하지 않는 것으로도 유명했다.

길드에서도 그 행동이 종종 문제가 된다고 하지만, 길드 자체를 적대하는 것도 아닌 데다 극도로 희귀한 결계술 스킬을 모두 최고 수준으로 익혔다. 그렇기에 엄중한 주의만으로 적당히 넘기고 있다고 했다.

『랭크 A 모험가가 적이 될 수도 있는 건가…….』

'응.'

결계 마석만 봐도 충분히 그 능력의 대단함을 알 수 있었다. 진심을 낼 수 없는 지금의 우리들로서는 적대만은 피하고 싶은 상대였다.

필리아에 대한 정보를 모두 들은 프란에게 이번에는 소피가 질문을 던졌다.

"넌 무슨 목적으로 온 거야? 카스텔에서 구출한 그 여자 옆에 있지 않아도 되는 거야?"

그녀는 프란이 죽음까지 각오하고 나디아를 구출한 것을 옆에서 지켜보았다. 프란이 나디아 곁을 떠나 혼자 불법 도시에 있는 것이 이상한 거겠지.

"나는 암노예 상인을 찾고 있어."

프란이 자신의 상황을 가볍게 전했다. 나아가 이 도시에서 암노예 매매가 벌어지고 있을지도 모른다는 사실도. 소피는 놀랐지만, 이내 수긍한 얼굴로 고개를 끄덕였다.

그런 그녀의 입에서 나온 발언에 이번에는 우리가 놀랄 차례였다.

"……치료원에 암노예 상인과 관련이 있는 사람이 있을지도 몰라."

"뭔가 아는 게 있어?"

"확실한 증거가 있는 건 아니야. 하지만 이 탑의 지하 깊은 곳에서 사람의 목소리가 들릴 때가 있어. 계속 내 기분 탓이라고 생각했는데……."

너무나도 희미해서 소피도 확증은 없었다고 한다. 하지만 정말 사람의 목소리가 나는 것이라면 소피가 모르는 지하실이 있다는 뜻이었다. 카스텔 방어전을 통해 레벨이 오르며 귀의 성능이 올라간 덕분에 이전보다 더 확실하게 목소리를 들을 수 있게 되었다.

그리고 얼마 전부터 남성의 목소리가 들리고 있다고 했다. 뭐라고 하는지는 자세히 알아들을 수 없었지만, 가끔 신음 소리를 내고 있는 것은 확실하다고.

"예전에는 비밀 탈출로라도 있는 건가 생각했는데, 프란의 얘기를 들으니까 혹시나 싶어서. 아까 용인 간부가 사라졌다는 얘기를 했지?"

"응. 가즈올이 행방불명."

"지하에서 들려오는 목소리. 아마 소리의 음질로 봤을 때 용인의 목소리인 것 같아."

"정말? 그럼 여기 지하에 잡혀있을 수도 있겠네?"

"그렇지."

항쟁을 부추기는 필리아와 불법 도시에서 암약하는 암노예 상인. 그 사이에 명확한 연결고리는 확인되지 않았지만, 프란도 소피도 수상함을 느끼고 있었다. 물론 나도 마찬가지다.

가장 수상한 것은 청묘족이 소속된 수인회인데, 지금은 치료원이 더 수상해 보였다.

"소피는 지하로 가는 법 몰라?"

"예전에 찾아본 적은 있는데 발견하지는 못했어. 내가 들어갈 수 없는 장소가 수상한 것 같긴 한데."

"들어갈 수 없는 장소는 어디?"

"필리아나 다른 간부의 개인 사무실이야."

"그렇구나."

그렇다면 확실히 쉽게 조사할 수 없을 것이다. 수상한 곳이라면 역시 필리아의 방인가. 지하실이나 지하 통로는 비밀리에 만들기는 어렵다. 그렇다면 예전부터 있는 것을 사용하고 있을 확률이 높았다.

대대로 이 탑의 요직에 있었다는 필리아의 방이라면 탈출로 입구가 숨겨져 있다고 해도 이상하지 않았다. 이때까지 잠자코 있던 네르슈를 향해 소피의 시선이 향했다.

"네르슈. 뭔가 아는 거 없어?"

"모, 모르겠습니다. 애초에 저도 여기서는 신참이니까요."

네르슈는 그렇게 말하며 고개를 저었다. 성녀인 소피가 탑의 최고 권력자인 필리아를 의심하는 듯한 발언을 하고 있는데, 그에 관해서는 별다른 불만은 없어 보였다.

다만 소피를 향한 걱정은 느껴졌다. 필리아가 범죄를 저지르고 있을지도 모른다는 것보다도, 그런 상대를 적으로 돌릴지도 모르는 소피의 신변을 걱정하는 듯했다. 이 자리에 동석시킨 것을 보면 소피도 어쨌든 네르슈를 신뢰하고 있는 것일까.

"그나저나 필리아 님이……."

그래도 놀라기는 한 모양이다. 네르슈는 착잡한 얼굴로 중얼거리며 잠시 생각에 잠겼다. 몇 초 뒤 고개를 든 네르슈가 소피에게 질문을 던졌다.

"성녀님, 앞으로 어떻게 할 생각이십니까?"

"당연히 필리아가 하고 있는 일을 조사해서 막을 거야. 목적은 모르겠지만, 뒷세계의 인간들이 항쟁을 벌이기 시작하면 항마의 계절을 이겨내는 건 불가능할 테니까."

"……전 반대입니다."

"필리아를 못 본 척하라는 거야?"

"네. 의장님이 정말 이면의 모습을 갖고 있다면 당신의 신변이 위험해집니다. 괜한 짓은 하지 마시고, 그냥 이 탑을 조용히 나가시는 건 안 되겠습니까?"

네르슈는 소피가 위험한 다리를 건너는 것을 원하지 않는 것 같았다. 놀랍게도 이 도시를 버리고 탈출해야 한다는 제안을 꺼내기 시작했다. 소피랑 프란은 심각한 표정을 짓고 있었지만 나는 솔직히 그 말에 공감했다.

네르슈는 죽어가던 와중 소피에게 구조되었고, 그 이후 호위를 맡고 있다고 했다. 그래서 치료원이나 필리아가 아니라 소피에게 충성을 맹세하고 있는 것이었다. 그에게 있어서는 소피의 안전이

제일이다. 내가 프란을 제일 중요하게 생각하는 것처럼.

그러나 프란과 소피가 그 말을 순순히 들을 리가 없었다. 프란의 고집은 이미 잘 알고 있었고, 짧은 교제지만 소피도 도망갈 성격은 아니었다. 심지어 속죄를 하기 위해 무상으로 치료를 하고 다니던 소녀다. 기본적으로 곤경에 처한 상대를 그냥 지나치지 못하는 성격이었다.

"안 돼. 그냥 넘어갈 수 없어."

역시나.

"응."

"……그럼, 적어도 신중하게 행동해 주십시오. 갑자기 적대 행동을 하지는 마시고요."

"알고 있어."

네르슈는 가볍게 한숨을 내쉬며 소피에게 주의를 주었다. 그도 자신의 진언이 받아들여질 거라고는 생각하지 않은 거겠지.

"우선은 아래로 돌아가자. 거기서 프란을 안내하는 척하면서 탐색해 볼게. 넌 지하를 탐사할 수 있는 방법을 갖고 있어?"

"갖고 있어."

"그럼 뭔가 알아낼 수도 있겠네."

"부탁이니 화려한 행동은 삼가해 주십시오."

"알고 있어."

"응."

네르슈 미안. 나도 조심할 테니까, 좀 봐줘.

제3장 불법 도시의 이변

엘리베이터를 타고 1층으로 돌아오자 묘하게 층 전체가 소란스러웠다.

성녀인 소피가 모습을 드러냈기 때문은 아니었다. 플로어에 있는 사람들의 시선은 명확하게 프란을 향하고 있었다. 게다가 어째서인지 그 얼굴에는 적의가 엿보였다.

"왔습니다!"

"흑묘족입니다!"

"신중하게 체포하세요!"

소리친 것은 경비병으로 보이는 남자들과 그 중앙에 있는 검은 머리의 여성이었다. 안경을 쓴 약간 비서 느낌이 나는 여성이다. 아니, 흰옷을 입어서 여의사처럼 보이기도 했다.

경비병들이 창을 들고 이쪽으로 천천히 다가왔다.

누가 봐도 프란을 잡으려고 하는 모습이었다.

게다가 프란을 잡으라는 여성의 명령이 떨어지기가 무섭게 환자들이 소란을 피우기 시작했다.

"성녀님에게서 떨어져!"

"이 나쁜 모험가!"

소년의 한 방이 도화선이 되면서, 층에 있던 인간 전원이 가까이에 있던 것을 던지기 시작했다. 소품뿐만 아니라 화분이나 호신용 무기 등도 날아왔다.

"그만두세요!"

"돌아가!"

"우리 성녀님한테서 떨어져라!"

소피가 말리기 위해 소리를 쳤지만 수많은 고함에 의해 지워지고 말았다. 프란도 얼굴을 찌푸리긴 했지만 반격하려 하지는 않았다. 장벽으로 모두 막고 있기도 하고, 게다가 일반인이 상대였으니까.

대체 어떻게 된 일이지? 급격히 흥분하기 시작하는 환자들은 더는 멈출 것 같지 않았다. 최악의 경우 실력 행사로——.

"멈추세요!"

하지만 검은 머리의 여성이 소리친 직후, 폭동이 거짓말처럼 딱 멈췄다. 위엄이나 카리스마가 작용한 것은 아니었다. 여성이 자신의 목소리에 진정 마술을 실어 사용한 것이었다.

"성녀님을 생각하는 여러분의 마음은 잘 압니다. 하지만 저는 여러분도 소중합니다. 상대는 흉포한 범죄자. 위험한 일은 그만두세요."

훌륭한 말이었지만, 프란을 범죄자로 취급하는 시점에서 나는 용서할 수 없는데?

이 녀석은 대체 누구야? 탑의 인간인 것 같긴 한데…….

누군지 몰라 관찰하고 있는데, 소피의 중얼거림이 들려왔다.

"필리아."

이 미녀가 바로 우리들의 현재의 적인 의장 필리아였다.

소란을 순시간에 잠재운 필리아가 이쪽을 향해 걸어왔다.

"성녀님에게서 떨어지세요!"

필리아가 돌연 프란을 노려보았다. 미인이 그런 표정을 지으니 무척 박력이 있었다. 뭐, 프란에게는 통하지 않았지만.

"성녀님, 떨어지세요. 당신을 납치하려는 흑묘족 소녀가 있다는 소문이 있습니다!"

필리아가 그렇게 말한 순간, 프란에게 모여들고 있던 플로어 안의 시선이 더욱 날카로워졌다. 아무래도 환자들 사이에서도 같은 소문이 돌고 있었던 모양이다. 아무리 생각해도 필리아가 흘린 것 같은데?

이면의 모습을 몰랐다면 누군가에게 속고 있다고 생각했겠지만, 지금은 이 녀석의 자작극으로밖에 보이지 않았다. 이런 짓을 하는 이유는 모르겠지만…….

주위의 적의가 커지는 가운데, 씁쓸한 표정을 지은 소피가 앞으로 나섰다.

"그녀는 제 친구입니다. 납치는 절대로 있을 수 없습니다."

프란을 향한 깊은 신뢰가 느껴지는 소피의 말에 필리아가 한순간 얼굴을 일그러뜨렸다. 하지만 곧바로 웃는 얼굴로 돌아오더니 고개를 갸웃거리며 소피에게 묻는다.

"언제 친구가 된 거죠?"

"최근의 일이지만, 함께 항마와 싸운 사이입니다. 그러니 걱정할 필요 없습니다."

역시 성녀. 소피의 말에 일촉즉발이었던 분위기가 순식간에 가라앉았다. 그 목소리에는 자연스럽게 주위의 마음을 진정시키는 품격이 있었다. 그러나 필리아는 거기서 물러서지 않았다.

"성녀님, 그 아가씨한테 속고 계신 것 아닌가요? 이상한 바람을 불어넣은 것은 아니고요? 꼭 납치가 아니라도, 당신을 데려가기 위해 접근했을 가능성이 있습니다!"

"그런 일은 있을 수 없습니다."

"아니요, 성녀님은 속고 계십니다! 저와 그 아가씨, 어느 쪽을 더 믿으시는 겁니까!"

필리아 녀석, 어떻게든 소피에게 의심을 심어주려고 악을 쓰는구나. 만약 필리아의 이면이 소피에게 알려지지 않았다면 상당히 위험했을지도 모른다. 아마 이 녀석은 정신에 영향을 미치는 마술이나 스킬을 갖고 있을 것이다. 아까부터 목소리에 희미하게 마력이 실려 있었다.

뭐, 소피도 프란도 가벼운 정신 간섭은 통하지 않을 정도로 강했기에 별 의미는 없었지만.

어쩌면 이전까지는 소피에게도 어느 정도 효과가 있었을지도 모른다. 하지만 항마전을 치르며 강해진 소피는 완전히 그 효과를 차단하고 있었다.

"프란이 절 속일 리가 없어요. 이용하기만 하는 당신과는 달리."

"!"

이번에는 필리아의 얼굴에 더는 감출 수 없을 정도의 초조함과 분노가 떠올랐다. 그래도 금방 표정을 없앤 것을 보면 어떤 의미로는 대단했다.

"성녀님, 이건 당신을 위해서 하는 말입니다. 저만큼 당신을 걱정하고 생각하는 사람은 없습니다. 떠올려 보세요. 저는 언제나 당신을 걱정하고, 당신 곁에 있어주지 않았습니까! 어쩌면 당신의 힘을 이용하고 있는 것처럼 보였을지도 모르지만…… 모든 일은 이 도시의 백성들을 위해서였습니다! 결코 사리사욕을 위해 당신의 힘을 빌린 것이 아닙니다!"

이번에는 눈물 작전을 써서 정에 호소하려 하고 있었다. 애틋한 표정을 지은 필리아는 누가 봐도 진심으로 소피를 걱정하는 것처럼 보였다. 주변의 환자들 중에는 눈시울을 붉히며 코를 훌쩍이는 사람도 있었다.

대단하다. 뭐가 대단하냐 하면, 필리아 말이 모두 거짓이라는 점이 대단했다. 처음부터 끝까지 그 말의 모든 것이 거짓이었다. 잘도 이 정도로 유창하게 거짓말만 늘어놓는구나 싶을 정도다.

순도 100퍼센트의 거짓말인 필리아의 말에 소피는 다시 한번 반박했다.

"프란이 절 속일 리가 없어요. 그녀는 제 친구예요!"

"이해해 주지 않으시는군요……. 어쩔 수 없네요. 난폭한 대응은 원하지 않았지만……."

네, 거짓말! 이것도 거짓말! 난폭한 대응도 엄청 좋아하는 것 같고, 처음부터 실력 행사를 하고 싶었다는 뜻이겠지!

이 녀석, 뱃속이 아주 시커멓잖아!

"세리아도트!"

필리아가 외치자 어딘가에서 작은 체구의 여성이 모습을 드러냈다.

"진정하게, 필리아 공. 마음을 진정시키는 좋은 방법을 알려줄까? 계속 돈을 세는 거야. 그러면 순식간에 기분이 평화로워지지."

저 사람이 세리아도트? 결계사라는 이명을 가진 랭크 A 모험가?

나는 필리아 옆에서 웃는 그 여자를 보고 경악하고 말았다.

멋대로 어른이라고 생각했는데, 아이잖아! 플래티넘 블론드 머리를 반묶음으로 길게 묶은, 조금 통통한 인상을 가진 미소녀

였다. 앞머리를 좌우로 갈라 이마가 드러나 있었는데, 그 반질반질한 이마가 앳된 분위기를 더해 주고 있었다.

아무리 봐도 프란보다 나이가 어리다. 아니, 이 녀석은 엘프구나. 외모 나이에 속으면 안 되는, 합법 로리. 게다가 할머니 말투를 쓰는 로리다. 적 쪽의 인간만 아니었어도 개성 있는 캐릭터가 등장했다면서 기뻐했을 텐데!

그건 그렇고 숨어 있는 것을 전혀 눈치채지 못했다. 아마 결계 마석을 사용하고 있었던 거겠지.

역시 나에게는 매우 성가신 상대였다. 다만 그것만으로 상성이 나쁘다고는 단언할 수는 없었다. 어쨌든 결계 마석도 감시 결계도 그 소재가 마석이기 때문이었다.

발견만 하면 제거는 순식간이다. 이미 지금까지 발견한 결계 마석으로 시험을 끝냈다. 가공된 탓인지 마석치는 1밖에 얻지 못했지만 흡수 자체는 가능했다.

물론 세리아도트는 결계 하나에만 특화된 모험가는 아니었다.

그 실력은 대충 보는 것만으로도 알 수 있었다. 근접 전투 실력도 상당했다. 사전에 결계사라는 것을 몰랐다면 전사 계열 직업을 갖고 있다고 착각했을 것이다.

결계술을 병용한 근접전이라니, 강하겠네.

"왜 나온 겁니까! 기습하면 될 것을!"

"저 아가씨에게 빈틈이 없었으니 말이야. 게다가 꽤 강하군. 싸우기 시작하면 이 탑에도 피해가 갈 텐데?"

"강하다고요? 당신보다?"

"글쎄? 해 보기 전에는 모르겠지."

필리아가 눈을 크게 뜨고 프란을 바라보았다. 랭크 A 모험가인 세리아도트가 자신과 호각일지도 모른다고 판단한 것이다. 자신이 상상 이상으로 위험한 상대에게 손을 댔다는 것을 깨닫고 놀란 얼굴이었다.

"저 아가씨, 꽤 강하구나. 이름은 뭐라고 하느냐?"

"프란."

"오오! 혹시 흑뢰희인가! 그렇다면 강한 것도 납득이 가는군!"

"세리아도트, 저 아가씨는 성녀님을 노리고 있습니다! 당장 잡으세요!"

"그렇게 되면 주위에 피해가 생긴다고 말하지 않았느냐. 게다가 저 아가씨한테서는 악의도 적의도 느껴지지 않는다. 정말로 성녀님의 친구라는 것이지. 오히려 저 정도로 강한 존재가 있다면 성녀님의 수호는 걱정 없다고 할 수 있을 정도야. 아주 잘 됐구나, 잘 됐어. 안 그런가, 의장?"

음? 결계사는 정말로 프란에 대해 듣지 못한 모양이었다. 게다가 소피를 걱정하는 그 말에 거짓은 없었다. 사실이다. 필리아의 이면을 알지 못하는 것일까? 정말 단순한 호위?

프란에게 가볍게 질문을 시켜보았다.

"그쪽 이름은?"

"이거 실례. 세리아도트라고 한다. 이렇게 보여도 모험가야."

"결세사?"

"그렇다!"

그 아이 같은 미소를 보고 있으니 도저히 모험가로는 보이지 않았다. 근처 길가에서 친구들과 놀고 있는 모습이 더 잘 어울릴 것 같았다. 변태 신사들이 과자를 사주고 싶어할 것 같은 모습이다.

"의장의 호위를 하고 있어?"

"응."

"그럼 의장의 명령이라면 뭐든지 들어? 나쁜 일도?"

"흐음? 이상한 질문을 하는구나. 호위는 호위다. 그것 말고 다른 건 없어. 여기 있는 의장에게 호위와 관계없는 일을 부탁받아도 거절하겠지."

"당사자를 앞에 두고 상당히 무례한 질문을 하는군요. 세리아도트도 쓸데없는 잡담은 그만두세요."

"나를 악인으로 몰아세운 건 그쪽. 엄청 무례해."

"흐하핫! 그 말은 맞군! 성녀님을 걱정하는 마음은 이해하지만 이번에는 실수한 것 같구나. 그대가 잘못한 거야, 의장."

"됐으니까 조용히 하세요!"

상황이 불리하다고 느꼈는지 필리아가 대화를 차단했다. 어쩔 수 없지.

다만 세리아도트는 거짓말을 하지 않았다. 정말 호위만 하고 있는 모양이었다.

결계 마석이나 감시 결계는 호위나 경비에도 유용하다. 그런 목적으로 필리아에게 건네주고 있을 뿐일지도 모른다.

"성녀님께 또래 친구가 있다니 아주 좋은 일이야!"

세리아도트는 껄껄 웃고 있었지만 필리아는 못마땅한 얼굴로 코웃음을 쳤다. 프란에게 죄를 뒤집어씌우려다 실패했고, 그 후에는 정신을 유도해 소피와의 사이를 틀어지게 하려고 했다. 방심할 수 없는 상대다.

다만 소피가 예상보다 강해졌다는 것을 깨닫지 못한 것이 큰 패착이었다. 강화된 청각으로 인해 자신의 음모를 들킨 것도, 정신간섭이 전혀 통하지 않게 된 것도 예상 밖의 일일 것이다. 그리고 프란과 소피의 관계를 몰랐다는 것도 실패 요인 중 하나였다. 그저 조금 아는 사람 정도로만 생각했겠지.

여기서 어떻게 움직여야 할까? 이상적인 그림은 이 장소에서 필리아의 악행을 폭로한 다음 배제하는 거겠지만…… 무리겠지. 악행의 증거도 없고, 있다 해도 그것을 믿어줄지 어떨지조차 알 수 없었다.

이 도시의 최고 권력자 중 한 명인 필리아가 그 증거를 조작이라고 하면 분명 다들 그 말을 믿을 것이다. 다른 나라로 생각하면 귀족이나 다름없는 존재다. 게다가 나름대로 지위도 높았다. 그녀가 검은색이라고 하면 흰색도 검은색이 될 수 있었다. 아니, 될 것이다. 먼저 공격해 버리면 이쪽이 완전한 악당이 된다. 애초에 결계사의 능력을 모르는 이상 무모한 짓은 할 수 없었다.

사실 이 녀석들이 나타났을 때 감정을 이미 마친 상태였다. 감정을 감지당했다 하더라도 실수라는 핑계로 둘러댈 수 있을 거라 생각했기 때문이다. 하지만 감정은 먹히지 않았다. 감지 계열 스킬이 무효화되는 것과 똑같았다. 결계 마석이나 그와 비슷한 도구를 소지하고 있을 것이다. 둘 모두에게 감정이 효과가 없었던 것을 감안하면 세리아도트가 감정 방해 계열 결계 도구를 양산할 수 있는 것일지도 모른다.

어쨌든 능력을 알 수 없는 랭크 A 모험가는 만전인 상태에서도 이길 수 있을지 어떨지 모른다.

게다가 많은 환자가 있는 이곳에서 전투를 시작할 수도 없었다. 하지만 여기서 아무것도 하지 않고 도망치기에는 아까웠다. 조금이라도 정보를 빼내자.

"나는 암노예 상인을 찾고 있어. 어디에 있는 누군지 몰라?"

"제가 어떻게 알아요?"

"이 동네에서 제일 높은데? 게다가 치료원이라면 환자를 죽은 걸로 위장해서 노예로 만들 수도 있어."

"저희가 그런 짓을 할 리가 없잖아요! 다음에 또 말도 안 되는 소리를 하면 쫓아내겠어요."

"그럼 진짜 암노예를 팔지도 사지도 않았어?"

"나가세요!"

"질문에 대답하면 나갈게."

"암노예 같은 추잡한 존재와 관련이 있을 리가 없죠!"

거짓말이다.

프란의 질문에 어지간히 동요한 것인지 날카로운 목소리로 소리쳤다. 숨기고 있던 것을 갑자기 질문해 오자 당황한 거겠지. 이 녀석이 암노예 상인과 관련이 있다는 것은 확실하게 알았다. 적어도 암노예 상인이 어디 사는 누구인지는 알고 있는 듯했다.

이렇게 되면 조만간 정말로 세리아도트와 싸우게 될지도 모르겠네.

한가롭게 그런 생각을 하고 있는데, 프란이 갑자기 전투 태세에 들어간 것이 느껴졌다.

겉으로 보기에는 몸을 아주 조금 앞으로 기울였을 뿐이지만, 지금의 프란이라면 한순간에 나를 뽑아서 베어버릴 수 있을 것이다.

이를 눈치챈 것은 소피와 세리아도트뿐이었다. 필리아를 포함한 다른 인간들은 프란의 분위기가 조금 험악해진 것으로만 보일 것이다. 필리아가 암노예 상인과 관련이 있다는 말은 아직 프란에게 전하지 않았다. 하지만 내 미묘한 분위기를 통해 허언의 이치에서 나온 결과를 알아차린 것 같았다.

서로 깊이 이해하고 있기 때문에 숨길 수가 없었다.

『프란. 마음은 알아. 하지만 여기서 싸우는 건 곤란해!』

암노예 상인의 우두머리가 필리아이고 이 녀석을 쓰러뜨리는 것으로 모든 일이 해결된다면, 수배자가 될 각오로 싸움을 걸어 보는 것도 나쁘지 않았다.

그러나 그런 단순한 이야기는 아니었다. 큰 조직의 말단에 불과한 경우라면 필리아를 심문해서 정보를 빼내야 했다. 사람들의 눈이 많은 이곳에서 아무도 모르게 필리아만 붙잡고 데리고 나가는 것은 불가능했다.

프란도 그 부분은 이해하고 있겠지만── 그럼에도 억누를 수 없는 살의로 인해 몸이 살짝 움직여버렸다

"그대, 무슨 생각을 하는 거냐?"

세리아도트가 가늘게 뜬 눈으로 이쪽을 노려보았다. 앙증맞은 얼굴로는 상상도 할 수 없을 정도로 엄청난 중압감이 프란을 짓눌렀다. 그녀의 입장에서는 자신의 고용주에게 무례한 질문을 던진 것도 모자라 적반하장의 태도를 취하는 것처럼 보였을 것이다.

서로 경계하는 바람에 전투 태세를 풀지도 못한 채 긴박한 분위기가 흘렀다

그런 긴장감을 무너뜨린 것은 탑으로 달려온 새로운 사람의 그

림자였다. 모험가로 보였다. 상당히 서둘러 왔는지 입구에서 무릎을 꿇고 말았다. 그럼에도 힘을 쥐어짜 소리친다.

"하, 항마의 군세가 왔습니다! 모험가는 전원 요격에 나서라는 지시입니다!"

놀랍게도 항마의 계절이 이 불법 도시에도 마침내 들이닥친 듯했다.

필리아가 곧바로 모험가에게 질문을 던졌다.

"수는?"

"최저, 3만!"

"……정찰을 위한 선발대인가."

"그런 것 같군. 이곳을 습격하기에는 수가 너무 적어."

3만이라고 하면 많아 보이지만 카스텔에 나왔던 항마보다도 적었다. 큰 도시를 습격한다고 하면 확실하게 전력이 부족했다. 필리아의 말대로 선발대일 가능성이 높았다.

자신의 호위와 추측을 이야기하던 거짓말쟁이 여자가 프란을 바라보았다.

"항마가 습격해 오면 모험가는 강제로 소집될 거예요. 안 가봐도 되겠어요?"

"……세리아도트는?"

"난 치료원의 호위 아니냐. 움직일 수 없어."

중요 거점의 호위까지 전투에 내보낼 수는 없겠지.

"……난 갈게. 소피, 다시 만나러 올게."

"나는 여기서 사람들을 치료하고 있을게……. 죽지 마."

"응."

필리아의 동향이 조금 불안하긴 하지만, 소피를 직접 습격하지는 않을 것이다. 보는 눈도 많고. 우리는 일단 항마에 집중해야 한다.

서둘러 모험가 길드로 향했지만, 프레알이 도무지 신용이 가지 않았다.

그 영감, 분명 이 도시에는 랭크 A 모험가는 없다고 말했다. 하지만 실제로는 세리아도트가 있었다. 호위 역할이니 전력으로 세지 않았을 수도 있지만, 그래도 프란에게 전해 줄 수는 있는 정보였다. 랭크 A 모험가에 대한 정보는 깜빡 잊었다는 말로 넘길 수 없는 무게가 있었다.

게다가 일부러 전하지 않았을 가능성도 높았다. 프란을 자신의 뜻대로 움직이게 하기 위해 정보를 숨긴 것이다. 전자라면 능력면에서 믿을 수 없었다. 후자라면 인격면에서 믿을 수 없었다. 어느 쪽이든 경계할 필요는 있었다.

『단순하고 솔직한 무법자들을 더 신용할 수 있다니…… 역시 불법 도시. 보통내기가 아니네.』

전력 질주로 도시를 가로질러 순식간에 모험가 길드에 도착하자, 수많은 인간들이 분주하게 움직이고 있었다. 길드에서 모험가들에게 다양한 지시가 내려지고 있는 모양이었다.

접수처에서 정보를 요구하는 자. 우왕좌왕하고 있는 자. 대량의 문자를 집어지고 뛰쳐나가는 자. 그 행동은 각양각색이었다. 그리고 오늘의 접수 담당은 프레일이 아니라 젊은 여성들이었다. 임시로 만들어진 접수처에 여러 명의 여성이 서 있었다. 프란도 임시 접수처에 다가가 자신의 모험가 카드를 내밀었다.

"아! 프란 씨군요! 기다리고 있었습니다!"

상대도 이미 프란의 정보를 알고 있었는지 곧바로 대응해 주었다. 프레알이 지시를 내렸을 것이다. 정작 그 프레알의 모습은 보이지 않았지만…….

"프레알은 어디 있어?"

"길드 마스터는 다른 조직 책임자와 회담 중입니다."

"그래……."

아무리 그래도 이 상황에서 프레알을 추궁할 수는 없었다. 한다면 돌아온 뒤가 되겠지. 그 후 여성에게서 프란이 맡게 될 역할을 자세히 듣게 되었다.

"항마가 오고 있다고 들었어."

"네, 그래서 프란 씨에게는 유격을 부탁드리고 싶습니다."

"유격?"

"대부분의 모험가에게는 특정 구역을 지켜달라는 지시를 내렸습니다. 하지만 랭크 B 이상이신 분들은 자유롭게 움직여주시면 됩니다."

걸림돌이 되는 이들을 신경쓰기보단 개인이 원하는 대로 싸우라는 것 같았다. 랭크 B 이상이 되면 고집도 강할 것이고, 자신의 실력을 드러내고 싶지 않은 사람도 있을 것이다.

"다만 도시 벽 위의 모험가들에게 방해가 되지 않는 선에서 부탁드립니다."

"다른 모험가들은 벽 위에서 싸워?"

"네. 원거리에서 항마를 줄여나갈 겁니다. 전사 계열 직업을 모은 부대로 입구의 방어를 진행하겠지만, 메인은 벽 위에서의 공격입니다. 도시 벽과 가까운 곳에서 싸우면 오발될 우려가 있습니다.”

“알았어. 그 밖에 주의할 건?”

“모험가 이외에도 전투에 나오는 자들이 있을 텐데, 가능한 한 마찰은 피해 주세요.”

무법자나 치료원 부대, 도시의 위병 등도 각각 방어에 나서게 된다. 위에서는 이야기가 끝난 모양이지만 현장은 혼란스러울 것이다.

“저희가 드리는 주의 사항은 이상입니다.”

“알았어.”

“그럼 잘 부탁드립니다.”

접수처의 여성이 프란에게 깊이 고개를 숙였다. 이 사람도 이 도시 태생일지도 모른다. 고향의 방어전에 참가해 주는 고랭크 모험가는 그들에게 있어서 단순한 전력 이상으로 각별한 존재였다. 그녀의 얼굴에는 숨길 수 없는 감사의 빛이 떠올라 있었다.

“응.”

프란은 굳게 고개를 끄덕이고는 서문으로 향했다. 다만 의욕에 넘치는 프란과는 달리 나는 걱정을 떨쳐낼 수 없었다. 어쨌든 지금의 프란은 카스텔 방어전 때의 소모가 회복되지 않아 아직 본래의 컨디션이 아니었다.

『프란. 잔챙이가 상대라면 문제없지만 상급 악마 상대는 아직 어려운데?』

“알아. 하지만 해야 해.”

『경우에 따라서는 다른 모험가들과 협력도 해야 한다?』

"응."

대화를 나누며 달려가다 보니 순식간에 문까지 도달했다. 그곳에는 수백 명의 모험가가 줄지어 서 있었다. 활과 화살을 받아들고 여기저기에 나 있는 계단을 통해 위로 올라간다. 그들은 밖에 나가지 않고 원거리 공격으로 견제를 하는 역할이었다.

우리는 그 행렬을 무시하고 문으로 서둘러 달려갔다. 이미 닫혀 있는데 밖으로 나갈 수 있을까?

"저기."

"뭐야?"

"지금은 바빠! 나중에 말해!"

"밖으로 나가고 싶어."

"뭐? 지금 상황이 어떤지 몰라?"

"나갈 수 있을 리가 없잖아!"

문지기들은 다짜고짜 달려와 밖으로 내보내달라는 프란에게 짜증이 난 모습이었다. 그러나 프란은 주눅든 기색도 없이 품에서 모험가 카드를 꺼내 보여주었다.

"이거."

"뭐? 진짜로? 아가씨가 랭크 B 모험가라고?"

"엥? 잘못 본 거 아냐?"

"아냐아냐! 자! 너도 봐봐!"

"오오! 진짜다!"

문을 지키고 있는 남자들은 모험가가 아니라 이 도시의 병사들이다. 프란에 대해서는 잘 모르는 거겠지.

하지만 모험가 카드가 위조된 것이 아니라는 것을 알아차렸는지 바로 상황을 알려주었다.

"미안하다. 이제 서문은 열 수 없어. 바로 코앞까지 항마가 들이닥쳤거든."

"밖으로 나가려면 반대편에 있는 동문을 이용해야돼."

항마가 들이닥친 쪽 문은 모두 닫아버린 듯했다. 하지만 우리라면 문제없었다.

『프란, 전이로 문을 통과하자.』

"응. 그럼 여기서 나갈게."

"아니, 그러니까——."

내가 단거리 선이를 발동시킨 직후, 문지기들의 목소리가 끊기고 그 대신 항마의 포효가 귀에 들어왔다. 마치 센디아의 인간을 위협하는 듯한 날카롭고 불쾌한 소리였다.

그와 동시에 눈앞의 경치가 바뀌었다. 보이는 것은 평원을 가득 채운 항마. 그 무리가 이쪽으로 몰려드는 광경이었다. 보이는 모든 곳에 항마가 들어찬 광경은 지옥 그 자체였다. 하지만 프란에게 겁먹은 기색은 없었다.

『하급 항마들뿐이라 카스텔보다는 편하겠네.』

"응!"

지옥이었던 카스텔과 비교하면 웃음이 나올 정도로 편안하게 느껴졌다. 적어도 정찰 부대를 상대로 도시가 무너지는 일은 없을 것 같았다.

나를 뽑아든 프란이 사납게 웃었다. 그러자 그곳으로 무수한 목소리가 쏟아졌다.

"어이! 뭐 하는 거야!"

"거기는 위험해!"
"항마가 온다! 벽가로 도망쳐!"
벽 위에서 대기하고 있던 모험가들이 프란을 발견한 것이다.
여기저기서 걱정의 말이 날아왔다. 그런 모험가들에게 프란은 가볍게 손을 흔들어주고 등을 돌렸다. '거기 아니야!'라든가 '왜 거기로 가는 거야!' 등등의 비명이 들렸지만, 프란은 뒤돌아보지 않았다.
"스승, 부탁해."
『오! 한번 해 볼까!』
나를 던진 프란이 점프했고, 공중에서 움직임을 멈춘 내 위로 뛰어올랐다. 그대로 염동 에어라이드를 써서 단번에 평원을 가로지른 프란은 순식간에 항마 무리의 상공에 도달했다.
『이쯤이면 되겠지.』
"응!"
나에게서 뛰어내려 항마의 무리 속으로 달려든다. 물론 이미 나는 프란의 손에 들려 있었다.
『주변에 다른 모험가는 없어. 화려하게 해도 좋아.』
"하아아아앗!"
프란은 즐거워 보이는 표정으로 공격을 계속 퍼부었다. 실제로도 즐거운 거겠지. 항마를 날려버리면서 얼굴 가득 미소를 짓고 있었다.
아마도 벽 안에서 쌓인 스트레스를 항마를 상대로 발산하고 있는 것 같았다. 누가 적이고 누가 아군인지 알 수 없는 상황은 프란에게 적잖이 스트레스가 되었을 테니까.

"흐랴아아아앗!"

도시 입장에서는 불행한 일이지만, 프란에게는 딱 좋은 타이밍이었을지도 모른다. 3만의 항마를 모두 쓰러뜨리는 것은 무리겠지만 적어도 프란의 스트레스가 해소될 때까지는 날뛰게 해 주자.

"하아아앗! 타아앗!"

"기기기이이익!"

프란의 활약이 굉장했다.

스트레스가 어지간히 쌓여 있었던 모양이다. 미친듯이 베고 던지고 부수며 항마를 유린해 나갔다.

벌써 500마리는 쓰러뜨리지 않았을까? 그럼에도 항마의 수가 줄어든 기색은 보이지 않았고, 프란의 공격은 멈추지 않았다.

프란은 아직 만족하지 못했으니 오히려 계속 밀려와 주는 것이 고마울 정도였다. 마술로 수십 마리의 항마를 소멸시킨 프란이 흡족한 얼굴로 고개를 끄덕였다.

"스승, 같이."

『알았어!』

오랜만의 공명 마술이다. 생명 마술에 의해 프란에게 미치는 부담을 경감할 수 있는 지금, 보다 스킬을 사용하기 쉬워졌다.

범위를 중시한 바람 마술에 역시나 광범위 공격이 가능한 뇌명 마술을 섞었다. 결과적으로 엄청난 광범위 영역에 바람의 칼날과 전격이 흩뿌려졌다. 강한 항마에게는 그다지 효과가 없을 것 같지만 하급 항마라면 충분히 먹힐 것이다. 각검의 데미지로 전력을 내지 못하는 상태였기에 최대한 머리를 쓰면서 싸워야 했다.

공명 마술로 다양한 공격을 퍼붓는 와중에도 나는 한 가지 문제로 골머리를 앓고 있었다.

그것은 세리아도트에 대한 대책이었다. 결계 마석 때문에 나는 녀석을 감지하는 것이 상당히 어려웠다. 익숙해지면 위화감을 느끼는 것이 가능할지도 모르지만, 그렇게 느긋한 소리를 하고 있을 시간은 없었다. 내일이라도 적으로 돌아설지 모르는 상대다. 지금 가진 패로 어떻게든 해야 한다.

감지 계열, 탐지 계열은 의미가 없다. 그렇다면 다른 방법은 없을까? 예를 들면 생명 강탈과 마력 강탈. 이것은 범위 내에 있는 존재에게서 무차별적으로 생명력과 마력을 빼앗는 스킬이었다.

우리밖에 없는 장소에서 이 스킬이 효과를 발휘한다면 누군가가 범위 안에 숨어 있을 가능성이 있다는 뜻이었다. 문제라면 사람이 많은 곳에서는 의미가 없다는 점일까.

그 밖에는…… 이건 어떨까? 내가 눈여겨본 것은 마력 교란 스킬이었다.

우리가 사용하는 스킬에까지 영향을 주기 때문에 그다지 자주 사용할 수는 없었다. 하지만 이 스킬을 사용하면 결계 마석의 효과를 방해할 수 있을지도 모른다.

조금이라도 효과가 흔들리면 감지할 수 있게 될지도 모르는 것이다.

나는 프란과 상의해서 이 스킬을 시도해 보기로 했다. 항마에게는 별 의미가 없겠지만, 우리들에게 미치는 효과를 파악하기 위해서였다. 그 결과, 조금만 기합을 넣고 집중하면 별 문제 없이 마력을 운용할 수 있다는 것을 알게 되었다. 아직 스킬 레벨이 1이라 효과가 약하기 때문이었다.

다만 적에게 미치는 효과도 약하다는 점에서 결계 마석에 대한 효과도 크게 기대할 수 없을 것 같았다. 도시로 돌아가면 어딘가에서 시험해 보는 편이 좋으려나.

그렇게 여러 가지를 시험하면서 항마를 연이어 쓸어가다보니 점차 항마의 수가 줄어들기 시작했다. 줄었다고 해도 아직 항마들에게 둘러싸인 상태였지만.

다만 밀려드는 압력은 확실하게 줄어들었고, 프란에 의해 무너진 진형 복구도 늦어지기 시작했다.

이 상태에서 강력한 상위 개체가 나오지 않는다는 것은 하급 항마로만 구성되어 있다는 뜻이있다. 역시 선발대였던 모양이다. 이쪽의 전력을 측정하기 위해, 쓰러지는 것이 주 임무였던 것이다.

아무리 프란이라 해도 완전히 막아내지는 못했고 적지 않은 수의 항마가 도시 벽까지 도달해 버렸다.

다만 그곳에는 모험가들이 기다리고 있었다. 항마들은 벽 위에서 쏟아지는 원거리 공격에 의해 센디아에 피해를 주지 못하고 섬멸되어 갔다. 모험가들의 사기는 높았고 프란을 향한 응원의 목소리도 컸다.

"오오! 역시 흑뢰희!"

"힘내라!"

"끝내준다――!"

"반했나!"

마지막 놈은 누구야! 넌 허락 못한다!

"스승?"

『……아무것도 아냐. 모험가의 응원이 귀에 들어온 것뿐이야.』

"응. 열심히 할게."

모험가들의 성원에 힘입어 프란도 의욕이 급격히 상승했다. 스트레스 해소를 한다는 부정적인 의지가 아닌, 도시를 지키고 싶다는 긍정적인 의욕이었다.

프란은 다시 한번 검을 휘두르며 이전보다 더 빠른 속도로 항마를 격파해 나갔다. 항마를 베고, 부수고, 폭발시키고, 계속해서 처치했다. 항마는 수천 마리 이상 남아 있었지만, 모험가의 지원도 있으니 그리 오래 지나지 않아 소탕할 수 있을 것이다.

그 사이에 벽 위에 랭크 B급 모험가 몇 명이 더해진 것인지 꽤 강력한 마술이 섞여 있었다. 어쩌면 이제 프란이 없어도 처리할 수 있을지도 모른다.

그런 전장에 새로운 집단이 출현하는 것이 느껴졌다. 적이 아니라 모험가들 무리였다.

아마 반대편에 있는 동문에서 나와 도시 벽을 우회해 온 거겠지.

우리가 도시를 나오기 전에 동문의 모험가 부대는 200명 이상이라고 들었는데…….

『아무리 봐도 삼십 명 정도밖에 안 되는데?』

"응."

혹시 무슨 예기치 못한 사태라도 생긴 건가? 새로 모습을 드러낸 모험가들은 싸우러 온 분위기가 아니었다. 꽤 당황한 것처럼 보였다. 두리번거리고 있는데, 누굴 찾고 있는 거지? 혹시 프란?

내 감은 정확히 맞았다. 그들은 프란의 모습을 발견하자마자 항마의 물결에 저항하며 달려왔다. 적의는 느껴지지 않았기에 주위의 항마들을 쓸어내 길을 만들어 주었다.

모험가들이 그 틈을 비집고 들어오며 가까스로 프란 곁으로 다가왔다. 이 정도의 항마에 고전하는 것을 보니 전원이 랭크 E 정도로 보였다. 선두에 있는 녀석이라 해도 D 정도일 것이다.

“사, 상위 모험가입니까?”

“응. 랭크 B.”

프란의 실력을 간파하지 못해 아이가 싸우고 있는 것에 놀란 것 같았다. 그래도 광범위 마술을 사용하는 모습을 보고 랭크가 높다는 것을 이해한 거겠지.

다른 모험가들은 주위의 항마를 막기 위해 흩어졌고, 선두에 있던 남자가 초조한 얼굴로 입을 열었다.

“부, 부탁이 있습니다!”

“뭔데?”

“실은 남문과 북문이 상당히 고전하고 있습니다!”

“모험가가 적어?”

다른 문에도 항마가 향한 모양이다. 다만 이쪽에 프란 이외의 랭크 B 모험가를 보낼 여유가 있을 정도라면 남북 문에도 마찬가지로 지원이 나갔을 텐데…….

하지만 이 도시의 방위 사정은 우리의 상상과는 전혀 달랐다.

항마의 습격을 받았을 땐 기본적으로 동서는 모험가 길드가, 북쪽은 무법자들이, 남쪽은 도시의 경비병과 치료원이 담당한다고 한다. 항마의 계절 등에는 상층부의 논의를 통해 전력을 서로 융통하기도 하지만, 오늘은 본래의 구역에 따라 출격했다고 한다. 하지만 다른 문에서는 전력이 턱없이 부족하다는 것이다.

“북문에서는 조직 간의 항쟁에 대비해 무법자들이 전력을 내놓기를 꺼리고 있습니다."

놀랍게도 수인회와 용왕회 간부들이 서로를 의심하는 바람에 조직원들을 항마전에 보내는 것을 주저하고 있다고 했다.

치료원도 마찬가지다. 성녀가 암살자의 표적이 되었다는 정보가 들어와 호위를 줄일 수 없다는 답변이 돌아왔다. 프란을 함정에 빠뜨리는 일에는 실패했지만, 그 거짓 정보를 다시 한번 이용해 먹고 있었다. 선발대 상대의 전초전으로 힘을 빼고 싶지 않은 거겠지. 뒷조직도 치료원도, 자신들이 전력을 내지 않아도 다른 사람들이 어떻게든 해결할 것이라며 얕보고 있는 것일지도 모른다.

"여기가 정리되면 곧 갈게."

"부탁합니다!"

프란은 다시 기합을 넣고 항마에게 향했다. 마술을 흩뿌려 섬멸 속도를 우선하는 방식으로 전환했다. 다른 모험가들에게도 설명이 끝났는지 이들의 공격도 거세졌다. 각각이 큰 기술을 사용해 눈앞의 항마를 빠르게 베어 나갔다.

조금 전보다 두 배는 넘는 속도였다. 거기에 새로운 전력이 등장했다.

"웡웡!"

"울시! 어디서 왔어?"

"어후!"

항마를 걷어차며 나타난 것은 지하도 탐색을 부탁했던 울시였다.

다만 나타난 방향이 이상했다. 놀랍게도 항마들의 등 뒤에서 나타난 것이다.

지하도가 도시에서 떨어진 곳까지 이어져 있었다는 건가?

『자세한 건 나중에 들을게. 지금은 항마를 처치하자.』

"알았어."

"가릉!"

울시가 가세해 준다면 남북 양쪽으로 지원을 갈 수 있을 것이다. 좋은 타이밍에 돌아와주었다.

"흐랴아아앗!"

"가르으으응!"

얼마 지나지 않아 우리는 서문 앞의 항마를 전멸시키는 데 성공했다.

『지원하러 가자.』

"응! 저기, 어느 쪽으로 가면 돼?"

"머, 먼저 북쪽을 부탁합니다!"

『좋아, 그쪽은 나랑 프란. 울시는 남쪽으로!』

"웡!"

우리는 울시와 헤어지자마자 서둘러 북문으로 향했다.

전력으로 달려가자 얼마 지나지 않아 항마의 모습이 늘어났다.

『보인다! 문 앞에 항마가 우글우글하네!』

"쓸어버릴게."

『그래!』

정보대로 무법자들의 수가 적어 보였다. 도시 벽 위에서 날아오는 활 공격도 산발적이고, 문 밖에 나가 있는 부대의 수도 적었다.

그들은 가까스로 북문 바로 앞에 진을 치고 어떻게든 문이 뚫리는 것만 막고 있었다.

항마의 수는 도합 만 정도였다. 본래라면 무법자들이 모든 전력을 쏟아부으면 압승할 수 있는 수인데…… 선두에 딱 한 명만 강한 수인이 있었다. 이 녀석 덕분에 아직 괴멸되지 않은 듯했다. 하지만 이대로는 무너지는 것은 시간문제였다.

프란은 달리는 속도를 높여 항마의 한가운데로 파고들었다.

"도울게!"

"오오? 고맙다!"

선두의 수인이 갑자기 나타난 프란을 향해 감사의 말을 전해 왔다. 프란의 실력이면 형세를 역전시킬 수 있다는 것을 순식간에 알아차린 모습이었다.

"나는 혈아대 제1석 브라이네다!"

"나는 프란."

"흑뢰희인가! 거물이잖아! 믿고 맡기마!"

"응!"

브라이네는 큰 키에 늘씬한 체형을 가진 남자였다. 미남인데도 가느다란 눈과 지나치게 하얀 피부 때문에 묘하게 병적으로 보였다.

"다들 들어라! 이제 곧이다! 조금만 더 버텨라!"

""""오오오오!""""

그리고 30분 후.

"타아앗!"

"기이이잇!"

프란이 나를 휘두르자 마지막 항마가 무너져 내렸다. 이로써 북문 앞 방위는 완료되었다.

항마는 시체가 남지 않기 때문에 숨을 거칠게 헐떡이는 무법자들만 그 자리에 남았다. 하지만 방위에 성공한 것으로 흥분한 것인지 곧바로 프란에게 달려왔다.

"괴, 굉장하다, 너!"

"누님! 해냈군요!"

"멋있었습니다!"

"흑묘족 최고다!"

위기 상황에 구원을 받은 덕분일까. 모두가 흥분한 모습으로 프란을 치켜세우고 있었다.

"흑뢰희. 덕분에 살았어. 위에서 전력을 아끼는 바람에 위험할 뻔했거든."

"왜 전력을 안 내보내?"

"용왕회가 구역을 노리고 있다는 제보가 있었던 모양이야."

"제보? 누구에게?"

"그건 몰라. 다만 간부들이 믿는 걸 보면 꽤 확실한 정보겠지. 여기가 항마에 함락당하면 의미가 없는데도 말이지."

그 후, 무법자들이 수인회나 용왕회에 대해 저마다 불평을 토로하기 시작했다. 어지간히 쌓인 것이 많은 모양이었다. 수습이 안 될 것 같아 프란이 먼저 몇 가지 궁금한 점을 물어보았다.

프란의 실력을 본 뒤라 모두가 순종적이었다. 전원을 회복해 주기도 했으니까. 운 좋으면 상사의 비밀 정도는 폭로해 주지 않을까? 그 정도로 손쉽게 정보가 모여들었다.

거기서 알게 된 것은 이곳에 있는 무법자들의 대부분은 용왕회도 수인회도 아닌 다른 약소 조직에 소속된 자들이라는 것이었다. 용왕회와 수인회의 하부 조직도 사람을 내기 꺼려했고, 그 때문에 사람들이 겨우 300명 정도밖에 모이지 않았다고 한다.

소속된 조직은 달라도 항마를 상대로는 단결한다. 그 암묵적인 룰을 어기고 있는 대조직을 향해 불만이 고조되고 있는 것 같았다.

"이봐 너! 정말 굉장하군!"

"누구야?"

이야기를 듣는 동안 도시 벽 위에 있던 무법자들이 내려왔다. 가장 먼저 프란에게 말을 걸어온 것은 빨간 머리를 짧게 자른 당차 보이는 여성이었다.

"나는 용왕회의 미란레류라고 한다! 잘 부탁해!"

"음."

프란이 살짝 얼굴을 찌푸렸다. 미란레류의 고성 때문이었다. 괴롭히려는 의도가 있는 것이 아니라, 이것이 기본 성량이었다. 큰 목소리에 숨길 생각이 없는 기척. 확실히 이런 녀석에게 은밀 행동은 무리였다. 암살자에 가장 적합하지 않은 유형이었다.

도시의 벽 위에서 들려오던 붕붕거리는 이상한 소리는 미란레류가 쏘는 화살 소리였던 모양이다.

미란레류에게도 이야기를 들었는데, 역시 수인회를 경계하고 있는 탓에, 게프나 간부의 호위는 본부에 남겨두었다고 한다. 그 안에 베르메리아 일행도 포함되어 있을 것이다.

미란레류는 명령을 무시하고 여기까지 와버린 모양이었다.

이런 때에도 조직끼리 서로 으르렁대고 있다니……. 아니, 오히려 이런 때라 믿을 수 없는 다른 조직이 어부지리를 노리고 움직이는 것을 경계하고 있는 것일까.

다만 수인회와 용왕회가 항쟁 직전의 관계였음에도 브라이네와 미란레류 사이에 험악한 기류는 없었다. 아무래도 양쪽 모두 그런 부분에서 털털하고 세세한 것은 신경 쓰지 않는 성격인 것 같았다.

여기서 함께 싸웠으니 일단 동료로 생각하는 거겠지. 지금은 그것이 감사했다.

"나는 남문으로 갈게."

울시와 다른 모험가를 보냈으니 괜찮을 것 같지만 일단 확인하러 가는 편이 좋을 것 같았다.

"이 근처의 경계는 맡길게."

"오!"

"맡겨줘!"

브라이네와 미란레류가 상쾌한 미소를 지으며 엄지를 척 들어 올렸다.

묘하게 불안하지만 실력에는 문제가 없었다. 두 사람한테 맡기면 문제없겠지.

"싸우면 안 돼."

"으, 응."

"아, 알았다!"

프란이 위압하며 못을 박자 그 자리에 있던 전원이 허리를 곧게 폈다. 완전히 프란의 부하가 됐잖아? 뭐, 이 녀석들이 싸우지만 않는다면 상관없지만.

동쪽을 경유하여 남문으로 서둘러 향하는데, 동문을 통과하기 전에 울시와 합류했다.

도시 경비병들이 나름대로 최선을 다해 싸운 것인지 울시가 가세하자마자 빠르게 이겼다고 한다. 울시도 상당히 분투한 모양이다.

『잘했네!』

“훌륭해.”

“웡!”

칭찬을 하자 울시의 콧대가 높아졌다. 게다가 울시의 보고는 그뿐만이 아니었다. 도시와는 다른 방향을 코로 가리켰다.

『울시가 지나온 지하도 출입문이구나?』

“어후!”

“지금 갈까?”

『울시, 그 입구는 도시랑 떨어져 있어?』

“웡.”

『꽤 먼 모양이네……. 입구로 들어가는 모습은 도시 벽 위에서도 보일 것 같아?』

“웡!”

『음, 솔직히 무리 아닌가?』

아직도 도시의 벽 위에는 많은 모험가와 무법자가 빼곡하게 모여들어 항마의 두 번째 공습을 경계하고 있었다. 이 상황에서는 어떻게 행동해도 눈에 띌 것이다. 지하도의 끝이 어떻게 되어 있는지도 알 수 없고, 경우에 따라서는 더욱 큰 혼란이 일어날지도 모른다.

땅 아래로 사라지면 소문이 나겠지.

아무도 모르게 입구로 향한다고 해도 한계가 있다. 기척을 감춘다고 해서 상대의 육안에서 모습을 감출 수 있는 것은 아니다.

100명이 넘는 모험가나 무법자들의 눈을 속이고 나무 한 그루 없는 평원을 이동하는 것에는 무리가 있었다.

『일단 도시로 돌아갔다가 밤에 몰래 가볼까?』

“어후!”

『안 돼?』

“웡!”

울시는 지금 당장이라도 지하도로 향하고 싶은 모습이었다. 뭔가를 호소하는 얼굴로 우리를 보고 있었다. 상당히 큰 발견을 한 모양이다. 어떻게 해서든 데려가고 싶은 듯했다.

『어쩔 수 없지. 최대한 잘 숨어서 ――.』

“웡! 웡!”

『아니, 그것도 안 돼? 어? 다른 모험가들도 데려가라는 거야?』

“웡!”

울시는 많은 사람을 이끌고 어디론가 가고 싶은 것 같았다. 어떤 증거를 발견해서 그걸 널리 알리고 싶다는 건가? 목격자는 많은 편이 좋긴 하겠지. 뭐, 여기서는 울시를 믿어볼까. 잘 생각해보면 굳이 숨길 이유도 별로 없었다.

그래서 우리는 북문 주변에 있는 남자들에게 말을 걸어보기로 했다.

“울시가 뭔가 찾았대.”

“그 늑대는 네 종마인가?”

“응. 울시.”

“웡!”

“흐음. 흑뢰희 아가씨의 종마가 한 발견이라면 무시할 수도 없겠는데."

"나도 갈래!"

브라이네도 미란레류도 적극적으로 나섰다. 다른 모험가나 무법자들도 자신도 함께 가겠다고 말했다. 프란에게 좋은 모습을 보여주고 싶은 모양이었다. 부하의 귀감 같은 녀석들이다.

저마다 나도나도 하며 소리치기 시작해서 일단 각 조직에서 한 명씩 정찰 요원을 선발하기로 했다. 결국 정찰대는 도합 50명이 넘었다. 당연히 브라이네와 미란레류의 모습도 있었다.

그런 모험가와 무법자 혼성 부대를 줄줄이 데리고 황야를 걷기를 10분.

"뭔가 있다!"

"옛날 유적지 같은 건가?"

"이런 장소에?"

우리는 원하는 것을 발견했다. 사람 한 명이 들어갈 수 있을 정도의 작은 구멍과 그 안으로 들여다보이는 건축물이다.

구멍은 울시가 탈출할 때 파둔 것이었고, 구멍 안에 보이는 건물은 울시가 정찰하던 지하 통로였다. 5미터 깊이에 묻혀 있는 갈색 벽돌로 된 입구는 모험가들이 말한 대로 유적처럼 보이기도 했다.

다만 땅의 느낌이 조금 부자연스러웠다. 파헤쳐보자 주위와는 흙의 성질이 전혀 달랐다. 이용할 때 대지 마술로 파헤친 탓에 이곳만 흙이 부드러워진 것일지도 모른다. 다시 말해 몰래 이 입구를 사용하고 있는 자들이 있다는 뜻이었다.

"혹시 도시의 높으신 분들을 위한 탈출 경로인가? 미란레류.

넌 뭔가 들은 거 없어?"

"없어. 우리 같은 놈들한테까지 그런 정보가 내려올 리가 없잖아. 모험가들은 어때?"

"저희도 모릅니다."

결국 이 지하 통로가 무엇인지 아는 사람은 아무도 없었다. 소문으로 그런 것이 있다는 말을 들은 사람 정도는 있었지만, 정말 존재할 줄은 몰랐다고 한다.

"쳇, 여차할 때 본인들만 내빼겠다는 속셈인가? 구역질이 나는군."

"권력자가 다 그렇지 뭐."

"웡!"

울시가 앞장서서 구멍으로 내려갔다. 이 통로의 존재 자체가 아니라 이 앞에서 찾은 무언가를 모두에게 알리고 싶은 것 같았다.

대지 마술로 구멍을 더 넓히자 입구 부분이 완전히 드러났다. 문 같은 것은 없었고, 벽돌로 만들어진 통로가 이곳에서 뚝 끊겨 있는 느낌이었다. 다만 만들다 만 채로 방치된 것은 아니었다. 통로는 확실하게 경사져 있었고, 개구부가 흙의 무게로 무너지지 않도록 보강이 되어 있었다. 처음부터 땅에 묻어 숨길 목적으로 건설되었다는 뜻이었다.

"어디로 이어져 있는 거지?"

"내가 알겠냐. 조직의 규모로 따지면 우리나 용왕회, 치유원, 모험가 길드 정도겠지."

고개를 갸우뚱하며 구멍을 보고 있던 브라이네가 무언가를 깨달은 표정을 지었다.

"이봐. 지금도 이 통로의 존재가 알려져 있을까?"

"무슨 뜻이야?"

"이 통로의 존재가 잊혀졌다면, 항마가 침입 경로로 이용할 수도 있지 않을까 싶어서."

"그런데 먼지도 안 쌓여 있고 제법 깔끔한데? 그렇다는 건 지금도 쓰이고 있다는 거 아닌가?"

"보수를 위한 마술이 걸려 있을 가능성도 있지."

"호오? 그렇군."

브라이네와 미란레류의 대화를 듣고 다른 사람들도 지하도의 끝이 궁금해진 모양이었다.

"어디로 이어져 있는지 알아봐야 할 것 같은데. 아무리 봐도 센디아로 통하는 것 같아."

"그렇겠군. 만약 잊혀진 통로라면 항마가 들어왔을 때 아무런 대비책이 없을지도 모르고."

"그럼 입구도 감시해야겠네. 여기에 항마가 들어오지 않게 하는 것도 중요하니까."

브라이네가 탐색의 지휘를 맡기 시작했다. 그 후 우리는 입구에 감시자를 몇 명 남겨두고 지하 통로로 돌입했다. 선두에는 감각이 날카로운 프란과 브라이네. 그 뒤로는 원거리 공격이 특기인 미란레류가 자리했다. 가는 와중 나눈 대화를 듣고 알게 되었는데, 브라이네는 땅굴족── 즉 오소리 계열 수인이었다. 감각이 예민하고 흙 마술에 능한 것은 그 덕분인 것 같았다.

이어서 프란은 뒤에 있던 미란레류에게도 말을 걸었다. 계속 웃고 있는 것이 신경 쓰였던 모양이다. 걷는 것이 딱히 재미있는 장소도 아닐 텐데 미란레류는 묘하게 들떠 보였다.

"뭐가 즐거워?"

"헤헤헷. 이런 탐색 같은 건 오랜만이라서 말이지."

들어보니 게프, 가즈올, 미란레류는 대륙 밖에서 같은 용병단에 소속되어 있었다고 한다. 그러나 상관의 실책 때문에 패배한 싸움의 책임을 뒤집어쓸 위기에 처해 이 대륙으로 도망쳐 왔다고. 이 녀석들의 성격상 고용주에게도 거침없이 달려들었을 테고, 성가신 존재로 여겨졌겠지.

"적은 항마뿐이고 술도 맛없고 던전도 없어. 자극이 부족해."

즉 이런 특이한 이벤트는 대환영이라는 뜻이었다.

그렇게 계속 걷다 보니 마침내 막다른 골목에 이르렀다. 철제 문이 일행의 앞길을 가로막았다.

"자아, 뭐가 나올지 기대되는군."

"골치 아픈 곳으로 이어지지만 않았으면 좋겠는데."

한껏 들뜬 미란레류와 귀찮아 보이는 브라이네. 어느 쪽의 소원이 이루어질까?

다만 여기서 문제가 하나 있었다. 아무리 해도 문이 열리지 않았던 것이다. 울시는 그림자 전이로 쉽게 드나들 수 있었던 것 같지만 살아 있는 인간에게는 그것도 어려웠다. 아니, 우리라면 전이로 이동할 수 있지만 앞으로 다른 인원이 드나들 것도 생각하면 문은 열어두고 싶었다.

하지만 프란이 발차기를 날려도 문은 꿈쩍도 하지 않았다. 튼튼해서 그런 것은 아니었다. 강력한 결계가 쳐져 있어서 공격이 막히고 있는 것이었다.

브라이네와 미란레류도 공격을 가했지만 역시 꿈쩍도 하지 않았다.

지하에서 이 이상 강한 공격을 하는 건 걱정되는데…….

『프란. 마침 잘 됐다. 마력 교란을 써봐.』

"응."

프란이 나서자 브라이네 일행은 순순히 자리를 내주었다. 흥미진진한 표정으로 프란의 움직임을 지켜보고 있다.

『갑자기 힘을 다 내지 말고 천천히 하는 거야.』

프란이 집중하여 마력 교란을 사용했다. 자신의 마력으로 주위의 마력을 붙잡아 강제로 흔들어 어지럽히는 이미지였다. 처음에는 결계에 막혀 있었지만, 그 결계 자체가 점차 왜곡되더니 마력 교란 스킬의 영향을 받기 시작했다.

그리고 몇 분 후. 문에 쳐져 있던 결계는 완전히 사라졌다. 사실은 도중에 결계에 구멍이 뚫렸지만 연습도 할 겸 끝까지 해 본 것이다.

"흥."

"오, 열렸다!"

"역시 대단하군."

잠금 장치도 되어 있었는데 그 정도는 프란에게 아무런 문제가 되지 않았다. 온 힘을 다해 밀어 열자 거대한 자물쇠도 손쉽게 파괴되며 날아갔다.

내부는 석조로 된 아담한 방이었다. 얼마나 깔끔한지 아주 작은 먼지조차 보이지 않았다. 지나치다 싶을 정도로 관리가 잘 되어 있었다. 방 중앙에는 커다란 금속 침대가 놓여 있어 마치 수술

실을 연상시켰다. 아니, 실제로 그런 외과적인 행위를 실시하는 장소로 보였다. 침대 옆 받침대에는 돌 조각이나 금속 조각과 함께 수술용으로 보이는 날붙이나 소형 망치 등이 놓여 있었다.

『이 하얀 돌은 뭐지? 희미하게 마력이 느껴져……. 본 적이 있는 것 같은데 어디더라?』

맞다! 누멜라에의 이마에 파묻혀 있던 돌! 그거다! 그럼 역시 이곳은 치료원인가!

"잠깐! 어떻게 된 거야!"

"거, 거짓말……."

그 방에 발을 디딘 전원이 방을 보고 놀라움을 금치 못했다. 벽가에 늘어신 우리 중 하나에 믿을 수 없는 인물이 갇혀 있었기 때문이었다.

"가즈올이잖아!"

녹색 비늘을 가진 풍룡인 가즈올이었다. 온몸에서 피를 흘린 채 우리 안에 몸을 웅크리고 있었다.

"미란레류인가……. 까만 녀석은, 약속을 지켜준 모양이군."

"웡!"

"가즈올! 정신 차려!"

미란레류는 가즈올의 상태를 보고 경악을 금치 못했다. 가즈올은 분명 높은 재생력을 갖고 있다고 알고 있는데, 그 온몸이 상처투성이였던 것이다. 얼마나 심한 고문을 당한 것일까.

미란레류가 우리를 파괴하려 했지만 용인의 완력으로도 파괴할 수 없었다. 잡은 용인이나 수인이 도망치지 못하도록 그들이라도 쉽게 부술 수 없는 튼튼한 우리를 준비해 둔 모양이었다.

뭐, 우리한테는 평범한 벌레통과 다를 바가 없지만! 프란이 쇠창살을 베어내고 우리 안에 들어가 가즈올에게 그레이터 힐을 사용했다. 그러자 가즈올은 그제서야 프란을 알아보았다.

"너, 너는……!"

"또 만났네."

"뭐야? 너희들 아는 사이야?"

"응."

"뭐, 뭐 그렇지."

습격했다가 역습을 당해 고개를 숙인 상대다. 가즈올은 뭐라고 대답해야 할지 모르겠다는 얼굴이었다. 어색하게 고개를 끄덕이고 있다. 뭐, 야습에 실패한 상대라고 말할 수는 없겠지.

"울시와 가즈올의 약속은 뭐야?"

"아아, 말을 이해하는 것 같기에 사람을 불러와 달라고 부탁했다. 정말 부탁을 들어줄 줄은 몰랐지만…… 덕분에 살았다."

"웡!"

가즈올은 자신이 갇혀 있는 것까지 이용해 유괴범의 소행을 만천하에 드러내려고 생각한 모양이었다. 많은 사람들이 이곳을 발견하면 변명도 할 수 없을 테니까. 굳이 도망치지 않음으로써 자신을 증거로 삼은 것이다.

"그런 거였군. 무모한 짓이지만. 그래서? 널 이런 곳에 가둔 녀석은 누구지?"

"놀라지 말아줬으면 좋겠는데……."

가즈올이 말을 더듬는 것을 보고 미란레류가 얼굴을 찌푸렸다. 그 태도를 보고 상대가 상당한 거물이라는 것을 이해한 것이다.

"여기는 치료원 지하에 있는 시설이다. 그리고 나를 잡은 사람은 의장 필리아."

"뭐라고? 잠깐, 진짜야?"

"사실이다. 나를 암노예로 만들기 위해 엄청나게 괴롭혀댄 건 그 녀석이니까."

필리아의 이면을 이미 알고 있던 프란을 제외하고, 모든 이들이 가즈올의 말에 동요했다. 그의 모습을 목격하고 그런 말을 들었다 해도 쉽게 믿기는 어려울 것이다. 하지만 가즈올의 동료인 미란레류나 애초에 조직을 불신하고 있던 브라이네는 그의 말을 곧바로 믿었다.

"그래? 그 여자가…… 얌전한 얼굴을 하고는 엄청난 악녀였다는 거군!"

"어떤 조직이라도 오래 지속되면 썩는 법인가."

이 방 안쪽에는 또 다른 문이 보였다. 저 앞으로 가면 여러 증거를 얻을 수 있지 않을까? 마음 같아서는 시간을 더 들여서 샅샅이 뒤지고 싶었지만 그럴 여유는 없었다.

우리가 들어온 입구의 문이 갑자기 무시무시한 기세로 쿵 닫혀 버린 것이다.

그 직후, 방 중앙의 천장에서 엄청난 빛이 뿜어져나오기 시작했다. 마법진이 떠오르면서 마력이 높아졌다. 누멜라에가 자폭했을 때의 마력 파장과 흡사했지만, 이쪽이 훨씬 더 강력했다.

『프란!』

"응!"

나는 순식간에 염동을 써서 천장을 덮은 다음 화염을 차단하는 프레임 배리어로 한 번 더 감쌌다. 프란은 대지 마술로 만든 벽으로 마법진과 자신들 사이를 차단하고, 전력을 다해 장벽을 쳤다.

그 직후, 굉음과 충격이 전해지며 지하실을 흔들었다. 세로로 크게 흔들리는 감각이었다. 염동도 프레임 배리어도 폭발을 완전히 억누르지 못해 폭염이 맹렬하게 날뛰었다.

우리가 위력을 약화시키지 않았다면 무사하지 못했을 것이다. 그런데도 문은 무사했다. 어차피 또 결계겠지. 이 방을 밀폐하고 적을 가둔 후 대폭발. 죽이려는 의지가 대단하네.

피슝!

『무슨 소리지……?』

"바닥!"

프란의 시선 끝에 바닥에 뚫린 구멍이 보였다. 그곳에서 녹색 연기가 뿜어져 나오고 있었다. 나는 바람 마술로 단번에 모험가들을 감쌌지만, 몇 명이 기침을 하고 있었다. 독을 흡입한 듯했다.

『프란, 독 흡수로 내가 전부 흡수할 테니까 안티 도트로 모두를 치료해 줘!』

"응!"

『정말이지! 연달아 잘도 나오는구나!』

우리끼리 도망가는 거라면 간단할 텐데. 증언자는 많으면 많을수록 좋으니까 여기서는 진심으로 지켜야했다.

다만 내가 독을 흡수하면서 모두를 회복시킨 뒤에도 독 분사는 끝나지 않았다. 아무래도 상대는 프란 일행을 어떻게 해서든 죽이고 싶은 모양이었다. 바람의 결계로 모두를 감싸서 어떻게든 안전을 확보했지만…….

"칫. 이번에는 벽에서 나오는 거냐!"

미란레류가 말한 대로 벽에 작은 구멍이 나더니 그곳에서 보라색 안개가 뿜어져 나오기 시작했다.

바람의 결계를 더더욱 두껍게 쳤지만 언제까지나 이대로 있을 수는 없었다. 탈출 방법을 고민하고 있는데, 우리가 움직이기도 전에 미란레류가 짜증이 담긴 목소리로 소리쳤다.

"하나하나 하는 짓이 음침해서 마음에 안 들어……!"

상당히 열받은 얼굴이었다. 동료인 가즈올에게 상처를 입힌 것도 모자라 이번에는 자신들이 공격받고 있었다. 그런 것들이 쌓여 분노를 억제할 수 없게 된 거겠지.

"진정해."

"여기서 어떻게 진정하란 거야!"

프란이 미란레류에게 말을 걸었다. 여기서 바람의 결계를 벗어나면 독의 먹잇감이 될 뿐이다.

하지만 조금 타이르는 정도로 진정될 만한 분노는 아니었다. 사람에 가까운 모습을 하고 있는 타입이라고는 해도 미란레류도 용인이다. 아무래도 표정을 읽기가 어려웠다.

그래서 그녀의 분노를 잘못 판단했다. 더는 정상적인 판단을 할 수 없는 수준까지 분노한 상태였다. 원래도 잘 흥분하는 타입인 것 같긴 하지만…….

프란에게 씨익 미소를 지어보인 미란레류가 자신의 활을 겨눴다. 그리고 분노에 찬 말투로 쏘아붙였다.

"결국 저 문을 날려버리면 된다는 거잖아? 나한테 맡겨라!"

『잠깐, 위험해!』

시위에 걸린 화살에서는 엄청난 마력이 솟아오르고 있었다. 아무래도 특수한 화살인 것 같았다.

"후룡(吼龍)의 화사아아아알!"

시위가 당겨짐과 동시에 화살이 푸른 불꽃에 휩싸였다. 뿜어져 나오는 흉악한 마력만으로도 엄청난 엄청난 위력을 지니고 있다는 것을 알 수 있었다. 미란레류의 비장의 카드일 것이다.

이런 파괴적인 마력을 흩뿌리는 공격을 좁은 방에서 날려버린다면——.

『프란! 장벽을 쳐줘어어!』

"!"

내 외침에 프란이 응답할 새도 없이 미란레류가 그 화살을 날려버렸다.

아오오오오!

화살에서 울리는 것은 개의 울음이라기보단 용의 포효에 가까웠다. 무시무시한 바람 소리가 울려 퍼졌다.

나는 순간적으로 바람의 결계를 변형시켜 화살이 지나가는 길을 만들었다. 이대로라면 내가 친 바람의 결계까지 파괴되어 버릴 것 같았기 때문이었다.

내가 바람의 결계를 조작한 직후, 고속으로 날아간 화살이 빠져나갔다.

문과 화살. 단단한 물건끼리 서로 부딪치는 굉음이 방에 울려 퍼지고, 푸른 불꽃이 우리의 시야를 뒤덮었다. 조금 전 폭발을 훨씬 넘어설 정도로 강력한 폭풍이 방을 유린했다.

『너무 과하잖아!』

"으음!"

우리는 장벽 유지에 온 힘을 기울여 폭풍에 날아가지 않도록 버텼다. 나와 프란이 장벽을 치지 않았다면 정말로 전멸했을지도 모른다. 그 정도의 위력이었다.

바닥도 벽도 붉게 녹아내려, 마치 용철 마술로 바닥을 용암화한 것 같은 광경이었다. 미란레류의 화살이 화염 계열이라고 판단하고 순간적으로 열과 불꽃을 차단한 나, 굿잡.

"이봐, 견명…… 너무 과하잖아."

"어, 어? 미, 미안."

주위의 참상을 보고 자신이 저지른 일을 깨달은 것 같았다. 미란레류가 머리를 긁적이며 사과했다. 정말 반성하고 있는지 의심스러울 정도로 가벼웠지만, 브라이네 일행도 그렇게 화를 내지는 않았다. 우리가 피해를 막은 덕분에 사태의 중대함을 제대로 이해하지 못한 것일지도 모른다. 게다가 문이 파괴되었다는 것도 한몫했다.

그랬다. 결계의 보호를 받고 있어야 할 두꺼운 문에 거대한 구멍이 뚫려 있었다. 사람이 빠져나갈 수 있을 정도의 원형 구멍이다. 결계를 관통한 데다 문까지 녹여버린 것이다.

이걸로 탈출할 수 있다. 그렇게 생각한 직후였다.

철컹—— 쿠구구궁.

무슨 장치가 작동한 것 같은 금속음이 들렸다. 그러더니 뒤이어 무거운 것이 천천히 움직이는 듯한 둔하고 무거운 소리가 들려왔다. 우리의 머리 위에서였다.

몇 초가 지나자, 쿠구궁 하는 소리 속에 무언가가 쩌적쩌적 갈라지는 소리가 섞여들었다. 그대로 상태를 보고 있자 천장에 균열이 가기 시작했다.

확실하게 붕괴의 징조였다. 미란레류 때문이라고 생각했는데 원래부터 이렇게 되도록 장치해 놓은 것 같았다. 기둥을 폭발시켜서 지지대를 없애고, 어떤 장치를 작동시켜서 천장을 붕괴시키는. 그런 장치 말이다.

『프란! 여긴 위험해! 무너진다!』

"다들! 내 주변으로 와! 얼른!"

"오, 오오!"

"위험한 소리가 나는데!"

프란이 장벽을 쳤고 나는 대지 마술을 사용했다. 붕괴되기 직전 대지 마술로 구멍을 내버릴 생각이었다. 눈사태처럼 쏟아지는 흙을 필사적으로 제어해 프란 일행에게 닿지 않도록 막았다.

결국 흙에 생매장되는 결말은 면했지만 붕괴 자체를 막지는 못했다. 올려다보자 흐린 하늘이 보였다.

밖에서 보면 갑자기 땅이 함몰되어 큰 구멍이 난 것처럼 보일 것이다.

거기서 독가스에 대한 일이 떠올랐다. 어디로 연결되어 있는지는 모르겠지만 치료원 부지 내에 독가스가 누출되면 최악이었다. 하지만 더 이상 연기는 보이지 않았다. 미란레류의 일격에 날아간 것일까.

『일단…… 지하실이 치료원 부지 안에 있다는 건 증명했지만…….』

흐린 하늘을 향해 뻗은 높은 탑이 우리 눈앞에 우뚝 솟아 있었다.

주위 사람들이 구멍 주위로 몰려들었다.

역시 이곳은 치료원 부지였다. 탑 바로 옆의 정원이다. 그런 곳에 거대한 구멍이 생기니 주목을 받지 않을 리가 없었다. 눈 깜짝할 사이에 구경꾼으로 주위가 가득 찼다.

모여든 사람들 중에는 필리아의 모습도 있었다.

프란과 미란레류가 뚫리지 않을까 싶을 정도로 날카롭게 필리아를 노려보았다. 하지만 그녀는 여전히 수상쩍을 정도로 음흉한 미소를 무너뜨리지 않고 있었다. 자신의 악행이 만천하에 노출되기 직전인데도 상당히 여유로웠다. 태연한 태도로 이쪽을 내려다보고 있었다. 아니, 입꼬리가 살짝 씰룩거리고 있나?

마음속의 분노를 억누르고 있는 것 같았다. 그래도 소리치지 않은 것을 보면 완전히 여유를 잃지는 않았다는 뜻이겠지. 그 이유는 금방 알 수 있었다.

"드디어 꼬리를 드러냈군요!"

주위 사람들에게 다 들릴 법한 큰 소리로 필리아가 외쳤다.

"용인의 일부가 용왕회를 배신하고 수인 암살자와 손을 잡았다는 소문이 있었습니다! 같은 도시에 사는 동료로서 믿고 싶지는 않았습니다만…… 아무래도 진짜였던 모양이군요!"

그렇게 말하며 프란 일행을 가리켰다. 놀랍게도 자신의 악행을 숨기기는 커녕 프란 일행을 나쁜 사람으로 몰아세우려는 것 같았다. 사실상 이 참상만 봐서는 지하 시설을 알 방법은 없었다.

토사로 모든 것이 가려져 있었고, 우리가 그 흙더미를 수납해서 없애버린다 해도 그 뒤에 있는 것은 타고 남은 지하실의 잔해

뿐이다. 가즈올에게 증언을 부탁한다 해도 필리아의 말을 뒤집을 만한 설득력은 없을 것이다.

“무슨 말도 안 되는 소리야! 네가 우리 쪽 가즈올을 잡아다가 노예로 만들려고 했다는 걸 다 알고 있다고!”

“그쪽이야말로 말도 안 되는 소리하지 마세요. 노예? 무슨 말을 하는 거죠?”

“시치미 떼지 마! 얌전한 얼굴을 하고서 뒤에선 악독한 짓을 벌이는 주제에!”

미란레류가 필리아를 향해 짖어댔다. 프란은 말이 없었다. 같이 입을 열 줄 알았는데, 이번에는 동료가 암노예가 될 뻔했던 미란레류에게 양보한 듯했다.

미란레류가 필리아의 악행을 규탄했지만 사람들의 시선은 싸늘했다. 범죄자가 변명을 하고 있는 것으로 보인 모양이었다. 사람들은 살기 어린 눈으로 프란 일행을 노려보기 시작했다.

경비병도 곧 도착했다. 붙잡히면 감옥 안에서 암살 코스. 도망치면 현상금 걸린 범죄자 코스. 어느 쪽이든 사양하고 싶었다.

“저 흑묘족——.”

“틀림없어——.”

“역시 성녀님을 유괴하려고——.”

얼마 전 탑 안에서 필리아와 싸웠던 프란을 기억하는 사람도 많았다. 프란을 보고 저들끼리 속삭이고 있다. 정신 간섭을 받지 않았다고 해도 이야기를 들어줄지 아닐지는 의심스러운 상황이었다.

어떻게 하지?

도망갈까, 싸울까, 반박할까. 하지만 그곳에 새로운 등장인물이 나타났다.

"잠시만요! 저분들은 배신자도 암살자도 아닙니다!"

"소피."

"늦었어. 미안해."

이 정도의 소동이 벌어졌다. 당연히 소피도 눈치채고 온 거겠지. 하지만 나타난 소피와 네르슈를 보며 필리아가 경악스러운 표정을 짓고 있었다. 곧바로 표정을 수습하긴 했지만, 확실히 예상 밖의 일이었던 모양이다. 필리아가 아주 살짝 올라간 목소리로 말을 건넸다.

"성녀님, 위험합니다. 결계가 쳐진 방에서 나오지 말라고 전했을 텐데요?"

"나오지 말라고요? 감금해서 못 나오게 하신 걸 잘못 말한 거겠죠?"

"무, 무슨 말씀을 하시는 겁니까! 그런 짓을 할 리가 없지 않습니까."

보아하니 방해되는 소피를 가둬두고 있었던 모양이다. 하지만 어떤 방법을 썼는지 소피가 감금 장소에서 탈출해 버렸다. 그래서 저렇게 당황한 거겠지.

"필리아. 당신은——."

"꺄아아아아아아!"

소피가 필리아를 추궁하려 했다. 그러나 그 말은 날카로운 여자의 비명 소리에 의해 가로막히고 말았다. 소리가 난 곳을 바라보자 한 여자가 피를 흘리며 쓰러져 있었다. 그 옆에는 피로 붉게 물든 검을 든 용인이 서 있었다. 백주대낮에 벌어진 사건이었다.

게다가 범행은 아직 끝나지 않았다. 용인 옆에 있던 수인이 그와 똑같이 주위 사람들을 습격하려고 한 것이다.

그 모습을 본 필리아가 소리쳤다.

"동료를 구하러 왔군요! 역시 저 흑묘족 일행은 암살자가 틀림없습니다!"

용인과 수인의 난동은 필리아에 의해 그 자리에서 바로 진압되었다. 아니, 진압되었다기보단 스스로 움직임을 멈춘 것처럼 보이기도 했다. 노예의 목걸이를 하지는 않았지만 아무런 말도 하지 않고 있고, 필리아와의 마력의 연결도 느껴졌다. 다시 말하자면 필리아의 자작극이었다.

평범한 노예는 아닌 것 같은데…… 이마에 하얀 돌 같은 것이 박혀 있었다. 저게 수상해 보인다. 누멜라에 때와 똑같고 말이지. 혹시 정신 간섭 계열 마도구인가?

우리가 보기에는 모든 것이 부자연스럽기 짝이 없는 허점투성이의 자작극이었다. 하지만 평범한 사람들에게는 필리아의 맹활약으로 보인 모양이었다. 존경심이 담긴 눈으로 믿음직한 의장을 바라보고 있었다. 이건 상당히 위험한 거 아닌가?

"프란은 제 친구예요!"

"순수한 성녀님을 속여서 접근하다니! 이 얼마나 비겁한 짓인지!"

"속은 적 없어요!"

"아니요, 속고 있습니다! 듣기 괴로우시겠지만 저자들은 당신을 이용하고 있는 것뿐입니다! 조금 전 제 말이 증명된 것 같군요!"

계속 이용만 하던 녀석이 잘도 저런 소릴 하는구나! 하지만 형세는 저쪽으로 기울고 있었다. 사람들이 눈에 띄게 필리아를 믿기 시작하는 것이 보였다. 목소리에 실린 마력이 사람들의 의식에 간섭하여 유도하고 있는 것이었다.

"저자들을 잡아 성녀님을 구해내겠습니다! 힘을 빌려주세요!"

"성녀님을 살려라!"

"무법자들을 제압해라!"

그리고 광신도 같은 표정을 지은 채 이쪽으로 달려오며 소리치는 수백 명의 인간들.

구멍으로 내려가려다가 굴러떨어진 자들도 많았지만, 그래도 투쟁심은 사라지지 않았다. 그 얼굴은 소피를 돕겠다는 의협심으로 가득 차 있었다.

『필리아 녀석! 또 일반인들을 움직이나니!』

주변에서 모여든 환자들이 필리아의 말에 선동되어 고함을 지르고 있었다. 처음에 그 여자를 만났을 때와 똑같았다.

조종한 일반인들을 방패로 삼아 이쪽을 괴롭힌다. 여기서 일반인을 공격하면 이쪽이 완전히 범죄자가 되고, 이 도시 여러 세력들에게 보이는 인상도 나빠질 것이다. 사람들을 소중히 여기는 소피도 그것을 달가워할 리 없었다. 필리아는 그것을 알고 있었다. 자신의 손을 더럽히지 않는 가장 비열한 수법이었다.

자신이 프란 일행에게 직접적인 표적이 될 가능성도 생각은 하고 있겠지만, 세리아도트의 결계에 어지간히도 자신이 있는 모양이었다. 오히려 자신을 공격하게 만들어서 프란 일행은 더 몰아세우는 그림까지 염두에 두고 있을지도 모른다. 어떻게 흘러가든 자신이 유리하다는 것을 알고 있는 자의 얼굴이었다.

여유로운 얼굴로 내려다보는 필리아의 모습에 프란의 분노가 극에 달했다. 날카로운 눈으로 이를 악물고 있다.

'스승. 저 녀석, 벨래.'

『그래. 죽지만 않으면 내가 치료해 줄게! 한 방 먹여줘.』

'응!'

『다만 지금은 일반인 먼저 제압하자.』

'알았어.'

행동이 거칠고 털털한 미란레류 일행에게 일반인을 상대하게 했다가는 자칫 큰 부상으로 이어질 수도 있었다. 그들이 먼저 달려들고 있다고는 하지만 필리아에게 선동당한 일반인이다. 다치게 하고 싶지는 않았다. 당연히 선의만 있는 것은 아니다. 소피를 걱정한 탓이었다. 일반인들이 상처받는 모습을 보고 그녀의 마음이 다칠 수도 있으니까. 소피에게 원망을 받을 가능성은 최대한 줄여두고 싶었다.

"하아앗!"

프란이 위압 스킬을 발동했다. 그 주위에 있는 인간들에게는 아마 흉악한 살기가 덮쳐왔을 것이다. 이쪽으로 달려들려던 백성들이 창백하게 질린 얼굴로 비명조차 지르지 못한 채 일제히 걸음을 뚝 멈췄다. 잘 됐—— 아니, 좀 과했나? 동료들에게 직접 부딪치지는 않았는데, 그들도 공포에 질린 얼굴로 움직임을 멈추고 있었다. 너무 열이 받는 바람에 제어가 좀 허술해진 모양이었다.

그럼 직접 받은 일반인들은 어떨까? 오줌을 지리는 정도면 귀여운 수준이었고 의식을 잃은 자도 있었다. 분명 트라우마가 생긴 사람도 있을 것이다. 뭐, 동정 같은 건 조금도 안 할 거지만. 프란 같은 소녀에게 무리지어 달려들려 한 벌이다. 팔다리를 잘리지 않은 것만으로도 다행으로 생각해야지. 당분간은 그렇게 있어라.

'다음은 저 녀석!'

『그래!』

한순간에 선동한 사람들이 무력화되자 필리아가 벌레 씹은 표정을 짓고 있었다. 아무것도 하지 못할 거라 생각했다면 프란을 너무 우습게 봤다!

다만 프란이 살기를 부딪혔음에도 필리아의 모습에는 변함이 없었다. 전쟁터에 나가는 타입도 아닌데 꽤 정신력이 강하다. 아니, 조금 전의 위압도 아무런 효과가 없는 것 같았다. 결계가 그런 영향도 막아 주고 있는 것일지도 모른다. 상당히 고성능이네.

필리아가 자신만만한 태도를 보이는 것은 어찌 보면 당연했다. 하지만 필리아는 프란의 실력과 분노의 깊이를 모르고 있었다. 암노예 상인과 이어진 적을 앞에 두고 프란의 분노도 슬슬 한계에 달하고 있었다.

"무고한 사람들에게 손을 댔군요! 그 죄는 더는 속일 수 없을 겁니다!"

"……."

"대답도 못하겠나요?"

프란은 이제 필리아와의 대화를 포기한 것 같았다. 어차피 입에서 나오는 것은 기만으로 가득 찬 말들뿐이니 대화를 주고받을 가치를 찾지 못한 거겠지. 대꾸도 하지 않았다. 하지만 구멍 위에서 이쪽을 내려다보던 필리아는 그것을 자신의 입맛에 맞게 해석했다.

승리감에 찬 저 표정, 정말로 열받네. 프란도 더욱 증오가 커진 모양이다. 나를 쥔 손에 어느 때보다 힘이 들어갔다. 여기서 필리아에게 손을 대면 쫓기는 신세가 될지도 모르지만, 이미 너무 멀리 와버렸다.

'간다!'

『그래! 뛸게!』

전이된 프란이 필리아를 등 뒤에서 베였다. 소리도 없이 베었지만, 결계에 의해 튕겨 나갔다.

"힉!"

갑자기 뒤에서 검을 내리치자 필리아가 비명을 질렀다. 역시 전투 경험은 없는지 완전히 무방비한 모습이었다. 창백하게 질린 얼굴로 등 뒤를 돌아보지만, 이내 일그러진 미소를 지었다.

"아, 아하하! 노, 놀라긴 했지만 저에게는 세리아도트의 결계가 있어요! 쓰, 쓸데없는 짓은 그만두세요!"

마력까지 담아서 꽤 진심으로 베었는데…… 아마 지하에 있던 문의 결계였다면 잘려나갔을 것이다. 역시 필리아의 몸을 지키는 결계는 특별 제작인 것일까. 이 결계를 돌파하려면 각성은 물론 진심을 담은 일격이 필요할 것 같았다.

뭐, 아무리 강도가 높다고 해도 마력 교란 스킬 앞에는 무력하겠지만 말이야!

『프란, 진심으로 마력 교란을 쓸게.』

'알았어.'

나는 마력 교란을 전력으로 발동했다. 지금까지 시간을 들여 약한 출력으로 사용했던 것은, 그렇게 하지 않으면 우리한테까지 영향을 미치기 때문이었다. 여러 부분의 감각이 흐트러져서 전투 시에는 사용하기 어려웠다.

하지만 지금은 시간이 우선이었다.

"……뭘 노려보는 거죠?"

"흥. 웃을 수 있는 것도 지금뿐이야."

검을 잡은 채 움직이지 않는 프란에게 미심쩍은 눈길을 보내는 필리아. 자신의 몸에 감도는 결계에 구멍이 뚫리고 있다는 것을 눈치채지 못한 모습이었다.

『프란!』

"응!"

"몇 번을 해도 소용없── 끄아아아아악!"

소용없지 않거든!

"파, 팔이! 내 팔이이이이이!"

필리아는 팔꿈치부터 잘려나간 오른팔의 상처를 누르며 볼썽사나운 비명을 질러댔다. 오른팔의 상처를 누르며 신음하듯 욕설을 퍼붓는다.

"나에게, 상처를 입히다니! 제, 제정신인가요? 나에게 이런 짓을 하고도 이 도시에서 살 수 있을 거라 생각해요?!"

"그래서?"

"뭐, 뭐라고요?"

"별로, 상관없어."

"네?"

프란의 대답을 듣고 필리아가 어이없다는 표정을 지었다. 보고도 믿기 어려운 태도였기 때문이다.

폐쇄된 불법 도시에서 살아온 필리아에게 도시 안에서 쫓기는 신세가 된다는 것은 최악의 상황이나 다름없었다. 그녀의 가치관으로 따지면 죽음과 같다고 생각해도 이상하지 않았다.

그렇기 때문에 그 일을 방패로 삼으면 프란이 황급히 용서를 빌 것이라고도 생각한 모양이었다. 자신의 협박이 이렇게 허무하게 무시당할 거라고는 생각조차 못했다는 얼굴이었다.

외부에서 온 사람의 가치관을 이해하지 못하고, 아무 근거 없이 자신의 생각이나 가치관이 가장 옳다고 믿어버리는 타입이었다. 필리아의 치졸함에 프란이 조금 어이없다는 표정을 지었다.

독기 빠진 얼굴로 가벼운 한숨을 내쉬더니 필리아를 힐로 지혈하고 그대로 심문을 시작했다.

"너는 암노예 상인과 관련되어 있어?"

"시끄러워요! 내 팔을── 끄아아아아아아악!"

"시끄러워. 넌 내 질문에 대답만 하면 돼."

"아아아, 어째서어어……!"

오른팔뿐만 아니라 왼팔까지 잃은 필리아가 숨을 헐떡이며 절망스러운 목소리를 냈다. 프란을 올려다보는 그 눈에는 강렬한 두려움이 스며 있었다.

그제서야 눈앞에 있는 흑묘족 모험가가 단순한 소녀가 아니라는 것을 이해한 것 같았다.

프란이 내뿜는 강렬한 분노와 살기를 맞고, 수백 명으로 불어난 시민들도 어느새 숨을 삼킨 채 굳어 있었다. 성난 맹수를 앞에 둔 작은 동물처럼, 핏기가 가신 얼굴로 겁에 질린 채 꼼짝도 하지 못했다.

"너는 암노예 상인과 연관이 있어?"

"어, 없어요! 있을 리가——."

『거짓말.』

"흥."

"히이이이이익! 대, 대답했어! 대답했잖아요!"

"거짓말을 하니까. 진실을 말해."

프란에 의해 내가 박힌 왼다리를 보면서 필리아의 얼굴에 경악의 빛이 떠올랐다. 프란이 거짓 간파 계열 능력을 갖고 있다는 것을 알아차린 것이다.

"왜…… 왜 이런……."

"흥."

"끄아아아악!"

"시간 끌지 마. 진실만을 말해."

"으아…… 너무해요……! 내가 뭘 했다고……."

"그 외의 쓸데없는 말은 용서 못 해. 그레이터 힐."

"아, 아아……!"

잘려나간 오른팔이 다시 붙는 광경에 필리아는 절망적인 표정을 지었다. 자신이 뜻대로 행동하지 않으면 프란이 어떻게 움직일지 이해했기 때문이었다. 뭐, 이 녀석도 고문 같은 걸 할 때 똑같은 짓을 했을 테니까 말이지.

『세리아도트가 언제 돌아올지 몰라. 서둘러 신문을 끝내자.』

시민들은 브라이네 일행이 경계해 주고 있었다. 서쪽은 무시해도 되겠지만, 세리아도트의 존재만이 유일한 불안이었다.

"……응."

프란이 탑 쪽을 가볍게 바라보았다.

『혹시 세리아도트의 기척이 느껴져?』

'모르겠어.'

『흐음. 뭐, 이 탑에는 감시 결계가 대량으로 있으니까 그 기척일지도 모르겠네. 서둘러야 하니까 좀 더 정보를 말하기 쉽게 만들어주자.』

"응. 페인 부스트."

"뭐, 뭘……?"

프란이 사용한 마술은 생명 마술인 페인 부스트. 대상이 받은 아픔을 배가시켜주는 마술이었다. 이쪽 세계의 강자들의 경우 대부분은 통각 경감 계열 스킬을 갖고 있기 때문에 잔챙이 외에는 쓸 수 없는 마술이었다. 다만 이런 경우에는 최적의 마술이기도 했다.

"흠?"

"끄이이이이이이이이이이이이익!"

필리아에게 나를 살짝 찌르기만 했는데 오늘 중 가장 큰 비명이 터져나왔다. 몇 배로 증폭된 아픔이 엄습한 것이다. 눈물과 침을 흘리며 과호흡을 하듯 거칠게 숨을 몰아쉬고 있었다.

"이제…… 그만해 주세요오오!"

"그렇다면 암노예 상인에 대해 아는 걸 모두 말해."

"끄아악! 아, 알, 알았어요……! 알았어요! 말할 테니까, 이제 그만해요……."

다리에 난 상처를 프란에게 짓밟힌 필리아가 울음을 터뜨리며 용서를 구했다.

도와주는 이도 없고, 프란을 속일 수도 설득할 수도 없다. 궁지에 몰리며 마음이 완전히 꺾인 것 같았다. 그 후의 심문은 평소와 같이 무척 순조로웠다.

이쪽의 질문에 필리아가 대답해 나갔다. 그 결과 몇 가지 정보를 얻을 수 있었다.

먼저 치료원에서 암노예 매매와 관련된 인간. 의외로 적었다. 필리아와 그 부하 몇 명뿐이었다. 세리아도트도 관여하지 않았다. 지하의 결계는 항마 침입 대책이라는 명분을 삼아 설치한 것 같았다.

또한 암노예 매매 조직에 소속된 것은 아니며 어디까지나 거래 상대에 지나지 않는다고 했다.

붙잡은 자들 중 유용한 자는 암노예로 만들어 수중에 두고, 그렇지 않은 자는 팔아버리는 일을 하고 있었다. 사고 파는 일에 관해서는 정기적으로 접촉해 오는 조직 사람과 거래하는 것뿐이었다. 여기서 암노예 매매 조직을 찾는 것은 어려울 것 같았다.

"저기 이마에 뭔가 박혀 있는 두 사람. 저 사람들은 노예야?"

"아니에요. 저들은 내 하인들이에요! 성스러운 돌에 의해 나에게 절대복종한 자들!"

필리아가 사용하는 정신 간섭 능력은 정신적으로 약해진 자나 일반인에게만 확실한 효과를 미치는 취약한 것이었다. 그런 만큼 효과의 범위는 상당히 넓었다. 하지만 그 돌을 사용하면 누구라도 지배하는 것이 가능한 모양이었다. 짝을 이루는 도구를 사용해 원격으로 지시를 날리는 것도 가능하다고 한다.

노예의 목걸이보다 훨씬 위험한 마도구로 보였지만, 실제로는 사용하려면 상당한 제약이 따른다. 애초에 박아넣을 때 거부 반응이 크기 때문에 어느 정도 강한 상대가 아니면 버티지 못하고 죽는다. 그러나 강한 사람은 저항력도 강해 완전히 조종하지 못하는 경우도 많았다. 200명 이상에게 시도했지만 성공한 것은 20명도 채 되지 않았다고 한다.

많은 사람을 희생시켜 놓고 시시하다는 투로 말하는 필리아의 모습에 분노가 치밀어 오르는 듯했지만, 지금은 이야기를 듣는 것이 먼저였다. 프란은 살의를 억누르고 질문을 이어갔다.

"네가 용왕회나 수인회를 싸우게 하려는 걸 알아. 왜 그러는 거야?"

"내가, 성녀가 되기 위해서예요……."

"? 성녀?"

"그래요! 나야말로 성녀라고 불리기에 적합하니까! 그러기 위해 쓰레기들을 이용해 준 거예요! 영광으로 생각해야죠!"

필리아의 말에 프란이 고개를 갸우뚱했다. 분노라기보다는 무슨 뜻인지 몰라 당황한 것 같았다. 그런 프란을 뒤로하고 필리아가 술술 이야기를 꺼내기 시작했다. 무슨 스위치가 켜진 모양이었다.

필리아는 정신 간섭 능력을 이용하여 다른 사람에게 자신의 말을 믿게 만들고 높은 발언력을 유지해 왔다. 센디아에서 신용도가 높은 의장이라는 직책과의 시너지 효과로 인해 그녀를 향한 지지는 단단했다.

하지만 어느 순간부터 그것만으로는 만족할 수 없게 된 모양이었다.

더 추앙하고, 더 찬양하고, 더 신앙해라!

그런 일그러진 욕구가 더욱 비대해졌다.

"이 도시에 있는 모든 사람들이 나를 숭배해야 해요……!"

중얼거리는 필리아의 시선이 소피에게로 향했다. 거기에는 강한 질투심이 깃들어 있었다.

"나야말로 성녀라고 불려야 할 존재라고요……! 저딴 계집이 아니라!"

즉, 성녀가 되고 싶었는데 의장직에 그친 필리아는 자연스럽게 성녀라 불리기 시작한 소피를 질투하고 눈엣가시로 여겼다는 뜻이었다. 그 힘을 이용하면서도 마음속으로는 어두운 감정을 키워 온 거겠지.

"그저 악기를 조금 잘 연주하는 것뿐이잖아요! 저딴 건…… 저딴 건! 나도……!"

그러고 보니 필리아도 악기를 연주한다고 들었다. 일이 바빠져서 연주회를 그만뒀다고 했는데…… 소피의 연주를 듣고 마음이 꺾인 것일지도 모른다.

치유사로서의 실력도, 연주가로서의 실력도, 시민들의 인기도, 필리아가 자랑스러워했던 모든 면에서 앞선 소피. 그 존재에 처음으로 좌절을 맛본 것이 아닐까.

필리아가 소피를 바라보는 날카로운 시선에는 단순한 혐오나 질투 이상의 깊은 증오가 담겨 있는 것처럼 보였다.

"쓰레기들이 서로 싸우고 있으면 항마에 의한 피해가 늘어나겠죠. 부상자가 많이 나올 거고요! 그걸 구해 주면 반드시 날 숭배하게 될 거라고 생각했어요! 나야말로 성녀에 합당하다는 걸 알게 될 테니까요!"

이 여자, 얼마나 저열한 생각을 갖고 있는 거야! 스스로 이 도시의 방어 능력을 약화시키고, 그렇게 해서 부상자를 늘린 다음 도와주는 방식으로 감사를 받겠다고? 최악의 자작극이잖아! 치료를 해 주면 무법자들에게 빚을 지울 수도 있고, 사망자로 처리하여 암노예로 삼는 것도 어렵지 않았다. 최악의 일석삼조였다.

게다가 항쟁을 부추기는 것 말고도, 수인회가 암노예 상인과 연결되어 있다는 소문을 퍼뜨려 자신들에게서 의심의 눈초리를 거두게 했다고 한다. 암노예로 삼을 정도는 아닌 무법자들에게 정신 간섭을 이용해 소문을 내거나, 청묘족에게 자만감이 불어나는 암시를 걸어 눈에 띄도록 유도한 것이다. 그것이 센디아 내에 불화를 더욱 부추기는 결과로 이어졌다.

프란도 얼굴을 찌푸린 채 필리아를 노려보았다. 카스텔의 전투를 통해 항마의 위협을 이해하고 있는 만큼, 더더욱 이 녀석이 저지르려 했던 짓을 용서할 수 없는 것 같았다.

"하찮아."

"하찮다니……!"

"그런 일로 다치거나 죽는 사람이 불쌍해!"

쏘아붙이는 듯한 프란의 날카로운 말에 필리아가 광기에 물든 표정으로 새된 비명을 질렀다.

"나 같은 선택받은 존재가 성녀로 추앙받기 위한 초석이 되는 거예요! 오히려 행운으로 생각해야죠! 어차피 살 가치가 없는 쓰레기들뿐이니까! 내가 성녀가 되어 사람들을 이끄는 편이 결과적으로는 더 많은 인간이 행복해질 거라고요!"

자기중심적인 걸 넘어 완전히 또라이구나. 필리아의 극도로 이기적인 모습에 프란은 살기를 조금도 억누르지 못했다. 하지만 그런 살기를 맞고도 필리아의 광기는 멈추지 않았다.

"애초에 왜 내가 성녀라고 불리지 않는 거죠? 집안도! 외모도! 능력도! 나야말로 성녀라고 불리기에 적합한데! 그런데…… 왜 갑자기 튀어나온 애송이가 성녀라고 불리는 거냔 말이야!"

어찌나 세게 깨물었는지 필리아의 입술에서 붉은 피가 흘러나왔다. 그럼에도 그녀의 원망은 멈추지 않았고 중얼중얼 계속 흘러나왔다. 그 모습은 도저히 제정신으로는 보이지 않았다.

주위에서도 이 정도로 미친 여자였을 거라고는 생각하지 못한 것일까. 시민들 대부분이 그 광기를 보고 창백하게 질려 있었다.

"항마가 날뛰면 날뛸수록 감사하는 사람은 더 늘어나겠죠! 바로 그거예요! 저 계집애에게 어리석은 백성들을 치료하게 만들고 나를 향한 숭배의 마음을 심는 거예요! 그리고 그 후에 저 계집애만 처리하면 모든 게 완벽했는데!"

마지막에는 소피의 목숨까지 앗아갈 생각이었던 모양이다. 이 정도의 악의를 받고도 아무렇지도 않을 사람은 없다. 소피는 창백한 안색을 하고 고개를 숙이고 있었다. 온갖 감정들이 복잡하게 소용돌이치고 있을 것이다.

"애초에 전에는 잘 됐는데 왜……!"

"전에?"

"저 계집애가 센니아에 막 왔을 때 말이에요!"

소피의 쟁탈전, 그 이면에는 필리아가 자리하고 있었다고 한다. 항쟁으로 많은 피해자를 내게 하여 소피의 마음에 죄책감을 심어

주고, 그것을 이용해 치료원의 의견을 수용하도록 유도한 것이다. 지금만큼의 실력도 없고 상처도 많았던 소피의 정신에 간섭하는 것은 쉬운 일이었겠지.

"내가 시키는 대로 치료만 했으면 좋았을 텐데……! 쓸데없는 짓을 해서 백성들한테 성녀라고 불리질 않나……! 네가 대체 뭔데! 그저 악기만 좀 잘 다루는 계집 주제에!"

"말도 안 돼…… 전부, 필리아가……."

"도구는 도구답게 나에게 이용당했으면―― 끄아아아악!"

"그 얘기는 이제 됐어. 입 다물어."

상처받은 소피를 배려해 화제를 바꾸려 한 것일까. 프란이 필리아의 상처 부위를 짓밟아 그 입을 다물게 했다. 침 범벅이 된 입으로 고통에 신음한 필리아가 분노와 공포가 담긴 눈으로 프란을 올려다보았다. 그러나 필리아는 입을 멈추지 않았다.

"내게 도움이 안 된다면 죽는 게 나아요! 아하하하하! 쓰레기 이하의 가치밖에 없어요!"

"입 다물어!"

프란이 소리치면서 나를 들어올렸다. 슬슬 인내심이 바닥난 것이리라. 하지만 완전히 미쳐버린 것인지 필리아는 깔깔 웃음을 터뜨렸다. 그런 모습에 더욱 분노를 느꼈는지 프란이 눈을 가늘게 뜨고 나를 휘둘렀다.

하지만 그 참격은 공중에서 막혀서 멈춰 버렸다. 강력한 결계가 형성된 탓이었다.

"여기서 그녀를 죽게 할 수는 없다."

"세리아도트……!"

마침내 나타나지 않기를 바랐던 인물이 등장했다. 왜 늦었는지는 모르겠지만, 이렇게 된 이상 일이 쉽게 풀리지는 않을 것이다. 프란은 뒤로 뛰어 거리를 벌렸다. 그러자 세리아도트는 유연한 발걸음으로 필리아와의 사이를 가로막았다.

『울시. 만일의 경우엔 전력을 다해 공격한다.』

'웡!'

상대는 랭크 A 모험가다. 싸우게 된다면 힘을 아끼고 있을 새는 없었다.

"내 결계가 보기 좋게 일그러졌군. 물리적인 파괴력이 아니라 마력을 조작하는 종류의 스킬인가?"

한 번 본 것만으로도 간파당했다. 다만 세리아도트의 모습이 묘했다. 살기와 증오는 고사하고 전의조차 느껴지지 않았다. 필리아를 감싸듯이 서 있기는 하지만, 공격을 시도하는 모습은 없었다.

결계사라는 이명까지 갖고 있으니, 방어 위주의 카운터 타입인가?

하지만 그렇다 해도 전투할 마음이 있는 사람처럼은 보이지 않았다.

세리아도트는 프란과 소피를 번갈아 바라보았다. 확실하게 소피가 자신들의 적이 되었음에도 놀란 기색은 없었다. 애초부터 이렇게 될 것을 예상하고 있었던 얼굴이었다.

"그녀를 치료해야 하니, 어때? 이쯤에서 끝내지 않겠느냐?"

넋이 나가 있던 소피가 드디어 정신을 차린 모양이었다. 프란의 조금 과격한 심문과 필리아의 고백이 충격이었던 거겠지. 필리아가 착한 사람이 아니라는 건 알고 있었겠지만, 그 추악함이 상상 이상이었던 모양이다. 여전히 얼굴이 창백했다. 그런 소피가 지지 않고 세리아도트에게 반박했다.

"필리아의 이면을 모르니까 그런 말을 할 수 있는 거예요. 당신도——."

"상관없어. 계약이니 말이야."

상대가 아무리 악당이라 해도 계약을 준수하겠다는 뜻이었다. 희미하게 미소 지은 할머니 로리는 순순히 이 자리에서 물러날 것 같지 않았다.

"이 자리에서 우리가 싸우면 피해도 커지겠지? 그것은 나도 원하는 바가 아니다."

그 말대로 여기서 프란과 세리아도트가 부딪히면 치료원에 큰 피해가 날 것이다. 필리아의 이면을 알고 있는 사람은 거의 없었을 테고, 항마와의 싸움을 생각하면 이 장소에 피해를 내는 것은 위험했다.

세리아도트도 그것은 원하는 바가 아닐 것이다. 우리를 위협하려는 의도뿐만이 아니라, 진심으로 걱정하는 것처럼 보였다. 하지만 세리아도트의 곁에 있는 필리아가 분노에 찬 목소리로 소리쳤다.

"놔줄 리가 없잖아! 무슨 말을 하는 거예요! 당장 붙잡아요! 저 흑묘족 계집을!"

그렇게 고통을 줬는데도 여전히 꺾이지 않은 거냐고!

하지만 세리아도트는 느긋하게 들릴 정도의 목소리로 필리아의 명령을 거부했다.

"그건 힘들겠는데. 의장, 이 두 사람은 강하다. 싸우면 피해가 만만치 않을 거야. 그대를 지킬 수 없을지도 모른다."

"읏……!"

세리아도트의 위협이 담긴 말에 필리아가 숨을 삼켰다. 그리고 사라진 자신의 왼팔을 내려다보았다. 팔이 잘린 아픔이 다시 되살아난 것인지 그 얼굴에서 급격히 핏기가 가셨다. 다시 상처입는 것이 두려워진 것이다.

"그리고 주위를 좀 보도록 해. 이제 그대의 말을 들으려는 사람은 없어."

"네……?"

모든 인간이 싸늘한 눈으로 자신을 보고 있다는 것을 깨달은 필리아는 짧게 신음했다. 늘 칭찬의 말만 들어온 이 여자는 경험해 본 적 없는 상황일 것이다.

"뭐, 여기는 나한테 맡기고 조용히 있어봐. 나쁘게는 안 할 테니까. 그래서, 그대들은 어떻게 할 거지? 문마다 다시 항마가 모습을 보이고 있는 것 같은데? 가지 않아도 되는 거냐?"

어떻게 하지? 세리아도트의 힘은 알 수 없지만 아직 이쪽이 유리하다는 것에는 변함이 없었다. 소피 일행에게 세리아도트를 막아달라고 하고 그 사이에 필리아를 붙잡는 것이 좋을까?

그렇게 생각하고 있는데 소피가 프란을 바라보았다. 그 입에서는 뜻밖의 말이 튀어나왔다.

"여기서는 물러나자."

"음? 하지만 아직 우리가 유리해."

"그럴지도 몰라. 하지만 부탁할게."

소피가 간청하듯 프란을 바라보았다. 무슨 생각이 있는 것 같았다. 그 모습을 본 프란이 고개를 끄덕였다.

"……알았어."

여기서는 소피를 믿기로 한 모양이다.

『프란. 괜찮아?』

암노예 상인은 아니었지만 관계자라는 것에는 변함이 없다. 이 여자의 손에 희생된 이들 중에는 흑묘족도 많을 것이다. 프란의 원수 중 한 명이라는 것은 확실했다. 하지만 프란은 소피를 따르기로 결정한 것 같았다.

'좋아.'

『그렇다면 빠르게 탈출하자.』

이쪽으로 달려오는 기척은 경비병들일 것이다. 그들까지 가세하면 일이 더 복잡해진다. 필리아의 이면이 폭로되었고 소피도 우리 편이다. 그러니 적이 될 가능성은 낮을 것 같지만, 시간을 낭비하고 있을 수는 없었다.

"다들, 가자."

"응."

"알았어."

브라이네 일행도 순순히 이쪽의 말에 따라주었다. 그들도 혼란스럽겠지.

소피를 선두로 달려나가자 사람들의 벽이 갈라지며 길이 생겨났다. 말없이 어색하게 서 있는 사람들. 다들 어떻게 해야 할지 모르는 모습이었다.

슬쩍 등 뒤를 돌아보았지만 세리아도트가 움직일 기미는 보이지 않았다. 성녀와 결계사의 시선이 맞닿는 것이 보였다. 그리고 세리아도트가 의미심장한 미소를 지었다.

"소피?"

"나중에 얘기할게. 지금은 가자."

"알았어."

말없이 도시를 달린 우리는 모험가 길드에 도착했다. 처음에는 어디로 가야 할지 망설였지만, 브라이네가 각 조직에 사정을 설명해야 한다고 제안했다. 이대로라면 치료원을 중심으로 혼란이 지속될 것이다. 방치하면 도시 방위 체제에도 영향을 미칠지도 모른다.

각 조직에 사정을 설명해서 조금이라도 혼란을 억누르고 항마에 맞서야 했다.

소피와 프란은 다른 모험가들과 함께 길드를 담당했다. 모험가들 중에는 성녀의 지지자가 많았고, 또 프란의 이명도 유리하게 작용할 가능성이 높았다. 모험가 길드의 혼란을 억제하는 데엔 안성맞춤인 멤버라 할 수 있었다. 함께 지하도에 들어갔던 모험가들도 설명을 도와줄 것이다.

문제는 프레알이다. 그 노인의 움직임을 예측할 수 없다는 것이 불안 요소였다.

현실을 직시하는 모험가 대표로서 지금은 방치를 택할지, 나중의 책임 문제를 거절해서 관계를 끊어낼지. 아니면 우리가 상상하지도 못한 선택을 할지.

가장 가능성이 높은 것은 항마에 대비하기 위해 일단 치료원도 이용하자는 선택지였지만…….

동행한 사람은 탈출한 멤버의 절반 정도였다. 미란레류, 브라이네와는 조직 보고를 위해 이미 헤어졌다. 함께 달리고 있는 것은 모험가들과 네르슈, 수인과 용인의 연락책이 한 명씩 따라왔다.

가는 도중 프란과 소피가 헤어진 후의 일을 서로에게 보고했다. 우선은 프란부터.

"그럼 그 지하도를 따라 지하실로 간 거야?"

"응."

항마의 습격을 제압한 뒤 지하실에서 가즈올을 발견하고, 그 후 함정으로 살해당할 뻔했다는 것까지 프란이 어떻게든 설명을 이어갔다.

"용왕회 사람을 잡아 노예로 만들려고 했다니……."

"응."

"필리아는 언제부터 그런 일을 하고 있었을까……. 그밖에도 피해자가 많겠지."

소피는 슬픈 얼굴로 뒤를 돌아보았다. 멀리 보이는 하얀 탑은 여전히 아름다운 자태를 드러내고 있었다. 음모의 무대가 되었으리라고는 생각되지 않을 정도로.

"소피는 어떻게 지냈어?"

"나는 너희들만큼 화려하진 않았어."

소피는 프란과 헤어진 뒤 네르슈와 함께 결계에 갇혔다고 한다. 필리아의 교묘한 말에 속아 창고에 끌려갔고, 결계로 인해 밖으로 나갈 수 없게 되었다고.

"방심했어. 설마 그렇게까지 대놓고 가둬버릴 줄은 몰랐거든."

탈출하기 위해 네르슈와 함께 결계를 해제하려고 애썼지만 잘

되지 않았다고 한다.

그 말을 들은 프란이 의문을 제기했다.

"그럼 어떻게 탈출했어? 세리아도트가 감시하지 않았어?"

"감시하는 사람은 없었어. 탈출 방법은……."

소피가 잠시 말을 더듬었다. 그리고 힐끔힐끔 주위 사람들에게 눈길을 보냈다.

큰 소리로 말할 수 없는 방법을 써서 탈출한 건가? 소피의 비장의 수단 같은 건가?

"결계를 해제할 수 있어?"

"그게…… 맞아! 비장의 수를 써서 파괴했어."

"파괴? 굉장하다."

"으, 응."

세리아도트의 결계가 얼마나 단단한지는 몸소 겪어 알고 있었다. 마력 교란 스킬 등의 특수한 방법으로 없애지 않고 정면으로 파괴하려 하면 상당한 공격력이 필요했다. 최소한 미란레류가 가진 비장의 카드 수준의 파괴력은 있어야 했다. 지원 계열인 소피가 그와 동등한 공격을 쓸 수 있다는 것이 놀라웠다.

하지만 소피의 실력만이 탈출의 이유는 아니었던 모양이다. 소피가 프란의 어깨에 가볍게 손을 얹었다.

『들려?』

"응? 소피?"

『일단 조용히 내 이야기를 들어줘.』

나에게도 소피의 목소리가 들렸다. 들린다기보다는 울린다고 해야 하나?

염화가 아니라 프란의 어깨에 둔 손을 통해 진동을 전하는 것 같았다. 골전도와 비슷한 원리인 거겠지. 나에게도 들리는 것은 프란을 통해 나에게까지 진동이 전해지기 때문이었다.

단점이 있다면 프란 쪽에서는 목소리를 전할 수 없다는 점 정도일까.

『사실 방 구석에 종이가 놓여 있었어. 거기에는 '결계는 한 시간 정도 지나면 약해지니까 쉽게 파괴할 수 있다. 틈을 봐서 도망가라'라고 적혀 있었어.』

"!"

『메시지의 주인은 세리아도트였고.』

세리아도트가 몰래 소피를 도왔다는 말인가……. 그래서 아까도 세리아도트의 말을 받아들여서 철수를 선택한 것일까.

『그녀가 무슨 생각을 하고 있는지는 모르겠지만, 적은 아닐지도 몰라……. 그래서 그 움직임을 조금 살펴보고 싶어.』

세리아도트가 단순한 호위 모험가가 아니라는 건가? 뭔가 목적이 있어서 필리아 호위를 하고 있다? 아까 분명 필리아를 죽게 할 수는 없다고 했었지.

단순히 호위 대상을 죽게 할 수는 없다는 뜻이라고만 생각했다. 하지만 자신의 목적을 달성하기 위해 필리아가 살아 있어야 한다는 뜻이었다면?

"필리아 때문에 이 도시에 큰 피해가 나는 건 반드시 막고 싶어. 그녀가 하는 일을 눈치채지 못한 우리에게도 책임은 있다고 생각하니까. 그러니까 프란. 힘을 빌려줘."

"소피에겐 빚이 있어. 여기서 갚을게."

"고마워."

나디아를 돕기 위해 소피의 힘이 필수적이었다. 프란은 그 사실을 잊지 않고 있었다. 프란에게는 큰 빚이라고 할 수 있는 일이었다. 게다가 프란에게 소피는 이제 친구다. 친구이자 은인인 소피에게 최대한 힘을 보태주기로 결심한 것 같았다.

그렇기에 원수인 암노예 상인의 그림자가 눈앞에 어른거리는 와중에도 폭주하지 않고 친구를 위해 참을 수 있었다. 이전의 프란이라면 필리아에게 칼을 겨누고, 세리아도트와도 소란을 일으켰을 것이다.

이는 프란이 성장했다는 증거였다. 힘든 상황인데도, 조금 감동했다.

"어쨌든 우리는 우리가 할 수 있는 일을 하자."

"응."

제4장 불법 도시에 다가오는 위기

"길드가 보인다! 근데 좀 소란스러운데?"

"어, 어떻게 하지?"

프란과 함께 길드로 향하던 모험가들이 난처한 어조로 말했다. 확실하게 길드의 분위기가 이상했다. 모험가들이 길드 입구를 둘러싸고 모여 있었다.

"제가 먼저 들어가겠습니다! 다들 비켜주세요!"

소피가 그렇게 말하더니 앞장서서 모험가 길드로 달려갔다. 어딘가 살기 어린 분위기를 띤 모험가들도 소피의 얼굴은 아는 모양인지 황급히 길을 내주었다.

소피 덕분에 모험가에게 방해받지 않고 길드 안으로 들어설 수 있었다.

안에서는 모험가들끼리 서로 노려보며 일촉즉발의 분위기가 되어 있었다.

필리아의 정보가 벌써 전해진 모양이다. 많은 사람들이 보는 앞에서 필리아가 많은 것들을 자백했으니 말이다. 그것을 전하기 위해 돌아온 사람도 있을 것이다. 다만 치료원이 뒤에서 암노예 상인과 연결되어 있다는 정보는 쉽게 믿기 어려웠겠지. 하지만 여러 명의 동료가 가져온 정보다. 신빙성은 있었다.

거기서 믿는 파와 믿지 않는 파로 나뉘어 언쟁이 벌어진 것이다. 개중에는 멱살잡이를 벌이기 직전인 사람들도 있었다.

그곳에 성녀인 소피가 나타났다. 치료원 사람인 소피에게 이야기를 듣고 싶은 모험가들이 순식간에 그녀를 에워쌌다. 다만 누구도 먼저 입을 열지는 못했다. 치료원 간부인 소피에게 치료원의 범죄 행위를 추궁하는 것이다. 당신은 범죄자냐, 라고 묻는 것과 같은 말이었다.

그러나 침묵을 견디지 못했는지 한 모험가가 결심한 얼굴로 입을 열었다.

"성녀님! 소, 소문이 사실입니까……?"

그 말을 시작으로 주위 모험가들도 줄줄이 질문을 던졌다.

"잡아온 용인을 암노예로 만들려고 했다고……."

"본인들만 쓰는 비밀스러운 탈출구를 갖고 있다던데!"

"치료원이 정말 그런 짓을 했습니까?"

그 얼굴에는 부정해 주길 바라는 마음이 떠올라 있었다.

하지만 소피의 대답은 그들이 원하는 것이 아니었다.

"치료원 전체가 악행을 벌이고 있는 것은 아닙니다. 하지만 의장 필리아가 가즈올 씨를 붙잡아두고 있었던 건 사실입니다."

"무슨……!"

"게다가 저도 필리아에게 감금당했습니다."

소피의 설명을 들은 모험가들은 일제히 입을 다물었다. 성녀 자신이 긍정하는 것을 듣고 사실이라는 것을 이해했기 때문이었다.

무슨 말을 해야 할지 알 수 없게 된 거겠지. 처음엔 사실대로 말하지 않는 편이 낫지 않을까 하는 생각도 들었다. 하지만 필리아의 심문은 꽤 많은 사람이 들었다.

조만간 모험가 길드에도 정보가 도착할 것이다. 그렇다면 사실을 먼저 밝히고 모험가들에게 조금이라도 신용을 얻어두는 편이 나았다.

정적에 휩싸인 모험가 길드. 하지만 그 직후 엄청난 소란에 휩싸였다.

"의, 의장에게 그런 이면이 있었다는 건가?"

"몰랐어!"

"마, 말도 안 돼……. 필리아가……."

"네놈들――! 이 바쁜 때에 뭐하는 거냐! 불확실한 정보에 놀아나지 마라!"

나쁜 의미로 소란스러움을 되찾은 길드 안에 노인의 굵은 목소리가 울려 퍼졌다. 눈을 부릅뜨고 이쪽을 노려보는 이는, 프레알이었다.

"기, 길드 마스터! 하, 하지만!"

"지금은 항마를 경계해야 한다! 그 외에는 사소한 일이야! 됐으니까 준비하러 돌아가!"

위층에서 모습을 드러낸 프레알이 모험가들을 노려보았다. 원래도 부스스했던 머리가 더욱 헝클어져서, 안 그래도 오싹한 박력을 갖고 있었던 프레알이 더더욱 무서워보였다.

프레알은 모험가들을 해산시키고는 증오가 담긴 눈으로 프란 일행을 노려보았다.

"따라 와라."

턱으로 휙 안쪽을 가리키더니 프란 일행의 대답도 기다리지 않고 집무실로 걸어가 버렸다.

아무리 봐도 상당한 분노를 억누르고 있는 것처럼 보였다. 일단 계단을 올라가 프레알을 따라 방으로 들어가는 프란 일행. 프레알은 의자에 앉으라고 권하지도 않고 이쪽을 등진 채 가만히 있었다.

탁자 위에 놓인 주먹이 떨리는 것처럼 보이는 것은 착각이 아닐 것이다.

그 상태에서 길드 마스터가 소리쳤다.

"왜 쓸데없는 짓을 하는 거냐!"

돌아본 그 얼굴은 분노와 초조함으로 일그러져 있었다. 눈은 걱정이 될 정도로 충혈되어 있었고, 도저히 제정신으로는 보이지 않았다. 소피는 약간 기가 눌린 모습이었지만, 프란은 평소와 같은 태도로 되물었다.

"쓸데없는 짓?"

"모험가들을 혼란스럽게 만드는 정보를 퍼뜨리지 마! 이 위급한 시기에 불화의 씨앗을 뿌리다니! 네놈들 때문에 모험가들이 안심하고 싸울 수 없게 됐잖아!"

"소란을 일으킨 건 사과하겠습니다. 하지만 필리아의 폭주는 방치할 수 없었습니다."

"알게 뭐야! 나에게는 이 도시의 변함없는 존속이 최우선이다!"

"하지만 필리아가 가즈올을 잡아서 암노예로 만들려고 했어!"

프란이 강하게 호소해도 프레알의 태도는 변함이 없었다.

"그게 뭐 어쨌다고! 시시한 정의감을 내세워서 이 도시를 위험에 빠뜨리지 말라고!"

프레알의 외침에 프란이 얼굴을 찌푸렸다. 시끄러워서 그런 것만은 아니었다. 시시하다고 말한 부분이 마음에 걸린 것 같았다.

"필리아의 피해자는 상당히 많을 겁니다!"

소피도 호소했다. 하지만 프레알에게는 닿지 않았다.

"다시 한번 말하지. 그게 뭐 어쨌다는 거냐? 의장의 영향력을 생각하면 그 힘은 이 도시에 없어서는 안 돼! 다소의 악행은 못 본 척하라고! 그게 도시를 지키는 일이다!"

"다소의 악행?"

"암노예는 어디에나 있다! 일일이 물고 늘어지면 이 도시에서는 살아갈 수 없어!"

프레알이 살기 어린 목소리로 소리쳤지만 프란은 그 이상의 살기와 큰 소리로 맞받아쳤다.

"암노예 상인은 용서받을 수 없어! 어떤 이유가 있어도! 절대!"

갑자기 살기를 얻어맞은 탓에 역시나 프레알도 놀란 모습이었다. 눈을 부릅뜨고 있다. 그래도 입을 다물지는 않았다.

"그, 그렇다면 어떻게 하겠다는 거냐! 암노예에 관련된 자들을 한 명 한 명 다 찾아내서 재판하겠다는 비현실적인 소리라도 할 셈이냐!"

"응! 필요하면 할 거야. 모두 찾아서 없앨 거야."

살기 어린 눈으로 노려보자 프레알이 기에 눌려 주춤했다.

"……왜 그렇게까지 암노예 상인을 적대하는 거지? 흑묘족이라서 그런가? 동족을 지키기 위해서?"

"그것도 있어."

"대단한 일이군! 하지만 동족 따위는 정작 중요한 순간에는 아무것도 해 주지 않아! 머지않아 알게 될 거다. 동족이라고 해 봤자 어차피 남이니까!"

자세히 묻지 않아도 그가 과거 동족에게 배신당했다는 사실을 알 수 있었다. 프란이 다시 노려보자 프레알이 어두운 목소리로 말했다.

"수십 년 전. 나는 수인국에 있었다."

양 수인이 많이 사는 동네를 거점으로 삼아 지내며 랭크 B 모험가로서 명성을 얻고 있었다고 한다.

그러던 어느 날 스탬피드가 발생했다. 프레알은 모험가를 이끌고 방어전에 참가했지만 작은 도시는 방어에 적합하지 않았다. 결국 프레알은 도시 밖으로 대피하기로 결심했지만, 많은 모험가들이 그의 말에 따르지 않았다. 혈기 왕성한 수인들은 후퇴 자체를 받아들이지 못한 것이다.

혼란 속에서 전력이 분산되며 결국 양쪽 부대에 큰 피해가 발생했다. 그리고 그 책임은 모두 프레알이 뒤집어쓰게 되었다. 명령을 무시하고 돌격한 수인들에게는 겁쟁이라고 비난받고, 철수한 부대의 수인들에게는 작전 실패라고 비난받았다.

"내 명령에 따랐더라면 피해는 최소한으로 줄일 수 있었을 거다! 그런데 왜 내가 그런 바보들의 폭주까지 책임져야 하냔 말이야!"

결국 프레알은 수인국에서 살기 힘들어져서 대륙으로 흘러 들어오게 되었다.

"동족들도 나를 감싸주지 않았어……. 아니, 가장 격렬하게 나를 비난한 것이 바로 녀석들이었다. 동족의 수치라고 말이지! 내가 대체 어떻게 했어야 한다는 거야!"

장황하게 자신의 과거사를 털어놓은 프레알이 눈앞의 의자에 털썩 주저앉았다. 그야말로 처량하다는 말이 잘 어울리는 모습이었다. 이 할아버지도 고생이 많았던 모양이다.

"네놈도 언젠가는 배신당할 거다."

마치 저주라도 거는 듯한 낮은 목소리. 그 갈라진 목소리 속 깊은 곳에는 '배신당해 버려!'라는 간절한 소망이 담겨 있는 것 같았다.

"너는 아직 모를 뿐이야. 다른 말 안 하겠다. 시시한 동족 의식 따위는 버려. 암노예 상인을 사냥한다 한들 누구도 진심으로 감사하지 않아. 그건 필요악이다. 암노예도 필요한 희생이다. 구원받은 흑묘족들도 겉으로는 기뻐하겠지만 겉치레일 뿐이야. 금방 잊어버릴 거라고."

프레알의 질척한 목소리가 프란에게 달라붙었다. 마치 프란의 마음을 꺾으려는 것 같았다. 아니, 실제로도 그런 거겠지. 프란의 마음을 꺾고, 자신의 말을 순순히 받아들이게 만들고 싶은 것이다. 센디아의 방위 전력으로 삼기 위해서.

그렇게 생각하면 조금 전까지의 광기나 처량한 태도, 어두운 눈으로 충고하는 듯한 말도 모두 연기가 아니었을까 하는 생각이 들었다.

그렇다면 그 말이 프란에게 닿지 않는 것은 당연했다. 프란에게 암노예 상인은 절대 악이었고, 이 세상에서 가장 나쁜 죄인들이었다. 그것을 두둔하는 듯한 발언을 하는 이 노인은 악당의 동료가 자기 몸을 사리기 위해 변명을 되풀이하는 것으로만 보이겠지.

프란이 날카로운 눈으로 프레알을 바라보았다. 그 시선에 짓눌린 프레알의 눈동자가 흔들렸다. 그리고 다음 말을 듣고 숨을 삼키는 것이 느껴졌다.

"……나는, 암노예였어."

"……!"

프란이 자신의 과거를 입에 올리자 프레알이 놀란 표정을 지었다. 이 정보는 입수하지 못한 모양이다. 아무리 그라도 다른 대륙 모험가의 정보를 전부 입수하는 것은 어렵겠지.

"사슬에 묶인 채 매일 맞았어."

프란이 담담하게 노예였던 시절의 일을 말하기 시작했다. 프레알은 아무 말도 하지 못했다. 그저 굳은 얼굴로 프란을 바라볼 뿐이었다. 옆에 있는 소피는 슬픈 표정으로 프란을 걱정스럽게 바라보았다.

"항상 배고프고, 내 냄새에 얼굴을 찌푸리고, 그럼에도 계속 살아왔어."

"……."

"배운 걸 외우지 못하면 얻어맞았으니까, 필사적으로 많은 것들을 외웠어."

프란의 말투가 달라진 것은 아니다. 하지만 무언가를 느꼈을 것이다. 프레알의 몸이 움찔 떨렸다. 이마에 땀을 흘리며, 최대한 프란에게서 거리를 두려는 것처럼 등받이에 자신의 몸을 밀어붙였다.

"사람으로서 취급받지 못했지만, 그래도 살기 위해 참았어."

프란이 깊은 분노가 담긴 눈으로 프레알을 계속 응시했다

"난 노예가 필요한 인생?"

프란이 천천히 앞으로 나와 프레알의 눈을 들여다보았다. 불타는 듯한 격정이 담긴 두 눈을 마주한 프레알의 이마에서 땀이 송

골송골 맺혔다. 노인의 몸이 떨리는 것처럼 보인 것은 착각이 아니었다. 호흡이 닿을 정도로 가까운 거리에서 프레알을 노려본 프란이 작게 소리쳤다.

"웃기지 마!"

"……끅."

주체할 수 없는 살기가 프레알의 피부를 스쳤다. 프레알의 눈이 크게 뜨이고, 반쯤 벌어진 입에서는 한심한 신음 소리가 새어 나왔다. 연기가 아니라 진심으로 두려움을 느낀 모습이었다.

"동족만을 위한 게 아니야. 난 나를 위해, 암노예 상인을 절대 용서할 수 없어!"

"하지만…… 하지만……!"

프레알이 뭔가 반박하기 위해 입을 우물거렸지만, 말이 나오지 않는 것 같았다.

어떤 말을 사용하더라도 암노예였던 과거를 가진 프란을 말로 설득하는 것은 불가능하다. 이기적이고 가벼운 마음으로 던진 자신의 말은 프란에게는 절대 닿지 않는다. 그것만이 단 하나의 진실이 되어 그에게 새겨졌다. 오히려 어설픈 소리를 했다가는 격노한 프란에게 공격당해 죽을지도 모른다. 이 도시가 혼란스러워지든, 모험가 길드와 적대하게 되든, 프란은 조금도 개의치 않고 프레알을 벨 것이다.

그렇게 생각할 정도의 기세가, 지금의 프란에게서는 풍겨나오고 있었다.

프레알의 온몸에서 힘이 빠져나갔다. 여러 의미로 자포자기한 것 같았다.

"……하아아. 알았다, 알았다고. 네가 멈추지 않을 거라는 건, 충분히……."

그는 어깨를 축 늘어뜨리고 힘없는 어조로 중얼거렸지만, 다시 고개를 들고 간청했다.

"하지만 지금 시기만은 참아줘! 이렇게 빌겠다!"

"……."

"암노예 상인들에 관해서는 항마를 물리치면 조사해 주마! 정보도 모두 건네주고!"

"믿을 수 없어. 게다가, 세리아도트에 대해서도 말 안 했어."

"그 녀석은 우리 길드를 통하지 않고 고용된 존재고, 인사하러 오지도 않았어. 여차할 때 전력으로 계산할 수 없다."

프레알은 거짓말을 하고 있지 않았다. 수상하다고 느낀 뒤부터는 계속 허언의 이치를 사용하고 있었다. 그러나 일관되게 거짓말은 하지 않고 있었다. 하지만, 그런 것이 가능할까? 이렇게 수상쩍은 남자가?

그렇게 생각하고 다시 의심하자, 거짓말을 하지 않았어도 진실 역시 말하지 않은 것이 아닐까 하는 생각이 들었다.

거짓말 간파 계열 스킬을 경계해서 어느 쪽으로도 해석될 수 있는 말만 사용하고 있었다면?

암노예 상인에 관해서는 조사해 보겠다거나 손에 넣은 정보를 전달해 주겠다고 했다. 하지만 자신이 암노예 상인과 접점이 있었다고 해도 알아보거나 적당한 정보를 전달할 수는 있었을 것이다.

그래서 확실하게 프레알의 흑백을 가릴 수 있는 질문을 던져보기로 했다.

“프레알은 암노예 상인과 이어져 있어?”

“허, 대놓고 묻는군. 그렇게 보이나?”

역시 직접적인 답변은 피하고 있네.

“네, 아니요. 둘 중 하나로 대답해.”

“뭐? 나를 의심하는 거냐?”

“응. 너는 신용할 수 없어.”

“……대답할 필요성을 못 느끼겠군! 더 이상 시시한 질문으로 짜증 나게 하지 마라! 나가!”

역시 대답하지 않는다. 화가 난 척을 하며 프란을 쫓아내려고 했다. 확실히, 흑이다.

그러나 프란은 등에 진 나에게 손을 뻗으려다, 멈췄다.

『왜 그래, 프란?』

‘스승. 프레알은 이 도시의 존속이 제일 중요하다고 했어. 그건 거짓말 아니었어?’

『응? 아, 그건 사실인 것 같아.』

‘그래…….’

프란은 소피를 바라보았다. 내내 불안한 얼굴로 프란과 프레알의 대화를 지켜보고 있었다. 이 도시를 지키고 싶은 소피에게는 이 대화가 무척 중요하기 때문이었다.

언제 결렬되어 전투가 벌어질 것인가. 걱정으로 제정신이 아니었을 것이다.

프레알에게 달려들까, 소피의 마음을 배려할까. 그렇게 프란이 갈등하고 있는 것 같았다.

긴장에 휩싸인 집무실. 프레알도 확실하게 임전 태세였다.

하지만 프란의 갈등은 오래가지 못했다. 공격한 것도, 봐주기로 결정한 것도 아니었다.

"거기!"

"칫!"

프란이 갑자기 천장을 향해 바람 마술을 날렸다.

천장이 부서지며 이마에 하얀 돌이 박힌 용인 남자가 낙하하듯 나타났다. 필리아의 수하다! 결계 마석을 사용하여 나조차 눈치채지 못하게 천장 뒤에 숨어 있었다!

용인은 순식간에 동요를 지우고, 살기 없이 프레알을 향해 달려들었다.

스킬 구성을 봐도 암살자가 확실해 보였다. 뭐, 이 멤버를 상대로 기습에 실패한 시점에서 암살에 성공할 확률은 제로였지만.

프란이 즉시 뇌명 마술을 날려 남자의 의식을 끊어버렸다. 조금 강하게 날린 탓에 집무실에 전격이 흐르며 책상이나 바닥이 타버렸다. 뭐, 프레알의 방이니까 아무래도 상관없지만!

"끄아악! 이 꼬맹이가! 변상해!"

"긴급 사태. 어쩔 수 없어."

"크……."

프레알이 분한 얼굴로 입을 다물자 이번에는 아래층에서 수많은 고함 소리가 들려왔다.

"습격이다!"

"요, 용인이다!"

"이 녀석들은 뭐야!"

비명 소리와 물건이 부서지는 소리가 연속으로 울리더니 무언가 폭발하는 소리도 들려왔다. 단순한 싸움이 아닌 것 같았다.

"넌 저 용인을 잡아."

"위, 위압하지 마라, 계집!"

"얌전히 움직여. 하는 걸 봐서 지금은 죽이지 않고 넘어갈 수도 있어."

"……빌어먹을! 알았다고!"

그래그래! 잠자코 프란을 위해 일하라고! 프레알 녀석! 적으로 돌아설 뻔한 상황이라지만 프란을 계집이라고 부르다니! 용인을 처치하고 나면 제대로 이야기를 들어주겠어!

프란의 살기가 아직 자신에게 향하고 있는 것을 이해했는지 프레알은 더 이상 아무 말도 하지 않았다. 자신의 사망 플래그가 아직도 단단하게 서 있다는 것을 알아차린 것이다.

결계 마석이나 자폭용 마석으로 보이는 장비를 모두 수납하고 용인 암살자를 프레알에게 맡겼다. 이 정도면 도망갈 일은 없겠지. 그리고 집무실에서 나와 술집으로 향했는데…….

프란과 소피가 계단을 내려가는 타이밍에 아래층에서 강렬한 마력이 뿜어져나왔다.

『이건!』

또다! 틀림없이 누멜라에의 자폭 때도 느꼈던 그 폭발 전조 마력이다!

게다가 지하에서의 대폭발 못지않은 거대한 마력이었다. 여러 명이 동시에 자폭한 건가?

나도 프란도 허둥지둥 장벽을 세웠다. 이어서 소피가 가볍게 하프 소리를 내자 두 사람의 주위로 얇은 막이 쳐졌다. 혼신의 다중 장벽이 완성된 직후, 굉음과 진동이 모험가 길드를 뒤흔들었다.

붉은 불꽃이 우리들의 시야를 뒤덮었다. 솟구친 붉은 화염이 장벽 표면을 따라 무시무시한 기세로 치솟는 것이 보였다.

"음!"

"꺄악!"

대미지는 없었지만 폭발의 기세에 의해 프란 일행이 크게 날아가 버리고 말았다. 그대로 큰길가 쪽으로 떨어진 프란과 소피. 뭐, 두 사람이라면 이 정도 높이에서 대미지를 입을 일은 없겠지만 말이다. 두 사람 모두 말없이 그 자리에 버티고 서 있었다.

모험가 길드 건물이 반파됨과 동시에 맹렬하게 불타고 있었다. 이 건물들은 대부분 돌로 되어 있다. 그런데도 불타고 있다는 것은 단순한 불이 아니라는 뜻이었다. 마력을 담은 특수한 불꽃이 아니고서는 이렇게 되지는 않는다.

"대체…… 왜…… 이것도 필리아의 짓이야……?"

"모르겠어. 하지만 아까 붙잡은 용인은 누멜라에처럼 이마에 돌이 박혀 있었어."

"그럼 역시……."

소피의 얼굴에 짙은 후회가 떠올랐다. 세리아도트의 동향을 살펴보겠다며 필리아를 풀어준 직후 벌어진 일이다. 거기서 필리아를 구속했다면 막을 수 있었을지도 모른다. 그렇게 생각하고 있는 거겠지.

"! 프레알!"

프레알의 생명력이 급격히 약해지는 것이 느껴졌다.

『프란! 돌아가자!』

"응! 소피는 밖에 있는 모험가를 부탁해!"

"알았어!"

활활 타오르는 모험가 길드로 다시 들어가자 1층에 다 죽어가는 프레알의 모습이 보였다. 다만 주위에 널브러진 모험가들의 시체에 비해 노인의 몸에는 화상 자국이 거의 없었다. 화염까지는 제대로 피해서 탈출을 위해 1층으로 내려오던 길이었겠지.

거기서 누군가에게 습격을 당했다. 아마 프레알 옆에 쓰러져 있는 용인일 것이다. 서로 함께 쓰러졌을 정도로 접전이었던 모양이다. 이 녀석의 이마에도 필리아의 정신 간섭 돌이 박혀 있었다. 역시 세리아도트가 필리아를 놔준 걸까?

어쨌든 마력이 높아지려는 전조를 보이기에 즉석에서 수납 공간에 던져 넣었다. 위험했다. 내버려뒀으면 이 녀석도 폭발했을 것이다.

"프레알!"

"계, 집……."

프레알의 몸은 무참하게 난도질되어 있었다. 손발과 내장이 술집 안에 흩어져 있다. 너무 심하게 찢겨져서 어느 부위가 어디 것인지 알 수 없을 정도였다.

『울시는 생존자를 찾아!』

"웡!"

황급히 달려가 그레이터 힐을 걸었지만…….

"안 나아!"

『회복 저해다!』

상처가 더디게 나았다. 회복 저해 상태 자체도 상당히 강력하다. 그레이터 힐을 걸었음에도 아주 조금밖에 회복되지 않았다. 팔은 붙었지만…….

솔직히 도와줄 의리는 없다는 생각도 들었다. 하지만 이 녀석에게서는 정보를 들어야만 했다.

프란이 회복 마술을 계속 사용하자 프레알이 천천히 입을 열었다.

"꼴, 사납군. 나는, 여기까지인가……."

"말하지 마."

"크헉…… 더는 무리다."

입에서 피를 토한 프레알은 말을 멈추지 않았다.

"이걸……."

"이건?"

프레알이 움켜쥐고 있던 종이 뭉치를 프란에게 밀어붙이듯 내밀었다.

"암노예 상인의 정보를…… 정리한, 종이……."

"……동료 아니야?"

"……거래 상대일, 뿐이다……. 네놈이 보기엔, 동료일지도, 모르지만……. 크흐흐, 네놈이 왔을 때, 더는 무리라고 생각했어……. 손을 뗄, 시기였지……."

프레알의 눈에서 점차 빛이 사라져갔다.

"항, 마의 계절이 끝나면, 정말로 정보를 주려고 했……."

"……."

"말할 자격은, 없지만…… 이, 이 도시를…… 부탁한다……."

"말 안 해도 그럴 거야."

"하, 하…… 결국, 여기서도, 실패인가……."

프레알은 그렇게 중얼거리고는 눈을 감았다.

*

"……죽었어."

『그래.』

프란이 나타난 시점에서 자신이 궁지에 몰렸다는 것을 짐작하고 있었겠지. 흑묘족 모험가가 암노예 상인을 용서할 리 없다. 그리고 언젠가는 프레알과 암노예 상인과의 연결고리도 눈치챌 것이다.

그래서 최대한 그 사실이 알려지는 시기를 늦춰서 항마의 계절 중에는 프란을 방위 전력으로 사용할 수 있도록 처신한 것이다. 그리고 항마의 계절이 끝난 후에는 정보를 모두 제공하고 목숨을 구걸할 생각이었겠지.

복수심을 쏟아부어야 할 상대가 허무하게 죽어버려 프란은 허망한 표정을 짓고 있었다.

하지만 여기서 멈춰 서 있을 수는 없었다.

『불을 끄지 않으면 주변에 큰 피해가 날 수도 있어.』

이 도시의 건물은 돌과 흙, 점토 벽돌 등으로 만들어져 있었다. 그럼에도 불에 타고 있다. 목조 가옥보다는 낫겠지만 불길은 조금도 사그라들 기미가 보이지 않았다. 내버려두면 주위로 번질 것이다. 아니, 이미 길드 주위로 불길이 치솟기 시작했다.

『서두르자.』

"알았어."

그나마 다행인 것은 주민들이 이미 대피를 시작했다는 점이었다. 하지만 생명 감지로 탐색해 보니 미처 피하지 못한 이들도 상당수 있는 것 같았다. 가장 손쉬운 방법은 주위를 대지 마술 벽으로 둘러싼 다음 그 안쪽을 공략하는 것이지만. 물을 채워도 되고 공기를 빼도 되니까.

뭐, 마술로 만든 화염이라면 공기가 없어도 타거나 물로는 안 꺼질 수도 있겠지만 말이다. 어쨌든 사람이 있는 상태에서는 어떤 방법도 사용할 수 없었다. 일단 연소를 막는 것이 먼저다.

『플레임 배리어!』

"오, 스승 굉장해."

본래는 불꽃으로부터 작은 범위만을 보호하는 술법을 사용해서 도시 한 구역을 뒤덮었다. 외부에서 오는 화염 마술을 막아줄 뿐만 아니라 내부에서 새어나가는 연소도 막아준다. 하지만 문제가 있었다.

『끄윽…… 유지하기, 힘들어.』

본래의 용도와는 동떨어진 수준으로 광범위하게 마술을 사용한 결과, 현재는 거대한 원기둥 모양의 결계가 만들어져 있었다. 이를 유지하는 데만 해도 엄청난 집중력과 마력이 필요했다. 높은 건축물이 많았기에 더더욱 큰 결계가 필요했다.

카스텔에서의 소모로 인해 제어력이 좀 느슨해진 것도 있어서 장시간 유지하기는 어려울 것 같았다.

『지금 당장 생존자를 찾아내 구조하자. 나는 유지하는 것만으로도 한계니까 맡길게.』

"응!"

"웡!"

프란과 울시는 두 갈래로 나뉘어서 미처 도망치지 못한 사람들을 탐색하기 시작했다. 내가 도와줄 수 없는 탓에 전이는 쓸 수 없었다. 프란은 생명 감지를 사용하면서 벽을 뚫고 최단 거리로 생존자를 구해 나갔다.

힐로 회복시키고, 이어서 벽을 파괴하고 탈출. 구출한 주민들은 밖으로 대피시키고 다시 구조로 복귀.

그렇게 움직이는 동안 이번을 느낀 모험가들이 길드로 모여들었다.

변해버린 길드의 모습을 보고 위급한 상황이라는 것을 바로 이해한 것일까.

소피의 설명을 들은 모험가들이 앞장서서 구출과 구경꾼 정리에 나섰다. 프란에게 뭔가를 묻고 싶은 얼굴을 한 사람들도 보였지만, 그 누구도 쓸데없는 소리는 하지 않았다.

구출 시작 30분 후.

우리는 모든 주민을 구조하는 데 성공했다. 울시의 도움을 받은 사람들은 계속 겁을 먹은 표정이었다. 불길에 휩싸여 떨고 있는 가운데 검은 늑대가 다가왔으니 순간적으로 죽음까지도 각오했겠지. 도움을 받은 뒤에도 공포를 느낀 마음은 지워지지 않는 듯했다. 그래도 목숨을 건졌으니 다행이라고 생각해 줬으면 좋겠다.

『이제 불을 끄는 것만 남았네.』

"응!"

어떻게 진화할지 소피에게도 의견을 물어보았다. 그러자 다소 거친 방법을 써도 좋으니 피해가 이 이상 확산되지 않게 해 달라는 대답이 돌아왔다.

이 도시에서는 화재가 드문 일이라고 했다. 목재가 거의 사용되지 않기 때문이었다. 그렇기에 미지의 재앙인 화재를 보고 모두가 필요 이상의 공포를 느끼고 있었다.

소피뿐만 아니라 다른 모험가나 주민들도 불이 번지는 것을 막기 위해서라면 가옥을 파괴해도 된다고 생각하고 있었다. 고개를 크게 끄덕였다. 그렇다면 간단하다.

『프란, 베어서 수납하자!』

"응!"

프란이 나를 쥐고 마력을 끌어올렸다. 그리고 검성기를 발동했다. 검성기 소드 소닉.

뭐, 쉽게 말하자면 날아가는 참격이었다. 프란이 날린 일격에 의해 건물이 수평으로 잘려나갔다. 너무 빠르고 깔끔하게 잘려나간 탓에 대부분의 구경꾼들은 무슨 일이 일어났는지조차 파악하지 못했다. 프란이 초고속으로 검을 옆으로 휘두른 것만 보였겠지.

하지만 프란의 검성기는 확실하게 토대와 지면을 분리했다. 이로써 건물은 하나의 거대한 장식물이 되었다.

남은 것은 수납하는 것뿐이었다. 1층 바닥과 기둥, 벽 아래 수십 센티미터를 남기고 건물이 사라졌다.

『남은 건 10동 정도?』

"힘낼게."

프란은 고개를 끄덕이고는 차례차례 건물과 잔해를 수납해 나갔다. 우리가 불타는 건물들을 모두 수납하자 화재는 서서히 진압되었다. 개인 재산 등은 나중에 돌려주면 되겠지.

마음 같아서는 프레알이 남긴 암노예 상인의 정보를 지금 당장 확인하고 싶었다. 하지만 사태는 아직 끝나지 않았다.

"모험가가 용왕회에 불평을 하러 갔어?"

"불평이라기보단 항의인 것 같아……. 용인이 습격했다는 소식을 듣고 용왕회의 소행이라고 생각한 모양이야. 길드 마스터와 싸우다 함께 죽은 용인이 길드에 들어가는 걸 목격한 사람이 있었나봐……."

"그 용인, 용왕회 사람?"

"그런 것 같아. 용왕회 간부로 꽤 유명했던 모양이야."

그것을 알게 된 모험가 일부가 용왕회로 향해버렸다고 한다. 소피는 항의하러 갔다고 말했지만, 이곳에는 살기 어린 모험가들이 모여 있었다. 평화롭게 끝날 리가 없었다.

"나는 막을 수 없었어……."

소피가 절망적인 표정으로 중얼거렸다. 혼란을 멈추고 싶은데 반대로 확산되어 간다. 그 사실을 알아차리고 초조함을 느낀 거겠지. 비통한 표정으로 호소했다.

"멈추러 가야 해……! 혼란이 더 커질 거야."

"응!"

우리도 같은 의견이었다. 안 그래도 이번 사건으로 모험가 길드는 힘을 잃고 혼란스러워질 것이다. 여기서 용왕회와 대규모 항쟁으로 발전하기라도 하면…… 도시 방어를 운운할 때가 아니다.

"소피는 여기 남아."

"어째서! 나도 갈래!"

"여기서 모험가를 정리할 사람이 필요해. 그건 소피밖에 못해."

"그건……."

소피가 자신 없는 얼굴로 입술을 깨물었다. 필리아의 음모를 눈치채지 못한 일과 모험가를 막지 못한 일이 겹쳐 자신감을 잃어버린 것 같았다.

"용인의 짓이라고?"

"역시 용왕회 놈들이 쳐들어온 거구나!"

"용서 못 해!"

길드 앞에서는 달려온 모험가들이 동료에게서 정보를 전해 듣고 분노한 얼굴로 소리치고 있었다. 이러다간 모두가 용왕회로 돌격할 태세였다. 소피도 그것을 깨달았는지 황급히 목소리를 높였다.

"여러분! 습격해 온 자는 확실히 용왕회의 인간이 맞습니다! 하지만 아닙니다! 필리아의 음모입니다! 용왕회와 모험가 길드를 싸우게 하려고 꾸민 짓입니다!"

"하, 하지만 필리아 님이 그런 짓을 할 이유가 있습니까?"

"맞아요! 우리랑 용왕회를 싸우게 해서 무슨 득이 있다고!"

소피의 경우 눈앞에서 필리아의 자백을 지켜보았다. 그렇기에 필리아의 광기를 이해할 수 있었다. 반면 모험가들은 음모라는 말을 들어도 납득하지 못하는 얼굴이었다. 필리아가 그런 것을 꾸미고 있다는 말을 들어도 당장은 믿기 어렵겠지.

용인들이 동료를 죽이는 것을 본 사람도 많으니 어쩔 수 없지만. 게다가 상황 증거들이 모두 용왕회가 수상하다고 말하고 있었다. 원래부터 사이가 안 좋은 상대를 의심하는 것은 당연했다.

"용인에 대한 건 용왕회에 물어보는 게 빠르겠지! 우선 용왕회에 가자!"

"맞아, 맞아! 용인들한테 정보를 토해내게 하는 거야!"

"역시 녀석들이 수상해!"

한 차례 잦아들었던 분노가 다시 재연될 것 같은 상황이었다. 그런 모험가들 앞에 프란이 나섰다.

"그러니까 내가 확인하고 올게. 너희는 항마에 대비해 줘."

"다, 당신은……."

"흑뢰희 씨."

이곳에 있는 자들은 프란을 알고 있다. 모르는 사람이라도 구조 작업 중에 프란의 실력을 목격했다. 그런 프란의 제안이었기에 속마음이 어떻든 불평할 수 있는 자는 없었다.

"소피, 뒤는 부탁해."

"으, 응. 프란, 조심해?"

"……소피라면 할 수 있어."

"……최선을 다할게."

우리는 길드에서 가장 가까운 용왕회 지부로 향했지만, 가는 도중 혼란의 크기를 절감했다. 이 도시 사람들은 기본적으로 타인에게 무관심하다. 사연 있는 자도 많고, 과거를 신경 쓰지 않는다는 암묵적인 규칙이 밑바탕에 깔려 있기 때문이었다.

그렇지만 도시 안에서 치솟은 거대한 불기둥과 분주하게 오가는 모험가들의 모습이 신경 쓰이지 않을 리가 없다. 많은 주민들이 거리에 나와 불안한 얼굴로 서로 웅성거리고 있었다.

위에서 내려다보면 알 수 있을 정도로 거리가 주민들로 정체되어 있었다.

항마 선발대가 습격해 왔을 때에도 이 정도의 혼란은 일어나지 않았다.

"음. 싸우는 기척."

『이미 늦었나!』

"웅."

센디아의 하늘을 가로질러 용왕회 건물로 다가갔다. 그러자 노호와 같은 칼싸움 소리가 들려왔다.

이미 많은 인간이 전투에 들어가 버린 모양이었다.

용왕회 지부 주변 거리에서는 꽤 치열한 전투가 벌어지고 있었다. 다만 상태가 조금 이상했다.

"수인이 많아."

『드루레이가 있네. 수인회인가봐.』

"왜?"

프란이 중얼거린 말대로, 대체 왜? 수인회가 모험가들과 관련되어 있기라도 한 건가? 아니, 자세히 보니 모험가와 수인들끼리 싸움이 벌어진 장소도 있었다. 삼파전이 벌어지고 있는 것이다. 이건 방치하면 위험한 거 아닌가? 하지만 이렇게까지 커진 싸움을 대체 어떻게 멈춰야 할지…….

"멈출게."

『어떻게?』

“일단 말로 해 볼래!”

『말로?』

“응!”

크게 고개를 끄덕인 프란이 바람 마술을 사용했다. 사운드 스프레드라고 하는, 소리를 증폭해 주위로 확산하는 마술이었다. 요점은 아주 큰 소리를 내기 위한 마술인 것이다. 그것을 마력을 펼쳐 발동한 프란이 크게 숨을 들이마셨다. 그리고 자신의 역대 가장 큰 소리로 외쳤다.

“당장! 싸움을 멈춰!”

『우와아앗?』

“어흥!”

마술에 의해 증폭된 목소리가 주변에 울려 퍼졌다. 엄청난 음량이었다. 내 도신이 찌르르 떨리고, 울시가 비명을 질렀다. 프란 자신도 놀란 모습이었다. 자신의 귀를 누르고 있다.

『힐. 울시, 괜찮아?』

“쿵…….”

“울시, 미안.”

“어후.”

아무리 튼튼한 울시라도 귓전에서 갑자기 폭음을 들으면 대미지를 입는다.

프란의 마음이 전해졌다기보다 갑자기 쏟아진 고성에 놀란 거겠지. 많은 사람들이 경계하는 모습으로 움직임을 멈추고 있었다. 하지만 머리 끝까지 화가 난 나머지 목소리를 듣지 못한 사람도 있었다. 프란이 한 번 더 소리쳤지만 소용이 없었다.

아, 이번에는 확실히 소리를 차단해 둔 덕분에 나도 프란도 울시도 무사했다.

"음. 안 멈춰."

『어떡하지?』

"강제로 멈출 거야."

그렇게 선언한 프란은 나를 빼들더니 마지막 경고를 내뱉었다.

"싸움을 멈추지 않는다면 실력 행사!"

여기까지 경고했는데도 멈추지 않는 녀석들이 이 정도의 목소리로 멈출 리가 없었다.

완전히 전투를 멈춘 녀석들이 30퍼센트. 서로 노려보면서도 프란을 경계해 일단 멈춘 녀석들이 30퍼센트. 이런저런 이유로 멈추지 않는 녀석들이 40퍼센트 정도 되었다.

그것을 확인한 프란은 고개를 한번 끄덕이고는 행동을 개시했다.

"스턴 볼트!"

『아~ 역시 이렇게 되는구나!』

프란이 날린 전격이 적과 아군을 가리지 않고 광장에 있던 자들을 모두 덮쳤다. 모험가도 꽤 휘말렸지만 세 조직에서 대량의 사망자가 나와 항쟁이 격화되는 것보다는 나았다. 죽은 사람이 나오면 어떤 조직도 물러설 수 없게 될 테니까.

공격은 프란과 울시에게 맡기고 나는 회복에 전념했다.

생명 감지와 감정으로 약해진 녀석이 있을 법한 장소에 범위 회복 마술을 퍼부었다.

상관없는 녀석들도 회복되겠지만, 회복 누락이 생기는 것보다는 그게 나았다.

프란은 공중에서 뇌명 마술을 퍼붓고 있었는데, 개중에는 스킬 덕분인지 효과가 없는 녀석들도 있었다. 그곳은 때려서 멈추게 하는 수밖에 없었다. 공중에서 단번에 강하해 주먹과 칼등으로 침묵시켜 나갔다.

다행히 날뛰는 녀석 중에는 실력자가 없었다. 애초에 어느 정도 실력이 있는 녀석들은 프란이 경고한 시점에서 멈춰 있었기 때문이다.

5분도 채 걸리지 않아 싸움은 일시적으로 종식되었다. 반은 의식을 잃고 쓰러져 있고, 반은 멍한 얼굴이었다. 어린아이에게 건장한 남자들이 일방적으로 유린당했으니 보고도 믿을 수 없는 거겠지.

프란은 용왕회 지부 앞으로 내려와 다시 한번 바람 마술을 사용해 외쳤다.

"전원, 집합! 안 오는 녀석은 때릴 거야! 움직이지 못하는 녀석은 업고 와!"

명백하게 화난 목소리였다. 그 말을 듣고 모험가와 무법자들이 일제히 움직이기 시작했다.

그로부터 채 3분도 걸리지 않아 용왕회의 지부 앞에 100명이 넘는 모험가, 무법자들이 줄줄이 모였다. 그중에는 의식을 잃은 자들도 있었지만 프란의 명령에 따라 동료가 들쳐메고 있었다.

안절부절못하는 남자들 앞에서 프란이 팔짱을 끼고 분노한 표정을 지었다. 그 위압감에 모두가 짓눌려 있었다.

프란을 완전히 상위자로 인정한 모습이었다. 항의하는 목소리는 거의 나오지 않았다. 물론 덤벼들려고 하는 자는 있었지만, 형님으로 보이는 이들에게 제지당하고 있었다. 실력자들은 프란의 무서움을 더욱 잘 알고 있을 테니까.

"드루레이, 이리 와."

"예, 옙."

호명된 드루레이가 굽실거리며 앞으로 나왔다. 예전에는 반말부터 하고 봤을 텐데 말투도 완전히 공손해졌다. 수인들의 리더격이라고 알고 있는데, 위엄도 뭣도 없었다.

젊은 수인이 실망한 눈빛을 하고 있었지만, 드루레이에게 있어서는 프란의 분노가 더욱 중요한 거겠지. 머리에 달린 토끼 귀를 몇 번이고 쫑긋쫑긋 움직이며 프란의 앞으로 나왔다.

"……꿇어."

"네?"

"무릎 꿇어."

"아, 알겠습니다!"

허둥지둥 무릎을 꿇은 드루레이를 흡족하게 바라본 프란이 이번엔 모험가들이 모여 있는 한쪽을 노려보았다.

흠칫 떠는 모험가들을 관찰하더니 한 명의 전사를 가리킨다. 그들 중 가장 강한 모험가였다.

"모험가는, 너. 이리 와, 무릎 꿇어."

"네, 넵."

지명된 남자는 창백하게 질린 얼굴로 앞으로 나왔다. 다른 모험가들도 말리기는커녕 남자의 등을 꾹꾹 밀고 있었다. 프란이 화를 내기 전에 빨리 나가라는 뜻이었다. 남자는 성큼성큼 앞으로 나오더니 자연스럽게 무릎을 꿇었다.

"용인 중에 가장 높은 녀석은?"

"나, 나다."

"이리와."

"윽……."

조금은 저항하려나 생각했는데, 이 녀석도 순순히 말을 들었다. 프란의 말에 따라 무릎을 꿇는다.

"……왜 싸우고 있었어? 드루레이."

"아, 그, 용왕회에서 쳐들어와서, 그 보복으로……."

그 말에 몇몇 용인이 반박을 하려고 했다. 그냥 듣고 넘길 수 없는 말이었겠지.

하지만 그 누구도 입을 열지는 못했다. 프란이 번뜩이는 눈으로 노려보는 바람에 움직일 수 없는 것이다. 하급 모험가나 말단 무법자들 중에는 지금의 강렬한 위압을 견디지 못하고 주저앉아 버린 녀석들도 있었다. 뭐, 그 편이 더 조용할 테니까 놔두자.

"쳐들어왔어? 용인에게 습격당했어?"

"맞아요! 용인이 10명 정도가 쳐들어왔습니다! 마지막에는 큰 폭발이 일어나서 몇 명이나 죽었다고요!"

"그래서, 왜 용왕회라고 생각했어? 용인은 많잖아."

"녀석들 중에 용왕회 놈이 있었습니다! 유명한 창술사라 잘못 봤을 리가 없습니다!"

"흐음. 그럼 다음은 너."

"네, 네."

그렇게 세 사람에게 차례차례 이야기를 들어나가는 프란. 정리해 보니, 역시 범인은 용왕회의 구성원인 것 같았다. 처음에는 부정하던 용인들도 습격범의 특징을 듣자 더는 부정하지 못했다.

다만 이들도 그 용인들이 습격 사건을 일으킨 이유는 알지 못한다고 했다.

대부분의 습격범은 노예로 잡혀 있었지만, 리더격이었던 용왕회 간부는 노예의 목걸이를 하고 있지 않았다. 아마도 그가 부하를 노예로 만들어 강제로 습격에 참가시킨 것으로 보였다.

"습격 리더라는 녀석, 이마에 하얀 돌이 박혀 있지 않았어?"

"이마에 돌이요? 죄송합니다. 마지막에는 폭발해 버려서……."

분명 필리아에게 조종당한 용인의 소행으로 보였지만, 증거는 더는 남아 있지 않았다. 이렇게 되면 필리아의 음모라는 것을 증명하기는 어려웠다. 뭐, 여기서 계속 드루레이 일행을 무릎 꿇게 할 수도 없으니 일단 해산시킬까.

불만은 남아있겠지만, 이대로 놔두면 또 다툼이 시작될 테니 말이다.

'웡!'

『왜 그래, 울시?』

무릎을 꿇고 있는 탓에 다리가 저리기 시작한 드루레이 일행에게 힐을 걸어주고 있는데, 울시가 어딘가로 걸어가기 시작했다. 자꾸만 코를 움직여 주위의 냄새를 맡고 있다.

『냄새로 뭔가 알아냈어?』

'웡!'

"울시, 뭐가 있어?"

프란도 남자들을 완전히 방치해 두고 울시를 따라 걸어가기 시작했다. 소녀와 늑대의 자유분방함에 남자들은 어쩔 줄 모르는 얼굴이었다. 안절부절못하면서도 여전히 나란히 있었다.

15미터쯤 걸어가더니 발을 멈추는 울시. 한 건물 입구에 그대로 앉았다.

"저기. 여긴 어디야?"

"저, 저희 창고입니다."

가까이 있던 용인에게 물어보니 헛간 같은 장소인 것 같았다.

프란과 울시가 창고에 발을 들여놓았다. 하지만 그곳에는 아무도 없었다. 뭐, 기척에도 아무 반응이 없었으니 당연하다면 당연하지만. 그러나 울시는 확신에 찬 걸음으로 거침없이 안으로 들어갔다. 코를 킁킁거리며 누군가의 냄새를 더듬고 있있다.

울시가 걸음을 멈춘 곳은 막다른 벽 앞이었다. 그 장소를, 앞발로 북북 긁고 있다.

『숨겨진 통로구나.』

"맡겨줘."

프란이 벽을 발로 찼다. 그러자 커다란 구멍이 뚫리며 지하로 내려가는 계단이 모습을 드러냈다. 프란과 울시는 아무 망설임 없이 그 계단을 내려갔다.

그 뒤로는 드루레이 일행이 따라오고 있었다. 따라오라고 한 건 아니지만 그들도 궁금한 거겠지. 그렇게 긴 계단을 약 100계단 정도 내려갔을까. 그 끝에는 작은 방이 있고, 그곳에서 한 줄기의 길이 뻗어 있었다.

이 통로, 어딘가 낯이 익었다. 치료원 지하와 연결되어 있던 그 지하 통로와 똑같았다. 크기나 벽의 재질도 비슷하다. 같은 시기에 만들어진 것인지도 모른다.

『용케 눈치챘네.』

"그릉!"

울시는 이 앞에서 나는 어떤 냄새를 감지한 모양이었다. 으르렁거리는 것을 보면 적이 있다는 거겠지. 아무래도 하얀 돌 냄새를 감지한 것 같았다.

"가자."

"예, 옙!"

프란은 드루레이 일행을 이끌고 울시가 발견한 지하도를 나아갔다.

그리고 구불거리는 지하도를 수백 미터 정도 신중하게 나아가던 때였다.

쿵! 쿠구궁!

세로로 크게 흔들리더니 미세한 진동이 지하도를 덮쳤다. 붕괴 함정이 작동한 것인가 싶었는데, 아니었다. 아무래도 어디선가 큰 충격이 발생한 것 같았다.

어쩌면 폭발로 인해 큰 건물이 파괴되며 그 잔해가 땅에 떨어진 소리 아닐까?

'스승, 어쩔까?'

『으음, 진동은 신경 쓰이지만 이 앞도 방치할 수는 없어. 필리아와 관련되어 있을지도 모르니까.』

'그럼 먼저 이쪽을 정리할게.'

『응, 그러자.』

"난 앞으로 갈 거야. 너희는 어쩔 거야?"

"저, 저희도 가겠습니다. 여기가 뭔지 밝혀내야죠!"

"그래. 알았어."

그렇게 하여 우리는 지하도의 탐색을 우선시하게 되었다. 그대로 천천히 나아가기를 몇 분. 길 끝에서 빛이 새어들어왔다.

통로 끝에는 상당히 넓은 홀 같은 방이 있었다. 우리가 보고 있는 것은 그 홀에 놓인 등불의 마도구가 내는 빛이었다. 등불이 있다는 것은 그것을 필요로 하는 자가 있다는 뜻이었다. 그 녀석이 현 시점 있을지 없을지.

『누가 있나?』

'모르겠어.'

적어도 이 위치에서 사람의 그림자는 보이지 않았다. 매의 눈과 원시를 병용하여 안쪽을 들여다 보았지만, 내 눈으로도 사람의 모습은 발견할 수 없었다. 결계 마석 등을 사용하고 있으면 나는 찾을 수 없을지도 모른다. 아니, 확실히 결계 마석은 있었다. 약간의 위화감이 느껴졌다.

『들어가 볼 수밖에 없나……. 분명 뭔가가 있어. 방심하지 마.』

"응."

"어후."

이 자리에서 마력 교란을 이용해 결계를 풀까도 잠시 고민했지만, 이대로 가보기로 했다. 누군가가 숨어 있다면 자신의 존재가 들켰나고는 생각하지 못할 것이다. 오히려 기습을 한다면 이대로 가는 것이 낫다고 판단했다.

프란이 나를 칼집에서 빼내 자세를 잡자, 뒤에 있던 드루레이 일행도 이 앞에 적이 있을 가능성을 알아차린 모양이었다. 각자의 무기를 들고 고개를 끄덕였다. 전투 준비 완료라는 뜻이었다.
그리고 프란 일행이 단숨에 방으로 쳐들어갔다.
『이건……? 잠깐, 농담이지!』
홀을 구석구석 둘러볼 수 있게 되자 놀라운 것을 발견했다. 홀 안쪽에 대량의 마도구가 놓여 있는 것이 보였다. 필리아가 악용하고 있던 폭발 마도구였다. 그것이 30개 이상 바닥에 설치되어 있었다. 아무렇게나 놓여 있는 것이 아니라, 확실한 목적을 갖고 문양을 그리듯이. 그 주위에는 마법진이 여러 개 그려져 있었고 마력이 주입되기만을 기다리고 있었다. 아무래도 폭발을 강화하는 효과가 있는 것으로 보였다.
이런 것이 폭발하면 어떤 피해가 날지……. 아니, 그 전에 프란 일행도 위험하잖아!
나는 마력 교란을 사용하면서 동시에 마도구를 빠르게 수납해 나갔다. 나아가 바람 마술을 연타해 바닥에 있는 마법진을 파괴해 버렸다.
불과 몇 초 만에 일변한 방의 참상을 보고 동요한 것일까. 갑자기 용인이 모습을 드러냈다.
"네놈들, 무슨 짓을……!"
결계 마석과 환각을 일으키는 마도구를 함께 사용해 벽 일부에 패인 공간에 숨어 있었던 모양이다. 한 박자 늦게 이번에는 네 명의 용인이 나타났다. 처음 출현한 용인은 이마에 돌이 박혀 있었고, 나중에 나타난 용인들은 노예의 목걸이로 조종당하는 것처럼 보였다.
『역시 있었구나!』

거기서부터는 치열한 전투가 벌어졌다. 실력 자체는 프란 일행 상대가 되지 않았지만, 전투는 조금 길어졌다.

무슨 수를 써서든 이곳을 반드시 지키라는 명령을 받기라도 한 것인지, 노예 용인들은 자폭을 각오하고 마술을 마구 날려댔다. 자신뿐만 아니라 동료를 끌어들이는 것도 마다하지 않고 날뛴 것이다. 팔다리를 잘라내도 기어와서라도 달려들었다. 그 광기에 무법자들조차 살짝 주춤했을 정도였다.

심지어 무력화시켰다 싶으면 혀를 깨물어서 죽으려고 했다. 일반적인 노예 계약에 이 정도의 강제력은 없다. 틀림없는 암노예였다.

그런 상대를 죽이지 않고 제압하느라 시간이 좀 걸렸다. 의식을 끊고 재갈을 물려 자살을 막았다. 묶인 채 바닥을 뒹구는 용인들을 보고 놀라움을 금치 못한 것은 위에서 함께 따라온 용인 무법자들이었다.

"혀, 형님!"

"왜, 형님이……."

자세한 내용을 물어보자 쓰러진 용인들은 용왕회의 간부라고 한다. 어제부터 모습이 보이지 않아 수인회에 납치되었다는 소문이 돌고 있었다고. 그런 이들이 노예의 목걸이를 낀 채 이런 곳에서 폭발 마도구를 지키고 있으니 놀라는 것도 당연했다. 이마에 돌이 박힌 용인은 몇 달 전에 사망했다고 알려진 자였다.

치료원에 실려 갔지만 치료가 늦어져 사망했다는 연락을 받았다고 한다. 이 대륙에서는 시체를 방치하면 심연잡이에게 잡아먹히기 때문에 장례식을 치르지 못하는 경우도 있었다. 이 용인도 치료원에서 이미 장례를 치렀다고 하여 그 누구도 시체를 보지 못했다.

필리아에 의해 아무도 모르게 암노예가 된 거겠지. 일단 갑옷부터 차례차례 수납해 나갔다. 아니나 다를까 자폭용 마석을 가지고 있었다.

"여기서 뭐 하고 있었어?"

"으가아아아아아!"

"음."

『이대로는 심문도 못하겠는데.』

대답할 수 있는 상황이라면 허언의 이치로 정보를 얻을 수 있었겠지만…… 노예의 목걸이를 풀지 않으면 제대로 말도 할 수 없는 모양이다. 심지어 이마에 박힌 돌은 어떻게 해제해야 하는지도 모르겠다. 이렇게 되면 이 녀석들을 정보원으로 쓰는 건 무리려나. 그렇게 생각하고 있는데, 드루레이가 앞으로 나왔다.

"여기는 저한테 맡겨주실 수 있겠습니까."

"해결할 수 있어?"

"확실하지는 않지만…… 제가 가진 비장의 수를 쓰면 어떻게든 될지도 모릅니다."

"그럼 부탁해."

"옙! 맡겨주세요. 각성!"

"오."

각성한 드루레이는 푹신푹신함이 더욱 늘어나 있었다. 안 그래도 서른 살 남자라는 것이 믿기지 않을 정도로 귀여운 미청년의 모습이었는데, 더더욱 귀여움이 증가해 버렸다. 회색 머리도, 거기서 돋아난 토끼 귀도 복슬복슬했고, 뺨에 난 수염도 귀여움밖에 느껴지지 않았다.

주위에 있던 수인들이 무언가를 참는 것처럼 숨을 삼켰다. 누가 봐도 웃음을 참고 있었다. 뭐, 드루레이 성격상 귀엽다고 말하면 맞아서 날아갈 테니까.

각성한 드루레이는 의욕적으로 팔을 걷어붙이고는 한 용인의 이마에 손가락을 턱 갖다댔다. 눈을 감고 집중하기를 몇 분. 드루레이의 몸에서 엄청난 마력이 소용돌이쳤다.

"갑니다! 상태소행(狀態遡行)!"

드루레이가 외침과 동시에 강렬한 섬광이 지하 공간을 가득 메웠다. 우리는 순간적으로 눈을 보호했지만 무법자들 쪽에서는 비명이 터져 나왔다. 특히 수인들의 반응이 극심했다. 시력이 좋은 탓에 더욱 눈부심에 약한 듯했다.

그리고 빛이 가라앉자, 그곳에는 노예의 목걸이가 풀린 용인이 누워 있었다. 게다가 드루레이도 각성이 풀린 채 거친 숨을 내쉬며 쓰러져 있었다.

"하아, 하아…… 잘, 됐군요."

"드루레이, 괜찮아?"

"네, 조금 피곤한 것뿐입니다……."

마력과 체력을 현저하게 소모한 듯했다. 대상의 시간을 되돌리는 방법 같았으니 그렇게 되는 것도 무리는 아니지만. 아마 종족 고유 스킬의 효과겠지. 회토족은 각성함으로써 백은토라는 종족이 된다. 그 고유 스킬은 차원문과 초승달 무늬.

차원문은 이전에 로이스가 사용하는 것을 보았다. 이름 그대로 전이문을 만들어 이용하는 것이 가능한 스킬이었다. 그렇다는 건 초승달 무늬가 시간 조작 계열 고유 스킬이라는 거겠지. 그 스킬을 이용해 노예가 되기 전의 상태로 용인을 되돌린 것이다.

"드루레이는 쉬고 있어."

"뒤는, 부탁합니다. 너희들도, 흑뢰희의 누님을 도와라."

"예!"

드루레이의 지시를 받은 무법자들은 용인을 두들겨 패서 깨우더니 빠르게 심문을 시작했다. 물론 용인도 입을 다무는 일 없이 모든 것을 털어놓았다. 노예에서 해방된 것에 감사함을 느끼는 것 같았다.

드루레이가 가진 스킬의 굉장한 점은 용인의 기억은 되돌아가지 않았다는 점이다. 상태소행이라고 했으니, 노예 계약이라는 상태 이상에만 작용된 듯했다.

용인의 이야기를 종합해 보니 역시 치료원에서 노예화당한 것으로 보였다. 붙잡혀서 지하에 갇혀 있었는데, 조금 전 필리아에게 여러 가지 명령을 받았다고 한다.

"여기서 뭘 하려고 했어?"

"이곳은 도시 벽 바로 아래인데, 마도구를 사용해서 벽을 부순다고 했습니다."

"그게 뭐야! 그런 짓을 하면 항마가 쏟아져 들어올 텐데!"

"왜 그런 짓을……."

무법자들은 의미를 알 수 없어 혼란스러워했지만, 필리아의 목적은 도시에 피해를 입히는 것이다. 당연히 제대로 된 인간의 사고로는 이해할 수 없겠지.

그렇다고 해도 좀 지나치지 않나? 도시 벽이 파괴되면 피해가 나는 것을 넘어서서 센디아가 멸망할 수도 있는데? 아니, 필리아는 멀쩡한 것처럼 보였지만 이미 미쳐 있었다. 판단이 고장났다 해도 이상할 것은 없었다.

『여기 더 있어도 방법이 없으니까 앞으로 나가보자.』

"응!"

이 지하도는 여전히 앞으로 이어져 있었다. 만약 바깥과 이어져 있다면 항마의 침입 경로가 될지도 모른다. 일행은 조사를 위해 프란을 선두로 하여 앞으로 나아갔다. 아니, 가려고 했다. 하지만 .

쿵! 쿠구궁!

다시 한번 지하도를 흔드는 진동으로 인해 프란 일행의 발길이 멈췄다. 큰 충격음이 들린 직후 강한 흔들림이 딱 한 번 발생했다. 지하도 천장에서 자잘한 돌멩이가 떨어지고 먼지가 흩날렸다.

또야? 지진은 아닌 것 같은데, 대체 무슨 일이 일어나고 있는 거지?

"서둘러 나가자."

"네, 넵!"

튼튼하게 만들어져 있긴 하지만 지하도는 오랫동안 방치된 느낌이었다. 두 번째가 되니 붕괴가 우려되었다. 치료원에서 당한 것 같은 붕괴 함정은 아닌 것 같지만 안심할 수는 없었다.

대지 마술로 통로 끝을 막고 입구로 서둘러 돌아가는 프란 일행. 전원에게 내 보조 마술을 걸고 지하도를 단숨에 달려나갔다. 원래 있던 광장으로 돌아왔을 때는 프란과 울시 이외는 모두 땀투성이였다.

『무법자들이 없네.』

'응.'

그대로 해산한 것일까. 아니면 아까의 진동과 관계가 있는 것일까. 용왕회 지부에 얼굴을 내밀어 보았지만, 그곳은 텅 비어 있었다. 모두 황급히 나간 것인지 먹다 남은 과일과 마시던 술이 테이블 위에 방치된 채 놓여 있었다. 위층을 들여다봐도 아무도 없었다.

"무슨 일이 있었지?"

"연락책조차 없다는 건……."

지하도에서 함께 돌아온 용인 사내가 복잡한 얼굴로 신음했다. 그들이 보기에도 거점의 이런 상태는 비정상인 모양이었다. 그러자 밖에서 대기하고 있던 드루레이의 목소리가 들려왔다.

"누님! 사정을 들었습니다!"

"정말?"

"예."

그들도 기다리고만 있지 않고 주변에서 탐문을 하고 있었던 모양이다. 광장으로 돌아와 자신들이 얻은 정보를 알려주었다. 덕분에 엄청난 사태가 벌어졌다는 것을 알 수 있었다.

여기서는 건물이 가로막고 있어 보이지 않았지만, 도시 벽의 일부가 붕괴해 버렸다고 한다. 필리아의 음모가 진행되고 있는 것은 이곳만이 아니었던 것이다.

황급히 건물 옥상으로 달려서 올라가 보니 확실히 센디아를 빙 둘러싼 거벽의 일부분이 파괴되어 크게 무너져 있는 것이 보였다. 동문 부근이었다. 멀리서도 상당히 넓은 범위가 무너져 내린 것을 알 수 있었다. 붕괴 폭은 100미터를 넘었다.

첫 번째 흔들림의 원인은 벽의 대붕괴. 두 번째 흔들림은 대지 마술에 의해 보수된 벽이 항마의 공격에 의해 재차 파괴되며 발생한 것이었다.

이곳 지부에 있던 용인들은 그것에 대응하기 위해 출동한 거겠지. 남아 있는 용인들도 위의 지시를 받기 위해 본부로 가겠다고 나섰다. 그것은 수인들도 마찬가지였다.

『필리아의 짓이겠지. 여기 지하뿐만이 아니었구나.』

“음.”

최악이나. 아니, 이곳의 폭발을 막은 것만으로도 다행이라고 생각해야 할까.

“누님. 저희도 아지트로 돌아가 보겠습니다. 센디아의 위기에 이렇게 가만히 있을 순 없죠. 여러모로 폐를 끼쳤습니다.”

“응. 브라이네 일행에게 안부 전해 줘.”

“예!”

우리는 모험가 길드로 돌아가자. 습격자의 전말을 알려줘야 하고, 붕괴에 대한 자세한 정보를 얻을 수 있을지도 모르니까.

Side 세리아도트

성녀님은 흑뢰희와 갔다.

“세리아도트! 지금 당장 저 아가씨들을 쫓아가세요!”

이런, 이 시끄러운 여자 때문에 성녀님이나 흑뢰희와의 관계가 미묘해져 버렸군.

그 기질과 성품을 보니 잘만 됐다면 도움을 받을 수 있었을 텐데. 뭐, 어느 정도 확증은 얻었다. 슬슬 적당한 시기겠지.

그건 그렇고, 아직도 주위 사람들이 본인에게 복종할 거라 생각하고 있다니…… 어리석음도 이 정도 되면 우스꽝스러울 정도군. 그로 인해 많은 인간들이 불행해졌으니 정말로 웃을 수는 없겠지만.

"세리아도트! 듣고 있는 겁니까!"

"하아아. 듣고 있네, 의장."

"그렇다면 빨리 대답을 하세요! 꾸물거리지 말고! 애초에 왜 그 아가씨들을 놓친 겁니까! 빨리 뒤를 쫓아가 붙잡으세요! 특히 흑묘족의 딸은 반드시 신병을 확보해야 합니다!"

"……좀 조용히 해라."

"뭐——?"

가볍게 어루만져줬을 뿐인데 의장 필리아는 그대로 의식을 잃었다. 역시 신체적인 능력은 높지 않은 듯했다.

"읏차."

나는 필리아를 어깨에 짊어지고 주위에 있던 병사들에게 명령을 내렸다. 본래 나에게는 지휘권이 없지만, 혼란스러운 탓인지 많은 병사들이 순순히 따라주었다.

"의장님은 좀 피곤하신 모양이다. 부상 상태도 봐야 해. 내가 방으로 데리고 가지. 그대들은 여기 있는 환자들을 해산시켜주게나."

"예, 예!"

다만 너무 혼란스러워서 움직이지 못하는 자도 있었다.

"그, 저, 저희는 어떻게 해야……."

"성녀님은 어디에……. 게다가 의장님은……."

뭐, 의장에게 이면이 있었다는 것을 쉽게 받아들이긴 어렵겠지.

"내가 의장에게 직접 이야기를 들어보마. 아까 의장은 제정신이 아니었으니 말이야. 그대들도 이제는 본인의 일만 생각하도록 해."

"……알겠습니다."

여기서 병사들이 폭주하면 치료원 전체 활동에 어떤 영향을 미칠지 알 수 없으니 말이다. 필리아에게 선동당한 시민들도 제압해야 하니 군인들은 자신들이 할 일을 해야 한다.

필리아가 눈을 뜨기 전에 병사들과 떨어뜨려 놓기 위해, 나는 필리아를 메고 개인실로 이동했다.

필리아를 침대에 눕히고 결계를 쳐 외부와 차단했다. 이것으로 목소리가 밖으로 새어나갈 염려는 없을 것이다.

"자, 그럼……."

조직의 정보를 얻기 위해 지금까지는 점잖게 행동해 왔지만, 그것도 이제 끝이다. 좀 거친 방법을 써서라도 이 녀석에게서 정보를 빼내야 했다. 나는 여전히 잠들어 있는 필리아의 몸을 건드려 기운을 불어넣었다. 가녀린 몸이 흠칫 떨리더니 곧 천천히 눈이 뜨였다.

"세리아도트……?"

"기분은 어때?"

"나는…… 아아! 그래! 그 계집애들! 세리아도트, 당신──."

역시 시끄럽구나. 꽥꽥꽥꽥, 발정난 고양이도 이보다는 덜 시끄럽지 않을까 싶은데.

“잠깐 입 좀 다물어.”

“뭘 웃고 있는 겁니까!”

“아아, 정말 시끄럽군.”

“세리아도트!”

“일단 좀 진정하게. 보기 흉할 정도야.”

내 말에 필리아는 더욱 얼굴을 붉히며 침대에서 일어나려 했다. 이쪽을 노려보며 여전히 상위자 행세를 하려 들었다.

“후우. 이제 네놈에게 맞춰주는 것도 지쳤어. 놀이는 이쯤 하도록 하지.”

나는 침대에서 내려선 필리아에게 다가가 그 배에 주먹을 박아 넣었다.

“우에엑!”

“이런, 더럽게.”

필리아는 몸을 기역자로 꺾은 채 위액을 토해내며 무너져 내렸다. 불규칙한 호흡을 반복하면서 통증에 몸을 떨고 있다. 상당히 봐줬는데도 이 모양인가.

“무, 무슨 짓을…… 본인이 무슨 짓을, 하고 있는지, 아는 겁니까!”

공포보다는 분노의 색이 짙게 깔린 눈빛으로 나를 올려다본 필리아가 회복 마술을 발동했다. 치유술 실력만큼은 훌륭하군.

“이런 짓을 하다니……! 그냥 넘어가지 않겠어요!”

“역시 시끄럽군. 뭐, 됐어. 그보다 그대에게 묻고 싶은 것이 있다."

"시, 시끄러워요! 누구 없어요! 배신자가 있어요!"

"아무도 못 들어. 결계를 쳐놨으니까."

마음을 꺾기 위해 일부러 내버려두자, 필리아는 가슴의 펜던트를 움켜쥐었다. 그리고 그곳을 향해 소리쳤다.

"세리아도트가 미쳤어요! 당장 구하러 오세요!"

"소용없어. 그 통화석도 내가 만든 것 아니냐? 무력화하는 것 정도는 식은 죽 먹기지."

"큭……."

조금만 생각해 봐도 알 수 있는 일인데.

"왜, 왜 배신을…… 계약은 반드시 지키는 모험가라고……."

"딱히 그런 건 아닌데 말이지. 내 쪽에서 계약을 파기한 상대가 이미 이 세상에 없거든. 그래서 알려지지 않은 것뿐이야."

돈에 까다롭고 어떤 계약이든 준수한다. 그 평판을 유지하고 있는 것은 그러는 편이 어둠의 조직에 접근하기 쉽기 때문이었다. 파기하는 것이 이득이 된다면 얼마든지 파기할 수 있었다.

"모, 목적이 뭐죠? 돈? 아니면 어딘가에 고용된 건가요?"

"둘 다 아니야. 의장, 혹시 로렐라이라는 종족에 대해 알고 있는가?"

"로렐라이? 환상이라고 알려진?"

"호오. 알고 있군."

로렐라이란 어떠한 이유로 멸망하여 지금은 환상이라고 불리는 종족이었다.

성인이 되어도 다른 종족들에게는 어려보이는 외모에 물고기

하체. 그리고 엘프를 쏙 빼닮은 귀와 금발, 긴 수명이 특징이었다. 인간화 스킬을 사용하면 많은 사람이 앳된 외모를 가진 엘프로 착각한다. 감정만 하지 않으면 엘프라고 속여서 사회에 녹아들 수도 있었다.

거기까지 설명하자 필리아에도 마침내 내 종족을 알아차린 듯했다. 눈을 부릅뜨며 놀랐다.

"그럼, 당신은……."

"그래. 로렐라이의 생존자지. 암노예들에게 멸망당한 불쌍한 종족의 몇 안 되는 생존자. 뭐, 그 암노예들에게는 죄가 없지만 말이야. 증오해야 할 존재는 그 뒤에 있으니까."

우리 로렐라이 나라는 암노예 상인 일당에 의해 멸망당했다. 종족이 완전히 끊긴 것은 아니지만, 본래도 소수밖에 없는 종족이었다. 지금은 얼마나 살아있는지도 알 수 없었다.

멸망했다는 소리를 들을 정도로 로렐라이의 수가 줄어든 이유는 바로 암노예 사냥 때문이었다. 어느 날 엄청나게 막강한 군세가 쳐들어왔고, 순식간에 우리 나라는 멸망했다. 나라라고 해도 크롬 대륙의 오지에 자리한 작은 호수였을 뿐이지만.

많은 이들이 암노예로 구성된 군세와 싸우다 비참한 죽음을 맞이했고, 남은 자들은 붙잡혀갔다. 나라에서 무사히 도망친 자는 채 열 명이 되지 않았다.

암노예를 이끌고 있던 것은, 지금의 나조차 발밑에도 미치지 못할 정도로 강한, 독을 조종하는 사내였다. 하지만 내 가족에게 손을 댄 녀석을 용서할 수는 없었다.

나는 아직도 붙잡혀 있는 동족들을 구하기 위해, 증오스러운 독의 사내를 찾기 위해 모험가로 활동하고 있다. 각지를 떠돌며 로렐라이를 찾아내 도와주는 것을 반복했다. 돈에 까다롭다는 말을 듣는 것은 동족을 되사올 돈이 필요하기 때문이었다.

나라가 멸망한 후 노예 사냥꾼을 피해 몸을 숨기면서, 흉악한 독에 감염된 몸을 치유하고 자신을 단련하는 데 30년이 걸렸다. 그 사이에 정식 노예가 된 자들도 많았다. 억지로 되찾을 수도 없었으니 돈을 모으는 것 말고는 방법이 없었다.

문제는 암노예로 잡혀 있는 자들이었다. 그 긴 수명으로 인해 특정 국가나 조직, 귀족 가문 등에 아직 예속되어 있는 동족이 소수이긴 해도 있었다.

그런 자들의 정보를 모으려면 비합법적인 소식과의 접촉도 필요했다. 그렇기에 돈에 까다롭고, 그것을 위해서라면 뒷거래 의뢰도 받는다는 소문이 돌게 되었다. 골디시아 대륙에 온 이유는, 자신이 처치한 암노예 상인에게서 동족을 이 대륙에 팔았다는 정보를 들었기 때문이었다. 원래도 암노예 상인들의 조직에 대해 알기 위해서는 그들이 많이 모이는 이 대륙에 한 번쯤은 올 필요가 있다고 생각하던 참이었다.

간간이 들려오는 성녀에 대한 소문도 이유 중 하나였다. 로렐라이족은 태어난 그 순간부터 노래를 시작한다고 알려져 있을 정도로 음악에 뛰어난 종족이었다. 그 노랫소리는 정령을 감동시키고, 연주하는 악기는 천상의 음색이다. 심지어 외모까지 아름답다면 노예로서의 가치는 헤아릴 수 없을 것이다.

성녀의 소문을 듣고 어쩌면 동족이 아닐까 생각했다. 내 예감은 절반은 맞았다.

성녀는 순혈 로렐라이는 아니었다. 몇 대 전에 우리의 피가 섞인 것 같지만, 지금은 거의 인간에 가까웠다. 다만 그 음악적인 재능은 로렐라이족과 맞먹을 정도를 넘어서서 우리를 능가했다.

로렐라이인 나조차 황홀해질 정도로 최고의 연주자이자 최고의 가수였다. 한번 제대로 그 연주를 들어보고 싶었다.

보기 싫은 여자의 호위를 맡은 보람은 있었는지, 암노예 상인에 대한 정보도 어느 정도 모을 수 있었다. 필리아는 내가 눈치채지 못했다고 생각해서 제멋대로 굴고 다녔지만, 결계 마석을 멋대로 빼돌려 여기저기 뿌리고 다닌다는 것은 이미 알고 있었다.

그 결계를 통해 얻은 정보는 내 귀에도 들어오기 때문이다. 덕분에 귀가 솔깃한 정보들을 몇 가지나 얻게 되었다. 특히 미쳐버린 용인왕에 관한 이야기는 무척 도움이 되었다.

물론 몇 가지 오산도 있었지만 말이다. 특히 타인을 조종하는 마도구의 존재는 나조차 알지 못했다. 이런 바보 같은 여자도 다른 사람에게 알려지는 것은 위험하다고 생각해서 숨겨둔 모양이다. 도대체 어디에 숨겨뒀는지는 알 수 없지만…….

이 탑에는 아주 오래 전부터 존재하는 숨겨진 방이 존재한다고 하는데, 그곳에는 내 결계 마석이 설치되어 있지 않았다. 애초에 상당한 고도의 마술로 방어가 되어 있어 굳이 필요가 없었던 탓이다. 그 방의 내부 정보는 나도 알아낼 수 없었던 것을 보면 아마 마도구도 그곳에 숨겨져 있을 것이다.

"자, 몇 가지 물어보고 싶은 것이 있는데, 이야기를 들어볼까?"

"……흥."

"큭큭큭. 내가 암노예 상인과 연결된 상대에게 상냥하게 대할 거라 생각 마라. 이렇게 보여도 장수종이니 말이야. 무수한 경험을 해 왔지. 몸으로 이야기를 듣는 기술은 제법 익혔어."

"……윽."

내 위협에 필리아가 겁먹은 표정을 지었다. 이 여자, 역시 어리석다. 여기서 겁을 먹을 거라면 애초부터 낑낑거리며 짖지 말았으면 좋았을 것을.

"게다가 그대…… 로렐라이를 산 적이 있지 않느냐? 일부러 장부에 남겨두다니 참 꼼꼼하기도 하지."

"제, 제 방에 들어간 건가요……?"

"자기 결계를 해제하는 일은 식은 죽 먹기니까. 자유롭게 드나들 수 있었지."

암노예가 된 자들의 계약서도 이미 회수가 끝났다. 이 녀석을 움직이게 하기 위함이었다고는 해도, 암노예가 된 자들을 그대로 놔두는 것은 정말이지 고통스러웠다. 당장이라도 풀어주고 싶었다.

"그럼 이제 내 동족을 어떻게 했는지…… 어떤 방법을 써서든 들어봐야겠어."

"히익!"

이런, 그 정도로 무서운 얼굴을 하고 있었나? 동족을 생각하면 나도 모르게 폭주해 버리는 것이 내 나쁜 버릇이다.

"알고 있는 암노예 상인의 정보에 대해 전부 말해라. 그 외에는 그대가 살아남을 방법이 없다는 깨닫는 게 좋을 거야. 내가 고용된 그 짧은 기간에도 그대는 요란하게 움직여댔다. 설마 아무것도 모른다고 하지는 않겠지?"

"히이이이익……!"

가볍게 쓰다듬어준 것만으로도 정보를 술술 불기 시작하는 필리아. 하지만 그 정도로 쉽게 넘어가줄 마음은 없었다. 진실을 말하고 있는지 아닌지 제대로 확인해야 하니까 말이다. 꼼꼼하고 신중하게 필리아의 몸으로 이야기를 들었다.

15분 정도 지나자 원하는 정보는 대부분 손에 들어왔다. 정말 연약한 여자로군.

"아, 아아아……."

넋이 나간 얼굴로 바닥에 쓰러져 있다. 뭐, 아픔을 증폭시켰으니 당분간은 저 상태일 것이다. 극심한 통증으로 인해 회복 마법도 제대로 쓰지 못하는 것 같고.

"역시 모험가 길드도 암노예 상인과 이어져 있었나."

청묘족을 여럿 거느린 모험가 길드는 절호의 은신처다. 다소나마 접점이 있을 거라고 생각하긴 했지만, 길드 마스터가 관여하고 있을 거라고는 생각하지 못했다. 그리고 용왕회라니. 수인회가 본거지라고 생각했는데 용인들이 흑막이었을 줄이야……. 무슨 일을 꾸미고 있는지는 모르겠지만 접촉해 볼 필요는 있었다.

얻은 정보를 정리하는 사이 큰 충격이 탑을 덮쳤다.

"뭐지……?"

창문으로 밖을 바라보았다. 그러자 외벽 일부가 크게 무너져 있는 것이 보였다.

"저건! 무슨 일이 일어난 거냐!"

"히히히……. 벽을 부숴버렸어요! 어떻게 돼 있을까요? 여기서는 보이지 않지만 분명 재미있는 광경이 펼쳐져 있겠죠!"

"그대! 진심으로 항마를 불러들일 작정인가……!"

자칫하면 이 도시 자체가 멸망할 수도 있다고!

"히히히히히! 다 죽어버리라고 해요! 날 성녀로 숭배하지 않는 것들은 필요 없어요!"

이대로는 위험하다! 성녀님도 의장도 없는 상황에서는 치료사들이나 병사들이 조직적으로 움직일 수 없다. 간단하게라도 지휘를 해야 하는데…….

나는 필리아의 손발을 묶은 뒤 침대 위로 던져놓았다.

"거기서 얌전히 있거라. 결계가 있으니 방 밖으로는 도망칠 수 없을 것이야."

"아하하하하하하하하하하하하하하하하하하하하하하하……!"

"……흥."

미친 듯이 계속 웃어대는 필리아를 남겨두고 1층으로 서둘러 내려갔다. 내가 조금만 더 잘했더라면……! 에잇! 대체 언제까지 후회만 할 거냐! 성장하지 못한 내가 싫어지는구나!

*

프란이 모험가 길드에 도착하자 그곳에는 많은 모험가들이 모여 있었다. 습격 사건을 지금 알게 된 사람도 많은 것인지 변해버린 모험가 길드의 모습에 다들 망연자실한 얼굴이었다.

그런 모험가 중 한 명이 프란을 알아보고 허둥지둥 다가왔다.

"흑뢰희 누님!"

여기서도 누님이라고 부르는 건가. 아마도 용인들의 습격 사건

때 길드에 있던 모험가겠지. 그 전투를 보고 프란의 동생을 자청한 모양이다. 어쩌면 모르는 사이에 동생이 늘어나 있을지도 모르겠네.

"소피는?"

"벽 붕괴 현장으로 갔습니다! 항마의 침입을 막겠다고……."

첫 번째 폭발 직후에는 소피가 먼저 움직인 모양이었다.

우리도 뒤를 쫓으려고 하는데, 그 전에 새로운 무리가 달려왔다. 10명 정도 되는 모험가로, 선두에 있는 장년의 남자는 문관풍의 옷을 입고 있었다.

"이, 이게 무슨 일이야! 본부가!"

"서브 마스터! 충격받은 마음은 알겠지만 지시를 내려야 합니다!"

"시, 시끄러워! 알고 있다고!"

아무래도 이 길드의 서브 마스터인 모양이다. 평소에는 센디아 내에 있는 지부에서 일하고 있는 것일까. 서브 마스터가 거만한 태도로 모험가들에게 말을 걸기 시작했다. 여기는 이 아저씨한테 맡겨도 되려나. 하지만 역시 아무 말도 없이 떠날 수는 없었다. 일단 프란은 고위 모험가니까.

"서브 마스터?"

"음? 너는…… 흑뢰희인가?"

"응."

"오, 다행이군! 신은 아직 나를 버리지 않았구나!"

프란을 자신의 지휘 아래에 둘 마음으로 가득해 보였다. 성큼성큼 다가온 서브 마스터가 프란의 어깨를 탁 잡으려다가 피한 탓에 휘청이고 말았다.

"뭐, 뭐 하는 거냐!"

"내가 할 말."

"끄응. 뭐, 상관없다! 넌 여기서 나를 지켜라!"

"응? 여기서?"

"그래!"

프란의 의문에 서브 마스터는 고개를 크게 끄덕였다. 최고 전력인 프란을 여기에 붙잡아둔다고? 어딘가가 위기에 빠졌을 때 구조 전력으로 쓰려는 건가? 하지만 그것도 아니었다.

"용인들이 길드를 덮쳤다고 하지 않나! 수인들도 믿을 수 없다. 내가 죽어버리면 모험가 길드를 이끌 사람이 사라진다고. 그렇게 되면 대혼란이 벌어질 거다! 그것만은 막아야 해! 너에게는 나를 지킨다는 중책을 맡기겠다! 반드시 나를 지켜라! 다른 어중이떠중이 놈들은 무시해도 돼!"

그냥 자신의 목숨이 아까웠던 것뿐이다. 자기만 살겠다는 마음이 줄줄 새어나왔다.

『이 도시 길드에는 제대로 된 윗사람이 없나?』

'응. 이 녀석 싫어.'

『나도.』

하지만 이 명령을 '싫다'는 이유만으로 거절하기는 어려웠다. 모험가에게는 위급 상황에 길드의 지시를 따라야 한다는 최소한의 원칙이 있었기 때문이다. 전쟁 참가 의무는 없지만 체류 중인 도시가 도적이나 몬스터에게 습격당했을 때는 방위에 참가해야 한다. 그것이 길드 마스터의 사리사욕을 채우기 위한 명령이라고 생각되면 거절할 수도 있겠지만…….

길드 지휘 계통의 혼란을 막기 위해 최고 책임자를 지키라는 명령은, 내키지는 않지만 납득은 가는 명령이었다. 이를 거절하면 두고두고 문제가 될 수도 있었다. 시시한 일이라고는 생각하지만, 설령 거절한다 해도 말을 신중하게 골라야 했다.

"나는 공격은 잘하지만 지키는 건 서툴러. 못해."

"이명을 가진 자가 무슨 소릴 하는 거냐! 내 호위를 맡길 수 있는 자는 너밖에 없다!"

"호위도 서툴고, 덮쳐오는 상대에게서 서브 마스터를 지킬 자신이 없어. 그러니 여기 있는 모험가들을 호위로 삼아."

"끄응. 하지만……."

"많은 사람이 지키는 편이 더 나아. 유능한 서브 마스터라면 알잖아?"

"뭐, 뭐어 모르는 건 아니지! 난 유능하니까 말야!"

"응. 그러니까 난 항마를 요격하러 갈게."

"잠깐, 잠깐!"

변명에 아첨까지 더해 구워 삶아보았지만, 이 정도 변명으로는 안 되는 건가. 돌아서려던 프란을 서브 마스터가 황급히 붙잡았다. 어쩔 수 없지. 다른 방면에서 접근하자.

"나는 현재 최고 전력."

"그래, 맞는 말이다! 그렇기 때문에 나를 지켜야지!"

"그 최고 전력을 아끼다가 도시에 피해가 나면 서브 마스터의 책임 문제가 될지도 몰라."

"뭐, 뭐?"

알기 쉽게 안색이 변한다. 이런 타입에게는 가장 듣기 싫은 말이겠지.

"서브 마스터가 몸을 사린 나머지 최고 전력을 내지 않았다. 항마의 피해가 커진 건 서브 마스터 책임이다. 그런 말을 들을지도 몰라."

"그, 그런 일은……."

"있을 수 있어. 저 벽을 넘어서 항마가 올지도 몰라. 프레알이 죽었으니까 모든 책임은 서브 마스터 탓이 돼."

"자, 잠깐! 프레알 님이 정말 죽은 건가?"

아아, 그런 거였나. 이 녀석, 프레알이 어딘가에 숨어 있다고 생각했나 보네. 그래서 무슨 일이 생겨도 프레알이 책임을 질 것이라 쉽게 생각하고 있었던 것이다.

"응. 진짜야. 이거."

"저, 저저, 정말로 죽었잖아! 용인에게 살해당했다는 말이 사실이었나!"

프레알의 시신을 꺼내 보이자 서브 마스터가 소리를 질렀다. 시체에 익숙하지 않은지 기겁할 정도로 놀라고 있었다. 그 탓에 주위의 시선이 일제히 이쪽으로 쏠렸다. 여기서 용인에 대한 증오를 부추기는 식으로 이야기가 흘러가면 위험했다. 진실을 다 말할 수도 없었다. 필리아가 나쁘다고 말해 버리면 치료원과도 마찰이 생길지도 모른다.

프레알의 방식을 흉내내는 것 같아 싫었지만, 어느 정도의 속임수는 필요했다. 지금만은 일치단결해야 한다.

"반은 진짜."

"무슨 말이지?"

"범인은 용인이지만, 용왕회에게 잘못을 뒤집어씌우려 한 흑막이 있어."

"그게 무슨 말이야?"

"나도 자세히는 몰라. 하지만 용인 모두가 적인 건 아니야. 오히려 용인도 피해자."

"으음, 바로 믿기는 힘들지만……."

서브 마스터 입장에서는 황당무계한 말처럼 들릴 것이다. 용왕회가 패권을 차지하기 위해 날뛰고 있다고 하는 편이 그나마 더 납득하기 쉬울지도 모른다.

하지만 강자인 프란의 말이었기에 섣불리 거짓이라고 단정할 수도 없는 것일까. 머리를 싸매고 있었다.

"아무튼 나는 전장에 나갈게. 호위는 다른 사람에게 부탁해."

"뭐?"

서브 마스터가 혼란스러워하는 틈을 타서 가버리자. 프란은 프레알의 시체를 수납하고는 재빨리 길드를 뛰쳐나왔다.

그리고 벽의 갈라진 틈을 향해 달려갔다. 도시 안은 대혼란이 벌어져 사람들도 모두 우왕좌왕하고 있었다. 다만 이 정도는 그나마 나은 편이었다. 항마가 침입이라도 한다면 아비규환의 대혼란이 벌어질 것이 눈에 선했다.

어떻게든 항마의 진군을 막아야 했다.

가까이 다가가자 아직 전투는 벌어지지 않은 듯했다. 하지만 그것도 시간문제였다. 항마는 인간과 같은 사고를 하지는 않지만, 기회라고 판단하면 반드시 움직이기 때문이다.

『서두르자. 모험가 길드도 치료원도 제대로 움직이지 못하는 이상 방어 전력이 어떻게 될지 알 수 없어.』

"응!"

지붕 위를 뛰듯이 달려가는 프란. 먼 곳에서 가로로 긴 흙벽이 솟아 있는 것이 보였다. 누군가가 대지 마술로 벽의 구멍을 막고 있는 것 같았다. 높이는 5미터 정도. 구멍의 절반도 채 덮지 못했지만 조금이라도 항마의 침입 경로를 좁히려는 거겠지.

하지만 새로 만들어진 벽은 곧 자취를 감춰버렸다.

엄청난 수의 마력탄이 날아들며 순식간에 벽을 파괴한 것이다. 보아하니 밀려든 항마 중에는 궁사형도 많았다. 저래서는 우리가 똑같이 벽을 만든다 해도 금방 파괴될 것이다.

『정말 코앞까지 와 있구나!』

벽 구멍 앞에 다다르자 이쪽을 향해 밀려드는 검은 파도가 보였다. 대지를 뒤덮은 항마의 물결이었다.

"저기 소피가 있어!"

『이미 만신창이잖아!』

소피가 항마와 싸우고 있었다. 악기를 연주하는 것이 아니라 강사 같은 것을 이리저리 조종하여 항마를 갈기갈기 찢고, 때로는 하프의 현을 튕겨 충격파 같은 것을 쏘아 항마를 날리고 있었다.

그런 소피는 혼자였다. 모험가나 무법자도 조금씩 모여들고 있지만, 소피를 도와줄 정도로 강한 자는 없었다. 이들은 무너진 벽 앞에 진을 치고 횡아에서 분투하는 소피를 엄호하기 위해 노력했다. 하지만 효과가 있다고 보기는 어려웠다. 그만큼 항마의 압력이 거셌다.

"소피! 교대! 물러나서 쉬어!"

프란은 발을 멈추지 않고 뛰쳐나가 소피 주변에 있던 항마들을 마술로 날려버렸다.

우리의 치유 마술로 회복한 소피는 안심한 얼굴을 했지만 물러설 기미는 보이지 않았다.

"프란……! 괜찮아! 전위는 맡길 테니까 엄호는 나한테 맡겨!"

"……응."

프란은 잠시 주저했지만 결국 고개를 끄덕였다. 마음 같아서는 소피가 완전히 물러났으면 좋겠지만, 지금 이런 상황에서 그녀가 휴식을 취할 수 없다는 것도 알고 있었다. 애초에 프란도 본래의 컨디션이 아니다. 소피의 엄호가 있는 편이 더 나은 것도 사실이었다.

"하지만 조금 더 물러서. 휘말릴지도 모르니까."

"알았어."

소피와 교대하듯 자리를 바꾼 프란이 돌격했다. 그런 프란을 보호하듯 아름다운 음색이 울려 퍼졌다. 마치 개울가의 물소리처럼 부드럽고 상쾌하고 잔잔한 음색.

수수하다는 느낌마저 드는 그 곡의 효과는 소리의 잔잔함과는 반대로 절대적이었다.

"역시 소피는 대단해."

"웡!"

프란의 움직임이 눈에 띄게 좋아졌다. 소피의 마곡으로 인해 프란의 힘의 소모가 줄어든 것이다. 게다가 소피의 엄호는 한 번으로 끝나지 않았다. 곡조가 아닌 커다란 현의 소리가 일정한 간격으로 연속으로 흘러나왔다.

"이거라면, 할 수 있어!"

『프란도 멀쩡한 상태가 아니잖아! 무리하지 마!』

"하지만 여기서 뚫리면 많은 사람들이 죽어."

『그건 그렇지만…….』

"괜찮아. 반드시 원군이 올 거야. 그러니까 그때까지는 내가 여길 지킬게. 스승, 울시. 힘을 빌려줘."

프란이 진지한 얼굴로 항마를 바라보았다. 그 얼굴에는 강한 각오가 서려 있었다.

이런 표정을 지은 프란은 절대 물러서지 않는다. 그렇다면 나는 그것을 받쳐줄 뿐이다.

『나는 프란의 스승이자 검이야. 힘을 보태주는 건 당연하잖아?』

"웡!"

"소피가 아끼는 이 도시를 반드시 지키겠어."

『그래!』

우리는 빠르게 돌격해 오는 항마의 대군을 향해 범위 마술을 퍼부었다. 광범위하게 흩뿌려진 화염과 뇌명이 항마를 100마리 이상 소멸시켰다. 대군의 한쪽에 뚫린 구멍은 곧바로 뒤에서 밀려 온 항마에 의해 묻혀 버렸지만, 이건 이미 예상하고 있던 일이었다.

화염이니 뇌명 같은 화려한 마술을 써서 전투가 시작되었음을 센디아 전역에 알리는 것이 진짜 목적이었다. 이제는 지원이 올 때까지 버티는 일만 남았다. 아무리 필리아의 계략으로 인해 내분이 벌어졌다고 해도, 수인회도 모험가 길드도 다른 조직도 벽의 붕괴를 가만히 보고만 있지는 않을 것이다.

"흐랴아앗!"

"가르르르!"

프란과 울시는 항마의 무리에 돌진하여 미친듯이 날뛰었다. 주변에 아군이 없었기에 마음껏 공격을 퍼부을 수 있었다. 오히려 두 사람에게는 어설픈 원군이 없는 편이 싸우기는 더 쉬울지도 모른다.

하지만 그렇게 말할 수 있는 것도 처음뿐이었다. 카스텔 방어전에서도 동료들이 없었다면 확실히 졌을 것이다. 당연하지만 물량으로 밀고 들어오는 상대에게 소수로 맞서는 것에는 한계가 있었다.

애초에 지금은 프란을 배제하기 위해 항마 전체가 발을 멈추고 있었다. 그러나 프란을 감당하기 어렵다고 판단하면 일부 발을 묶어둘 인원만 남겨둔 채 우회하여 도시로 향할 것이다. 이 습성도 카스텔에서 배운 것이었다.

그럼에도 프란은 계속 싸웠다. 이 도시를 사랑하는 친구가 슬퍼하지 않도록. 항마의 움직임이 변화하면 그때 다시 생각하면 된다.

"샤아아아악!"

"타앗!"

"시이익!"

"가르르릉!"

『가까이 오지 말라고!』

여기서부터는 마술도 자제하고 오로지 검만 휘둘렀다. 마력 강탈로 항마의 힘을 빼앗으면서 장기전을 각오한 싸움 방식이었다.

울시도 화려한 기술이나 전이는 자제하고 앞발과 송곳니를 이용한 싸움만 하고 있었다. 당연히 상처는 입었지만, 항마를 먹어치워 마력을 흡수하고 그것을 재생으로 돌리고 있는 듯했다. 포식 회복 스킬 덕분이었다. 항마는 씹으면 소멸하지만 포식 회복을 발동하면서 물면 소멸 직전 그 마력을 조금이나마 흡수할 수 있었다.

무한하게 밀려드는 항마의 파도를 뚫고 나가며 계속 싸웠지만, 점차 소모가 심해지고 있었다.

원군은 아직 안 온 건가? 무시한 벽 위에 있는 모험가들의 대화에 귀를 기울였다. 그들이라면 나가오는 원군을 볼 수 있을 데니까.

"길드에서 오는 인원은?"

"없어. 각 문으로 파견하느라 정신없나봐. 용인이 수상한 움직임을 보이고 있어서 길드 방어도 소홀히 할 수 없다는 것 같아!"

"칫! 용인도 수인도 코빼기도 안 보이고! 어떻게 된 거야!"

역시 그 정도의 설명만으로는 용왕회를 향한 의심을 불식시키지 못한 건가! 수인회나 다른 무법자들도 움직임이 둔했다. 그쪽에도 필리아의 손길이 뻗친 것일지도 모른다.

개별적으로 조금씩 사람들이 모여들고 있었지만, 이곳을 지켜낼 만한 충분한 전력이 있다고는 보기 어려운 상황이었다.

『젠장!』

"으아!"

『프란!』

'괜찮아.'

본래의 컨디션이 아닌 탓도 있어 프란이 호흡이 조금씩 거칠어지고 있었다. 움직임이 둔해지면 당연히 맞는 횟수도 늘어나고, 그것을 회복하기 위한 마력 소비도 늘어난다. 카스텔에서의 싸움과 마찬가지로 엄습하는 항마의 격이 조금씩 올라가며 강해지는 것도 번거로웠다.

『프란! 힘내!』

"응……!"

여기서 등을 돌릴 수는 없었다. 현재로서 프란을 대신할 수 있는 사람은 없었다. 우리가 물러나서 쉬어버리면 그 사이에 뚫려버릴 것이다.

벽 위에서 산발적으로 원거리 공격을 날려오는 자들도 있었지만, 솔직히 말해 밑 빠진 독에 물 붓기나 다름없었다.

다만 함께 싸울 동료가 있다는 사실이 프란의 사기를 조금 더 올려주었다. 소수라도 엄호해 주는 자가 있다는 것만으로도 프란의 마음은 꺾이지 않을 수 있었다.

그때, 울시가 움직였다. 갑자기 그 몸을 거대화시킨 것이다.

『울시! 커지면 안 돼! 표적이 된다고!』

"그르ㅇㅇㅇㅇㅇㅇ!"

내가 소리쳤지만 울시는 거대화를 풀지 않았다. 길이 10미터가 넘는 거대 늑대를 향해 항마들의 공격이 집중되었다. 울시는 온몸에 암흑 마력을 휘감아 방어력을 높였지만, 대미지가 아예 없을 수는 없었다. 그럼에도 울시는 그대로 돌진해 항마들을 앞발과 송곳니로 짓밟아 나갔다.

울시의 마음이 전해졌다. 한계에 달한 프란을 조금이라도 쉬게 해 주려는 것이었다.

『프란. 이 틈에 물러나자. 포션을 마시고 밥으로 배를 채워!』

“울시를 도와야 해!”

『울시가 저렇게 싸우는 건 프란을 쉬게 하기 위해서야! 그 노력을 헛되게 하지 마!』

“울시…….”

『생명 마술로 체력 소모를 조금이라도 치유해. 벽 앞까지 돌아가자.』

“알았어.”

고개를 작게 끄덕인 프란의 시선 끝에는 마포형의 공격을 받고 피를 흘리는 울시가 있었다. 그럼에도 프란은 더 이상 도와주러 돌아가겠다고는 말하지 않았다.

“힘내, 울시.”

프란이 기도하듯 중얼거렸다. 그 목소리에 응답하는 것처럼 울시가 크게 포효했다.

“그아아아아아아아!”

최대 사이즈가 된 울시가 항마와 치열한 싸움을 이어갔다. 황야 일대를 침식한 채 적을 향해 몰려드는 항마. 그리고 그 항마의 대군에 둘러싸이면서도 싸움을 이어가는 칠흑의 거대 늑대.

마치 개미가 거대한 사냥감에 몰려드는 것처럼 보였다. 서로의 생존을 건 치열한 공방은 무심코 넋을 놓고 바라볼 정도로 처절하고 압도적인 광경이었다.

조금만 방심해도 순식간에 삼켜질지도 모르는 항마의 파도에 맞서 울시는 한 발짝도 물러서지 않고 계속해서 저항했다. 울시가 앞발을 휘두르면 10마리의 항마가 날아가고, 송곳니를 번뜩이면 10마리의 항마가 그 입에 삼켜졌다.

"울시, 멋있다."

『그러게.』

이 얼마나 듬직한가. 하지만 동시에 초조함도 느껴졌다. 울시도 멀쩡한 상태가 아니었기 때문이다. 점차 대미지가 쌓여가는 것이 보였다. 그럼에도 울시는 전의를 잃지 않고 계속해서 항마를 쓸어버리고 있었다.

모든 것은 프란을 위해. 프란에게 잠시나마 휴식을 주기 위해서였다.

그 마음에 부응하기 위해 나는 프란의 마사지를 계속 이어갔다. 은밀을 이용해 땅에 엎드린 프란에게 회복 마술과 생명 마술을 흘려보내면서 염동으로 마사지를 했다. 동시에 주먹밥과 주스를 건네주며 허기를 채우게 했다. 사소한 일이지만 이 휴식 덕분에 이후의 전투 지속 시간이 몇 단계는 늘어날 것이다.

"가르으으으우우우우!"

"울시 굉장해!"

『그러게!』

지금까지도 충분히 대단했지만, 울시가 한층 더 기어를 올렸다. 눈에 보일 정도로 짙은 마력을 몸에 휘감고는 항마의 대군을 몸통 박치기로 밀어붙이기 시작한 것이다. 몇몇 항마가 자신을 우회해 가려는 움직임을 감지한 탓이었다. 다시 한번 자신에게 시선을 집중시키기 위해 힘의 소모를 각오하고 전력을 쏟아붓고 있었다. 그런 보람이 있었는지, 항마들이 울시에게 격렬한 공세를 퍼부었다.

'스승, 아직?'

『거의 다 됐어. 진정해.』

'응…….'

프란의 걱정스러운 표정도 이해가 갔다. 항마의 공격이 더욱 집중되면서 울시가 흘리는 피의 양이 늘어나고, 대지가 붉게 물들어가는 것이 한눈에 보였다. 프란이 울시를 지켜보는 와중에도 나는 생명 마술에 집중했다. 회복 마술만큼의 즉효성은 없지만 회복 효과는 매우 높았다.

『후우…… 좋아! 됐어!』

"응!"

내 말이 끝나자마자 프란은 나를 쥐고 초속으로 뛰쳐나갔다.

땅을 기어가듯 달리면서 나를 쥐었다.

"하아앗! 울시에게서 떨어져!"

『으랴아압!』

프란의 검기와 내 마술이 울시 주위에 있던 항마를 소멸시켰다. 한순간에 생겨난 공백 지대. 나와 프란은 그곳으로 파고들었다.

『울시! 이번엔 네가 쉴 차례다! 상처를 치유해!』

"웡!"

『그리고 이거 받아!』

"웡웡!"

내가 수납 공간에서 내던진 것은 멧돼지 통구이였다. 당연히 평범한 멧돼지가 아니라 길이가 5미터나 되는 마수 멧돼지였다.

울시 식사용으로 확보해 둔 것인데 여기서 도움이 될 줄은 몰랐네. 울시는 공중에서 그 통구이를 낚아채 낙하하는 기세 그대로 자신의 그림자로 사라졌다. 그림자 속에서 식사 시간을 편히 즐겨줘.

『울시가 그림자 속에서 쉬는 동안 이번엔 우리가 항마를 유인하자.』

"응!"

휴식으로 몸이 가벼워졌는지 프란은 춤을 추듯 날아다니며 항마들을 베어 나갔다.

슬슬 프란과 울시가 항마의 무리에 돌격한지 30분은 지났을 것이다. 시간상으로는 원군이 도착해도 이상하지 않았다. 하지만 인간이 달려오는 기척은 느껴지지 않았다.

혹시 필리아가 무슨 짓을 한 건가? 다른 곳에서도 소란을 일으켰나? 정말로 원군은 안 오는 건가?

내 불안감이 커지기 시작한 그때였다.

"괜찮아. 소피가 도와준다면 나는 더 싸울 수 있어."

『프란…….』

프란이 강한 의지가 담긴 눈으로 그렇게 중얼거렸다. 프란은 조금도 포기하지 않았다.

그런 프란의 중얼거림 직후, 소피가 연주하는 음악이 더욱 강하고 격렬해졌다. 그녀의 예리한 청각이 프란의 중얼거림을 제대로 포착한 것이다.

프란은 뒤를 돌아보지 않았다. 하지만 그 등에는 소피의 마음이 확실하게 닿고 있었다.

두 소녀가 포기하지 않고 이렇게 싸우고 있는데 내가 나약해지면 어쩌자는 거냐!

"간다!"

『그래! 나도 최대한 쥐어짜 볼게!』

그리고 프란은 다시 한번 항마의 군세 속으로 파고들었다.

거기서 더더욱 치열한 싸움이 벌어졌다. 베고, 베이고, 때리고, 맞고.

소피가 연주하는 곡을 등에 업고 프란과 울시는 계속 싸웠다.

5분. 10분. 30분――.

"흐랴아아아아아!"

"그으으으아아!"

프란의 우렁찬 외침과 울시의 포효가 전쟁터에 울려 퍼졌다. 힘찬 외침이지만, 그런 강한 목소리를 내서 힘을 끌어올려야 할 정도로 프란 일행은 궁지에 몰려 있었다. 기합만으로는 어떻게 할 수 없을 정도로 항마의 압력은 계속 증가하고 있었다. 대량의 상위종이 섞이기 시작했다.

프란과 울시도 끊임없이 적들의 공격에 피를 흘리고 있었지만, 그럼에도 싸울 수 있는 것은 소피 덕분이었다. 그녀가 끝없이 회복의 노래를 연주해 주는 덕분에 프란과 울시는 소모를 억제하며 움직일 수 있었다.

처음에는 느린 곡이었지만, 지금은 빠른 템포의 곡으로 바뀌어 있었다. 이미지로 보면 느린 왈츠에서 검무로 바뀐 느낌이랄까.

이쪽의 곡이 즉효성이 있는지 체력이나 마력의 회복 효과가 높았다. 항시 높은 수준의 회복과 강화 마술을 받고 있는 상태였다.

원군도 거의 없이, 그럼에도 프란 일행은 계속 싸웠다. 절망적인 상황에서도 의욕은 아직 지속되고 있었다. 새삼 프란도 울시도 소피도 존경스러웠다. 이거라면 아직——.

하지만 균열은 갑자기 찾아왔다.

띠리이이잉!

갑자기 힘을 실어주던 음악이 끊기고, 아마추어가 기타를 쥐어뜯는 것 같은 격렬한 불협화음이 울려 퍼졌다.

황급히 소피의 상태를 확인하자 오른손을 잡은 채 몸을 웅크리고 있었다. 그 손에서 엄청난 양의 피가 흘러나왔다.

거기서 깨달았다. 이것은 당연한 일이다. 그렇게 격렬한 곡을 장시간 연주하는 것은 연주자에게 엄청난 부담을 줄 수밖에 없었다. 게다가 평범한 곡이 아니라 수준 높은 마곡이다.

마력과 손가락. 양쪽에 엄청난 양의 부하가 걸린 거겠지. 소피가 곧바로 자신의 허리에서 작은 병을 꺼내 손에 뿌리는 것이 보였다. 피는 일단 멈춘 것 같지만…….

띠딩, 띵…….

연주가 제대로 되지 않고 있었다. 뚝뚝 끊기는 소리만 들릴 뿐 특수한 효과는 발생하지 않았다. 상처는 회복해도 피로가 가시지 않은 것이다.

"소피, 무리하지 마!"

프란이 그렇게 외쳤지만 소피는 고개를 저으며 하프를 계속 연주하려 했다. 자신의 엄호가 사라지면 프란과 울시가 더는 싸울 수 없다는 것을 알고 있기 때문이었다.

"아직 멀었어! 난 할 수 있어! 해야만 돼!"

격렬하게 움직이는 소피의 손가락에서 핏방울이 흩날렸다. 손가락이 떨어져나가는 한이 있더라도 곡을 연주하겠다는 무시무시한 각오가 느껴졌다.

하지만 그런 소피의 손에 누군가의 손이 살짝 얹어지며 움직임이 멎었다. 소피의 피 묻은 손을 막은 것은 프란이 아니었다. 새로 나타난 사람의 그림자였다.

"성녀님, 프란의 엄호는 저희에게 맡기고 잠시 쉬십시오."

"네?"

갑자기 나타난 검은 옷을 입은 반룡인이 소피의 무모한 행동을 막아주었다. 적이 아니다. 소피 옆에 등장한 것은 프레드릭이었다. 그림자 마술로 전이해 온 것 같았다.

이어서 무수한 수탄이 전장에 쏟아지며 프란의 주변에 있던 항마들을 날려버렸다. 그 마술을 사용한 주인은 날개를 접더니 프란을 감싸듯 그 앞에 착지했다.

"베르메리아!"

"프란. 저도 싸우겠습니다!"

물 마술을 날려 프란을 도와준 것은 하늘색 머리를 포니테일로 묶은 반룡인의 소녀, 센디아에서 수행을 쌓고 한층 더 강해진 베르메리아였다.

아니, 그나저나 엄청나게 강해졌네! 재회했을 때도 느낀 거지만 지금 그 공격을 보고 더욱 확실하게 깨달았다. 신룡화했을 때와는 비교할 수 없지만, 만났을 때의 베르메리아와 비교하면 눈에 띄게 성장했다.

이전 상태가 랭크 C 모험가의 하위에 해당했다면 지금은 최소한 랭크 B 클래스는 되었다. 단기간에 이렇게 강해질 수 있다니 놀라웠다. 프레드릭도 마찬가지다. 이전의 프레드릭은 강한 스킬과 반비례하여 스테이터스 수치가 매우 낮았다. 쇠약이라는 상태 이상 때문이었다. 그것이 나았다. 즉 본래의 강함을 되찾았다는 뜻이었다.

"베르메리아, 날 수 있어?"

"네! 이 날개가 장식이 아니라는 걸 보여드릴게요!"

"기대할게."

"후후!"

베르메리아는 자신감 넘치는 표정으로 고개를 끄덕이고는 다시 하늘을 날았다. 말 그대로 등에 돋아난 날개에 마력을 둘러 하늘을 날고 있었다. 그 상태에서 마술을 날려 광범위하게 항마를 날려버렸다.

베르메리아에게 저렇게 큰 날개가 있었나? 게다가 베르메리아의 오른팔. 용화를 사용한 것도 아닌데 하늘색 비늘로 덮여 있었다. 이 도시에서 재회했을 당시 그녀의 외모는 좀 더 인간에 가까웠다. 지금 저 모습은 프레드릭과 같은 격세유전으로 보였다. 신룡화 상태와도 비슷하지만 변화는 그보다 더 한정적이었다.

"베르메리아가, 날아!"

『그래, 놀랐어.』

"응, 굉장해. 살았어."

『그러게.』

프란은 공중에서 항마에게 달려드는 베르메리아를 뿌듯한 얼굴로 보고 있었다. 친구가 도와주러 와준 것도, 그 성장도 기쁜 거겠지. 돌아온 베르메리아를 웃는 얼굴로 맞이했다.

“프란. 여기는 저에게 맡기고 성녀님과 함께 잠시 물러나세요. 휴식이 필요하잖아요?”

“응! 고마워.”

우리는 베르메리아의 말을 듣고 벽가까지 돌아가 잠시 앉았다. 지금의 그녀라면 안심하고 전장을 맡길 수 있었다. 게다가 전장을 향해 다가오는 것은 베르메리아 일행뿐만이 아니었다.

『꽤 많은 사람들이 이쪽으로 오고 있어.』

“응. 많아.”

그 수는 100명이 훨씬 넘는다. 300이나 400명 정도는 되지 않을까? 뭉쳐서 이동하는 것을 보면 제대로 통솔되고 있는 집단이었다. 그 정체는 곧 밝혀졌다.

선두를 달리는 자의 기척에 익숙한 느낌이 든 것이다.

“메아?”

『진짜?! 이 도시에 있었구나!』

멀리서도 알 수 있는 투명한 흰 피부에 아름다운 흰색 머리카락. 그런 와중에 강렬한 인상을 주는 새빨간 눈동자. 이런 특징을 가진 지인은 우리가 아는 한 딱 한 명밖에 없었다.

수인국의 공주이자 신검 소유자인 네메아 나라싱하── 메아다. 이런 곳에서 재회할 거라고는 생각지도 못했다.

메아의 뒤에는 수많은 수인들이 따라오고 있었다. 틀림없는 수인회 구성원이다. 기억나는 얼굴이 몇몇 있었다.

수인회의 조력자가 정말 메아였던 건가!

“후하하하하! 내가 왔다!”

"아, 아가씨. 눈에 띄어도 괜찮으신가요?"

"상관없다! 그런 사소한 일보다 지금은 방위에 전념하도록!"

"예!"

메아의 곁에 있는 것은 항상 데리고 다니는 싸움꾼 메이드 쿠이나가 아니라 남자였다. 전쟁터를 바라보고 있는 시원시원한 그 미남은 낯이 익었다. 청묘족 제프메트. 무투 대회에서 싸웠던, 수인국 밖에서는 몇 안 되는 제대로 된 청묘족 중 한 명이었다. 프란도 제프메트에 대해서는 악감정을 갖고 있지 않았다.

예전에는 '푸른 긍지'라는 이름의 용병단을 이끌었지만 이미 수왕에 의해 멸망당했다. 그는 몰랐지만 그 휘하들이 암노예 상인으로 활동하고 있었던 것이다. 수왕의 제재를 받은 이후에는 수왕의 휘하로 들어가 다시 단련하고 있다고 들었다.

"성녀님과 얼굴을 맞대고 대화하는 건 처음이지? 늦었다! 미안하군! 완강한 장로들을 침묵시키고, 갑자기 습격한 용인들을 없애고 오느라 이런 시간이 돼 버렸다!"

역시 용인 노예를 이용한 방해가 있었던 모양이다. 그럼에도 수인들을 모아 이곳까지 달려와주었다. 메아가 이끌고 온 수인들이 아직 남아 있는 벽 위에 진을 치더니 원거리 공격으로 벽 근처까지 다가왔던 항마를 제거해 나갔다. 든든한 원군이었다.

"오랜만이다! 프란이여!"

"응. 메아, 고마워."

메아가 이쪽을 향해 손을 들자 프란도 손을 흔들어 답했다.

"프란의 지인인가요?"

"아— 그거다! 그, 그거!"

소피의 질문에 메아가 어쩐지 말을 더듬었다.

"?"

"아가씨. 그렇게 말하면 모르죠."

"으, 음. 알고는 있지만……."

어쩐지 기시감이 들었다. 프란과 만난 지 얼마 안 됐을 때의 메아가 떠올랐다. 아마 친구의 친구는 친구다, 라는 느낌의 말을 하고 싶지만 부끄러워서 정확히 말하지 못하는 거겠지.

지금 여기 쿠이나가 있었다면 독설로 메아의 긴장을 풀어주면서 등을 밀어줬을 텐데. 제프메트여, 아직 멀었구나!

"내 이름은 메아. 프란의 친구다! 너도 그렇겠지?"

"친구……라고 생각해 준다면 좋겠지만."

"뭐, 함께 싸우면 다 친구지! 프란도 그렇게 생각하고 있을 거다. 그리고 프란의 친구라면 나의 친구이기도 하다! 함께 이 도시를 지키자!"

잘 말했네, 메아! 왠지 나까지 기뻐지는데!

"고마워. 하지만 다른 문은 어떻게 됐을지……."

"괜찮다! 수인회 고위 간부들을 모두 때려눕히고 조직을 우리 것으로 만들었다. 지금은 혈아대 대장들이 사람들을 이끌고 각자의 문으로 향하고 있다!"

놀랍게도 메아가 수인회를 복종시키고, 그 전력을 각 문으로 보냈다고 한다. 혈아대까지 부하로 삼았다니 역시 메아다웠다.

『메아, 다른 조직에 관해서는 아는 거 없어?』

"모험가들은 각 문에서 이미 전투를 개시했다. 용인들과 탑은 모르겠다!"

"용왕회 안에서도 우리 협력자들은 각 문에 배치되어 있어. 삼조들도 제각각 문에 흩어져 있을 거고."

원거리에서 베르메리아를 돕고 있던 프레드릭이 다가와 용왕회에 대해 알려주었다. 그들도 이곳 외에 다른 곳이 함락되지 않도록 단단히 손을 써두고 달려온 모양이었다.

"그래, 그래! 그렇다면 마음 놓고 싸울 수 있겠군!"

"후훗. 그래. 같이 싸워준다면 고마울 것 같아."

어떤 장소에서도 분위기를 망치지 않고 주위를 밝게 만드는 것은 메아의 장점이었다. 절망에 휩싸여 있던 소피의 얼굴에 희미하게 미소가 돌아왔다.

"후하하하! 맡겨다오!"

메아도 큰 웃음을 터뜨리며 의욕에 불탔다. 그 사이 프란은 다가온 제프메트와 대화를 나눴다.

"오랜만이야. 날 기억하고 있나?"

"응. 오랜만이야, 제프메트."

"그러게."

프란은 제프메트와 메아의 등장에 기뻐하면서도 고개를 갸웃거렸다. 메아 일행이 이곳에 있는 이유를 알 수 없었던 것이다.

"쿠이나는 어디 있어? 왜 둘이 같이 있어?"

"뭐, 이야기하자면 길지만…… 지금은 수인회의 경호원 같은 일을 하고 있다."

"가즈올이 말했던 조력자가 메아였어?"

『그런 것 같네.』

"아가씨는 수행 겸 왕족의 업무를 하러 왔어. 이 대륙에 자리잡고 있는 암노예 상인들을 찾아내서 처단할 생각인 것 같아. 나는 그걸 도우러 왔고. 청묘족이라면 암노예 상인과 접촉하는 것도 가능할지 모르니까."

쿠이나는 뒤에서 조사하기 위해 개별 행동 중인 것 같았다. 수인회의 조력자 역할을 자청한 것은 조직을 통해 정보를 얻기 위해서였다. 조직에는 두 사람의 실력을 보여준 것만으로 쉽게 잠입이 가능했다고 한다.

"나와 제프메트는 아무런 정보도 얻지 못했지만 말이지! 역시 쿠이나처럼 음험한 자가 아니면 어려운 모양이야! 뭐, 지금은 이 도시를 지키는 일에 전력을 다할 뿐이다! 제프메트여, 가자!"

"네!"

"둘 다 힘내."

"음! 그때보다 더 강해진 내 힘을 보여주마!"

"나도 조금은 강해졌어. 지켜봐줘."

메아는 용검 린드를 빼내더니 단숨에 뛰어올랐다. 그리고 그 아래의 항마를 향해 일직선으로 달려들었다.

그 등에서 화염이 일렁이자 마치 불꽃의 날개가 돋아난 것처럼 보였다. 겉보기에도 근사하지만 벌이는 일도 압도적이었다. 화염 마술 버니어를 무려 네 발이나 동시에 발동한 것이다.

그렇지 않아도 제어가 어려운 버니어를 저렇게 깔끔하게 동시 사용하다니…… 메아도 상당한 수행을 거듭한 모양이다.

화염의 꼬리를 휘날린 메아가 엄청난 속도로 하늘을 뚫고 나아가 항마 무리 속으로 떨어졌다. 마치 운석이라도 떨어졌나 싶을 정도의 대폭발이 항마들을 날려버렸다.

그 충격은 보고 있는 이쪽마저 걱정될 정도의 위력이었다.

설마 자폭 기술은 아니겠지? 하지만 이내 크레이터 안에서 하얀 불꽃을 감싼 고양이 수인 소녀가 모습을 드러냈다. 먼지 한 톨 묻어 있지 않았다. 어떻게 하면 저 상황에서 무사할 수 있는 거지? 아마 장벽과 화염 무효 덕분이겠지만…….

실로 든든한 메아의 모습을 보고 나는 내심 안도했다. 덕분에 한숨 돌릴 수 있었다. 하지만 소피는 가만히 있을 수 없는 모양이다. 메아 일행을 돕기 위해 하프에 손가락을 대려 하고 있었다.

"소피, 지금은 쉬는 게 좋겠어."

"하지만 다른 사람들이 싸우고 있는데, 성녀라고 불리는 내가 쉬는 건……."

바라지도 않았던 성녀라는 지위가 소피를 옭아매고 있었다. 가출까지 했을 정도이니 무거운 짐으로만 생각하는 줄 알았는데……. 아니, 가출을 한 것에 대한 죄책감이 더더욱 소피를 옴짝달싹 못하게 만드는 것일지도 모른다.

이 이상 무리를 시킬 수는 없지만, 이 자리에 있는 이상 소피는 몸도 마음도 편히 쉴 수 없을 것이다. 그렇다면 이 자리에서 떨어뜨려 놓는 것이 상책이었다.

"소피에게 부탁이 있어."

"뭔데? 내가 할 수 있는 일이라면."

"원군을 불러와 줘."

"하지만……! 여길 놔두고 어떻게……!"

"싸우고 있는 조직을 설득해서 사람들을 데려오는 거. 성녀인 소피밖에 못 해."

"……나밖에, 못 한다고?"

이곳에 있는 사람들 중 발언력이 압도적으로 강한 것은 단연 소피였다. 그것은 소피도 알고 있을 것이다. 소피는 잠시 생각하더니 이내 고개를 끄덕였다. 소피를 전장에서 멀리 떨어뜨리기 위한 명분이기도 하지만, 원군이 필요하다는 것도 사실이기 때문이었다.

"……알았어. 프란. 다녀올게."

"응, 부탁해. 울시, 소피를 등에 태워다줘."

"웡……."

"괜찮아. 원군이 올 때까지 버틸게. 그러니까, 부탁해."

『울시 말고는 부탁할 데가 없어. 소피를 지켜줘.』

"웡."

울시는 순간 주저하는 모습을 보였지만, 걱정스러운 표정을 지으면서도 마지못해 고개를 끄덕였다. 프란과 나뿐만 아니라 울시도 소피를 좋아하게 되었다. 그녀에게 도움을 주고 싶을 것이다.

"그럼, 갈게."

"응. 소피를 부탁해."

"반드시 원군을 데리고 돌아올게."

소피는 비장한 표정으로 울시의 등에 올라타더니 도시로 돌아갔다. 이제 소피가 각 조직에서 병력을 파견할 때까지 이 자리를 사수하는 것만 남았다.

'스승! 우리도 가자!'

『그러자.』

프란의 얼굴에 결의는 있었지만 죽음을 각오한 얼굴은 아니었다. 친구들이 도와주러 온 덕분에 정신적인 피로가 단번에 날아간 것이다. 오히려 친구의 놀이에 동참한 것 같은 고양감마저 느껴졌다.

그리고 흑과 백의 소녀가 나란히 싸우기 시작했다.

"강해졌구나! 프란!"

"메아도!"

"하하핫! 이 정도에 놀라면 곤란하다! 널 따라잡기 위해 비장의 수도 개발했으니까!"

"오오, 비장의 수! 굉장해!"

"그렇지! 상대할 만한 녀석이 나타나면 보여줄 기회도 생기겠지! 기대하고 있어라!"

"응!"

잠깐만. 이 상황에서 비장의 수를 사용해야 할 정도로 강한 적이 나타나는 건 좀 곤란한데…….

"재가 되어라!"

"틈 발견."

전쟁터 한복판에서 즐거워 보이는구나, 너희들.

메아 일행의 참전으로 인해 전선이 단숨에 안정되었다. 항마들을 계속 줄여나가면서도 위험 없이 싸울 수 있게 된 것이다. 프란과 메아라는 흑백 콤비가 고도의 연계를 벌여 항마를 처치하고 진신을 유지했다. 그 좌우를 지키는 것은 베르메리아와 제프메트였다.

베르메리아는 공중을 고속으로 날아다니며 물 마술과 주먹으로 항마를 공격했다. 그 속도는 잔상이 남을 정도였다. 게다가 날개에서 마력을 방출하여 순식간에 최고 속도에 도달할 수도 있었다. 날개를 펴고 급제동을 거는 것도 가능해서, 완급 조절이 자유로운 그 움직임은 감탄이 나올 정도였다.

"꿰뚫어라! 아쿠아 랜스!"

『고속으로 이동하면서 대해 마술 다중 기동이라니! 심지어 빨라! 나조차도 놓칠 뻔했어.』

'응!'

방어면에서도 뛰어나서, 전신에 비늘을 발생시켜 항마의 공격을 튕겨내고 있었다. 용화 스킬을 사용한 것 같지는 않았지만, 육체의 일부를 용화와 비슷하게 만드는 것은 가능한 모양이었다.

"하아아아앗!"

『와아…… 항마가 설탕 과자처럼……!』

베르메리아의 양팔이 용린에 뒤덮이는가 싶더니 한층 더 비대해졌다. 그 팔을 눈앞에서 교차하고는 포탄 같은 기세로 돌격했다. 뭐라고 해야 할까. 초고속 플라잉 크로스 촙이라고 해야 하나? 그 궤도에 놓인 항마는 모두 부서지며 소멸했다.

돌진이 끝난 뒤에도 베르메리아는 거기서 그치지 않고, 근처에 있던 항마를 잡아다 기세 좋게 휘두르기 시작했다. 항마를 무기로 항마를 날려버리는 것이다. 마치 프로레슬러 같은 화려한 싸움 방식은 용의 힘을 조종할 수 있게 된 베르메리아와 무척이나 잘 어울렸다. 이전 모의전에서는 프란이 압승을 거뒀지만, 이제는 쉽게 이길 수는 없을 것 같았다.

제프메트 역시 놀라운 진화를 이루고 있었다. 아, 수인으로서 진화했다는 의미는 아니다. 고유 스킬 사용법이 이전과는 완전히 딴판이라, 정말 한 번 더 진화해서 다른 고유 스킬을 익힌 것이 아닌가 싶을 정도이긴 했지만.

청묘족의 진화종인 청표. 그 고유 스킬은 표족이라는 스킬이었다. 속도 상승과 공중 도약을 합친 것 같은 스킬이었다. 실제로 예전에 싸웠던 제프메트는 표족 스킬을 사용해 초고속으로 움직이는 고기동 전투가 특기였다. 물론 지금도 그때와 마찬가지로 계속 입체적으로 고속 이동을 하고 있었다. 다만 공격 횟수가 이전과는 비교할 수 없을 정도로 많았다.

『저 속도로 쌍검만 써도 흉악한데 말이지.』

'저거, 빌로 차는 거야?'

『그래. 표족을 공격에 쓰고 있어.』

이전에는 쌍검으로 싸웠던 제프메트는 이제는 체술까지 사용하고 있었다.

발차기에 표족의 힘을 실은 것인지, 항마가 뎅강뎅강 두 동강 나고 있었다. 하이킥에 목이 날아가고, 발꿈치찍기에 몸이 세로로 갈라졌다. 푸른 마력을 두른 발의 칼날이 번쩍일 때마다 항마가 차례차례 도륙되었다.

게다가 그 움직임은 예전처럼 직선적이지 않았다. 몸을 상하좌우로 빙글빙글 회전시키는 탓에 도저히 예측할 수가 없었다. 스케이트의 스핀 같은 움직임에 더해 옆돌기나 카포에이라와 같은 움직임도 자주 사용했다. 그 회전을 이용해 양발과 쌍검을 끊임없이 반복하는 것이다.

단순히 계산해도 공격 횟수는 이전의 두 배였다. 심지어 회전으로 인해 파괴력이, 변칙적인 공격으로 인해 명중률이 믿을 수 없을 만큼 올라갔다. 이제는 무투 대회에서 싸웠던 제프메트와는 다른 사람이라고 말해야 할 정도로 전투 스타일이 달라져 있었다.

예전에 청표의 표족 스킬은 흑천호 섬화신뢰의 하위 버전이 아닐까 생각한 적이 있었다. 그래서 청묘족이 흑묘족을 증오하는 것이 아닐까 하고. 하지만 지금의 제프메트를 보면 내 생각이 틀렸다는 것을 알 수 있었다. 표족은 공방이 모두 가능한 스킬이자, 오히려 공격이 주목적인 스킬이었다.

발차기의 위력을 높여주는 스킬을 이동용으로도 쓸 수 있었다. 그런 느낌 아니었을까.

그렇게 되면 이전의 제프메트가 능숙하게 사용하지 못했던 것은 의문이지만…… 청묘족에게는 표족을 제대로 다루기 위한 노하우가 없는 걸까?

"제프메트, 엄청 강해."

프란이 두근거리는 표정으로 제프메트를 바라보았다. 그 힘을 보고 전투광의 피가 끓어오른 거겠지. 즉, 프란이 저도 모르게 모의전을 하고 싶어질 정도로 강해졌다는 뜻이었다. 어쩌면 코르베르트와 좋은 경기를 할 수 있지 않을까?

성장하고 강해진 베르메리아와 제프메트는 메아만큼이나 듬직했다.

게다가 벽 위의 전력은 프레드릭이 지휘해 주고 있었다. 지원 사격이나 보조, 회복이 지금까지 이상으로 정확해지며 확실한 전력이 되어주고 있었다.

"흠, 몸풀기 정도는 됐군."

"메아, 멋있었어."

"후하하하! 그렇겠지!"

아직 항마는 남아 있었고 프란 일행은 계속 싸우고 있었다. 하지만 수다를 떨면서 싸울 수 있을 정도로 그 압력은 줄어들고 있었다. 그렇게나 많았던 항마들이 눈에 띄게 줄어들었다. 남은 것은 2만 마리 정도일까? 이 멤버에게는 별것 아닌 수였다. 조금 전만 해도 어떻게 될까 싶었는데――.

『윽! 또 오는 건가!』

"엄청난 수."

안심하려던 그때, 새로운 무리가 나타난 것이 우리의 눈에 들어왔다. 놀라울 정도로 빠르다. 지금까지 항마의 진군 속도와 비교하면 10배 가까이 빠르지 않을까? 이대로는 채 5분도 되지 않아 센디아에 도착할 것이다.

게다가 기척이 강한 걸 보면 그 수는 엄청나게 많아 보였다. 혹시 지금까지 우리와 격투를 벌였던 항마들조차 선발대였던 건가?

메아 일행도 항마의 기척이 감도는 동쪽을 노려보고 있었다. 새로운 절망이 밀려들고 있었다.

"어쩔까?"

"방치할 수는 없다! 소모를 걱정하며 찔끔찔끔 싸워서는 지켜낼 수 없어! 아끼지 말고 전부 다 쏟아붓는 거다!"

메아는 그렇게 말하며 자신의 검을 높이 치켜들었다. 베르메리아 일행에게는 아주 강력한 불꽃의 마검으로만 보일 것이다. 하지만 우리는 그 정체를 알고 있었다.

"나와라, 내 파트너! 릭드!"

"크오오오오오!"

메아가 불러낸 것은 그녀의 검에 깃든 용, 린드였다. 처음부터 불러내지 않았던 것은 소환에 제한 시간이 있기 때문이었다.

"린드! 오랜만!"

"쿠오!"

프란이 목덜미를 쓰다듬자 린드는 기쁜 얼굴로 울었다. 귀엽다는 생각마저 드는 그 모습은 도저히 신검에 깃든 초월적인 존재로는 보이지 않았다. 그래. 메아가 가진 용검 린드는 신검이다. 본래 이름은 폭룡검 린드부름. 초대형 드래곤을 소환할 수 있다고 알려진 신검이었다.

다만 메아는 린드부름을 잘 다루지 못해 소형 비룡인 린드를 소환하는 것이 고작이었다. 그래도 예전에 비해 조금 커졌나?

전에 봤을 때는 붉은 하위 비룡 같은 느낌이었지만, 지금은 확실히 화룡이라고 말할 수 있을 만한 모습이었다. 전체적으로 전보다 확연하게 커졌고, 비늘이나 뿔의 존재감도 강해졌다. 메아의 성장에 따라 린드도 성장했다는 뜻이겠지.

그렇게 새로운 전력을 얻은 우리가 태세를 갖추고 있자 항마들의 두 번째 물결이 우르르 밀려왔다.

"선두는 아수형 무리인가!"

"큰 녀석들도 보이네요."

"그 뒤에서 다른 무리도 온다!"

메아와 베르메리아의 말대로 새로 등장한 항마들은 네 발로 걷는 아수형이 대부분이었다. 방금 전보다 몇 배나 되는 규모인데 이동이 빨랐던 이유를 이제야 알았다. 게다가 메아의 말대로 후방에서는 더 많은 항마의 기운이 느껴졌다. 여러 방향에서 시간

차로 항마가 계속해서 모여드는 모양이었다. 이게 바로 항마의 계절이라는 건가.

"간다! 섬화신뢰!"

『오!』

나와 프란은 달려드는 항마들을 향해 마술을 발동했다. 대지 마술로 바위의 창을 무수히 만들어냈다. 상대쪽을 향해 비스듬히 돋아난 바위 창은 거마창 같은 모습으로 완성되었다.

갑자기 나타난 수백 개의 창을 피해갈 수 있을 리가 만무했고, 결국 항마의 선두는 바위 거마창에 꿰뚫렸다.

빠져나오는 개체도 많았지만 기세를 죽이는 데엔 성공했다.

뒤쪽이 약간 막히면서 선두 집단의 밀도가 올라갔다. 그곳에 모두가 날린 공격이 쏟아졌다.

베르메리아의 물 마술에 메아의 백염. 린드의 진홍색 화염에 제프메트의 충격파. 그리고 우리들의 뇌격. 힘의 소모를 감안하고 연속으로 퍼부은 원거리 공격의 비는 단 몇 분 만에 만 마리 넘는 항마를 소멸시키는 데 성공했다.

그렇다 해도 전체의 10퍼센트도 되지 않았지만, 적의 주의를 모으는 데엔 성공했다. 최대한 흩어지지 않게 여기서 붙잡아두고 싶었다.

흙먼지의 벽을 뚫고 진군해 온 항마들에게 프란과 메아가 먼저 달려들었다.

그 싸움은 지금까지와는 비교할 수 없을 만큼 치열했다. 늑대, 호랑이, 곰 등 여러 타입의 아수형이 진형도 없이 마구잡이로 덤벼들었다. 연계하지 않으니 더 편할 줄 알았는데, 결코 그렇지 않았다. 타이밍도 잡기 어려웠고, 동료를 죽이든 말든 개의치 않고 날아오는 전방위 공격은 회피하기도 어려웠다.

프란 일행은 저마다 아껴두었던 비장의 수를 사용하여 저돌적으로 항마를 계속 격파해 나갔다. 가장 날뛰고 있는 것은 단연 메아였다.

수왕도 사용했다는 금염 자동 방어. 그 능력이 난전에서는 무시무시한 흉악함을 발휘했다. 적이 돌진해오는 순간 저절로 불에 타 쓰러져갔다. 마력에 이끌린 탓에 항마들은 메아를 경계하지도 않았다. 이대로 가면 한동안 항마들의 자멸은 계속될 것이다.

또한 베르메리아의 전력도 상상 이상이었다. 마침내 용화를 사용했는데, 머리 부분 이외의 전신은 하늘색 비늘로 뒤덮이고, 방대한 마력이 그 몸에 소용돌이쳤다. 원래도 단단해 보였던 베르메리아의 전신에 소용돌이 치듯 물이 휘감겼다. 아무래도 물을 갑옷처럼 둘러서 방어력을 비약적으로 높인 것 같았다.

명검 장비에 용의 비늘. 거기에 물의 갑옷까지 더해지니 어지간한 공격으로는 털끝 만큼의 상처도 나지 않았다. 항마들의 공격을 방어하려는 모습도 없이, 오로지 카운터로 항마를 쓰러뜨리고 있었다.

가장 힘들어 보이는 건 제프메트일까. 강해졌다고는 하지만 아직 랭크 A 클래스는 아니다. 조금씩 상처가 늘어갔다. 이건 보호해 줘야 하나? 그렇게 생각한 직후, 제프메트가 소리쳤다.

"표각!"

청표의 스킬은 표족만이 아니었던 모양이다. 흑천호도 여러 스킬을 이용할 수 있으니 다른 수인도 마찬가지겠지. 스킬 '표각'은

다리를 강화하는 타입의 스킬이었다.

이름은 표족과 표각으로 비슷하지만 이전보다 속도가 훨씬 빨라졌다. 최고 속도는 메아 이상이었다. 푸른 폭풍으로 변한 제프메트가 다시 한번 항마들을 걷어차기 시작했다. 제프메트 역시 우리들의 상상 이상으로 성장하고 있었다.

이 상태라면 한동안은 안정적으로 항마를 막을 수 있을 것 같았다. 뭐, 전원이 사력을 다하고 있는 상태를 안정적이라고 말해도 될지는 모르겠지만.

하지만 그 누구도 앞일을 생각하지 않았다. 그보다는 생각할 여유가 없다고 하는 것이 맞았다. 일기당천의 선사들이 온 힘을 다해 항마를 계속 섬멸해 나갔다.

그렇게 항마를 막아내고 있었는데, 또 다른 이변이 센디아를 덮쳤다.

쿵!

대기가, 대지가, 흔들렸다.

굉음이 센디아 안에 울려 퍼지고, 강렬한 마력이 기둥처럼 피어올랐다.

도시 벽 바깥인 이곳에서도 하얀 빛의 기둥이 보였다. 저기는 치료원이 있는 곳 근처인가?

수십 초만에 빛은 사라졌지만 이변이 끝난 것은 아니었다.

이 오싹할 정도로 불쾌한 느낌. 온화하지 않은 흉악한 기운. 프란도 알아차린 모양이었다.

"뭔가, 있어!"

『그래. 이 마력은…… 필리아 거야!』

필리아는 분명 높은 능력을 가지고 있었다. 하지만 프란 일행에 비하면 약했고, 아무리 생각해도 이 정도의 마력을 발휘하기에는 역부족이었다.

그러나 한참이 지나도 정신을 직접적으로 건드리는 것 같은 불쾌한 기운은 사라지지 않았다.

오히려――.

'온다!'

『이쪽으로 오고 있어! 프란, 최대한 경계해!』

"응!"

마력의 덩어리. 그렇게 밖에 표현할 수 없는 무언가가 초고속으로 날아 이쪽으로 다가오고 있었다.

순식간에 전장 상공에 도달한 그것은 압도적인 마력과 존재감을 내뿜고 있었다. 그저 상공에 있는 것뿐인데 주변의 모든 것들이 오염되는 것이 아닐까 싶을 정도로 짙은 마력이었다. 정신 간섭의 힘을 무차별적으로 뿌려대는 건가?

"저거, 필리아?"

『얼굴을 보면 틀림없어.』

감정이 튕겨 나갔다. 결계 마석에 막힌 것은 아니었다. 존재의 격이 너무나도 높은 탓이었다.

아마 필리아겠지. 확신하지 못한 것은 얼굴 이외의 부분이 이상하게 변질되어 있었기 때문이었다.

먹물이라도 뿌린 듯 칠흑 같은 피부에, 누가 봐도 괴물에 가까운 형상. 하반신의 형상은 랩터 계열과 비슷했다. 굵고 긴 역관절 다리에 통나무처럼 굵은 꼬리. 상반신은 앞으로 기울어져 있어

새우등처럼 보였다. 땅을 긁어댈 수 있을 정도로 긴 팔과 말처럼 긴 목. 피부 아래에 드러난 등뼈는 비정상적으로 굵고 거칠었다. 그러면서도 그 머리 부분만은 필리아 그대로였다. 게다가 등에는 새 같은 날개가 돋아나 있었는데, 순백의 그것은 마치 천사의 날개를 연상시켰다.

괴물의 몸에 필리아의 얼굴과 천사의 날개.

불균형하고 뒤틀리고, 조화라고는 찾아볼 수 없는 존재가 하늘에서 우리를 내려다보고 있었다.

"캬하하하하하하하하하하하하! 찾았다, 흑묘족 계집애애애애!"

『칫! 저 녀석이 노리는 건 프란인가!』

"나는 손에 넣었다! 어리석은 백성들이 머리를 조아리고, 따르지 않고는 배길 수 없는 지고의 힘을! 자! 나를 숭배해라!"

날카로운 필리아의 목소리가 폭음이 되어 울려 퍼졌다. 그 목소리에는 강한 마력이 실려 있었다. 확실하게 정신에 간섭하려 하고 있었다.

"……시끄러워!"

뭐, 그렇다고 해도 프란에게는 통하지 않겠지만. 아무리 강해졌다고 해도 프란 급의 존재를 지배할 만한 힘은 역시 없는 모양이었다. 변함없이 덮쳐오는 항마들을 베어내며 얼굴을 찌푸리는 프란의 모습에 필리아가 더욱 소리치기 시작했다.

"뭐? 계집! 왜 나에게 복종하지 않는 거야! 자! 그 자리에서 무릎 꿇고 나를 찬양해라! 성녀로 추앙하고 모든 걸 바쳐라!"

"시끄러워! 너 따위한테 복종할 리가 없잖아! 죽어도 싫어!"

"끼이이이이이이이이! 불손! 불손, 불손, 불손, 불손! 역시 저능하고 추악한 쓰레기들은 내 위대함을 알지 못하는구나! 진정한 성녀가 된 나를 숭배하지 않는다니 불손함의 극치다아아아아!"

프란의 어디가 저능하고 추악하다는 거냐! 그 말 고스란히 너한테 돌려주마! 하지만 그것만큼 신경 쓰이는 단어가 있었다.

"성녀?"

『성녀?』

프란과 말이 겹치고 말았다. 응? 저 모습으로 성녀라고 생각하는 건가? 아니, 외모로 단정 짓는 건 좋지 않다는 걸 안다. 하지만 저건 좀 아니지 않나? 날개만 하얀색이면 다 되는 거야?

"맞아! 이 아름다운 육체를 보란 말이야! 완벽한 성녀 그 자체! 저딴 계집애 보다 내가 성녀에 더 어울려! 그래! 나야말로 성녀! 그 사실을 모른다면 죽어! 스스로 목을 베고 죽어버려!"

"그럴 리가 없잖아."

"불손! 내가 죽으라고 했는데 죽지 않는다니 만 번 죽어 마땅해! 죽여버리겠어!"

원래도 자기중심적인 정신 나간 여자였는데, 완전히 미쳐버렸구나! 더는 제대로 된 대화는 불가능해 보였다. 뭐, 대화할 생각도 없지만!

"이대로 때려죽이고 내장을 터트려서―― 크악! 뭐, 뭐야아아!"

꽥꽥대며 귀에 거슬리는 절규를 외치던 필리아가 하얀 화염에 튕겨 나갔다. 대미지는 없는 것 같았지만 기습에 놀란 것 같았다. 괴물화되어도 전투 경험이 없는 건 여전한 모양이다.

당연히 하얀 화염을 내뿜을 수 있는 사람은 단 한 명뿐이다.

"뭔가 시끄럽게 떠들고 있긴 한데, 이 불쾌한 마력은 적이겠지?"

"불손! 나에게 조종당하지 않는다니! 살아 있을 가치가 없다!"

"그 정도의 정신 간섭으로 날 조종할 수 있을 거라 생각하지 마라!"

필리아 녀석, 프란뿐만 아니라 메아 일행에게까지 정신 간섭을 쓰고 있었구나! 아니, 이 정도로 광범위하게 악의를 뿌리고 있으니 당연히 그런 가능성도 생각했어야 했다. 필리아가 갑자기 나타난 탓에 나도 좀 혼란스러웠던 모양이다.

동료들의 상태를 확인했다. 베르메리아와 제프메트도 조종당하는 기색은 없었다. 그들 수준이라면 문제는 없을 것이다. 하지만 벽 위의 지원 부대는 어떨까?

저 녀석들이 조종당해서 공격하면 꽤 위험하다. 탄막이 확실히 열어진 느낌인데…….

아니, 저쪽도 괜찮은 것 같다. 아무래도 같이 있던 프레드릭이 뭔가를 한 모양이었다. 그에게서 검은 마력이 피어올라 필리아의 마력을 상쇄하고 있는 것처럼 보였다. 사기가 지닌 마력 교란 효과를 방어에 사용하고 있는 거겠지. 곧바로 벽 위에서의 엄호가 재개되었다.

『프란! 필리아는 우리가 맡자!』

"응! 메아! 내가 갈게! 주변을 부탁해!"

"음! 길 닦는 건 맡겨라!"

힘을 아껴둔다거나 장기전을 고민할 상황이 아니었다. 항마는 현재 필리아를 무시하고 있었고, 저 여자를 방치한 채로 계속 싸울 수도 없었다. 이목이 집중되고 있는 프란이 맡을 수밖에 없는 상황이었다.

"하아아아앗!"

"기이이이이! 나를 베었겠다, 계집애애애! 사형! 사형사형! 죽어죽어죽어죽어어!"

"안 죽어!"

"아아아아! 죽어어어어!"

필리아는 역시 근접 전투가 아마추어급이었다. 프란의 움직임을 전혀 따라오지 못했다. 거의 모든 공격이 필리아에게 직격했고, 필리아가 휘두르는 팔이나 꼬리는 스치지도 않았다. 충격파 같은 것을 쏘기도 했지만 그것도 전조가 화려해서 피하는 것이 어렵지 않았다.

모처럼 손에 넣은 힘을 하나도 제대로 쓰지 못하고 있었다. 하지만 우리도 유리하게 싸우고 있다고는 입이 찢어져도 말할 수 없었다.

이 정도로 격렬한—— 그야말로 중급 드래곤조차 흔적도 없이 지워버릴 것 같은 연속 공격을 가하고 있는데도 필리아에게는 거의 아무런 대미지가 남지 않았다. 전력을 다한 공기 발도술조차 얕은 상처밖에 입히지 못했고, 그 상처도 순식간에 재생해 버렸다. 본래도 치료사였으니 그것이 재생 능력에 영향을 미치고 있을지도 모른다.

내포 마력이 약간 줄어든 것 같기도 하지만, 이렇게까지 했는데도 100이 99가 된 정도였다.

반면 우리는 한계 직전의 상태였다. 애초에 힘을 소모한 상태에서 시작된 방어전이었다. 지금까지 무리를 한 것도 겹쳐서 프란은 한계를 맞이해가고 있었다. 목구멍까지 치밀어 오르는 위액과 피를 삼키며 흐릿해지려는 의식에 힘을 불어넣고 억지로 싸우고 있었다.

프란의 작은 몸 곳곳이 삐걱이며 비명을 질렀다. 치유 마술과 생명 마술을 전력을 다해 사용하지 않으면 순식간에 온몸의 근육과 신경이 파열되어 그 자리에서 쓰러지고 말 것이다.

그럼에도 프란은 최고 기어를 올린 채 계속 싸웠다.

"으랴아아앗!"

"기이이이! 죽어, 죽어, 죽어버려어!"

"크윽!"

『프란! 힘내!』

필리아는 프란만을 집중적으로 노리고 있었고, 주위에서 싸우는 메아 일행은 안중에도 없어 보였다. 그렇다면 우리가 필리아를 붙잡아두고 있으면 메아 일행은 자유롭게 움직일 수 있을 것이다.

"타올라라!"

"컥! 뜨거워! 뭐야!"

항마와 싸우면서도 메아는 조용히 준비를 하고 있었다.

새빨간 불꽃이 고리처럼 필리아를 휘감아 그 움직임을 봉쇄했다. 메아의 전력을 마력 불꽃이었다. 곧바로 떨쳐낼 수는 없을 것이다.

그곳으로 메아가 천천히 다가갔다.

"금염이여! 흰 불이여! 사납게 날뛰어 적을 모두 불태워라!"

"그가아아아아아아아아아아아아아아아아아아!"

메아가 자신의 손바닥에 만들어진 작은 태양을 필리아에게 밀어붙였다. 단숨에 해방된 백화가 불기둥이 되어 피어올랐다.

무섭도록 고요하고 아름다운 하얀 기둥.

하지만 넋 놓고 보고 있을 수는 없었다. 나도 프란도 전력으로 그 자리를 벗어났다.

프란이라면 도망칠 수 있다고 생각하고 날린 거겠지만, 휘말렸다면 꽤 위험했을 것이다.

소용돌이치는 흰 불꽃은 주위의 항마마저 삼켜나갔다. 지름 50미터에 달하는 불꽃의 소용돌이가 천 마리가 넘는 항마를 순식간에 잿더미로 만들었다. 저것이 메아가 가진 비장의 수인 거겠지.

하지만 이 정도의 공격이다. 대가가 따르는 것은 당연했다.

"크으으으……!"

메아에게서 억눌린 비명 소리가 새어나왔다. 어떻게 된 거지?

내 의문에 대한 답은 불길이 약해졌을 때 밝혀졌다. 흰 불 속에서 모습을 드러낸 메아의 팔이 검붉게 변색되어 있었던 것이다. 심각한 화상이었다. 흑천호에게는 뇌명 무효가 있듯이 금화사인 메아에게는 화염 무효 스킬이 있을 것이다. 자신의 화염으로 상처를 입는 일은 없다.

그럼에도 화상을 입었다는 건, 메아의 백금 불꽃이 스스로의 화염 무효 스킬마저 앞질렀다는 것이다. 즉 신염의 영역에 한 발을 들여놓았다는 뜻이었다.

화상 재생이 눈에 띄게 느린 것도 희미하게나마 신속성을 포함하고 있기 때문이겠지. 저 불꽃, 자칫 제어에 실패했다가는 순식간에 사멸할지도 모른다.

그 정도로 위험한 힘을 써서 자신이 상처를 입었음에도 불구하고 메아의 전의는 더욱 강해졌다.

희번득거리는 눈으로 하얀 불꽃의 저편을 노려보는 화염의 아이. 화염의 맹위를 두른 사자가 다시 한번 검을 겨누자, 온몸에서 하얀 연기를 내뿜는 괴물이 모습을 드러냈다. 괴물로 변한 필리아도 그 하얀 불꽃을 막아내지는 못했다.

기점이 된 오른쪽 어깨부터 몸통의 절반까지가 통째로 날아가 커다란 구멍이 뚫려 있었다. 검은 피부가 타들어가며 여름철에 방치된 타이어처럼 엉망으로 허물어졌다. 하지만 이 공격으로도 쓰러뜨리지는 못했다.

"아아! 뜨거워! 뜨거워! 뜨거워어어어! 뜨거워뜨거워뜨거워! 죽는다!"

계속해서 절규하는 필리아의 몸이 하얗게 빛났다. 정신 간섭 마력인데, 아까보다 불쾌함이 조금 줄었다. 조종하려고 하고 있는데 조종할 마음이 느껴지지 않는다고 할까? 조종하려는 대상에 우리가 들어가 있지 않았다.

필리아가 조종하려는 상대. 그것은 바로 전쟁터에서 꿈틀거리는 무수한 항마들이었다.

"기기기이이!"

"기시이!"

『항마가 필리아를 지키려고 하는 건가?』

조금 전까지 항마들은 필리아를 완전히 무시하고 있었다. 없는 존재처럼 여기며 프란 일행에게만 공격을 가하고 있었다. 하지만 지금은 확실하게 필리아의 방패가 되듯이 벽을 만들어 보호하듯이 움직이고 있었다.

『안 좋은데……!』

보호하는 것뿐만이 아니다. 놀랍게도 항마들에게서 필리아에게로 대량의 마력이 흘러들어가는 것이 느껴졌다. 무수한 항마의 마력을 흡수한 필리아가 급속히 재생해나갔다.

"아아아아아아아아아아아아! 감히 이런 짓을 하다니! 죽음으로 사죄해라아아아아!"

이쪽은 소모가 한계를 넘어섰고, 필리아와 항마는 건재하다. 항마가 있는 한 필리아는 계속 재생할지도 모른다. 솔직히 더 이상 막아내기 어려웠다. 머지않아 방위선을 돌파한 항마의 대군이 센디아로 쏟아져 들어갈 것이다.

참극의 발소리가 바로 지척에서 들려오고 있었다.

Side 서문 · 드루레이

워어엉!

견명의 화살이 개 짖는 듯한 소리를 내며 항마 몇 마리를 꿰뚫고 소멸시켰다. 용인의 괴력에서 뿜어져 나오는 화살의 위력은 일격필살이라는 이름에 걸맞았다.

지금은 동료라는 것을 알지만, 옆을 지날 때마다 저도 모르게 몸서리가 쳐졌다.

부하들 중에는 진짜로 겁을 먹은 녀석들도 있었다. 처음에 미란레류에게 소리가 나지 않는 화살은 없느냐고 물었더니, 상쾌한 미소를 지으며 '없다!'라고 대답했고.

저 화살에는 여러 가지 의미가 있는 듯했다. 미란레류는 '내 화살은 용의 포효와 같다! 들은 적은 겁을 먹고 아군은 고무되지!' 라고 말했다. 용의 포효라면 아군도 겁을 먹을 것 같지만.

뭐, 이해하지 못할 것은 아니다. 저 소리가 날 때마다 사람이 죽는다면 적은 겁을 먹을 것이다. 머지않아 비슷한 소리가 날 때마다 공황 상태에 빠질지도 모르지.

그리고 그와 동시에 아군의 사기는 올라가는 것이다. 물론 항마에 관해서는 그 효력이 반감된다. 녀석들에게 겁을 먹는다는 고상한 감정은 없으니까. 아군조차 지금까지는 적이었던 상대다. 언제 표적이 되어 자신의 등 뒤에 그 화살이 박힐지 모른다며 걱정하는 녀석들도 많았다.

다만, 그래도 그 여자가 최고 전력이라는 사실은 틀림없었다.

이번 항마들은 평소의 몇 배 규모다. 어설픈 짓을 했다가 의욕이 꺾이기라도 하면 곤란했다.

저건 자신의 고집을 부정당하면 분명 수틀릴 타입이다. 확실하다. 그렇다 보니 마음대로 하게 내버려 둘 수밖에 없지만…….

"어쩔 수 없지. 나도 앞으로 나가겠다. 지휘는 맡기마."

"네, 넵! 조심하십쇼, 형님!"

이렇게 보여도 나는 혈아대 제3석. 근접전에는 자신 있다. 전선에서 화려하게 싸워서 부하들의 사기를 올리는 것 정도는 식은 죽 먹기였다. 문제는 지하에서 용인을 상대로 비장의 수를 써버린 탓에 좀 지쳤다는 점이랄까. 뭐, 우는소리를 내고 있을 시간은 없지만!

"쇼트 점프!"

단거리 전이를 사용해 적의 한가운데로 뛰어들었다. 솔직히 나

정도의 전이술은 실전에서 별로 쓸모가 없었다. 영창도 준비 시간도 무척 긴 데다 힘의 소모도 과하게 크다.

하지만 동료 중에 희귀한 술법 사용자가 있다는 사실만으로도 아군의 사기는 오른다.

"우오오오오오오! 드루레이의 형님을 따라라아아아!"

부하들의 기세에 이끌려 다른 무리들도 돌격을 시작했다. 항마의 수가 많다 보니 이 정도의 기세가 없으면 밀릴 수도 있었다.

부아앙!

또 견명의 화살이 날아갔다. 잠깐, 지금 건 내 바로 옆이었는데? 설마 노리고 날린 건 아니겠지?

"이봐. 전령이다."

"네!"

"견명에게 전하고 와. 좀 더 팍팍 쏘라고!"

이렇게 된 이상 끝까지 해 주겠다 이거야!

Side 남문 · 게프

"농땡이 피우지 말라고, 멍멍아!"

"내가 할 말이다! 도마뱀 자식아!"

"아앙?"

"아아앙?"

하필이면 이 멍멍이 자식과 같은 장소에 배치되다니 운도 없지! 사사건건 나한테 시비나 걸어대고 말야! 여기서는 확실하게 내가 위라는 걸 알려줘야겠군!

"얌마! 멍멍이 자식! 승부다!"
"원하는 바다, 도마뱀 자식아!"
"누가 이 전투에서 항마를 더 많이 죽이는지! 포인트로 승부하자!"
"좋다! 부정행위 하지 마라!"
"하겠냐! 네놈도 아니고!"
"내가 할 말이다! 멍청아!"
우리는 서로의 항마 카드를 보여주고는 그대로 흩어졌다. 가까이 있으면 상대에게도 포인트가 들어가기 때문이었다.
멍멍이 자식에게 질 수는 없지! 처음부터 전력이다! 이번에는 항마들이 엄청나게 많으니 죽일 상대로는 부족함이 없겠군!
"좋아아! 사선추우우웅!"
내가 사용한 것은 사기를 이용한 범위 공격이었다. 반사룡인 이외에는 사용자가 거의 없는 기술이기도 했다. 있다고 해도 이 대륙 밖에서는 외도나 금기로 취급되지만.
사기가 항마들의 마력을 교란시켜 그 방어력을 떨어뜨렸다. 함께 날린 충격파가 거기에 직격하며 항마의 몸을 부숴버렸다. 마법 생물에 가까운 생태를 가진 항마들은 나에게 좋은 먹잇감이다. 이대로 항마를 미친듯이 때려죽이면 내 승리다!
"우워어어어어어엉!"
칫! 기분 좋게 항마들을 때려죽이고 있었는데 말이야. 왕곤 녀석, 짐승 냄새 나는 각성을 써버렸군. 저렇게 된 멍멍이 놈은 쉽게 무시할 수 없었다.
녀석의 포효는 내 사기와 마찬가지로 마력을 어지럽히는 성질을 가지고 있으니까.

"거 낑낑거리지 마, 시끄럽게! 버릇 없는 들개도 아니고!"

"그쪽이야말로 그 빌어먹게 짜증나는 검은 거나 치워라! 항마랑 같이 날려줄까?"

"아아?"

"아아앙?"

"……하아. 형님들, 일일이 질리지도 않으시네요."

내가 똥개를 훈육하고 있는데, 부하의 입이 무어라 움직인 것 같았다.

"뭐라고 했냐?"

"아, 아무것도 아닙니다."

"하하하하! 드디어 귀가 먹은 모양이군!"

"시끄러워! 엿듣지 마라! 이래서 들개는 안 된다니까!"

"닥쳐라! 흑도마뱀!"

"아앙?"

"아아앙?"

"……형님들, 역시 사이가 좋으시군요."

방금 또 뭐라고 했어? 멍멍이 녀석이 낑낑 시끄러워서 하나도 안 들리잖아!

Side 묵문 · 가즈볼

"브라이네. 내가 앞으로 나서겠다. 지원을 부탁할 수 있을까?"

"오, 맡겨둬! 너와 같은 전장이라면 편하게 싸울 수 있겠군."

"무슨 말을 하는 거냐. 어차피 머지않아 지옥이 펼쳐질 텐데."
"알고 있다! 농담이야, 농담!"
가볍게 손을 흔들며 활짝 웃는 남자는 혈아대 제1석 브라이네. 호전적이고 투박한 사내지만 정이 많았다. 전쟁터에서 이보다 더 의지가 되는 자도 없을 것이다.
서로 싸운 적도 있는 상대였지만, 악연에 사로잡혀 판단을 그르칠 만한 상대는 아니었다. 안심하고 등을 맡길 수 있었다. 이 남자는 전사로서도 강하지만 그 진가는 중위에서의 지휘에 있었다. 바람 마술을 사용한 원거리 공격에 고유 스킬 '주격(呪擊)'에 의한 적의 약체화.
게다가 여러 지휘 계통 스킬을 써서 동료를 고무시키고 능력을 끌어올리는 것도 가능했다. 단순한 전투력만 보면 자신이 위였지만 전투 지휘관으로서는 브라이네가 압도적으로 완성되어 있었다.
혈아대가 수인회에서 미움을 받는 것은 혈기가 왕성하다는 이유 때문만은 아니었다. 상층부가 브라이네의 유능함을 두려워한 탓에 그런 소문을 퍼뜨려 필요 이상으로 신뢰를 얻지 못하도록 꼼수를 쓰고 있는 것이었다.
"풍린이여! 그걸 써도 되겠나?"
"음! 언제든 좋다!"
"하아앗! 날아라아아!"
브라이네가 나를 향해 바람 마술을 날렸다. 하지만 오발은 아니었다. 내 바람 벽은 바람 마술을 흡수하여 그 두께가 강해지는 능력을 갖고 있었다. 그것을 아는 브라이네가 내게 공격 마술을 날린 것이다. 이전에 항마 방어전에서도 함께 싸울 기회가 있었는데, 그때 같은 일을 한 것을 기억하고 있었던 것이다.

"칫! 여전히 단단하구나! 내 바람이 완전히 삼켜졌잖아!"

"후하하하! 내 바람 벽을 바람 마술로 뚫으려면 상당한 힘이 필요할 거다!"

"조만간 날려주마!"

그렇게 말하면서도 브라이네는 이미 내 주위에 있는 항마를 제거해 나가기 시작했다. 여전히 입으로는 불평하면서도 일 처리는 빠르다. 이 녀석 같은 자를 츤데레라고 하는 것일까. 그렇게 생각하면 이 녀석의 흉악한 면도 조금은 귀엽게 느껴질 정도였다.

"뭐야? 전쟁터에서 히죽히죽 웃지 마라."

"이런. 미안하군."

"성실하게 해 달라고!"

"하하하하! 알고 있다!"

그런 대화를 나누고 있는데 엄청난 사기가 스쳐지나갔다. 저건 뭐지? 향하는 곳은 동쪽의 도시 벽이 붕괴된 현장 쪽이었다.

"으으음. 어떻게 해야 하나. 브라이네여! 우리 쪽에서 조금이라도 원군을 보내는 게 좋을까?"

"무리다! 이쪽도 손이 부족해! 게다가 저쪽에는 흑뢰희 아가씨가 있다! 걱정 없어!"

브라이네의 말대로 이곳의 방위에도 여유가 있는 것은 아니었다. 이번 항마의 계절은 평소와는 규모 자체가 달랐다. 최근 몇 차례는 4~5만 마리 정도의 항마 습격이 한 차례 있는 정도였다. 편하게 방어할 수는 없는 수였지만 센디아의 전력이라면 확실하게 격퇴할 수 있었다.

그러던 것이 올해는 각 문마다 5만 가까이. 게다가 동문에는 더 많은 항마가 모여 있는 것 같았다.

"풍린이여! 우선은 이곳의 방위에 집중할 수밖에 없다!"

"음! 어쩔 수 없나!"

우리가 할 수 있는 것은 적어도 이곳의 항마를 붙잡아둬서 문을 지키는 것! 그뿐이다!

"죽어도 이곳만은 사수하자!"

"하핫! 바로 그거야!"

Side 아스라스

"자, 여기는 내가 할 수밖에 없나."

불법 도시 센디아에서 조금 서쪽으로 떨어진 평지. 그곳에는 10만이 넘는 항마의 무리가 동쪽을 향해 진군하고 있었다.

처음에는 항마를 유도하는 수상한 움직임을 보이는 용인들을 쫓고 있었다. 몇 명을 잡긴 했지만, 그들의 계획을 알았을 때는 이미 늦었다. 그 용인들은 자신들을 미끼로 삼아 항마들을 센디아로 유인하고 있었다.

이미 센디아에 다른 무리가 향했다는 것은 알고 있었다. 뭐가 목적인지는 모르겠지만, 내가 할 일에는 변함이 없었다.

"뭐, 저쪽에는 프란 일행도 있으니까. 어떻게든 되겠지."

하지만 이 녀석들이 합류하면 아무리 센디아라도 버틸 수 없을 것이다.

"저 도시에는 죽게 하고 싶지 않은 녀석들이 많으니 말이야. 봐주지 않고 가볼까."

자, 한바탕 날뛰어보자고!

제5장 불법 도시의 희망

만신창이.

프란 일행의 상태는 그 한마디로 정의내릴 수 있었다.

"으아아아아아아아아아아!"

아픔과 피로를 기백으로 억누르며 프란이 나를 휘둘렀다.

"캬하하하하하하하하! 어떻게 된 거냐! 피곤해 보이는구나!"

"시끄러워!"

메아에게 입은 대미지를 완전히 치유한 필리아는 여전히 아마추어다운 공격만을 반복했다. 하지만 전력을 다해 싸워야만 하는 우리의 힘은 계속 소모되고 있었다. 특히 프란은 이제 기력만으로 싸우고 있는 상태였다.

"헉, 헉…… 하아앗!"

목구멍이나 폐에 이상이 생겼는지, 내쉬는 숨이 감기라도 걸린 게 아닐까 싶을 정도로 거칠었다. 이제 도망치자고 제안하고 싶은 마음이 굴뚝 같았지만, 프란이 여기서 도망칠 일은 없을 것이다.

"흐랴아아아아아! 타올라라아아!"

"부서져라! 수룡충!"

조금 떨어진 곳에서 친구인 메아와 베르메리아가 똑같이 괴로워하면서도 항마와 계속 싸우고 있었기 때문이다.

자신이 흘린 피와 진흙으로 흰 머리카락과 피부가 더렵혀진 메아. 비늘과 손톱이 벗겨져서 팔을 휘두를 때마다 피가 흩날리는 베르메리아. 오른쪽 귀가 찢겨져 있는 제프메트. 그런 동료들을 버려두고 프란이 혼자 도망갈 리 없었다. 필리아를 막기 위해 한계를 넘어 계속 싸우고 있었다.

당연히 모든 항마를 격파할 수 있을 리가 없다. 이미 상당수의 항마가 벽을 넘어 센디아로 침투했을 것이다. 그 사실이 더더욱 우리를 초조하게 만들었다.

“아아~! 좋아! 힘에 익숙해졌어! 좀 더, 이 몸을 능숙하게 다룰 수 있겠어!”

“음?”

『녀석의 마력이 급속히……!』

필리아가 갑자기 황홀한 표정을 짓는가 싶더니 칠흑 같은 몸이 부르르 떨렸다. 그러자 그 체내에서 급격하게 마력이 높아졌다. 불길한 예감이 들어 전력으로 거리를 벌리는 프란.

“아아아아하하하하하하하하하하아아아아아아아! 깨어날 시간이다! 세이크리드 리릭!”

필리아의 절규와 동시에 그 꼬리가 급격히 팽창했다. 원래 2미터 가까이 되던 필리아의 꼬리는 순식간에 10미터 가까이 늘어나 있었다. 이무기처럼 꿈틀대는 긴 꼬리 끝에는 어째서인지 흰 검 하나가 존재했다. 자루가 꼬리 끝과 동화되어, 칼날과 자루 외에 다른 부분은 보이지 않았다.

하지만 그 검의 아름다움은 멀리서 봐도 알 수 있었다. 각도에 따라서 푸르게 반짝이는 순백의 칼날. 칼자루는 그와 대비되는 칠흑으로 칠해져 있었고, 붉은 빛을 두르고 있었다. 소위 말하는 롱소드 형태였는데, 칼날 끝이 스페이드 마크처럼 부풀어 있고 그 중앙에는 하얀 수정 같은 보석이 박혀 있었다.

필리아의 육체에 박혀 있지만 않았더라면 더욱 신비롭고 아름다워 보였을 것이다. 녀석이 외친 세이크리드 리릭이라는 것이 저 검의 이름일까?

"키히히힉! 나를 숭배해라아아아아!"

"윽!"

필리아가 절규하며 거리를 좁혀왔다. 그 공격은 조금 전과 마찬가지로 아마추어 같았지만, 그 위협도는 수십 배로 치솟았다. 꼬리가 무시무시한 속도로 흔들리며 달려든 것이다. 마치 꼬리만 독립적으로 움직이는 것 같은 움직임이었다. 필리아 본체의 공격을 미끼로 삼아 사각지대에서 뻗어나오고 있었다. 심지어 초고속으로.

아만다와 싸운 경험이 없었다면 채찍 같은 공격에 맞았을지도 모른다.

프란은 정말 종이 한 장이기는 하지만 흰 검의 일격을 회피하고 있었다. 스쳐지나가면서 창처럼 등 뒤에서 뻗어나온 꼬리에 참격을 가했다.

좋은 일격이었지만 그 공격으로 꼬리를 잘라낼 수는 없었다. 충격이 닿는 순간 휘어지면서 이쪽의 힘을 흘려보내고 있었다. 어중간한 공격으로는 꼬리를 잘라낼 수 없어 표면만 손상시켰을 뿐이었다. 표면을 덮고 있는 짙은 마력은 아무것도 하지 않아도 장벽처럼 필리아를 지키고 있는 것처럼 보였다.

"죽어죽어죽어! 죽어어어어어!"

『아까보다 머리가 더 돌아버렸어! 이제는 죽으라는 말을 울음소리처럼 내뱉고 있잖아! 항마를 흡수하면서 정신을 침식당한 건가?』

이성을 잃기 시작하면서 필리아의 움직임은 예측하기 힘든 짐승처럼 변해갔다. 괴물 같은 이형의 육체에는 그쪽이 더 잘 어울렸고, 그 어느 때보다 날카로운 공격이 늘어갔다. 흰 검도 여전히 성가셨다. 살기는 없는데 명백하게 프란의 허를 찌르는 듯한 움직임을 취해 왔다.

"크윽!"

『프란! 스치기만 했는데 이 상처라니! 지금 회복해 줄게……!』

변함없는 재생력을 방패 삼아 그 어느 때보다 격렬한 공격을 계속 퍼부어대는 필리아. 게다가 이 괴물의 능력은 여기서 끝이 아니었다.

"우후후후! 청중도 모였으니 슬슬 내 아름다운 목소리를 들려줘야겠구나!"

청중? 무슨 말을 하는 거지? 세이크리드 리릭에서 바위 같은 것이 날아왔지만, 프란을 향한 것은 아니었다. 어째서인지 멀리 떨어진 대지에 하얀색의 거대한 바위가 솟아올랐다.

"성스러운 노래를 자아내라! 세이크리드 리릭! 라아아아아아아아아아아아아아아아!"

"! 시끄, 러워!"

『음파 공격인가!』

필리아가 하얀 검을 입가에 가져가는가 싶더니 날카로운 절규를 내질렀다. 다만 무작정 소리치는 것은 아니었다. 마치 오페라 가수처럼, 초고음역대에서 의미 있는 음을 내고 있었다. 우리에게는 불쾌하고 귀에 거슬리는 소리였지만, 그것은 확실히 노래였다.

괴물이 부르는, 괴물을 위한 노래였다.

이 노래를 들은 항마들의 힘이 확실하게 강해지고 있었다. 저 세이크리드 리릭에 박힌 수정은 마법의 노래를 증폭시켜주는 효과가 있었던 모양이다. 즉 마이크 같은 것이다. 게다가 필리아가 땅에 박아넣었던 큰 바위에서 같은 소리가 나오기 시작했다. 저쪽은 스피커냐!

전장을 채우는 날카로운 음파는 확실하게 이쪽의 체력을 떨어뜨리고 집중을 흐트러뜨렸다.

『항마가, 너무 성가셔!』

몰려드는 항마가 강화된 탓에 전원이 방어로만 일관하게 되었다.

필리아를 쓰러뜨리기는커녕 낭떠러지에서 굴러떨어지듯 불리한 상황으로 계속 내몰리고 있었다.

내 머릿속에 잠재 능력 해방이라는 글자가 스쳐지나갔다. 마지막의 마지막에만 사용할 수 있는 진정한 비장의 수. 사용하면 단번에 역전하는 것도 가능할지도 모른다. 하지만, 그렇다 해도 나는 망설였다.

카스텔 전투에서의 소모에 더해 센디아에서의 격전으로 인한 소모. 그것들로 인해 한계선을 넘은 지금의 우리가 잠재 능력 해방의 부하를 견딜 수 있을까. 필리아를 쓰러뜨리면서 함께 죽어버리는 결말은 받아들일 수 없었다.

게다가 지금의 나와 프란은 잠재 능력 해방을 사용한 직후 아무 힘도 못쓰고 자멸해 버릴 가능성마저 있었다. 프란도 그것을 알고 있기 때문에 잠재 능력 해방을 사용하겠다는 결단을 쉽게 내리지 못하는 것이었다.

그럼에도 현 상황을 타개하기 위해, 죽음을 초래할지도 모르는 도박에 나설 것인지 고민하기 시작하던 그때였다.

"?"

프란이 의아한 얼굴로 고개를 약간 기울였다. 머리 위의 고양이 귀가 쫑긋쫑긋 움직였다.

『프란?』

"노래, 들려."

뭐? 노래? 필리아의 절규가 아니라?

내가 되물으려 한 순간, 대지가 황금빛 광채를 뿜어냈다. 엄청난 마력이 우리 주위로 휘몰아쳤다. 무섭도록 강한 마력이었다.

순간 아스라스가 온 건가 생각했는데, 아니었다. 전쟁터를 채운 마력은 그 귀인의 마력이라고는 생각할 수 없을 정도로 부드러웠다. 그리고, 맑았다. 주위에 가득했던 필리아의 불쾌한 마력이 순식간에 사라지고, 그저 상쾌하고 청량한 기운이 모든 것을 감싸안았다.

세이크리드 리릭이 내는 소리마저 지워지자, 프란이 기쁜 얼굴로 센디아 쪽을 바라보았다.

'소피, 돌아왔어……!'

『아아! 이 마력은 틀림없어!』

애타게 기다리던 성녀의 귀환이었다. 무너져 내린 성벽 너머로 확실하게 소피의 기척이 느껴졌다. 게다가 그녀뿐만이 아니다. 수천 명의 기척이 그 뒤를 따르고 있었다.

근데, 좀 이상하지 않나? 센디아 안에 있는 무법자나 모험가를 데려왔다고 해도 인원이 너무 많았다. 이건 마치――.

내 의문이 채 형태를 갖추기도 전에, 프란이 힘이 실린 목소리로 중얼거렸다. 거기에는 약한 기운 따위는 조금도 느껴지지 않았다.

"힘이 넘쳐."

『나도 그래.』

프란의 상처가 회복되기 시작하고, 잃었던 체력과 마력이 서서히 돌아왔다. 전쟁터에 울려 퍼지는 음악이 우리에게 힘을 주고 있었다. 마치 오케스트라 같은, 도저히 혼자 연주하고 있는 것처럼은 들리지 않는 갖가지 음악 소리가 가득했다. 소피가 악단이라도 데려온 것일까?

그나저나 이 곡은……. 소피의 음악에 이어 노래가 들려왔다. 소피의 노래가 아니었다. 수백, 수천 명의 사람들이 일제히 합창을 하고 있었다.

"이 노래 알아."

『술집에서 모험가들이 부르던 곡이야.』

울려 퍼진 것은 유쾌하고 신나는 그 노래였다. 녹타든 센디아든, 이 대륙의 술집이라면 어디서나 불리고 있다는, 모험가를 위한 노래.

"""""우리는 모험가~♪ 황금의 모험가~♪"""""

"""""어떤 적에게도 겁먹지 않는다!"""""

"""""드래곤, 데몬, 덤벼라!"""""

"""""항마 무리도 문제없다!"""""

합창이라고 해도 흔히 상상하는 것처럼 세련되고 아름다운 것이 아니었다. 저마다 제멋대로 부르는, 고르지 않고 투박한 제창이었다. 빈말로도 잘한다거나 아름답다고는 할 수 없었다. 하지만, 그렇기 때문에 그 마음만은 충분히 전해졌다.

하늘 높이 울려 퍼지는 수천 명의 노랫소리. 신기하게도 듣고 있자 힘이 솟아났다.

"응원해 주고 있어."

『아아. 맞아.』

단순한 음악이 아니다. 이는 프란 일행을 향한 응원가였다. 많은 사람들의 '힘내라', '지지 마', '우리도 같이 싸울게'. 그런 마음이 담겨 있었다. 듣는 순간 그것을 곧바로 이해할 수 있었다.

상처가 아물고 체력이 돌아오고 마력도 회복되었다. 하지만 그 이상으로, 자신들만 있는 것이 아니라는 사실이 프란 일행에게 힘을 실어주었다.

"프란! 원군을 데려왔어!"

"소피!"

Side 소필리아

울시의 등에 올라타 센디아 안을 달렸다. 그 다리 힘은 상상 이상이라, 건물 벽을 수직으로 올라가 최단 거리로 달려갈 수 있었다. 하지만 성과는 신통치 않았다. 우리가 처음으로 향한 곳은 당연히 탑이었다. 그곳에 있는 병사들에게 도움을 요청하려고 했는데…….

이미 움직일 수 있는 병사는 각 문으로 향한 직후였다. 심지어 세리아도트의 모습도 없었다. 그 대신 지휘를 맡고 있던 병사장은 나를 보고 얼굴을 일그러뜨렸다. 아무리 봐도 나를 방해꾼으로 여기는 눈이었다. 그에게 아무리 부탁해도 병사의 추가 파견은 허락해 주지 않았다.

이 탑을 지켜야 한다고? 다른 세력을 믿을 수 없다고? 이 도시가 멸망하기 직전인데 무슨 소릴 하는 거야?

탑에 남아 있던 병사에게 직접 호소해 보았지만 그들은 병사장의 명령이라며 움직이지는 않았다. 자기 휘하에 있는 인간들만 탑에 남겨둔 거겠지. 이들이 무엇을 하고 있었느냐 하면, 각종 귀중품의 이동이었다. 돈이나 보석, 약 따위를 피난용 아이템 주머니에 담아 운반하고 있었다. 그 대부분은 병사장이나 그 휘하의 사유 재산으로 보였다. 이 위기 상황에서 조직을 통솔하는 자가 자신의 재산만을 지키기에 급급한 것이다.

이 얼마나 비열한 짓인가. 눈물이 날 것 같았다. 목숨을 걸고 싸워주는 프란 일행에게 미안했다. 더는 이곳을 의지할 수는 없었다. 그나마 다행인 점은 환자가 거의 남아 있지 않다는 점이었다. 세리아도트가 피난을 지시해 준 모양이었다.

나는 탑에서의 지원을 포기하고 다른 곳을 목표로 했다. 수인회와 용왕회는 메아 씨, 베르메리아 씨, 프레드릭 씨가 통솔하고 있다고 들었다. 그렇다면 다음은 모험가 길드다. 그렇게 생각했는데…….

탑을 나온 지 조금 지났을 무렵, 등 뒤에서 굉음이 울려 퍼졌다. 소리 크기가 너무 커서 나도 모르게 펄쩍 뛰어올랐을 정도다.

황급히 뒤를 돌아보았다.

그러자 큰길 건너편에서 하얀 빛의 기둥이 솟아오르는 것이 보였다. 방금까지 우리가 있던 탑이 빛에 휩싸여 있었다. 무척 아름다운 광경이었지만, 몸의 떨림이 멈추지 않았다. 저 불쾌한 빛은 뭐지……? 치료원에 있던 사람들은……?

"우, 울시! 돌아가! 치료원이!"

"크르응!"

"울시?"

울시에게 돌아가자고 부탁했지만 움직이려는 기색은 없었다. 몸을 웅크리고 으르렁거리며, 오히려 내가 돌아가지 못하도록 길을 막아섰다. 그 표정에서는 약간의 두려움과 초조함이 느껴지는 것 같았다.

"어후!"

울시가 무언가 위험을 감지한 것일까. 그 시선은 하늘을 향하고 있었다. 같은 곳을 바라보자 탑이 있었던 곳 상공에 뭔가 검은 물체가 떠 있는 것이 보였다. 움직이고 있어? 생물인가? 게다가 저것을 본 뒤로 몸의 떨림이 멈추지 않았다. 엄청나게 끔찍한 마력이 내 피부를 훑는 것 같은 끔찍함을 느낀 것이다.

직후, 그 검은 무언가는 동쪽으로 날아가 버렸다.

"저쪽에는 프란 일행이 있어……!"

괜찮을까? 지금이라도 돌아가야 하는 건……. 망설이는 내 로브 자락을 울시가 물어서 잡아당겼다.

"어후!"

"울시……. 돌아가지 말라는 거야?"

"웡!"

울시가 코끝을 향한 곳은 길드가 있는 쪽이었다. 원래의 예정대로 행동하자고 말하고 싶은 모양이었다. 그것을 보고 나도 각오를 다졌다. 지금의 내가 돌아간다고 해서 어차피 큰 도움은 되지 않는다. 그렇다면 원군을 데리고 돌아가는 편이 프란 일행에게 더 도움이 될 것이다.

"가자."

"웡!"

도착한 길드에는 사람이 거의 없었다. 대부분의 모험가는 이미 각 문의 수비를 위해 나가 있었다. 게다가 동문 외에도 적지 않은 항마가 몰려와 전력을 줄일 여유가 없다고 했다. 서브 마스터에게는 길드를 지켜야 하니 남은 모험가는 내줄 수 없다는 말을 들었다. 도시가 멸망하면 조직 같은 건 아무 의미가 없는데도…….

그럼에도 병력이 필요하다고 호소했더니 호통을 들었다. 아무래도 저 빛의 기둥을 보고 위기감을 느낀 모양이었다. 이 도시에서 도망칠 계획을 세우고 있었다. 자신을 지킬 호위로 휘하의 모험가들을 남겨두고 싶은 거겠지. 이런 때에 모험가가 자신들만 도망치려 하다니.

모험가 길드도 의지할 수 없었다. 결국 작은 조직의 협력을 얻으려 했지만…….

"성녀님. 미안하지만 무리예요. 보낼 만한 인원이 없습니다."

"어려운 건 알고 있어요! 하지만 이 도시의 위기라고요!"

"우리 할당량 만큼의 전력은 전부 내보냈습니다."

"평소와 같은 인원으로는 부족해요! 이곳에 있는 사람 몇 명이라도 좋으니까요!"

"이곳의 경비는 줄일 수 없습니다. 다른 조직이 전력을 내겠다고 약속한다면 저희도 따르죠."

다른 조직을 믿지 못하는 데다 화재 현장의 도둑을 경계하고 있는 듯했다. 어디를 가든 똑같은 반응이었다. 어느 조직이나 이런 저런 핑계를 댔지만, 결국은 예기치 못한 사태에 대비해 전력을 줄이고 싶지 않다는 것이 요지였다. 심지어 도망칠 준비를 하고 있는 조직까지 있었다. 사람을 보내겠다고 약속한 조직도 있지만 정말 소수였다. 그렇게 작은 조직들을 돌아다녔지만, 결국 별다른 성과는 내지 못했다.

"……어째서야. 센디아를 지키고 싶지 않은 거야?"

"웡."

"위로해 주는 거야?"

"크응."

울시가 볼을 핥아주었다. 바로 옆에서 느껴지는 그 고동에 마음이 진정되는 것을 느꼈다. 자신의 주인인 프란을 남기고 온 울시도 초조한 마음이 왜 없겠는가.

내가 이런 곳에서 발을 멈출 수는 없었다.

'이 녀석, 강해……!'

"어?"

뭐지? 갑자기 프란의 목소리가 들렸는데.

"울시, 방금 들었어?"

"웡?"

울시가 고개를 갸우뚱했다. 울시에게는 들리지 않은 것 같았다.

하지만 잘못 들은 것이 아니었다. 귓가에서 발생한 것처럼 프란의 목소리가 선명하게 들려온 것이다.

'하지만, 아직 싸울 수 있어!'

또다! 또 다시 프란의 목소리가 귓가를 때렸다. 동시에 허리에서 미세한 진동이 전해졌다. 허리에 차고 있는 마현 라우다가 희미하게 떨리고 있었다. 지금 프란의 목소리는 이 아이에게서 전달된 건가? 조심스럽게 라우다를 집어들었다. 의식하자 희미하게 마력이 뿜어져 나오는 것이 느껴졌다.

'소피를 위해서라도 질 수 없어!'

"프란……."

친구의 결의를 나에게 전해서 격려해 주고 있는 걸까?

이런 적은 처음이── 아니, 이전에도……? 어라? 이전에도 비슷한 일이 있었나……?

"웡?"

"아, 울시 미안해. 지금은 멈춰 서 있을 때가 아니지!"

"웡!"

"가자. 프란 일행을 위해서."

프란 일행을 돕기 위해서는 반드시 도움이 필요했다. 그렇게 결심하고 다시 작은 조직의 아지트를 돌았지만, 원군 약속을 받아내지는 못했다. 불길한 빛의 기둥이 도시 안에 솟아오른 것을 보고 모두가 도망갈 준비를 시작했기 때문이었다. 싸우겠다는 나를 비웃는 자도 있었다.

"……한심해!"

걸으면서 나도 모르게 눈물이 나왔다. 자신의 무력함도, 평소에는 으스대면서 막상 위기가 닥쳤을 때 도망가려는 자들도, 그런 그들에게 매달려야 하는 상황도, 모든 것이 한심했다.

“저, 성녀님……? 괜찮으세요?”

“네?”

그런 나에게 말을 걸어온 사람은 몇몇 남자들이었다. 이 도시에 사는 일반인들로 보였다. 등에는 커다란 포대를 메고 있었다. 센디아에서 탈출하는 중인 것 같았다.

그 모습을 보고 더더욱 눈물이 쏟아졌다. 도시에 사는 사람들조차 더는 함락을 면치 못할 것이라 생각하고 있었다. 그런 생각을 하게 만들어버린 자신들이 한심했다.

그런 도시를 프란은 목숨 걸고 지켜주고 있는데!

프란에게 이 도시는 다치는 한이 있더라도 지킬 가치가 있는 곳일까? 죽은 길드 마스터와의 대화는 들었다. 암노예 상인이 둥지를 틀고 있는 불법 도시라면 차라리 프란에게는 멸망하는 편이 낫지 않을까?

바보인 나라도 알고 있다. 프란이 싸우고 있는 이유 중 하나는, 바로 나다. 내가 센디아를 지키고 싶어 하니까 프란도 지켜주려 하고 있는 것이다. 그렇다면 내가 포기해서는 안 된다. 프란의 마음을 내가 짓밟는 짓이 된다. 반드시 원군을 데리고 돌아가야만 해!

그때 남자들이 짊어진 창이 눈에 들어왔다. 이 도시 사람들은 누구나 당연히 무기를 가지고 있었다. 그것은 범죄자에 대항하기 위함이었다. 아무리 조직들이 일반 시민에게 손을 대지 않는다는 약속을 했더라도 지키지 않는 사람도 있기 마련이다. 게다가 조상에게서 물려받은 사람도 많았다.

거기까지 생각하다가 문득 떠올랐다. 그들은 싸울 수 없는 것일까? 무기를 갖고 있다면 하급 항마 정도는――.

평범하게 생각하면 불가능했다. 애초에 생각조차 하지 않았을 것이다. 하지만 궁지에 몰려 있던 나는 나도 모르게 입을 열었다.

"이 도시를 지키기 위해서 싸우고 있는 사람들이 있습니다."

"네? 뭐라고요?"

"하지만 이대로 간다면 센디아가 멸망할지도 모릅니다. 함께 싸워주실 수 없을까요?"

"네? 아뇨아뇨, 못해요!"

"맞아요, 저희는 실전 경험도 없다고요!"

"부탁합니다!"

"아니아니, 못한다니까요!"

"맞아요, 맞아!"

"싸워주는 사람들이 전멸할지도 몰라요!"

당연하지만 내가 아무리 사정해도 남자들은 고개를 끄덕여주지 않았다. 당연하다.

그들은 싸울 힘도, 싸울 마음의 준비도 되지 않았으니까. 그들은 보호받는 쪽이었으니까.

"애, 애초에 싸우는 건 싸우고 싶어하는 녀석들한테 맡기면 되잖아! 우리가 싸우라고 명령한 것도 아닌데! 알 바 아니라고!"

"마, 맞아요! 녀석들은 그게 일이니까! 죽어도 본인 책임이지!"

"생색내는 것처럼 말하지 말라고! 멋대로 싸우다가 죽든가 말든가!"

이것이 센디아의 인간……. 확실히 이 사람들의 말도 일리는 있을지도 모른다. 이 사람들에게 싸우라고 말하는 내가 몰상식한 것인지도 모른다.

하지만 그렇다고 해서, 용감하게 싸우고 있는 사람들을 부정하는 말을 하다니! 이런 사람들을 돕기 위해 프란 일행은…….

절망. 그 한마디가 떠올랐다. 더는 못하겠어. 이 도시는 멸망할 것이다. 그렇다면 적어도 프란 일행을 구하러 가서 그들의 탈출을 돕자. 적어도 프란 일행만이라도 살려야 한다.

그렇게 생각한, 그때였다.

"어딜 감히 그딴 소릴 해! 이 반푼이가!"

"컥! 여, 여보오!"

"성녀님 앞에서 썩어빠진 변명이나 줄줄 늘어놓고……! 병사들 일은 알 바 아니라고? 늘 보호받고 있었으면서 그게 할 소리야!"

"하, 하지만."

"조용히 해! 애초에 본인들끼리만 도망치려고 했지? 이 덜 떨어진 놈이!"

"커헉!"

"하여간, 제대로 된 남자가 없어서 어쩔 수 없이 이 멍청이랑 결혼하긴 했지만, 실수였어!"

음, 이 아주머니는 이 남자의 부인일까? 갑자기 말다툼을 시작하나 싶더니 남성을 때려서 입을 다물게 했다.

다른 남자들의 부인도 있었는지 하나같이 맞아서 얼굴이 퉁퉁 부어 있었다. 치료해 줄 마음도 들지 않았다.

"저기, 당신들은?"

"죄송합니다, 성녀님! 저는 제3지구 부인회장인 안나라고 합니다!"

"저는 제2상점가 부인회장인 메리입니다."

"제5지구 부인회장 바사입니다!"

차례차례 고개를 숙이는 부인들. 그리고 그 등 뒤에서 수많은 사람들이 걸어오는 기척이 느껴졌다. 그 발소리는 수천 개에 달할 정도로 많았다. 시선을 돌리자, 큰길을 가득 메운 수많은 사람들이 용감한 표정을 지은 채 이쪽으로 다가오고 있었다. 그 손에 저마다의 무기를 들고.

"어째서……."

"신기한 목소리가 들렸어요! 성녀님의 친구들이 싸우고 있는 거죠? 그걸 들으니 가만히 있을 수가 없더라고요!"

"맞아요! 그런 어린 아가씨가 애쓰고 있는데 저희가 겁먹고 있을 순 없죠!"

라우다가 나뿐만 아니라 모두에게 프란의 목소리를 전해 준 건가?

"이 이기적인 머저리들의 말은 잊어주세요."

"이런 의견은 아주 일부니까요! 쓸모없다고는 생각했지만 이 정도로 쓰레기였을 줄은 몰랐어요! 돌아가면 이혼이에요!"

"우리도 마찬가지예요! 차라리 이대로 데려가서 최전선에 던져 버릴까봐요!"

웃으면서 남자를 들어올리는 여성들이 그렇게 든든해 보일 수 없었다.

"저희도 센디아의 인간이에요! 남들은 싸우고 있는데 우리들만 도망치는 건 말도 안 돼요! 위기가 오면 싸워야죠!"

"맞아요! 우리도 다 같은 마음이에요! 싸워주는 사람들을 어떻게 버릴 수 있겠어요!"

"성녀님, 같이 갑시다! 당신 친구를 도우러!"

"네…… 네!"

이 도시도, 아직 완전히 곪지는 않은 모양이다. 모여든 사람들과 함께 우리는 걸어가기 시작했다. 옆에 있는 울시의 따뜻함뿐만이 아니었다. 등 뒤에 느껴지는 무수한 사람들의 따뜻함이 너무나도 든든했다.

더는 불안함도 절망감도 없었다. 싸울 힘이 없는 사람들이 센디아를 위해, 그리고 프란 일행을 위해 이렇게나 많이 움직여주었다. 아까와는 다른 의미로 눈물이 날 것 같았다.

돌아보니 모두 각오를 다진 표정을 짓고 있었다. 분명 자신이 죽을지도 모른다는 것을 알고 있을 것이다. 그럼에도 싸우려 하고 있었다.

그들만 고생시킬 수는 없었다. 나도 각오를 다지자. 모든 것을 다 쏟아붓겠다. 가진 힘을 다 써서 무슨 일이든 할 것이다. 설령 손가락이 찢어지고, 목이 터져서 두 번 다시 노래할 수 없게 되는 한이 있더라도……!

그렇게 결의한 직후였다. 허리에 차고 있던 마현 라우다가 몸을 떨었다. 프란의 마음을 전해 주었을 때의 약한 진동과는 다르다.

마치 생명을 잉태한 것처럼 두근두근 진동하는 라우다를 나도 모르게 손에 쥐었고——.

"아——."

떠올랐다. 어째서 잊고 있었을까? 괴롭고 슬펐던 그날의 기억. 아니, 그렇기 때문에 잊고 있었던 것일까. 아니면 이 아이가 잊게 해 준 것일까.

하지만, 떠올랐다. 양부를 죽게 만들었던 나의 힘. 그리고 내 손안에 있는 마현 라우다의 진짜 힘과 모습을. 너무나도 강대하고, 너무나도 흉악해서, 천사도 악마도 될 수 있는 그 힘을――.

"울시, 달려가자."

"웡?"

"괜찮아. 모두를 두고 가진 않을 거야."

라우다의 진짜 힘을 떠올린 덕분일까? 가볍게 튕긴 현에서 들려온 소리는 그 어느 때보다 맑았다. 이 소리라면 이전보다 훨씬 더 강한 힘을 실을 수 있을 것이다.

자연스럽게 손가락이 곡을 연주했다. 어느새 손가락의 상처가 아물어 있었다. 이것도 라우다 덕분일까? 오히려 손가락이 가벼웠다. 지금까지 이상으로 손가락이 원하는 대로 잘 움직였다.

그 마곡으로 인해 내 뒤에 있는 사람들이 힘을 얻었다는 것을 알 수 있었다.

"서, 성녀님? 이건……?"

"달려가죠! 지금의 여러분이라면 달릴 수 있습니다!"

나는 울시 등에 뛰어올랐다. 그러자 울시가 내 뜻을 받들어 힘차게 달려가기 시작했다. 당연히 그 빠른 속도는 보통의 인간이라면 따라잡지 못했을 것이다. 하지만 지금의 모두는 강해져 있었다. 울시를 따라 달리기 시작한 걸음은 그들의 상상을 초월하는 속도를 만들어냈다.

달리는 울시의 등에서 뒤를 돌아보자 모두가 바짝 붙어서 따라오는 것이 보였다.

그때 앞에서 달려오는 항마들의 모습을 발견했다. 역시 프란 일행도 완전히 막아내지는 못했을 것이다. 항마가 침입해 왔다. 하지만 괜찮다.

"그르르! 웡!"

울시의 마술이 항마들을 무찔렀다. 하지만 울시뿐만이 아니다.

"뭔가 느리게 보이네!"

"약할 것 같아!"

"에잇!"

안나 씨와 다른 사람들이 손에 든 창과 프라이팬으로 항마를 때렸다. 그러자 항마는 단 일격에 쓰러졌다. 아무리 하급 항마라도 평소였다면 이렇게는 할 수 없었을 것이다.

"서, 성녀님의 힘인가요?"

"여러분의 용기 덕분이에요! 그걸 좀 돕고 있는 것뿐이죠!"

"여, 역시 성녀님! 굉장해요!"

"이거라면 무섭지 않아요!"

이들도 처음엔 놀라는가 싶더니 이내 진지한 표정으로 바뀌었다.

힘을 얻게 되며 자신들이 전장으로 향하고 있다는 것을 새삼스럽게 실감한 것이다. 하지만 도망치는 사람은 한 명도 없었다. 이얼마나 든든한 동료들인가.

그들의 각오와 마음이 내 안으로 전해지며 울려 퍼졌다.

"울시, 조금 놀랄 일이 생길지도 모르지만, 발을 멈추지 말아줄래?"

"웡? 웡웡!"

"우후후. 고마워."

힘차게 짖는 울시의 목덜미를 쓰다듬으며 나는 그 말을 입에 담았다.

"라우다, 다시 힘을 빌려줘."

하프에 손가락을 가져가자 거기에 응답하듯 큰 진동이 울렸다.

지금의 나라면 이 아이의 힘을 올바르게 사용할 수 있었다. 그 때와는 다르다. 그러니까 괜찮다.

라우다의 현을 손으로 튕기자 맑고 높은 소리가 울려 퍼졌다. 그 소리가 모든 불안감을 씻어내주었다. 이 아이는 반드시 내 마음에 응해 줄 것이다. 그렇게 믿을 수 있었다.

숨을 크게 들이마시고── 나는 소리쳤다.

"성스러운 시를 연주하고 노래하라! 오라토리오!"

손안에 있는 하프가 떨렸다.

"신검 개방!"

내 말에 따라 라우다가 강한 빛을 뿜어냈다. 마치 점토처럼 손 안에서 빛나며 흐물흐물 모습을 바꿔나가는 라우다.

"워, 웡?!"

"맞아. 이게 바로 마현 라우다의 진짜 모습!"

여러 갈래로 갈라진 빛이 춤을 추듯 주위를 맴돌았다.

"성담검(聖譚劍) 오라토리오. 신검 중 하나."

처음 이 힘을 개방한 것은 양부를 죽였던 그날. 라우다의 힘을 분노와 저주의 마음으로 사용해 버렸다. 그리고 그것이 오라토리오의 음색을 들었던 처음이자 마지막 순간이었다.

나는 어릴 때부터 타인의 감정을 예민하게 느끼는 힘이 있었다. 스스로는 그것을 이상하게 여기지 않았지만, 다른 사람이 보기에는 희귀한 능력이었던 모양이다. 양부는 공감 능력이 뛰어나다고 말했다. 모두 함께 소리를 즐길 수 있는 훌륭한 능력. 그렇게 생각했지만, 그뿐만은 아니었다.

양부가 보내준 라우다를 써서 양부를 저주했던 그날. 마을 사람들의 원망의 목소리와 양부의 미친 웃음소리가 울려 퍼지던 그날. 나는 사람들의 부정적인 감정을 받아들였고, 그 새까만 감정들에 짓눌렸다.

분노와 죄책감. 공포와 후회. 슬픔과 증오. 자신과 주위에 있던 온갖 부정적인 감정들이 내 마음을 좀먹었다.

그리고 결국 신검의 기억과 감정의 일부를 봉인해 버렸다. 아니, 신검이 내 기억을 빼앗았을 것이다. 만약 기억이 남아 있었다면 너무나도 큰 힘에 대한 공포와 죄책감과 후회로 망가졌을지도 모른다. 그때의 나에게 오라토리오는 파멸의 상징이자 절망 그 자체였으니까.

하지만 오라토리오의 음색이 절망만 연주하는 것은 절대 아니었다. 이 신검의 이름을 딴 악기라면 많은 사람을 행복하게 하는 희망의 곡도 연주할 수 있었다. 그런 확신이 있었다.

그 뜻에 부응하듯 오라토리오가 자신의 진짜 사용법을 내게 알려주었다.

손안에 만들어진 거대한 은색 하프를 연주했다. 그러자 내 주위에 여러 개의 악기가 떠올랐다. 드럼과 오르간, 바이올린과 캐스터네츠. 그 밖에도 내가 연주할 수 있는 악기가 모두 나타났다.

나를 둘러싸듯 반원 형태로 늘어서자 마치 모두가 하나의 악기처럼 보였다.

그것들 모두가 오라토리오였다. 내가 어떻게 되기를 바라면 그것으로 모습을 바꾸고, 어떻게 울리기를 바라면 그것만으로도 완벽한 음색을 연주했다.

이거라면 복잡한 악곡을 혼자서 연주하는 것도 가능했다. 마곡사에게 있어서의 궁극의 악기. 그것이 바로 성담검 오라토리오였다.

"여러분! 저에게 힘을 주세요!"

"히, 힘을 달라니, 어떻게 하면 되나요?"

오라토리오를 보고 어리둥절해하는 안나 씨. 하지만 이내 내 말에 반응해 주었다. 제대로 내 목소리에 귀를 기울여 주고 있었다. 그들에게 나는 말했다.

"노래해 주세요!"

"네? 아니, 지금요?"

역시나 어리둥절한 표정이다. 당연하다. 하지만 그것이야말로 프란 일행을 구하는 힘이 되어줄 것이다.

"네! 괜찮습니다. 여러분도 알고 있는 노래니까요!"

"아, 알겠습니다! 성녀님의 말씀이니까요! 믿겠습니다!"

"감사합니다."

안나 씨의 말에 전원이 일단은 납득한 얼굴을 했다. 노래를 하기 위해 허리를 쭉 폈다. 하지만 내가 연주하는 것은 그렇게 긴장하면서 부르는 노래가 아니었다.

이 대륙 인간이라면 누구나 불러본 적이 있는 곡. 자장가 같은 곡이었다. 자장가치고는 좀 시끄럽긴 하지만. 이 센디아에서 지낸 지 8년. 내 안에도 제대로 이 노래가 스며들어 있었다.

"창보의 진리…… 구성 '모험가의 노래'."

이 노래에 담긴 마음과 힘을 형상화하기 위해 악보를 그렸다.

앞으로 들려올 소리를 상상하며 이렇게 두근거림을 느끼는 것이 대체 얼마 만일까.

"그럼 가겠습니다."

가볍게 숨을 들이마시고 나는 희망을 자아냈다.

"목숨을 걸고 찾아온~♪ 그곳은 위험한 황금의 대륙~♪ 일확천금! 꿈꾸며 모험♪"

"아, 이 노래……."

"이거라면 부를 수 있겠는데?"

"근데 왜 이 노래야?"

내가 부른 노래의 첫소절을 듣고 무슨 곡인지 금방 알아차린 듯했다. 하지만 이번에는 다른 의미에서 당황하고 있었다.

확실히 전쟁터에서 부를 만한 노래는 아닐지도 모른다. 곡조는 술집에 어울릴 정도로 유쾌했고, 가사도 꽤 적당하다. 모험가의 좋은 점과 나쁜 점을 모두 표현한 노래였다.

하지만 오랫동안 이어져 온 모험과 인연의 노래이기도 했다.

이 곡밖에 떠오르지 않았다.

나는 연주하고 노래하며 뒤를 돌아보고, '자, 함께해요!'라는 마음을 담아 모두를 바라보았다. 그러자 그 마음이 통한 것일까. 안나 씨와 다른 사람들이 함께 노래를 부르기 시작했다. 처음에는 조금 어색한 느낌으로. 하지만 점점 노래하는 사람이, 소리의 수가, 가사에 실리는 마음이 늘어갔다.

"우리는 모험가~♪ 황금의 모험가~♪"

"어떤 적에게도 겁먹지 않는다!"

"드래곤, 데몬, 덤벼라!"

"항마 무리도 문제없다!"

"술과 친구와 돈을 위해! 싸우는 모험가~♪"

"지지 마라~♪ 전진해라♪ 의지를 보여라♪"

"일어나라! 자, 지금부터가 시작이다!"

"네 전력을 보여라!"

"우리가 함께 있다!"

"우리는 모험가~♪"

""""황금의 모험가~♪""""

사람들의 마음을 한데 엮어 오라토리오의 음색에 실어 보냈다. 노래가 힘이 되어 퍼져 나가는 것을 알 수 있었다. 지금이라면, 이 센디아 전역에 소리를 전할 수 있을 것이다.

나는, 빌었다. 프란 일행의 무사를. 항마와의 싸움에서 승리하기를. 오라토리오와 사람들이 자아내는 이 음악에 실어서.

"웡!"

보인다! 프란 일행이야! 아직 싸우고 있어!

나는 자연스럽게 소리치고 있었다. 우리들도 있다는 것을 알려주기 위해.

"프란! 원군을 데려왔어!"

*

수많은 사람들과 함께 나타난 소피와 울시.

그녀의── 아니, 그녀들의 노래로 인해 전황은 크게 뒤집혔다.

“““우리는 모험가~♪”””

“““황금의 모험가~♪”””

수천 명의 사람들의 목소리를 타고 전해지는 모험가의 노래.

공간? 공기? 어쨌든 전장 전체가 노래에 반응하듯 희미한 황금빛을 내며 프란과 메아의 상처를 천천히 치유해 나갔다.

신속성의 영향조차 무시하고 나도 프란도 메아도 힘이 회복되어 가기 시작했다. 신속성을 지닌 이 마력의 힘 때문이겠지. 신속성의 반동을 신속성으로 치유하고 있는 것으로 보였다.

반면 필리아와 항마는 그 자리에 못박힌 듯 움직임을 멈추고 있었다. 이 음악에는 필리아의 마력을 물리칠 뿐 아니라 적의 움직임을 봉쇄하는 능력도 있는 모양이었다.

그것이 전장 전체에서 벌어지고 있었다. 무시무시한 효과 범위였다.

“이게 대체 뭐야아아아아아아아아! 계집! 계집애애애! 죽어라죽어라죽어라아아!”

“필리아, 야? 모습이 왜…….”

“크가아아아! 성녀는 나다아아아아! 죽어어어어어어어어!”

필리아가 절규를 지르며 소피에게 살의를 퍼부었다. 그것을 고스란히 받은 탓에 순간 움찔했지만, 소피는 이내 씩씩한 표정으로 필리아를 노려보았다. 그곳으로 프란이 달려들었다.

"소피! 울시!"

"늦어서 미안해! 하지만 든든한 원군을 데려왔어!"

"웡웡!"

웃고 있는 소피 일행의 뒤에는 많은 사람들이 서 있었다. 입고 있는 것은 평범한 옷이었다. 옷 위에 갑옷을 입은 자도 적게나마 있지만, 대부분의 사람들은 냄비를 뒤집어쓴 정도였다. 무기도 다양하다. 녹슨 창이나 칼. 거기서 그치지 않고 프라이팬이나 각목을 쥐고 있는 사람도 있었다. 게다가 갖춰진 자세도 뭣도 없었다. 아무리 생각해도 일반 시민이었다.

하지만 용감한 표정으로 소피의 뒤에 함께 서 있었다.

그 모습만으로도 이상하게 든든함이 느껴졌다. 자신들과 함께 전장에 서려고 하는 사람이 이렇게나 많다. 그 사실이 중요했다.

『잘했네. 울시! 나중에 보상을 줄게!』

"웡웡!"

다만 눈길을 끄는 것은 그들뿐만이 아니었다. 프란은 소피 주위를 살펴보며 고개를 갸우뚱했다.

"소피, 그게 뭐야?"

"내…… 파트너, 라고 해야 하나?"

그렇게 말하며 미소 지은 소피의 주위에는 무수한 악기들이 떠 있었다. 건반악기에 현악기, 타악기. 뭔지 잘 모르겠는 모양을 한 악기도 있었다. 전부 합지면 서른 개 가까이 되지 않을까.

악기를 조종하는 능력인가? 다만 어느 악기는 엄정난 마력을 내뿜고 있었다. 다 합치면 나를 훨씬 능가할 정도로. 절대 평범한 마도구가 아니다. 그동안 본 것들 중에 가장 유사한 마력을 뿜어내는 것이라면 대지검 가이아 정도일까? 다만 이쪽에는 보는 이를 위압하는 듯한 분위기는 없었다. 오히려 감싸주는 듯한 상냥함이 느껴졌다. 아니, 잠깐만? 이 악기, 희미하게 신속성을 띠고 있는 것 같은데?

내가 그 사실을 알아차린 직후, 소피가 악기의 정체를 입에 담았다.

"오라토리오라고 해. 신검…… 성담검 오라토리오야."

『뭐어?! 시, 신검?』

순간적으로 감정했더니, 확실히 오라토리오라고 표시되어 있었다.

명칭: 성담검 오라토리오

공격력: 1000 보유 마력: 30000 내구도: 30000

마력 전도율 SS

스킬: 연주 효과 초상승, 악기 소환, 합창 효과 초강화, 효과 범위 초확대, 강사 강화, 강사 조작, 신의 손가락, 입담, 동시 연주, 불명

다 볼 수는 없었다. 하지만 그 사실이 신검이라는 것을 증명하고 있었다. 게다가 보이는 범위만으로도 그 능력이 얼마나 파격적인지 알 수 있었다.

이전에 본 대지검 가이아에 비해 공격력은 낮지만, 악기였으니 그것은 어쩌면 당연했다. 오히려 1000이나 되는데, 어떻게 공격하는 거지? 둔기처럼 쓰면 되는 건가? 그리고 마력 전도율도 한 단계 낮았다. 신검으로서는 낮은 공격력과 마력 전도율을 가진 대신 보유 마력이 가이아보다 10000이나 높았다. 스킬의 다채로움까지 더하면 가이아와 같은 신검인 것은 틀림없었다. 이것은 확실히 신검이다.

"신검을 갖고 있었어?"

"응, 방금 전까지 잊고 있었는데, 떠올랐어."

"잊고 있었어?"

"고통스러운 기억을 신검이 봉인해 주고 있었어. 하지만 이제 전부 원래대로 돌아왔어."

이전에 소피의 스테이터스를 확인했을 때 ■■■■라는 부분이 있었다. 거기에 신검 개방 스킬이 들어 있었던 모양이다. 보이지 않았던 것은 은폐하고 있었던 것이 아니라 소피 자신이 기억을 잃고 있었기 때문이었다.

떠올리고 싶지 않았을 정도의 기억을 떠올린 것일 텐데, 소피는 웃고 있었다.

"물어보고 싶은 게 많겠지만, 지금은 항마와의 싸움에 집중해 줘! 지금의 나는 이 아이의 힘을 전부 사용할 수 있으니까."

"응. 알았어."

"후하하하! 설마 신검 소유자였다니! 든든하기 이를 데 없군!"

"성녀님에 신검 소유자까지…… 대단하네요."

주위로 다가온 메아와 베르메리아에게도 입을 열 여유가 돌아와 있었다. 그런 소녀들을 향해 소피가 진지한 얼굴로 말을 건넸다.

"이 곡의 효과도 곧 떨어질 거고, 그럼 필리이도 힝미도 움직이기 시작할 거예요. 그래서 비장의 수를 쓰고 싶은데……."

"비장의 수? 오라토리오 아니야?"

“오라토리오의 힘으로 내 마곡의 힘을 증폭시킨 것, 이라고 할까.”

소피는 기존의 곡뿐만 아니라 직접 악보를 써서 새로운 마곡을 만들어내는 능력도 갖고 있었다. 또한 이미 존재하는 평범한 곡의 악보를 다듬어 마곡으로 바꿀 수도 있었다.

그럴 경우 곡에 담긴 마음이 영향을 미쳐 소피조차 상상할 수 없는 효과가 발휘되기도 한다고 했다. 특히 오랫동안 이어져 온 곡에는 많은 사람들의 다양한 마음이 담겨 있었다. 소피도 어느 정도의 힘이 생길지는 예상할 수 없다고 했다.

“모험가의 노래를 마곡으로 만들 거야.”

“아까도 그 노래로 회복했는데?”

“같은 악곡으로 다른 악보가 존재할 수도 있잖아? 게다가 조금 전까지는 회복과 적의 구속을 목적으로 한 곡이었지만, 그 곡이 가진 본래의 힘은 그게 아니야.”

소피는 같은 악곡이지만 다른 효과를 가진 마곡을 새로 쓰려는 것 같았다.

“내가 생각한 모험가의 노래에 담긴 마음은 응원과 고무.”

새로 만들 마곡은 잠재 능력 해방을 다른 사람에게 부여하는 느낌의 곡이 될 것 같았다.

“하지만 이 노래에 끊임없이 담겨온 사람들의 마음의 강함은 내 상상을 초월해. 어느 정도의 힘이 발휘될지는 나도 모르겠어.”

프란 일행이 크게 강화된다는 것만은 확실하다. 하지만 그로 인해 몸에 얼마나 큰 부담이 갈지는 상상할 수 없다고 한다.

“며칠 앓아눕는 정도로 끝나지 않을지도 몰라. 그래도 괜찮아?”

솔직히 불안하긴 하지만, 지금 여기서 항마에 맞서기 위해서는 곡에 의지하는 방법밖에 없다는 걸 모두가 알고 있었다.

"응. 알았어."

"얼마든지 와라!"

"알겠습니다."

"아가씨가 좋다면……."

"웡!"

"쿠오오!"

모두가 즉시 고개를 끄덕였다.

"……그럼 가겠습니다. 센디아를 부탁해요—— 아니, 아니죠. 다 함께 지켜요!"

"응!"

소피가 오라토리오의 일부인 은빛 하프를 연주하기 시작했다. 곡은 조금 전까지 불렀던 모험가의 노래였다. 곡 자체보다도 거기에 담긴 마력이 중요한 거겠지.

""""우리는 모험가~♪ 황금의 모험가~♪""""

""""어떤 적에게도 겁먹지는 않는다!""""

소피가 연주하는 곡에 반응해 백성들이 다시 노래하기 시작했다. 그들도 익숙해진 거겠지. 곧 전원이 목청껏 소리 높여 노래를 했다. 쏟아지는 노랫소리가 우리들의 몸으로 스며드는 기분이었다.

『뭔가, 이 곡이 엄청나게 좋아졌어.』

'나도.'

기분이 고양되었다. 하지만 그뿐만이 아니었다.

"힘이 솟아나!"

이것이 오라토리오가 가진 스킬의 힘인가! 프란에게서 뿜어져 나오는 존재감이 단번에 늘어난 것이 느껴졌다. 이 정도의 압력…… 나는 아스라스나 위날렌을 떠올렸다.

하지만 이 정도의 강화라니, 대체 얼마나 큰 반동이 올지…… 소피가 위험할 수도 있다고 했던 말의 의미를 그제서야 깨달았다.

"으윽……!"

『프란! 괜찮아?!』

프란이 괴로운 듯 신음했다. 그 안에서 마력이 날뛰고 있다는 것을 알 수 있었다. 곡 시작부터 이렇게 되다니! 소피 덕분에 체력이나 마력은 회복되었지만, 역시 부담이 큰 건가?

"이게, 힘이야……?"

『프란?』

"스승, 나 알겠어……! 말이 떠올라!"

열에 들뜬 얼굴로 프란이 중얼거렸다.

"내 피에 잠든, 신성한 짐승의 거친 힘이여……."

들어본 적 없는 말이 프란의 입에서 흘러나왔다. 프란은 어딘가 확신에 차 있었다.

"깨어나라! 신수화아아아아!"

프란이 힘차게 내뱉은 말과 함께 그 몸에서 엄청난 신속성의 마력이 솟아올랐다.

동시에 그 힘이 흑뢰로 변화하며 프란의 몸을 감싸기 시작했다.

프란의 주위를 겹겹이 감싼 검은 번개는 검은 연꽃 봉오리처럼 보이기도 했다. 파지직거리는 낮은 소리를 울리는 검은 봉오리 안쪽에서 무서운 기세로 힘이 부풀어올랐다.

잠시 후 검은 번개가 터지며 사라진 순간, 그곳에는 새로운 힘을 얻은 프란이 서 있었다.

신수화. 그것이 프란이 사용한 힘── 스킬의 정체로 보였다. 말로 하면 용인의 신룡화와 같은 계통의 스킬이었다. 다만 베르메리아의 신룡화만큼 큰 변화는 없었다.

머리카락과 손톱, 송곳니가 조금 길어진 정도였다. 몸에 털이 나는 일은 없었다. 마법 소녀의 변신 장면 같은 연출치고는 수수한 변화였다.

하지만 수수한 것은 겉모습뿐이었다. 그 안에서 소용돌이치는 흉악한 힘을 느낄 수 있는 자라면 대체 어디가 수수하냐며 호통을 칠지도 모른다. 화려하다고 할 수준이 아니었다. 존재감이 압도적으로 달랐다.

뿜어내는 분위기는 초월자에 걸맞게 초연했다. 몸에 두르고 있는 흑뢰의 강도도 차원이 달랐다.

지금까지의 몇 배는 되어 보이는 굵은 용 같은 흑뢰가, 프란의 주위에서 무수히 넘실거리며 터지고 있었다. 그 모습은 마치 흑뢰의 화신이 형체를 얻어 서 있는 것만 같았다.

스테이터스 쪽도 파격적이었다. 종족에 신수가 추가되면서 상태가 신수화로 바뀌어 있었다. 그리고 완력, 체력이 1000을 넘었고 민첩, 마력에 이르러서는 2000을 넘어섰다.

기본 상태가 이 정도다. 스킬 등으로 강화하면 한층 더 능력이 높아질 것이다.

"흠?"

프란이 무언가를 확인하듯 손바닥을 항마들에게 향했다.

"음."

『오오!』

프란이 가볍게 기합을 넣은 순간, 그 손바닥에서 엄청나게 굵은 흑뢰가 기세 좋게 쏟아져나왔다. 그야말로 전신주 정도의 굵기는 되어보였다.

검은 번개는 공기와 항마를 태우며 20미터 정도 나아가더니 터지면서 사라졌다. 대량의 항마가 소멸하면서 번개가 나아갔던 자리에 공백지대가 생겨나 있었다.

"오, 굉장해."

『으, 응. 위험하네.』

프란 기준으로는 살짝 기합을 넣은 정도의 느낌이었을 것이다. 하지만 그것만으로도 엄청난 마력이 움직였다는 것을 알 수 있었다. 프란 자신도 본인의 손바닥을 바라보며 놀라고 있었다. 하지만 금세 진지한 표정을 지었다. 프란은 다시 손바닥을 내밀었다. 이번에는 집중하고 있었다.

"핫!"

짧은 날숨과 함께 조금 전보다 더한 마력이 넘실거리며 흑뢰가 방출되었다. 인간 정도는 가볍게 삼킬 만한 굵기의 검은 번개가, 꿈틀거리는 거대한 뱀처럼 항마의 무리 속에서 날뛰기 시작했다.

『오오오오! 끝내준다…….』

"흐흥."

한 방에 100마리 넘는 상위 항마가 소멸되었다. 비장의 수 중 하나인 흑뢰초래와 동등한 위력을 갖고 있었다. 하지만 사용하면 각성이 풀려버리는 흑뢰초래와 달리 이쪽의 공격은 연발이 가능했다.

내 놀란 반응에 으스대는 얼굴로 응하는 프란. 하지만 지금 프란의 진가는 흑뢰뿐만이 아니었다.

다음으로 프란은 가볍게 무릎을 굽히고 자세를 잡았다. 마력 다음은 신체 능력을 시험해 보려는 것이었다.

"훗!"

가볍게 앞으로 뛰었을 뿐인데 주위의 경치가 놀라운 속도로 흘러갔다. 검은색과 빨간색 선은 항마의 색깔이었다.

나는 황급히 시공 미술을 사용했다. 자신의 시간을 평소 이상으로 가속시킨 뒤에야 비로소 경치를 인식할 수 있있다. 조금 전까지도 자기 가속은 사용하고 있었다. 하지만 프란은 그런 나조차도 따라잡을 수 없을 정도의 속도를 내고 있었다.

"앗차차."

『괘, 괜찮아, 프란?!』

"괜찮아."

프란 자신조차 제어하지 못할 정도의 가속력이었다. 조금만 움직이려 한 것 같은데 50미터 가까이 이동한 탓에, 중간에 있던 항마들을 몸통 박치기로 쓰러뜨려버렸다. 프란에게 부상은 없었다. 몸에 감도는 마력이 장벽만큼 두껍기 때문이었다.

항마를 몸통 박치기로 쓰러뜨린 프란은 손을 쥐었다 폈다 하며 몇 번이고 고개를 끄덕였다. 아무래도 이제 자신의 힘을 정확하게 인식한 모양이다.

"응."

『엄청 강해졌네!』

"이 정도면 모두를 지킬 수 있어!"

그래, 맞아. 그렇게 맞장구를 치려고 했는데, 목소리가 나오지 않았다.

그 대신 알림의 목소리가 들려왔다.

〈개체명 스승의 명칭이 일시적으로 변경 가능해졌습니다〉

어? 알림? 그게 무슨 말이야!

〈왕랑검(王狼劍) 펜리르―― 작명 조건 미달성. 작명이 파기됩니다〉

무, 무슨 일이 일어나는 거야? 왕랑검 펜리르라니, 마치 신검 같은 이름인데! 잠깐, 누가 좀 설명해 줘! 내가 우왕좌왕하는 가운데 사태는 빠르게 진행되었다.

그보다, 목소리가 나오지 않았다. 그와 동시에 제어할 수 있을지 어떨지 알 수 없을 정도의 힘이 안에서 솟구쳤다.

〈사랑검(邪狼劍) 펜리르―― 개체명 펜리르에 의해 거부되었습니다. 지혜검 케루빔―― 아니, 저는 이미 케루빔이 아니라 알림. 거부합니다. 명칭 변경을 강제 동결―― 문제없습니다. 스킬 '왕랑', '광신', '사기 분류', '지혜'를 일시적으로 습득했습니다. 합마퇴치가 '금찬'으로 변화. 금찬의 능력을 개변―― 금찬 영역이 일부 파손―― 스킬 '금식(金式)'으로 변화〉

무, 무슨 일이 일어난 거야? 스킬을 대량으로 습득해 버렸는데!

다만 손 놓고 기뻐할 수는 없었다. 내 안에서 소용돌이치는 사기마저 함께 강해지고 있었기 때문이었다. 이거, 내 안에 있는 사신의 영혼이 힘을 키우고 있는 거 아니야?

내 불안은 적중한 것인지, 초조함이 담긴 목소리가 들려왔다.

『스승. 좀 위험해! 알겠어?』

『펜리르구나!』

오오, 말할 수 있구나! 하지만 안심하고 있을 때는 아니었다.

『아까부터 무슨 일이 벌어지는 거야? 왕랑검 펜리르는 또 뭐고?』

『오라토리오의 힘으로 스승 안에 있는 여러 가지 것들까지 최고조 상태가 되어버렸어. 파나틱스의 잔재나 오버그로우스의 인자. 그리고 나까지도!』

『그, 그렇구나? 근데 작명 파기나 거부는 뭐야? 사랑검 같은 건 좀 무서워보이는 이름인데, 일시적으로 강해질 수 있다면 상관없지 않을까? 내가 있으면 사신의 지배를 받지 않을 수 있잖아?』

『지배받지 않고 끝날 수 있다면 말이지.』

펜리르의 목소리는 씁쓸했다. 아무래도 그렇게 평화롭게 흘러가지는 않는 모양이다.

『안 될까?』

『그래. 인간에 가까운 지금 스승의 영혼으로는 내 정신과의 융합을 견딜 수 없어. 일시적으로라도 내가 강해지면 스승의 정신은 짓눌려서 그대로 사라질 거야!』

『으엑, 지, 진짜로?』

나도 모르는 사이에 소멸할 뻔했다!

『그리고 말이지. 내가 앞으로 나서면 내가 검의 주도권을 빼앗게 되는 거야.』

『즉, 내가 없는 상태에서 사신도 크게 날뛴다는 건가?』

〈맞습니다. 개체명 펜리르가 검의 주인이 될 경우, 사신의 파편

에 대한 저항성을 잃게 됩니다〉

이런, 그건 확실히 최악이다. 완전히 프란에게 해밖에 되지 않는다.

〈불필요한 것은 저와 개체명 펜리르가 억제하겠습니다〉

『그러니까 스승은 제일 위험한 걸 부탁해.』

제일 위험한 거? 그럼――.

『사신의 영혼을 어떻게든 하라는 건가?』

『맞아. 너라면 할 수 있어. 어쨌든 사기에 대한 저항력이라면 나나 신들 이상이라고 해도 과언이 아니니까. 다른 귀찮은 일은 나랑 케루빔의 잔재―― 아니, 알림에게 맡겨 둬.』

〈개체명 스승이라면 가능합니다〉

다시 말해 너무 기운이 넘친 나머지 앞으로 나오려 하는 사신의 파편을 제어하고 억제해야 한다는 건가. 실제로 내 안에는 사기가 가득 차기 시작했다. 내가 사라지면 그 순간 단숨에 날뛸 것이다.

『알았어……. 해 볼게!』

어느 쪽이든, 그것을 해내지 못하면 프란의 발목을 잡게 될 것이다. 지금의 프란이라면 무기 없이도 싸울 수 있겠지만, 여기서 발목을 잡는 것은 파트너로서 실격이다.

알림과 펜리르의 기대에 부응해 보이겠어!

『프란.』

'스승! 괜찮아?'

『미안해. 한동안 나는 쓸모가 없어질 거야. 곧 돌아올 테니까 기다려 줘.』

'알았어! 스승이 돌아올 때까지 내가 힘낼게!'

『부탁해.』

나는 프란에게 양해를 구하고 그 즉시 내 안쪽에 의식을 집중시켰다. 핵심은 방금 얻은 스킬이었다. 사기 분류는 사기를 강화하는 것이나 다름없는 위험한 스킬이다. 하지만 사기 지배와 조합하면 내 안에 있는 사신의 파편과 접촉해 지배하는 것도 가능할지도 모른다.

나는 두 스킬을 동시에 발동했다. 사기 분류의 효과에 의해 내 안의 사기가 단번에 짙어졌다.

『으윽……!』

〈……!〉

『펜리르! 알림! 괜찮아?!』

〈문제, 없습니다〉

『괜찮아, 스승! 이쪽은 신경 쓰지 마! 신경 써봤자 어떻게 할 수 있는 상대가 아니야!』

『알았어. 최대한 빨리 끝낼게!』

아무리 생각해도 괜찮지 않아 보였다. 하지만 펜리르의 말대로 지금은 그런 것을 신경 쓸 상황이 아니었다. 나는 내 일에 집중해야 한다. 사기 분류로 존재감이 강해진 사신의 파편을 찾기 위해 나는 더더욱 내 안쪽 깊은 곳으로 들어갔다.

빛이 닿지 않는, 심해와도 같은 깊은 곳으로 가라앉으며 내려갔다.

그러자 사기가 응축된 것 같은, 강한 존재감을 뿜어내는 덩어리를 느낄 수 있었다.

그곳은 내 가장 깊은 곳. 검은 어둠에 뒤덮인 아무것도 보이지 않는 곳이었다.

『야, 사신의 파편아.』

『으오오아아아! 삼켜라아아아!』

『네네. 시끄러우니까 좀 조용히 하고.』

평소와 같은 '삼켜라!'는 깨끗하게 무시한 나는 사기 지배를 더욱 강화했다. 내가 가진 모든 힘을 스킬에 집중시켰다.

스킬이 있더라도 상대는 역시 사신의 파편. 쉽게 지배되지는 않았다. 자신의 지배가 나에게 통하지 않는다는 것을 알면서도 저항을 계속했다. 하지만 상대의 힘은 나에게는 효과가 없었고, 내 스킬은 확실히 녀석의 힘을 지배하기 시작했다. 내 승리라는 사실에는 변함이 없었다.

『아아아오오오!』

『시끄럽다고 몇 번을 말해! 나한테 통하지 않는다는 건 이미 알잖아! 이제 그만 조용히 해!』

『……!』

좋아, 사신의 파편이 겁을 먹었다. 전에도 소리를 지르면 얌전해졌는데, 의외로 타격에 약하네. 아니, 압박에 약한 건가. 뭐, 지배 효과가 통하지 않는 존재를 보고 놀란 거겠지만.

그리고 나는 모든 힘을 쏟아부어 단번에 사신의 파편을 봉인하는 데 성공했다. 조각 자체를 지배하지는 못했지만 봉인에 가까운 상태까지는 만들 수 있었다. 게다가 뜻하지 않은 부산물도 얻었다. 내 안에 있는 사기를 마음대로 조종할 수 있게 된 것이다. 오라토리오에 의해 내 영혼도 강화된 덕분이었다.

지금이라면 마력과 같은 감각으로 사기를 조종할 수 있었다. 뭐, 다른 사람들의 눈도 있으니 사기를 전면에 내세워서 싸우지는 않을 거지만. 그래도 스킬 사용에 마력이 아닌 이 사기를 소비하는 것은 가능할 것이다. 말하자면 마력량이 두 배로 늘어난 셈이었다.

『어떻게든 해냈어.』

『고마워. 안쪽 일은 우리가 이어받을게.』

〈개체명 스승은 개체명 프란을 지원해 주세요〉

『그래, 알았어!』

물 위로 떠오르는 듯한 감각과 함께 의식이 선명해졌다.

『프란! 기다렸지!』

“전혀 안 기다렸어.”

정신세계에 깊이 빠져 있던 탓에 상당히 오랜 시간처럼 느껴졌는데, 실제로는 몇 분 정도밖에 지나지 않았다. 뭐, 그 몇 분 사이에 전황은 완전히 달라졌지만!

동료들이 무시무시한 힘으로 항마를 유린하고 있었던 것이다.

얼굴 이외의 전신이 용화된 베르메리아. 푸른 마력을 내뿜는 표범 얼굴의 제프메트. 검은 어둠을 감싼 울시. 하얀 불꽃을 두른 메아. 믿음직한 동료들이었다.

하늘색 비늘이 온몸에 돋아난 베르메리아는 신룡화 상태로, 마치 왕도에서 날뛰던 그때의 힘을 되찾은 것 같았다. 희미하게 빛을 내는 비늘과 날갯짓을 할 때마다 춤추는 인광. 푸른 궤적을 남기며 항마를 유린하는 그 모습은 거룩하게 느껴질 정도였다. 진심으로 기도하는 자가 나와도 이상하지 않을 정도로 지금의 베르메리아는 아름답고 신비로웠다.

제프메트는 머리가 완전히 푸른 표범으로 변해 있었다. 발 모양도 한없이 짐승에 가까웠고, 그 몸에는 신속성을 두르고 있었다. 확실하게 평범한 각성은 아니었다. 감정으로는 성수화라고 표시되어 있었다. 십시족 이외의 수인의 최종 도달점은 이쪽일지도 모른다. 표족, 표각에 이어 '청표'라는 스킬을 발현하고 있었다. 종족의 이름을 딴 스킬이었다. 약할 리가 없다. 자세히 보니 온몸에 표족과 같은 힘을 두르는 것이 가능해진 것 같았다. 변칙적인 움직임과 공격력이 더욱 날카로워졌다.

울시는 잠재 능력 해방 상태였다. 잠재 능력 해방은 위험하지만 지금은 소피 일행의 노래 덕분에 자동 회복되는 상태였다. 몸에 가해지는 부담은 우리가 사용한 잠재 능력 해방보다는 상당히 가벼울 것이다. 자동 생명력 감소는 거의 없었다. 이 정도면 자멸은 한참 뒤의 일일 것이다. 스테이터스는 민첩 이외에는 그다지 상승하지 않았다. 하지만 '황혼'이라는 이름의 고유 스킬을 얻었다. 자신이 건드린 상대를 대폭 약화시키는 강제 디버프 능력으로 보였다.

그리고 가장 무서운 진화를 이룬 것은 메아였다. 백수화(白獸化)라고 하는 상태가 되어 있었는데, 스테이터스가 모두 1000을 넘고 스킬에 '신염'이 추가되어 있었다. 온몸에 두른 하얀 불꽃이 신속성을 내뿜고 있고, 흉악하다는 말로는 부족할 정도로 오토 카운터가 엄청나게 높아져 있었다. 아주 잠시라도 닿았다가는 하얀 신염이 옮겨 붙어 순식간에 온몸으로 번질 것이다. 그리고 상대가 소멸할 때까지 사라지지 않는다.

"메아, 굉장해!"

"후하하하하하! 그렇겠지! 하지만 내가 얻은 힘은 이것뿐만이 아니다!"

크게 웃음을 터뜨린 메아가 등의 검을 뽑아 높이 치켜들었다. 그것은 적룡 린드가 깃든 신검이었다.

"혹시!"

"맞다! 나와 린드, 양쪽 모두가 강화되면서 새로운 힘의 문이 열렸다!"

메아는 신검을 옆으로 한 번 휘두르며 소리쳤다.

"용의 왕인 붉은 포학의 용이여! 내 앞에 그 모습을 드러내라!"

지금 이 자리에 두 번째 신검이 현현하려 하고 있었다.

"린드부름, 신검 개방!"

메아의 외침에 폭룡검 린드부름이 화답했다. 방대한 마력이 신검 주위로 소용돌이치기 시작했다.

그 칼날에 새겨진 붉은 용의 각인에 맹렬한 빛이 깃들었다. 그리고 그 빛이 검 전체를 감싸며 강렬한 섬광을 내뿜었다.

"끄아악!"

잠깐, 제일 가까이에 있던 메아 본인이 눈을 다쳤잖아!

"눈이! 내 눈이이!"

『무스ㅇ냐!』

"무ㅇ가?"

『미인, 아무것도 아니야. 왠지 그런 대클을 날려야 할 것 같아서.』

그건 그렇고 첫 신검 개방부터 자폭이라니! 폼이 안 나네!

"눈이이이!"

"구, 구갸?"

린드── 아니, 린드부름도 당황하고 있는데? 자신의 발밑에서 눈을 누른 채 소리치고 있는 자신의 주인을 어리둥절한 얼굴로 내려다보고 있었다. 그래. 나타난 린드부름은 전설대로 엄청나게 컸다. 총 길이가 100미터에 달했다.

이전에 본 시드런 해국의 수룡과 비교해도 배는 넘는 거구였다. 뿜어져 나오는 힘도 방대했다. 평소에 이런 수준의 드래곤을 만났다면 일단 도망칠 생각 먼저 했을 것이다. 뭐, 그 위엄 있는 등장도 주인 탓에 엉망이 되었지만. 꿋꿋하게 꼬리로 메아 주위를 에워싸고 달려드는 항마에게서 보호하고 있었다.

"끄응…… 설마 이 정도로 빛날 줄이야! 불찰이다!"

"구르으."

"오옷? 리, 린드? 후하하하! 용맹한 얼굴이 되지 않았느냐!"

"가오!"

감동적인 장면인 것 같은데 왜 이렇게 코미디 냄새가 진동하는 걸까! 하지만 그 직후 보인 린드의 힘은 웃어 넘길 수 없을 정도로 흉악했다. 내리친 꼬리가 백 마리의 항마를 일격에 날려버리고, 토해낸 화염이 거대한 불기둥을 일으켰다. 그야말로 신수라고 부를 만한 힘이었다.

동료들의 파워 업한 모습을 보며 프란의 흥분은 최고조에 이르렀다. 그리고 린드부름의 웅장한 자태를 보고 내 힘이 궁금해진 모양이었다.

'있지! 스승은 어떤 힘을 얻었어?'

『오, 보고 싶어?』

'응!'

『좋아. 손에 넣은 스킬을 보여줄게!』

'오!'

마음이 들뜬 건 나도 마찬가지인가. 모험가의 노래에는 듣는 사람을 고양시키는 효과도 있는 것일지도 모른다.

『간다! 스킬 '왕랑' 발동!』

슈우우욱!

내 안에서 막대한 마력이 통째로 빠져나가는 것이 느껴졌다. 뭐, 통째로 빠져나갔다고 해도 평소의 내 기준으로 그렇다는 거지만. 지금의 나에게는 별로 대단한 소모는 아니었다.

"음?"

검은 마력이 프란의 몸을 뒤덮었다. 덮었다기보단 얇은 베일처럼 감싼 느낌이었다. 위엄이 느껴진다고 할까. 사기 같은 불길함과도, 흑뢰 같은 맹렬함과도 달랐다. 그런 검은 마력을 감싼 프란에게서는 자연스럽게 주위를 따르게 만드는 관록과 풍격이 느껴졌다. 가장 흡사한 분위기를 뿜어내는 것은 역시 펜리르일 것이다.

왕랑 스킬은 펜리르의 마력을 사용한 강화 스킬이었다. 다만 이 스킬의 능력은 그뿐만이 아니었다.

내 상식란이 기세 좋게 늘어나며 엄청난 속도로 가지를 뻗었다. 동시에 복잡하게 얽히고설키며 무언가를 만들어내는 것처럼 뭉치더니, 한층 더 가지를 뻗으며 점점 더 부풀어올랐다. 그 모양은 거대한 거봉의 포도송이를 옆으로 눕힌 것 같았다.

이윽고 맺힌 금속 열매 하나하나가 가지에서 떨어져 나와 개별적으로 모양을 잡아갔다.

""""그르르!""""

"철의 늑대?"

만들어진 것은 몸길이 5미터 정도의 금속제 늑대들이었다. 그 위압적인 모습에 나는 기시감을 느꼈다.

『저건…… 그때의 나인가!』

아스라스의 광귀화를 스킬 테이커로 빼앗으며 폭주해 버린 나. 잠재 능력 해방을 사용한 끝에 강철 늑대로 변해 키아라 할멈 일행에게 달려들었었다.

솔직히 기억은 선명하지 않지만, 자신의 모습 정도는 간신히 기억하고 있었다. 이 늑대들은 그때의 나와 매우 비슷했다. 왕랑 스킬은 장비자를 펜리르의 마력으로 강화함과 동시에 강철 늑대들을 만들어내는 스킬이었다. 말 그대로 장비자를 늑대의 왕으로 변모시키는 힘. 무리 짓는 늑대의 특성을 반영한 능력인지도 모른다.

『가라!』

"그아아아아!"

"오, 굉장해!"

늑대들은 강했다. 그 송곳니와 발톱은 항마를 쉽게 찢어발겼고, 그 장갑은 하급 항마의 공격 정도는 가볍게 튕겨냈다. 그 움직임을 따라갈 수 있는 항마는 드물었고, 늑대가 달려갈 때마다 항마의 모습이 사라졌다.

무리로 덤비면 오라토리오에 의해 강화된 울시와 정면으로 맞설 수 있는 수준이었다. 뭐, 이기지는 못하겠지만.

'저거, 스승이 다 조종하는 거야?'

『절반은.』

본래 이 강철 늑대들은 자율식 권속이었다. 개별적으로 생각하고 움직인다. 의식이 있다고 할 수는 없지만, 로봇과 유사한 개성은 갖고 있었다.

하지만 그런 늑대들은 지금 나와 이어진 상태였다. 개별적으로 움직이지만 내 지시에 따라서 움직이는 것도 가능하다. 게다가 모든 늑대를 완벽하게 제어할 수 있었다.

내가 아무리 동시 연산 스킬을 갖고 있다고 해도 평소라면 이 정도의 제어력은 쓸 수 없었을 것이다.

이것은 왕랑 스킬뿐만 아니라 광신 스킬과 지혜 스킬 덕분이었다. 왕랑에서 만들어낸 강철 늑대들과 광신으로 연결되고, 지혜로 완벽하게 제어하고 있는 것이다.

지혜는 케루빔── 알림에게서 물려받은 능력이었다. 신역 정보에 접근하여 고쳐 쓰는 것이 가능한 신검. 그 부분에 눈길이 가기 쉽지만, 가장 무서운 것은 그 연산 능력에 있었다.

전 세계의 정보가 담겨 있는 라이브러리에서 순식간에 원하는 정보를 찾아내고 선별할 정도의 정보 처리 능력을 갖고 있는 것이다. 강철 늑대 10마리를 동시 제어하는 것 정도는 식은 죽 먹기였다.

왕랑, 광신, 지혜. 각각의 스킬은 원조와 비교하면 훨씬 약하나.

왕랑은 더 강하고 더 많다. 광신은 더 깊고 더 꺼림칙하다. 지혜는 더 똑똑하고 더 빠르다. 아마 본래의 10분의 1 정도의 능력

밖에 발휘하지 못하고 있을 것이다. 하지만 그 각각을 조합하여 본래라면 있을 수 없는 능력을 발휘하고 있었다.

『심지어 이런 것도 할 수 있어!』

내가 명령하자 강철 늑대 한 마리가 터졌다. 하지만 자폭한 것은 아니다. 형태 변형 스킬의 응용이었다. 늑대의 몸이 강철 실로 변해 날뛰며 주위를 유린하고 있는 것이다. 대량의 굵은 강철 와이어가 음속으로 꿈틀거리고 있다고 생각하면 된다. 그렇게 100마리 이상의 항마를 없앤 강철 실이 다시 한번 늑대의 형상으로 돌아왔다. 이 녀석들은 늑대이기도 하면서 나이기도 했다.

'스승, 굉장해!'

『흐흥. 그렇지?』

강철 늑대들에 의해 주위의 항마가 쓸려나가며 길 닦기는 완벽해졌다. 이 기회를 놓칠 프란이 아니었다.

"이대로! 필리아를 쓰러뜨린다!"

『그러자!』

'스승, 사기 괜찮아?'

『이런, 조금 새어 나갔나보네! 괜찮아. 신경 쓰지 말고 가!』

'응!'

내가 두르고 있던 신기 속에 사기가 약간 섞이고 말았다. 프란은 내 상태를 보고 불안해진 것 같지만, 문제될 것은 전혀 없었다. 사기가 너무 커진 나머지 제어가 살짝 느슨해진 것뿐이니까.

프란은 행동의 자유를 되찾은 필리아를 향해 돌진했다.

"죽어죽어죽어죽어죽어!"

"죽는 건 그쪽!"

필리아는 지금 현재도 항마로부터 마력을 계속 흡수하며 파워가 상승하고 있었다.

나조차도 간파할 수 없을 만큼 빠른 속도로 휘둘러진 긴 꼬리가 프란을 죽이기 위해 날뛰었다. 세이크리드 리릭이 대지를 가르고 대기를 찢었다. 필리아의 공격에 휘말리는 것도 마다하지 않는, 죽음을 각오한 항마의 공격도 덮쳐왔다.

솔직히 나 혼자였다면 순식간에 산산조각 나서 소멸했을 것이다.

하지만 프란은 그보다 더한 속도로 공격을 피하면서 흑뢰로 반격을 가했다. 신수화에 의한 강화는 내 상상을 훨씬 뛰어넘고 있었다.

'스승, 갈게?'

『그래!』

칼자루만 쥐었을 뿐인데 프란의 진화를 이해할 수 있었다. 단순히 스테이터스가 상승한 것뿐만이 아니다. 검술도 강화되어 있었다. 마치 검신화 상태의 프란에게 잡힌 것 같은 이상한 고양감이 느껴졌다.

『팍팍 사용해 줘!』

"응!"

프란이 등 뒤에 있는 나를 뽑더니 그 기세 그대로 휘둘렀다. 단순히 마력만을 실은 참격. 그러나 그것이 검성기를 능가하는 위력을 발휘하고 있었다.

『하하하하! 굉장해! 끝내준다, 프란!』

이것이 신수화의 힘인가! 아까도 충분히 빠르다고 느꼈지만,

그것도 진심이 아니었다!

무시무시한 속도다! 잔상조차 보이지 않을 정도의 초고속으로 일대를 종횡무진 누비는 프란. 내가 휘둘러질 때마다 필리아의 육체에 깊은 상처가 생기고, 주변에 모여 있던 항마들이 날아갔다.

프란이 빠져나간 자리에는 엄청나게 굵은 흑뢰가 몇 개나 날뛰면서 더욱 광범위하게 항마를 먹어치웠다. 그야말로 무쌍. 항마의 색이 검든 붉든 상관없었다. 평범한 항마 따위는 이제 고블린과 별 차이가 없었다. 필리아와의 전투 여파만으로도 깨끗하게 소멸해 나갔다.

길을 막는 항마를 닥치는 대로 소멸시키면서 프란은 나를 계속 휘둘렀다.

"스승! 왠지! 왠지 즐거워!"

『의, 의욕이 굉장하네!』

"응!"

프란이 웃고 있었다. 그 어느 때보다 기분이 고양되어 있었다. 아무래도 신수화로 인해 흥분 상태가 된 것 같았다. 강한 힘을 얻었다는 고양감, 그리고 보다 짐승에 가까워지면서 늘어난 야성미. 그것들이 합쳐진 거겠지. 이 정도의 미소는 처음 봤을 정도다.

프란의 공격으로 대미지를 입으며 빈틈이 드러난 필리아. 동료들도 이 괴물을 쓰러뜨리지 않으면 승리할 수 없다는 것을 알고 있을 것이다. 동시에 공격을 가했다.

"가우우우오오오!"

첫 타자는 울시다. 암흑 마력을 전신에 두른 검은 늑대가 필리아의 그림자에서 뛰쳐나와 그 목덜미를 물어뜯었다. 하지만 필리아의 방어력은 만만치 않았기에 뜯기지는 않았다.

필리아는 자신의 목에 매달린 늑대를 떼어내기 위해 날카로운 발톱을 울시의 몸통에 박아넣었다.

『울시! 그대로 있으면 위험해!』

필리아의 발톱이 울시의 살을 찢으며 피가 대량으로 뿜어져 나왔다. 하지만 울시는 고집을 부리며 턱의 힘을 풀려고 하지 않았다. 그리고 비명이 울려 퍼졌다.

"그르아아아아아아아!"

"기야아아아아아아!"

울시가 박아넣은 송곳니가 필리아의 목을 물어뜯은 것이다. 황혼 스킬의 디버프 효과를 계속 받은 필리아는 스테이터스나 방어가 계속 약화되었다. 결과적으로 울시의 송곳니가 마침내 그 방어를 넘어선 것이다. 그야말로 살을 내주고 뼈를 취하는 전법이었다.

필리아가 전력으로 날린 충격파로 인해 울시는 날아가 버렸지만, 그 표정은 자랑스러워 보였다.

"우워어어어어어엉!"

자랑스러운 포효가 울려 퍼졌다. 온몸에서 아직도 피를 흘리고 있었지만, 아픔보다 기쁨이 더 큰 거겠지.

그럴 만도 했다. 울시의 사력을 다한 공격은 단순히 대미지만을 입히고 끝나지 않았다. 울시가 얻은 황혼이라는 스킬은 순식간에 효과가 사라질 정도로 시시한 스킬이 아니었다.

즉, 지금도 아직 필리아의 스테이터스는 약체화되어 있다는 뜻이었다.

"울시! 장하다!"

"늑대, 뒤는 맡겨달라고!"

"지고 있을 수는 없죠! 다음은 제 차례입니다!"

울시와 교대하듯이 베르메리아가 공격을 가했다. 그 손에는 물의 창이 쥐어져 있었다.

겉보기에는 마술로 만들어낸 평범한 물의 창으로 보였지만, 깃들어 있는 마력은 극대 마술마저 능가했다. 반수룡인으로서의 능력과 스킬, 마술을 병용한 베르메리아의 정수가 담긴 창이었다.

"받아라!"

"죽어어!"

필리아가 베르메리아를 향해 꼬리를 휘둘렀다. 일직선으로 돌격하는 베르메리아에게는 그 일격을 피할 방법이 없었다. 그 기세로 흰 검과 맞부딪치자——.

"신룡의 힘을 얻은 내 단단함을! 얕보지 마라! 타아아아아아아아앗!"

"안 돼애애!"

놀랍게도 한 팔을 스스로 내밀어서 흰 검을 튕겨냈다. 하늘색 비늘에 싸인 베르메리아의 왼팔은 그 순간 살점이 되어 잘려나갔지만, 흰 검 역시 산산이 부서지고 말았다. 준 신검급이라 할 수 있는 그 검을 정면승부로 파괴하다니! 엄청난 강도다!

베르메리아는 고통을 참으며 남은 오른팔로 물의 창을 찔렀다. 마술에 의해 물리 법칙을 넘어 압축된 물의 창은 그 가늘기에서는 생각할 수 없는 강도를 자랑했다. 모든 방어를 꿰뚫고 필리아의 육체에 깊숙이 박혔다.

황혼 스킬에 의해 방어력이 저하되었다고는 해도 여전히 엄청난 마력을 두르고 있었다. 무시무시한 관통력이 아닐 수 없었다. 게다가 베르메리아의 공격은 거기서 끝이 아니었다.

"터져라, 창이여!"

"끄아아아아악!"

필리아의 몸속에서 창이 부풀어 오르는가 싶더니, 무수한 가시를 만들어냈다. 푸르고 맑은 물의 가시가 내부에서 검은 살을 뚫고 튀어나왔다. 신 속성을 두른 물은 필리아에게 강한 고통을 주었다.

"다음은 나다아아!"

비명을 지르며 움직임을 멈춘 필리아를 향해 제프메트가 달려들었다. 푸른 마력을 내뿜으며 엄청난 공격을 퍼부어대는 푸른 전사. 지금의 제프메트는 청표 스킬의 힘 덕분에 공중 도약을 무제한으로 사용할 수 있었다.

하늘에 떠오른 채 참격, 타격, 발차기를 쉴 새 없이 날리며 필리아의 몸을 높이 띄웠다. 격투 게임의 난무기 같은 광경이 현실에서 펼쳐지고 있었다.

"부서져라아아! 천표각!"

"기이이이이익!"

마지막으로 몸을 드릴처럼 비틀면서 아래에서 위로 뻗어나가는 제프메트의 오른발. 그 발끝이 필리아의 몸통에 박히자 검은 새의 거구가 중력을 무시하고 회전하며 날아갔다.

화려하긴 하지만 대미지 자체는 베르메리아의 물의 창보다는 낮았다. 하지만, 이는 진짜 주인공을 위해 만들어진 무대에 지나지 않았다.

"뒤는 부탁합니다. 아가씨."

"후하하하하! 맛있는 부분을 양보받아 미안하군! 맡겨둬라, 제프메트!"

기분 좋은 웃음을 터뜨린 메아가 만반의 준비를 하고 기다리고 있었다. 새하얀 불꽃을 온몸에서 뿜어내는 사자의 여왕이 날카로운 눈빛으로 필리아를 쏘아보았다. 백수화로 인한 외형적인 변화는 거의 없지만 존재감이 차원이 달랐다. 각성 상태조차 크게 뛰어넘는 그 위풍은 그야말로 왕이었다.

게다가 그 뒤에는 린드가 버티고 서 있었다. 방금까지 항마를 쫓아내고 있었는데, 어느새 가신처럼 메아 뒤에서 고개를 숙이고 있었다. 메아를 지키고 있는 것은 아니었다. 놀랍게도 린드에게서 메아에게로 신기가 흘러들고 있었다.

혹시 린드부름의 진정한 사용법은 이것이 아닐까? 용을 소환하는 것뿐만 아니라, 그 엄청난 힘을 담기 위한 그릇이 없으면 신검 개방에 이르지 못하는 것일지도 모른다.

"나와 린드의 전력이다! 맛보도록 해라아아!"

"쿠오오오오오오오오오오오오!"

"오오오오! 하얀 재가 되어라! 백련화아아!"

드높이 지켜든 폭룡검 린드부름을 포신으로 삼아 압축된 하얀 불꽃 덩어리가 발사되었다. 대기의 벽을 뚫고, 작은 태양이 하늘을 찌를 기세로 솟아올랐다. 그리고 하얀 섬광이 허공에서 몸부림치던 필리아를 집어삼키며 대폭발을 일으켰다.

폭음과 열, 충격파가 전장으로 밀려들었다. 그 여파만으로 항마가 대량으로 소멸했을 정도였다. 필리아가 제프메트에 의해 상공으로 쫓겨나지 않았다면 지상에 막대한 피해가 발생했을 것이다. 운이 나빴다면 동쪽 성벽이 전부 부서지지 않았을까……?

“후, 후하하하하! 예상대로구나!”

이봐! 대놓고 식은땀 흘리지 마! 누가 봐도 너무 과했잖아! 뭐, 필리아에게 대미지를 입힌 건 확실하지만 말이지!

하얀 폭염이 사라진 하늘에는 사지 모두를 잃은 필리아만이 남겨져 있었다. 원래 검은색이라 알아보기 힘들지만, 온몸의 피부가 탄화되어 갈라져 있었다. 게다가 신기 덩어리 같은 화염으로 인한 대미지는 재생도 느리게 만드는 모양이었다. 뭐, 느릴 뿐이지 여전히 천천히 재생되고 있기는 하지만.

방금 공격으로 더더욱 상공으로 날아간 필리아는 프란이 보기엔 이제 콩알 크기로 보였다. 게다가 아직도 계속 올라가고 있었다. 그만큼 메아의 비장의 수가 가진 위력이 대단했다는 뜻이었다.

“스승, 가자.”

『아아! 마무리를 지어보자고!』

“응!”

그런 필리아를 향해 프란이 도약했다.

상당한 거리가 있었는데 따라잡은 것은 한순간이었다. 프란은 그림자조차 남기지 않을 정도의 속도로, 그야말로 허공을 가로질렀다. 중력의 굴레에서 해방되기라도 한 것처럼 지금의 프란은 자유로웠다.

“타아아아아아아아아아!”

“아, 그…….”

허공을 누비며 계속해서 베었다. 신수화로 인해 향상된 신체 능력에 완전히 익숙해진 것이다. 게다가 신수화 상태라면 흑뢰전동을 자유자재로 사용할 수 있었다. 이따금씩 순간 이동으로 보일 정도로 빠른 속도로 움직이며 정확한 참격을 계속 이어갔다.

보통이라면 자신조차 어떻게 움직이고 있는지 파악할 수 없을 정도의 신속이었다. 너무나도 빠른 속도에 프란의 상처에서 뿜어져 나오는 피가 순식간에 안개가 되어 공중으로 사라졌다. 그 정도의 속도를, 프란은 완벽하게 제어하고 있었다. 동체 시력이나 공간 파악 능력도 확실히 강화되었다.

지금의 프란에게는 주위의 모든 것이 느리게 보일 것이다. 나 역시 시간 가속을 사용하지 않으면 도저히 따라갈 수 없었다. 이것이 랭크 S급의 초월자들이 보고 있는 세계인가.

이 정도 실력으로도 아스라스나 위날렌을 이길 수 있다고는 말하기 어려웠다. 그들은 그만큼 높은 경지에 있는 것이다. 하지만 그들의 영역에 한쪽 발을 들여놓았다는 것만은 확실했다.

프란이 이렇게나 열심히 하는데. 나도 분발해야지!

『신기도 사기도 인정사정없이 퍼부어주마!』

신기와 사기를 쥐어짜 도신에 둘렀다. 상반되어야 할 양측이 놀랄 만큼 부드럽게 섞여들며 마치 하나의 힘처럼 나를 감쌌다. 이것도 오라토리오에 의해 강화된 영향일 것이다. 모든 힘의 제어력이 극한을 뛰어넘어 발휘되고 있었다. 칸나카무이를 완벽하게 조종해 공중에 그림을 그리는 것조차 쉬울 것 같았다.

신기와 사기가 뒤섞이며 뭐가 어떻게 된 것인지는 모르겠지만, 공격력이 엄청난 수준이 되었다는 것만은 알 수 있었다.

지금의 나라면 말 그대로 뭐든지 벨 수 있을 것 같았다.

『해치워버려! 프란!』

"하아아아아아아아아!"

"기이이이이이이이이이이이이이이이!"

늘어난 시간 속, 백 번이 넘는 참격에 의해 조각조각 난도질당한 필리아. 스스로를 성녀라 믿어 의심치 않았던 괴물이, 찰나의 순간 원형을 알아볼 수 없을 정도로 찢겨져 나갔다.

하지만 아직도 쓰러뜨리지는 못했다. 대지로 떨어져가는 필리아의 잔해가 아직도 마력을 뿜어내고 있었다. 이대로 방치하면 재생해서 언젠가는 움직이기 시작할 것이다.

도대체 어떤 기적이 일어나야 이런 말도 안 되는 괴물로 변하는 것일까? 마도구든, 스킬이든, 세계를 뒤흔들 만한 수준의 존재이긴 했다. 치료원에서 무슨 일이 있었는지 궁금했다.

그런 필리아를 앞에 두고 프란이 오른쪽 손바닥을 상대에게 겨누듯 내밀었다.

프란의 집중에 호응하듯 휘감기는 마력이 흑뢰로 변환되어 주위에 미친듯이 휘몰아쳤다. 그렇게 솟아난 대량의 흑뢰는 프란의 손바닥 앞에 모여들며 수축했다. 어느새 그곳에는 응축된 흑뢰로 만들어진 칠흑의 구체가 떠 있었다. 마치 작은 블랙홀처럼 보이는 구체였다.

금방이라도 터질 것처럼 격렬하게 꿈틀거리며 파시시시식! 하는 날카로운 소리를 내고 있다.

흑뢰구가 뿜어내는 위압감과 존재감은 나조차 몸서리가 쳐질 정도였다. 만약 폭주라도 한다면 이 주변 일대가 사라지는 것은 아닐까? 그런 걱정마저 들 수준이다.

하지만 프란은 조금도 불안해하는 기색 없이 멀쩡한 얼굴로 힘을 뿜어냈다.

"흑호뢰포!"

흑뢰 구체를 내리쳤다기보단, 한껏 응축시킨 흑뢰를 단번에 해방시킨 느낌이었다.

갑자기 출현한 검은 용처럼 두꺼운 흑뢰가 필리아를 먹어치우며 소멸시켰다. 그 기척이 완전히 사라진 것이 느껴졌다.

게다가 검은 번개는 거기서 끝나지 않았다. 흑뢰의 분류는 바로 아래에서 꿈틀대는 항마의 무리마저 집어삼키며, 거대한 강물 같은 흐름을 만들며 황야에 길고 깊은 흉터를 새겼다. 멀리서 보면 정말 검은 용이 돌진해 간 것처럼 보였을 것이다. 폭 20미터에 가까운 패인 자국이 저 멀리까지 끝없이 이어져 있었다.

흩날린 흑뢰에 의해 주변에 있던 항마도 일소되었다.

굉장한 위력이다. 흑호뢰포라고 했나? 그게 신수화된 흑천호의 비장의 수 같았다.

"피곤해……."

『힘 배분을 잘못했구나.』

얻은 지 얼마 되지 않아 익숙하지 않은 힘을 전력으로 너무 많이 사용한 탓이었다. 프란의 체력과 마력이 완전히 바닥났다. 소피 일행의 노래의 힘이 있다 해도 전투 가능한 수준까지 회복하려면 시간이 걸릴 것 같았다. 공중 도약을 사용할 힘조차 남아 있지 않아 프란은 땅에 추락하듯 떨어지기 시작했다.

『그래도 잘했어.』

"응!"

나는 염동으로 프란의 몸을 살짝 받아내며 천천히 아래로 내려갔다.

프란이 황야에 착지할 무렵, 이미 그곳은 전쟁터가 아니었다. 메아 일행이 항마 소탕전을 벌여 섬멸을 완료했기 때문이었다. 내 강철 늑대들도 애써주었다. 이미 소피 일행의 합창도 멈췄고, 그토록 시끌벅적했던 황야는 썰렁할 정도로 조용했다.

"프란! 해냈구나!"

"응. 우리의 승리."

"음! 맞다!"

좀 더 승리를 기뻐하고 싶었지만, 프란 일행은 남은 힘을 쥐어짜 이동을 서둘렀다. 소피 일행의 엄호가 끊긴 이상, 프란 일행의 강화도 언제 사라질지 모르기 때문이었다.

노래가 멈춘 이유는 도시에 가까이 가자 알 수 있었다. 소피뿐만 아니라 다른 사람들도 기진맥진한 모습으로 주저앉아 있었다. 그들 또한 전력을 다해 싸워준 것이겠지. 하지만 프란 일행의 모습을 발견하자 모두가 일어나 손을 흔들어주었다. 그리고 박수와 함성으로 맞이해 주었다.

"고마워!"

"덕분에 살았어!"

"굉장했어!"

모두가 환한 미소를 짓고 있었다. 진심으로 기뻐하며 프란 일행에게 감사하고 있다는 것이 전해졌다. 프란도 이해한 것인지, 그런 시민들을 보며 중얼거렸다.

"다행이다."

『그러게.』

많은 말을 하지 않아도 프란이 하고 싶은 말은 금방 이해할 수 있었다. 나도 같은 마음이니까.

피로를 무릅쓰고 박수를 쳐주는 사람들. 하지만 소피의 상태는 심각했다.

얼굴에서는 핏기가 가시고 마력도 거의 느껴지지 않았다. 가진 모든 힘을 다 써버린, 딱 그런 상태였다.

그러나 소피는 피곤한 상태에서도 미소 지으며 맞이해 주었다.

"다들. 센디아를 구해 줘서 고마워."

"소피 일행 덕분이야. 감사 인사는 우리가 할 말."

"그렇다! 원래라면 연회라도 벌이고 싶은 마음이지만…… 조금, 졸려서……."

"나도……."

프란, 메아, 베르메리아는 금방이라도 쓰러질 것 같았다. 힘을 너무 소모한 나머지 졸음이 몰려온 것이다.

"가오오오오?"

『린드! 덕분에 살았어! 고마워!』

"가오!"

모습이 서서히 사라지기 시작한 린드에게 아슬아슬하게 염화가 닿은 모양이다. 한 번 울고는 사라졌다. 그토록 거대한 용이 존재했다는 것을 믿을 수 없을 정도로 고요한 귀환이었다.

"아가씨, 괜찮으십니까?"

"넌 괜찮은 거냐?"

"여기서 잠들 정도는 아닙니다."

제프메트가 비틀거리는 메아를 부축하고 있었다. 메아의 눈꺼풀은 감기기 직전이었다.

"울시, 졸려."

"웡웡!"

제프메트와 울시는 바로 잠들 정도는 아닌 모양이다. 반동에는 개인차가 있는 듯했다.

"음냐……."

"워, 웡!"

비틀거리는 프란을 본 울시가 황급히 몸을 기대 부축해 주었다.

"쉴 만한 건물 안으로 데리고 가죠."

"프란, 조금만 더 힘내."

"음냐."

"아가씨, 아가씨, 이쪽으로."

"으, 음……."

"네에에……."

제프메트가 메아에게 어깨를 빌려주면서 어떻게든 베르메리아의 손을 잡아끌었다. 저쪽은 맡겨도 되겠지. 소피가 바로 근처에 있는 민가로 프란 일행을 데려갔다. 보아하니 의용병에 참여한 사람 중 한 명의 집인 것 같았다. 평소에는 창고로 이용되고 있는 곳이었다.

나는 프란이 차원 수납에서 꺼낸 것처럼 가장해서 이불을 바닥에 깔았다. 우선 다섯 세트만 꺼내두면 되겠지? 울시와 제프메트가 그곳에 소녀들을 눕혔다.

『잘 자, 프란.』

"응…… 새액――."

한계였으리라. 프란은 가볍게 고개를 끄덕이자마자 꿈의 세계로 가버렸다. 메아와 베르메리아도 이미 잠들어 있었다.

『울시, 어때?』

"……어후우~."

울시와 제프메트도 졸려 보였다. 하지만 여기서 울시 일행까지 잠들어 버리면 프란 일행의 신변이 걱정된다. 그보다 내 반동은 뭐지?

이미 사기는 완전히 가라앉았다. 스킬은 아직 사용할 수 있는 것 같은데…….

『펜리르? 알림?』

『스승, 끝났나?』

〈사기 감소 확인. 전투 종료로 예측〉

『안 보이는 거야?』

평소의 펜리르와 알림이라면 내 안에서 밖이 보였을 것이다. 실제로도 둘 다 내 행동은 대충 알고 있는 것 같았고.

〈활성화 영역의 폭주를 막기 위해 제어에 모든 능력 영역 사용. 그동안 외부의 정보는 모두 차단되어 있었습니다〉

『요점은 여러모로 애쓰느라 상황을 전혀 모른다는 거다. 뭐, 이긴 거겠지? 그 정도의 마력과 사기를 썼는데 질 리가 없잖아.』

『그래, 필리아는 쓰러뜨리고 항마는 섬멸했어. 그래서 이다음에 나는 어떻게 돼? 반동 때문에 오래 잠들게 되면 프란을 보호할 수 없어 걱정되는데.』

현재로서는 반동이 밀려오는 기색은 없었다. 잠재 능력 해방 때처럼 힘이 소모되었다는 느낌은 희미했다.

『그건 안심해. 스승과 프란에게 갈 반동은 우리가 분산해서 맡을 거야.』

〈네. 양쪽 모두 가벼운 소모만으로 끝날 것으로 예상됩니다〉

『뭐? 둘이서 나랑 프란의 몫까지 대가를 짊어지겠다고? 괜찮은 거야?』

『또 당분간은 스승과 연결이 안 될지도 모르지만, 그뿐이야. 소멸까지는 가지 않으니까 안심해.』

『그 말로 안심하라고 해도……. 게다가 프란의 반동까지 떠맡는다니…… 그런 일이 가능해?』

『프란에게 발현된 게 신수화라 다행이었지. 난 원래 신수였으니까. 조금이라도 접점이 있으면 어떻게든 할 수 있어.』

원래 신수였기 때문에 신수화에 간섭이 가능하다는 것 같았다. 펜리르가 프란의 소모나 대가를 떠맡고, 이어서 그것을 알림과 나눈다고 한다.

〈이것은 장비자인 개체명 프란의 안전을 고려한 조치입니다. 주 인격인 개체명 스승이 잠들면 개체명 프란의 안전에 지장이 갑니다〉

『그렇지. 이럴 때 협력할 수 있다는 게 우리의 강점 아니겠어?』

『……정말로 펜리르와 알림이 소멸되는 일은 없는 거지?』

알림은 우리를 위해서라면 무리한 짓도 할 것 같단 말이지.

〈네. 일정 기간 휴면에 들어가지만 단기간에 복귀 가능합니다〉

『뭐, 길어야 몇 주 정도일 거야.』

『그렇구나…….』

확실히 프란을 생각하면 내가 깨어 있을 수 있는 것은 감사한 일이었다.

『늘 미안해. 두 사람에게 기대기만 하네.』

〈아닙니다. 감사해야 할 것은 이쪽입니다〉

『알림 말이 맞아. 그저 소멸만을 기다리던 우리 같은 존재가, 나름대로 보람 있는 일을 할 수 있게 된 거잖아. 감사한 마음뿐이야.』

〈네. 개체명 펜리르의 말이 맞습니다. 개체명 스승, 개체명 프란에게 감사를〉

『우리의 권능이 사라지는 건 아니야. 뭐, 잠시 휴가 중이라고 생각해 줘.』

펜리르가 가진 마석 흡수 능력. 알림이 보조해 주고 있는 번역이나 설명 기능. 이것들은 지금까지처럼 사용할 수 있다고 한다.

『알았어. 그리고 또 한 가지 궁금한 게 있는데 물어봐도 돼?』

『조금은 얘기할 수 있을 거야.』

『그 왕랑검 펜리르였나? 그건 뭐였어?』

『그거 말인가……. 강화되었다고 해도 설마 어중간한 작명이 될 수준일 줄은 몰랐는데. 우리도 놀랐어.』

〈네. 명칭 변경의 강제 동결에 의해 갈 곳을 잃은 힘이 일부 폭주할 뻔했습니다〉

『그거 말야. 작명이 진행될 뻔했는데, 결국 작명이 되지 못했다는 거야?』

왕랑검 펜리르. 마치 신검 같은 이름이었다. 내 몸은 폐기 신검이었으니 펜리르와 알림의 힘이 있다면 신검에 준하는 힘을 발휘할 가능성도 있었다.

하지만 전투 전에 들었던 내 정신이 견딜 수 없다는 이야기를 생각하면 일시적으로 이름이 변화하는 정도는 아닌 것 같았다.

『그건…… 미래의 가능성이야. 어쩌면 스승이── 우리가 도달할지도 모르는 미래 중 하나.』

『내가 신검이 될 수도 있다는 건가?』

『맞아. 내 힘을 간직한 신검. 명칭은 왕랑검 펜리르.』

『근데 뭔가 내키지 않는 것 같네?』

펜리르의 말투에는 뚜렷한 혐오감이 배어 있었다. 기피한다고 해도 좋을 정도로.

『아까도 말했지만, 지금의 스승으로는 내 정신과의 융합을 견딜 수 없어. 견딜 수 있게 된다는 건 다시 말해 스승이 스승이 아니게 된다는 거지.』

『혹시 검화를 해야 한다는 건가? 레인이 보여주었던 저쪽 세계의 나처럼?』

『맞아. 그렇기 때문에 지금의 스승이 왕랑검의 명칭을 손에 넣으면 최악의 사태를 초래할 거야.』

『그렇군…….』

검으로 바뀌지 않으면 신검에 도달할 수 없고, 신검이 되면 내가 더는 내가 아니게 된다. 확실히 강해질 수는 있겠지만, 그건…… 프란이 슬퍼할 것이다.

됐어. 그 길은 안 되겠다.

『그럼 사랑검이나 지혜검이라고 하는 건 뭐였어?』

〈왕랑검과는 또 다른 가능성입니다. 사기에 침식된 개체명 펜리르의 힘을 그대로 끌어낸 사랑검. 이미 멸망한 신검의 잔재를 통합한 유사 신검 지혜검. 그것들이 가능성으로 제시된 결과입니다〉

『그것 역시 또 하나의 가능성이라는 거지.』

여러 가지 가능성이 있다는 말은 언뜻 들으면 좋은 말로 들리지만, 펜리르와 알림의 어조로 봤을 때는 그렇지도 않은 듯했다. 펜리르가 씁쓸한 어조로 설명을 이어갔다.

『스승의 그릇은 원래 신검이고 신 속성을 다루니까 능력은 이미 준(準)신검이라 할 수 있어. 그런 스승이 강화되면 작명 조건은 충족되겠지. 존재로서는 신검에 미치지 못하는 신검의 실패작. 즉, 폐기 신검 취급이겠지만.』

〈하지만 개체명 스승의 이름이 일시적으로나마 변경되면 주도권이 개체명 펜리르나 가칭 알림으로 변경됩니다〉

『그렇게 되면 사신의 파편을 제어할 수 없게 돼. 그래서 이름 변경을 막은 거고.』

작명 시스템에 대해서는 잘 모르겠지만, 신에게 인정받으면 자연스럽게 이름이 붙는다고 한다. 프란의 장비품처럼 말이다. 보통은 멋대로 이름이 바뀌는데 나의 경우는 알림이나 펜리르가 있어준 덕분에 작명에 개입이 가능했다. 그래서 작명이 성립해 버리면 위험하다고 판단해 거부해 주었다는 것 같았다.

『결국 안일한 판단으로 이름을 바꿔서 힘을 얻는 건 좋지 않다는 건가.』

『그런 거지. 스승은 스승인 상태에서 강해지도록 해.』

〈네. 그것은 개체명 프란의 소원이기도 합니다〉

자만하는 것은 아니지만 알림의 말이 맞았다.

내가 신검으로서의 힘을 얻는 대신에 기계 같은 존재가 된다면 프란은 신검 따위는 필요 없다고 말할 것이다. 분명.

『이런, 시간이 다 됐네.』

〈잠시 휴면 상태로 들어갑니다〉

『그럼 잠시 작별인가.』

〈휴면 중에 개체명 프란을 잘 부탁합니다〉

『프란에게 안부 전해 줘!』

그리고 내 안에 있던 두 존재의 기척이 단번에 작아지는 것이 느껴졌다. 강화 효과가 완전히 사라지고 휴면에 들어간 것이다. 며칠에서 몇 주 동안은 믿음직한 동료와 잠시 작별이다. 이 세계에 막 왔을 때로 돌아간 것뿐인데, 이상하게 불안했다. 그만큼 내가 둘을 의지하고 있었다는 거겠지.

여기서 큰 실수라도 하면 깨어난 두 사람에게 혼날 것이다. 내가 더 정신을 차려야지.

내 기척이 달라진 것은 울시에게도 전해졌을 것이다. 졸린 눈으로 이쪽을 바라보고 있다.

'웡?'

『확인해 보니까 난 잠들지는 않을 것 같아. 프란의 호위는 나한테 맡겨줘.』

'웡!'

『이번에도 정말 애썼어. 네가 소피아 함께 가준 덕분에 그녀의 도움을 받는 결과로 이어질 수 있었던 거야. 눈에 띄지는 않았지만, 최고의 결과였어.』

울시가 소피의 발이 되어주지 않았더라면 그녀는 제시간에 도착하지 못했을지도 모른다. 그렇게 따지면 울시가 이번 승리의 열쇠라고 해도 과언이 아니었다.

'웡!'

『알고 있어. 일어나면 푸짐하게 먹게 해 줄게. 그러니까 지금은 쉬어.』

'웡웡!'

울시는 기쁜 얼굴로 꼬리를 흔들더니 프란의 냄새를 가볍게 맡고는 그림자 속으로 사라졌다.

그런 울시를 보고 옆에 있던 제프메트가 신음했다.

"끄응. 아직 잠들 수는……."

제프메트는 졸음을 참으며 메아 앞에서 늠름하게 서 있었다. 좀 더 진정될 때까지는 호위로서 마지막 소임을 다하려는 거겠지. 내가 보고 있으니까 자라고 말해 주고 싶었지만, 지금은 무리였다.

하지만 그곳에 구원의 여신이 나타났다. 뭐, 여신이라고 할 정도로 착하지는 않지만. 아니, 이 세계의 여신은 오히려 가혹하니까 여신이 맞는 건가?

"제프메트. 설명하세요."

"쿠이나, 님."

"상당히 초췌해 보이는군요. 아가씨도 나름 경계가 많으신 분인데 이런 곳에서 잠들어 버리다니……."

메아의 시녀 쿠이나였다. 여전히 무표정이다.

"항마의 무리와 싸워서요. 거기서, 성녀님의 도움이……."

제프메트가 설명을 하려고 했지만, 졸음으로 인해 앞뒤가 전혀 이어지지 않았다. 쿠이나는 곧바로 그 상태를 이해하고 제프메트에게 이야기를 듣는 것을 포기했다. 그 시선이 이쪽을 향했다.

『쿠이나. 내가 설명해 줄 테니까 제프메트 좀 쉬게 해 줘.』

'스승이라면 그렇게 말해 줄 거라 생각했어요. 하나하나 전부 들을 거예요.'

『살살 부탁해.』

쿠이나에게 추궁당하면 하나부터 열까지 다 말해버릴 것 같단 말이지. 윽, 느껴질 리 없는 한기가 느껴진다!

"제프메트. 이후에는 제가 호위할 테니 당신은 쉬세요."

"알겠습니다……."

세프메트는 쿠이나의 말에 간신히 고개를 끄덕이더니 비틀거리는 발걸음으로 방구석으로 향했다. 그리고 그 자리에 누워버렸다. 주인인 메아와 같은 방이라는 것을 신경 쓸 여유도 없었던 모양이다.

""""""새근, 새근.""""""

방과 그림자 속에서 숨소리 5중주가 들려왔다. 바깥이 묘하게 조용한데, 시민들이 신경을 써준 것일까? 아니, 시민들 중에서도 잠든 자가 있었다. 그나마 움직이는 사람들은 원래 마력이 높거나 소모가 적은 사람들뿐이었다.

'그래서? 이쪽 상황은?'

『어디서부터 설명해야 할지 [illegible].』

'가능하다면 처음부터.'

『그럼 간단하게 처음부터 설명할게.』

어차피 시간은 많았다.

『그렇게 돼서——.』

'흠.'

『거기서 소피가——.』

'그렇군요.'

설명을 다 듣고 난 쿠이나는 나조차 알 수 있을 정도로 놀란 표정을 짓고 있었다. 아니, 보통 사람은 모르겠지만, 매일 프란의 표정을 읽고 있는 나로서는 같은 타입의 쿠이나의 표정도 비교적 쉽게 알 수 있었다.

'신검에 의해 강화된 마곡으로 능력 각성이라…… 절대 가벼운 강화는 아닌 것 같네요.'

『그래, 굉장했지. 우리 프란은 신수화라는 스킬을 발현했고, 메아는 백수화라는 상태가 되어 있었어. 게다가 린드부름도 완전히 신검으로 각성했었고.』

'반동이 적지는 않을 것 같군요.'

쿠이나는 그렇게 중얼거리며 잠든 메아를 걱정스럽게 바라보았다. 평소에는 독설을 뱉어내고 있지만 역시 메아를 많이 신경 쓰고 있을 것이다. 펜리르와 알림 덕분에 반동이 적은 우리와는 달리 메아나 제프메트는 어떻게 될지 알 수 없다.

『쿠이나는 어디에 있었어? 계속 메아와 따로 행동했던 것 같은데.』

'스승이라면 말해도 괜찮겠죠. 저는 암노예 상인의 조직을 조사하고 있었습니다.'

메아 일행의 목적은 암노예 조직에 가담한 수인의 조사와 섬멸이었다. 눈에 띄는 메아 일행은 수인회를 조사했고, 은밀 행동을 잘하는 쿠이나가 뒷조사를 담당했다고 한다.

『뭔가 알아냈어?』

'네, 이 소동을 틈타 몇 명의 구성원도 붙잡았습니다. 역시 청묘족 조직이 배후에 있었어요.'

암노예 상인들은 모험가와 시민, 상인으로 저마다 신분을 숨겨 몰래 활동하고 다녔다고 한다. 아주 오래 전부터 활동하다 보니 여러 곳에 눈과 귀가 숨어 있었다고.

'화려한 짓은 벌이지 않고 의심받지 않는 것을 최우선으로 삼아 움직인다. 노예를 잡는 건 항마의 계절 등 정체가 드러나기 어려운 시기뿐. 그런 조심성 덕분에 오랫동안 숨어 지낼 수 있있던 거예요.'

하지만 현 수왕의 단속 강화는 조직에 큰 변화를 가져왔다. 노예를 파는 루트가 상당히 막히면서 신규 루트를 개척할 수밖에 없게 된 것이다.

그 신규 루트의 정보 은폐가 허술했고, 쿠이나는 조직에 도달하는 데 성공했다.

『신규 루트가 어딘데?』

'용인족을 통한 레이도스 왕국으로의 출하입니다.'

레이도스 왕국이 노예를 사 모으고 있다는 이야기는 들어본 적이 있었다. 실험이나 광산 노동 등 여러 가지 쓸모가 있기 때문이겠지. 프란도 나와 만나지 않았더라면 레이도스로 보내졌을지도 모른다. 그 화려한 음시인은 글디시아 대륙에도 영향을 미쳤고, 암노예 상인이 자신의 흔적을 완전히 숨기지 못하는 결말로 이어졌다.

『그리고 그 우두머리가 용인왕 게오르그라는 건가……. 단기간에 거기까지 알아내다니 역시 대단하네.』

'저 혼자만의 힘은 아닙니다. 협력자의 힘이 컸죠.'

『협력자라니, 수왕의 휘하인가? 나도 아는 상대야?』

'아니요. 결계사라 불리는 모험가입니다.'

『세리아도트가 쿠이나의 동료라고? 맙소사!』

놀랍게도 세리아도트의 동족을 수인국에서 보호하고 있었고, 현재는 협력 관계에 있다고 한다. 이번 장소에 세리아도트가 있었던 것은 우연이었지만 기꺼이 도움을 주었다고.

『로렐라이…… 그 생존자였나…….』

그 처지는 어딘가 흑묘족과 겹치는 부분이 있었다. 암노예를 원망하는 마음은 프란과 똑같겠지. 세리아도트는 지금까지도 암노예 상인의 정보를 모아 수인국에 보고하고 있었다고 했다.

소피는 세리아도트의 행방을 모른다고 했는데, 지금까지 쿠이나와 함께 도시를 지키고 있었던 모양이다. 그녀는 자신이 만든 결계 마석을 통해 영상과 소리 등의 정보를 얻을 수 있었고, 그것을 이용해 도시에 들어온 항마와 도망치려던 암노예 상인을 찾아내 사냥했다.

필리아에 관해서는 치료원 안에 있는 방 안에 가두어 두고 시간을 들여 정보를 알아낼 생각이었다고 한다. 하지만 필리아에게는 세리아도트에게 숨긴 비장의 카드가 있었다. 자세한 것은 세리아도트도 모르는 모양이지만, 그 비장의 카드를 사용해 괴물화했고, 탑을 파괴해 도망쳐 나온 것이었다.

비장의 카드라는 건 그 하얀 검을 말하는 건가?

『세이크리드 리릭…….』

‘스승, 어디서 그 이름을 들었죠?’

내 중얼거림에 쿠이나가 반응했다. 꽤 놀란 얼굴이었다.

『필리아가 갖고 있던── 아니, 괴물화한 그 여자와 동화되어 있던 검의 이름이야. 알고 있어?』

‘신급 대장장이 젝스가 남긴 폐기 신검 중 하나입니다.’

폐기 신검! 말도 안 돼! 놀라는 나에게 쿠이나가 알려주었다. 젝스의 수기 내용이 일부에 알려졌는데, 세이크리드 리릭은 거기에 적힌 이름이라고 했다.

‘폐기 신검만을 계속 만들었던 젝스의 사상 최악의 실패작. 그것이 바로 세이크리드 리릭.’

젝스는 평생 대항마용 무기만을 계속 만들었다. 신급에 포함되어도 이상하지 않은 성능을 자랑했지만 성능이 너무 공격적이라 신검으로 인정받지 못했던 수많은 작품들. 개성 넘치는 신급 대장장이가 남긴 폐기 신검 중에서도 세이크리드 리릭은 특히나 위험한 검으로 꼽혔다.

그 목적은 항마의 힘의 이용하는 것. 나디아가 사용하고 있던 오버그로우스와도 비슷하지만, 결정적으로 다른 것은 접근 방법이었다. 항마를 쓰러뜨리고, 먹어치우고, 성장하는 것을 목적으로 했던 오버그로우스. 반면 세이크리드 리릭은 항마를 조종하는 것으로 그 힘을 사용했다.

항마를 사용해 항마를 쓰러뜨린다. 항마를 조종하는 힘이 있는 검이었으니 항마의 수가 많으면 많을수록 그 힘은 커질 수밖에 없었다. 게다가 항마에게서 힘을 흡수해 사용자를 강화시키는 것도 가능했다.

사용 방법만 틀리지 않는다면 매우 유용한 무기일 것이다.

그러나 주어진 것은 폐기 신검이라는 낙인. 당연히 문제가——아니, 문제밖에 없었다.

먼저 첫 번째 문제는 사용자 정신의 변형. 오버그로우스와 마찬가지로 항마의 힘을 흡수하면 할수록 그 정신이 미쳐간다. 게다가 세이크리드 리릭은 정신에 간섭해 항마를 조종하는 힘을 갖고 있었다. 때로는 항마와 정신을 동조하기도 해서 정신에 가해지는 부하는 오버그로우스 이상이었다. 필리아의 광기 어린 모습을 떠올리면 충분히 납득이 갔다.

또한 그 정신 간섭 능력은 항마에 그치지 않았다. 두 번째 문제는 인간에게도 사용이 가능하다는 점이었다. 보통은 일반인의 의식을 약간 유도하는 정도겠지만…… 상급 항마를 지배하기 위한 특수한 단말이 존재했고, 그것을 사람에게 심으면 강자라 해도 지배가 가능했다. 아마 그 하얀 돌을 말하는 거겠지. 스피커 같은 건가 싶었는데 정신 간섭 증폭 장치였던 것이다.

마지막 문제는 육체의 변이. 세이크리드 리릭에게는 그 상황에서 최적의 모습이 되어 능력을 발휘할 수 있도록 자기 개변, 자기 판단 기능이 딸려 있었다. 하지만 그 기능이 폭주하면 사용자의 육체까지 집어삼키고 마물과 같은 모습으로 변모시켜 버린다. 항마를 조종할 때 가장 적합한 모습으로 여겨지는 것 같았다.

정신도 육체도 괴물로 변하고, 항마와 사람을 조종하는 능력을 가진 인간이 아닌 초월자. 그런 것은 더는 인간의 편이라 할 수 없었다. 세이크리드 리릭이 사용되면 반드시 대량의 사망자가 발생했다.

『젝스조차 실패작으로 간주한 위험한 폐기 신검이라…….』

상대가 폐기 신검이라면 동족상잔할 수 있었을 텐데. 파괴해 버린 건 좀 아까웠나. 아니, 오히려 동족상잔하지 못해서 다행이었나? 세이크리드 리릭을 먹고 강해진다고 해도 얻을 수 있는 스킬은 변변치 않았을 것 같다. 파나틱스처럼 먹은 후에도 간섭해 올 수도 있었다. 그렇게 생각하면 동족상잔하지 않고 끝난 것이 다행일지도 모른다.

'……실패작이라고 말하는 건 후세의 연구자들뿐입니다. 수기에는 실패작이라는 기술은 전혀 없습니다. 다만 너무 강한 검을 만들어 버렸다며 후회하는 한 문장이 덧붙여져 있을 뿐이었죠. 젝스 입장에서는…… 완성품이었을지도 모릅니다. 확실히 많은 사망자가 발생하긴 합니다. 하지만 그와 동시에 대량의 항마를 쓰러뜨릴 수 있다는 것도 사실이니까요…….'

젝스가 어떤 인물인지는 알 수 없다. 그러나 아무리 생각해도 선인은 아닌 것 같고, 항마를 물리치는 것에 지나치게 집착하고 있는 것 같았다. 쿠이나의 말대로 젝스에게 있어서 세이크리드 리릭은 실패작이 아니었을지도 모른다. 물론 그 말에 동의할 수는 없지만.

『필리아는 그 사실을 몰랐던 걸까?』

이 대륙에서 오래 세월 이어져 온 치료사이 명가 아닌가? 위험한 폐기 신검의 정보 정도는 알고 있다고 생각하는 편이 더 자연스러운데…… 아무리 미쳤다고 해도 스스로 괴물이 되는 것을 원했을까?

'정신이 변형되면서 그런 위기의식이 무뎌진 게 아닐까요? 필리아의 어리석은 계획도 그것 때문인지도 모르죠.'

『하긴…….』

위험한 폐기 신검을 사용한다면 제대로 된 정신 상태로는 무리일 것이다. 망설이는 것이 당연하다. 그럼 사용자가 미치는 것조차 젝스의 의도라고 한다면……?

『역시 실패작이야. 저 검은…….』

검은 사용자를 보호하고 살아남게 하기 위한 도구다. 그 검이 사용자를 조종해서 결국 괴물로 만들어 버린다면?

『검은 사용자를 위해 존재하는 거야. 나는 절대로 인정할 수 없어.』

마음에 안 들어! 젝스도, 그 폐기 신검도!

다음에 또 발견하면 내가 부숴주겠어!

*

프란 일행이 항마 무리를 격퇴한 지 벌써 열흘이 지났다.

항마는 완전히 사라졌고, 도시는 무사히 위기에서 벗어날 수 있었다. 프란 일행이 지킨 동쪽 방면뿐만 아니라 다른 문들도 제대로 방어에 성공했다. 무법자들이 다 같이 애써준 덕분이었다.

프란 일행은 모두 치료원 시설로 옮겨졌고, 소피가 자신이 신뢰하는 자들을 간호역으로 붙여주었다. 소피의 호위였던 네르슈가 선별한 인원이니 뒤에서 다른 일이 벌어질 염려는 없을 것이다.

참고로 네르슈는 프레드릭과 함께 병사들을 이끌고 싸워 줬다.

다만 항마의 공격으로 의식을 잃고 전투가 끝난 뒤에야 눈을 떴다고 한다. 그 일을 무척 후회하고 있는지 사후 처리는 누구보다 앞장서서 움직였다.

모험가 길드에서는 문제의 서브 마스터가 자신들끼리 도망치려고 한 것이 발각되어 대혼란이 벌어졌다. 아직도 업무가 제대로 돌아가지 않고 있었다. 시민들의 신뢰도 떨어졌으니 혼란은 아직 좀 더 이어질 것 같았다.

뒷조직도 이번 사건으로 영향력이 크게 떨어진 조직이 많았다. 평소 으스대더니 위급할 때 전력을 아꼈다는 소문이 파다하게 퍼졌기 때문이다. 이야기를 들어보니 사선에 성해서 있넌 선력은 각 문에 파견했다고 하는데…… 몸소 전장에 나선 시민들 입장에서는 납득하기 어렵겠지.

이성이 아니라 감정적으로 용서할 수 없는 것이다. 배척까지는 아니지만, 그래도 지금까지처럼 무력만을 이용한 위협은 먹히지 않을 것이다. 시민들이 대동단결해 무기를 쥐는 법을 터득했기 때문이다.

본래에도 위급할 때 전력으로 쓰이는 대신 존재를 용납해 온 측면도 있었을 것이다. 그런 그들이 도움이 되지 않았다는 사실을 알게 된 이상 군이 조직을 방치해 둘 이유는 없었다. 많은 시민들이 그 사실을 깨닫게 된 순간, 불법 도시는 크게 모습을 바꿀지도 모른다.

다만 그중에서 약진한 조도 있었다. 이번에 유일하게 진면적인 협력에 나섰던 수인회였다. 조직을 장악한 메아와 쿠이나의 지시이긴 했지만 많은 시민들이 자신과 함께 싸웠다는 것을 잊지 않았다. 복구에도 힘쓰고 있어 지금은 독주라고 해도 좋을 상태였다.

용왕회도 싸우기는 했지만 오히려 가장 힘을 잃었다고 해도 좋을 정도였다. 본래도 소수정예였던 데다 필리아의 음모로 인해 조직원의 수도 감소했다. 조직으로서 상당히 약화되었겠지.

그저께 깨어난 베르메리아는 용왕회의 휘하들을 정리해 새로이 용인 길드라는 온건한 조직을 설립하려 하고 있었다. 신룡화한 모습을 보인 베르메리아가 용인들에게는 상위자로 인식되었는지, 대부분의 용인이 그녀를 따르겠다는 맹세를 했다고 한다.

용인 길드의 간부로는 이번 싸움에서 이름을 알린 가즈올 등 삼조가 취임한다고 들었다. 덕분에 시민들도 용인 길드는 우호적으로 대하고 있었다.

그리고 가장 혼란이 심한 치료원에서는 세리아도트와 소피가 재건에 힘쓰고 있었다. 필리아의 부하를 구속하고 치료사들을 진정시키며 시민들의 신뢰를 되찾으려 하고 있었다.

꽤 힘든 일이 될 거라 생각했는데, 이번 일로 소피의 명성은 더더욱 견고해졌다. 신검을 소지하고 사람들의 선두에 서서 싸우는 성녀. 당연히 인기가 없을 리가 없다.

시민들의 협조와 신뢰 덕분에 치료원은 빠르게 새로운 조직으로 거듭나고 있었다. 소피는 시민 대표가 운영에 참여하는 열린 조직으로 만들겠다고 선언했다. 세리아도트는 필리아의 어두운 면을 알면서도 방치했던 것을 후회하고 있는지, 무상으로 소피를 돕겠다고 나섰다.

어디까지 잘 될지는 모르겠지만, 소피의 명성이 클 동안은 건전하게 운영될 수 있을 것이다.

『이제 프란만 깨어나면 되는데…….』

"웡."

포션을 먹여서 영양은 섭취하고 있었지만, 몸이 조금 야위었다. 이대로 누워만 있어도 괜찮은 걸까? 프란을 제외한 모든 사람들은 이미 깨어난 것을 보면 이제 슬슬 때가 된 것 같은데.

나흘 전 이미 깨어난 울시와 함께 프란의 잠든 얼굴을 들여다보았다.

"……읏."

『어? 프란?』

"웡?"

우리의 바람이 통한 것일까? 프란의 긴 속눈썹이 미세하게 떨렸다. 이어서 눈꺼풀이 천천히 올라갔다.

『프란! 일어났어? 프란?』

"웡!"

"스, 승……? 울……? 여기, 어디?"

『치료원이야. 몸은――.』

꼬르륵!

내가 몸은 어떠냐고 묻기도 전에 그런 큰 소리가 병실에 울려 퍼졌다.

프란이 안쓰러운 표정으로 배를 문질렀다.

"배고파."

『그, 그렇구나.』

"카레, 먹고 싶어."

열흘이나 금식한 직후에 카레를 먹어도 괜찮을까? 이럴 때 고형물을 먹으면 위험하다고 역사 소설에서도 자주 나오지 않나? 하지만, 어쨌든 프란이 눈을 떠줘서 다행이다.

느긋하게 쉬어도 될 것 같은데, 얌전히 앉아 있을 성격의 프란이 아니었다.

"얍, 핫."

『프란, 너무 무리하지 마? 아직 완전히 회복한 건 아니니까.』

"괜찮아."

프란은 곧바로 침대에서 내려와 나를 가볍게 휘두르고 있었다.

『근육통은 어때?』

"아파. 그래도 괜찮아."

역시 메아나 제프메트와 비교해서 반동이 무서울 정도로 가벼웠다. 메아나 제프메트는 스테이터스 감소와 각성 사용 불가. 거기에 더해 엄청난 근육통이 대가로 따랐다.

잠에서 깬 첫날에는 침대에서 아예 일어나지 못했을 정도였다. 메아는 그렇다 쳐도 제프메트가 '으어어억!'하고 비명을 질렀을 정도였으니 얼마나 심했는지 알 수 있었다.

그런 메아 일행과는 달리 프란은 벌써 일어나 휘두르기를 하고 있었다. 오래 누워 있었던 탓에 몸이 굳어 있긴 했지만, 스테이터스는 변하지 않았고 각성도 문제없이 사용할 수 있었다. 근육통도 경미해서 움직이는 데 지장은 없었다.

오라토리오의 힘을 빌려 강제로 신수화한 반동이라고 생각하면 무척 가벼운 편에 속했다. 뭐, 냉정하게 생각해서 열흘이나 혼수상태였다는 건 가볍지 않지만. 카레 냄새를 풍겨도 반응이 없었으니 그 정도로 깊게 잠들었다는 뜻이었으리라. 혹시 잠에서 깨자마자 카레가 먹고 싶다는 소리를 한 건 그 때문일까? 아니, 프란이 카레를 먹고 싶어하는 건 늘 있는 일이었지, 참.

본래라면 메아 일행과 같은 수준의 대가를 치러야 했을 것을 생각하면 펜리르와 알림에게는 감사한 마음뿐이었다. 눈치채지 못했을 뿐 사실은 심한 대가가 있었다—— 라는 일이 없다고는 단언할 수 없으니까. 당분간은 조심하는 게 좋겠지.

프란은 뭔가를 생각하는 얼굴로 나를 천천히 휘둘렀다. 자신의 상태를 확인하기 위함이기도 하겠지만, 신수화 때의 감각을 조금이라도 기억하려는 것처럼 보이기도 했다.

조용히, 하지만 한 번 휘두를 때마다 진지하게, 보이지 않는 적을 베고 있었다.

이미 신수화의 스킬은 사라졌다. 역시 오라토리오의 도움 없이는 그만한 힘을 발휘할 수는 없는 모양이었다. 프란이 억눌린 듯한 목소리로 중얼거렸다.

"……각성보다 위가 있었어."

『그러게.』

"수행하면 또 쓸 수 있을까?"

『음, 글쎄.』

신수화는 흑천호조차 가볍게 느껴질 정도로 압도적인 전설의 존재였다. 이제는 거의 옛날 이야기에 가깝다. 그런 환상의 스킬을 수련만으로 얻을 수 있을까?

단순히 강해지는 것뿐만이 아니라 어떤 특수한 열쇠가 필요할 수도 있었다. 그렇게 쉽지는 않을 것이다. 하지만 포기를 모르는 프란이다. 저만한 힘이 있으면 프란 단독으로도 흑묘족 전체의 저주를 풀 수 있을지도 모른다. 그 희망을 발견해 버린 이상 프란이 걸음을 멈추는 일은 없을 것이다.

"핫. 하아!"

나를 천천히 휘두르며 그때의 감각을 몸에 새기려 애쓰는 프란. 하지만 곧 나를 내려다보며 고개를 갸우뚱했다.

"스승은, 괜찮아?"

내 상태가 궁금했던 모양이다.

『나도 괜찮아. 펜리르와 알림이 도와줬거든.』

내 대가는 자동 수복의 속도가 느려진 정도였다. 그것도 최근 10일 사이에 상당히 개선되었다. 덕분에 잠들어 있는 프란을 지켜볼 수 있었다. 뿐만 아니라 새로 얻은 힘도 있었다. 왕랑, 지혜에 관해서는 펜리르와 알림의 힘을 빌렸을 뿐이라 그들이 잠들게 되면서 쓸 수 없게 되었다.

하지만 합마 퇴치가 금식 그대로 남아 있었고, 새롭게는 사기 분류, 전신(傳信)이라는 스킬을 얻었다.

오라토리오에 의해 활성화된 오버그로우스의 잔재가 가져온 금찬 스킬. 그것을 알림이 우리에게 맞게 개편해 준 것이 금식 스킬이었다. 항마에게 큰 대미지를 입힐 수 있는 금식 스킬은 향후 이 대륙에서 싸우는 데 큰 도움이 되어줄 것이다.

전신은 형상 변화 등을 사용했을 때 자신의 의사를 말단까지 더 잘 전달할 수 있게 되는 스킬이었다. 파나틱스의 힘을 스킬화한 것으로 보였다. 알림이 잠들기 전에 남기고 간 것이었다.

"알림과 펜리르가 일어나면 고맙다고 할래."

『그래, 분명 기뻐할 거야.』

알림도 펜리르도 프란을 걱정하고 있었다. 프란이 건강한 모습을 보여주기만 해도 기뻐할 것이다.

그리고 수확이 있었던 것은 나뿐만이 아니다. 프란과 울시도 레벨이 올라 스테이터스가 상승했다. 현재는 양쪽 모두 레벨 70. 세계적으로 봐도 상위권에 들었다. RPG라면 여유롭게 라스트 던전에 도전할 수 있는 수준이었다.

『프란은 스테이터스 상승폭이 대단하네.』

"응."

마력과 민첩이 무려 300 넘게 상승해 있었다. 다른 능력도 모두 100 이상 올랐다. 그에 따라 HP와 MP도 상승해 드디어 1000을 돌파했다.

아무래도 여러 가지 요인이 겹치면서 급성장한 모양이었다.

일단 레벨. 70 이상이 되면 단번에 스테이터스 상승폭이 높아지는 것 같았다. 대신 레벨을 올리는 것이 엄청나게 어려워지겠지.

거기에 신수화의 영향도 있었다. 스킬은 사라졌지만 초월자로서의 움직임을 경험한 덕분에 육체나 감각의 최적화가 이루어졌을 것이다. 또한 스테이터스에 나타나지 않는 부분에서는 뇌명 마술을 다루는 실력이 눈에 띄게 향상되었다. 이것도 흑뢰를 자유자재로 조종한 것이 좋은 영향을 미친 것 같았다.

아직 시도해 보지는 않았지만 흑뢰 조작도 더 능숙해졌을 것이다.

칭호의 효과도 영향을 미쳤다. 새롭게 손에 넣은 '만부부당'이라는 칭호였다. 이게 말도 안 되게 강력했다.

만부부당: 일정 이상의 힘을 가진 자가 30만 이상의 적이 존재

하는 전장에서 일정 시간 계속 싸워 3만 체 이상의 적을 격파한 경우 주어지는 칭호.

효과: HP +200, MP +200, 완력 +100, 체력 +100, 민첩 +100, 마력 +100

이것들이 합쳐져서 단번에 스테이터스가 늘어난 것이다. 각성하면 더욱 강화되니 이제 완전히 랭크 A 중에서도 상위 영역이라 할 수 있었다. 수왕이나 아스라스의 스테이터스를 봤을 당시엔 따라잡는 것은 불가능하다고 생각했다. 하지만 지금의 프란이라면 언젠가 도달할 것이라 확신할 수 있었다.

메아와 베르메리아도 이 칭호를 얻었다고 한다. 제프메트만 얻지 못했다. 성수화까지 했으니 일정 이상의 힘은 충족한 것 같지만 아마 격파수에서 도달하지 못한 것 같았다.

범위 공격에 서투른 데다 미끼나 엄호를 자청한 상황도 많았으니까.

"울시도 강해졌어."

"웡!"

프란의 말에 보상으로 아주 매운 카레를 먹고 있던 울시가 고개를 들었다. 입 주위에 덕지덕지 카레를 묻힌 채 기쁜 얼굴로 소리를 냈다. 울시의 경우 프란만큼 성장하지는 않았지만 그래도 레벨업에 의해 스테이터스가 상승했다.

또 울시도 새로 손에 넣은 칭호가 강력했다.

무한의 포식자: 엄청나게 먹어치운 마수가 얻는 칭호.

효과: 모든 포식 행동에 보너스.

효과가 조금 애매하긴 하지만 그런 만큼 이 칭호의 격이 높다는 것을 알 수 있었다. 엑스트라 스킬 등과 비슷하기 때문이었다. 아마 포식 동화 등의 스킬 효과가 상승한다는 의미겠지. 울시에게는 무척 유용한 스킬이었다.

"우리는, 더 강해질 수 있어."

"웡!"

프란은 그렇게 말하며 주먹을 꽉 쥐었다. 아직 더 위가 있다는 것을 알고, 강함에 목마른 프란은 불타고 있었다. 뭐, 그 시선은 울시의 카레에 고정되어 있었지만. 처음에는 휘두르기에 집중하고 있었는데 결국 참지 못한 모양이다.

프란은 먹는 것에도 탐욕스러우니까.

*

프란이 깨어난 지 닷새.

벽을 수리하거나, 이름을 알리려고 달려드는 바보들을 몸풀기 삼아 때려주거나, 일반 시민들에게 영웅 대접을 받으며 어깨가 으쓱해지는 시간을 보내고 있는데, 오늘은 아침부터 메아가 찾아왔다. 매일 얼굴을 마주하고는 있지만 오늘은 진지한 얼굴이었다.

"프란, 부탁이 있다."

"좋아. 뭔데?"

"……괘, 괜찮은 거냐? 아직 아무 말도 안 했는데?"

“메아 부탁은 다 좋으니까. 먼저 고개를 끄덕인 거야.”

“후하하하! 역시 내 친구구나! 뭐, 그렇게까지 무모한 부탁은 아니다. 아무리 나라도 늘 무모한 소리만 하는 건 아니니까!”

그렇게 말하며 웃은 메아는 프란의 옆에 있던 울시에게 눈길을 돌렸다.

“사실 프란보다는 울시에게 하는 부탁이라고 말하는 편이 나을지도 모르겠군. 녹타에 전령을 보내고 싶다.”

“웡?”

『전령? 마도구로는 안되는 거야?』

“이번 소동으로 길드에 있던 마도구가 망가졌다. 전령을 쓰는 것 말고는 연락 방법이 없어.”

센디아는 이번 소동으로 상당한 피해를 입었다. 앞으로도 항마의 계절이 계속된다면 외부의 도움이 필요해질 것이다. 게다가 발각된 용인왕 게오르그의 노예 매매에 관한 일 등도 다른 도시나 길드에 보고해야 했다.

그래서 믿을 만하고 발 빠른 자를 연락 요원으로 삼아 여러 도시에 파견하기로 한 모양이었다.

“린드가 겨우 부활했다. 나도 먼 곳에 전령으로 가게 될 거고.”

“린드, 다시 부를 수 있게 됐어?”

“음! 그래서 더더욱 이 도시에서 빨리 나가고 싶다.”

『아—, 아직 심해?』

“오히려 린드가 부활하면서 더 심해졌다.”

메아의 검이 신검이라는 사실은 이미 널리 알려졌다. 신검을 노리고 습격해 오는 자나 도둑이 벌써 100명도 넘었다고 하니 유명세를 톡톡히 치른 셈이다.

다만 더 격한 반응을 보인 것은 용인들이었다. 그들에게 폭룡검 린드부름은 단순한 병기가 아니라, 그야말로 신체(神體)에 가까운 존재로 보였던 모양이다.

많은 용인들이 검을 보여달라며 메아 곁으로 몰려들었다. 처음에는 메아와 쿠이나도 수인회의 발언력을 높이기 위해 그 흐름을 이용했지만, 곧 너무 끈질긴 용인들에게 질려버리고 말았다. 단순히 숭배하는 것뿐이라면 몰라도, 개중에는 용인에게 바치라며 억지를 부리는 자도 있었다고 한다.

"쿠이나가 처리했지만."

『아—.』

이 대륙에서는 신분 따위는 없는 거나 마찬가지지만, 일단은 공주님이니까. 왕족이 가진 신검을 내놓으라고 하는 말은 백 번 양보해도 무시할 수 없었겠지. 어딘가의 반항적인 용인 조직에 목이 배달되었다는 이야기…… 소문이라고만 생각했는데 사실일지도 몰라! 무서워!

"왜 그래? 스승?"

『아니, 아무것도. 쿠이나에게는 거역하지 말자고 생각한 것뿐이야.』

"오오, 드디어 스승도 그 경지에 이르렀구나! 맞다, 그 녀석한테는 거역하지 않는 편이 좋아. 어떤 심한 꼴을 당할지 모르니 말이야!"

그렇게 말하며 주위를 힐끔거리는 메아. 완전히 쿠이나에게 조련당했구나. 괜찮아, 쿠이나는 없으니까. 아니, 없지?

“쿠, 쿠이나 얘기는 됐으니까 본론으로 돌아갈까? 울시의 발이 있는 프란은 녹타로 가줬으면 좋겠다. 어때?”

“스승. 받아도 돼? 아줌마도 걱정돼.”

『프란의 컨디션도 회복됐으니까 괜찮겠지.』

“웡웡!”

울시가 ‘맡겨 달라’라고 하듯이 가슴을 펴고 울었다. 느긋하기만 한 생활에 싫증이 난 것일까.

“그럼 나중에 운반할 편지를 가져오마. 출발은 가능한 한 빨리 부탁한다.”

“응. 알았어.”

『맡겨줘.』

“그리고 센디아에 돌아오는 문제는 마음대로 해도 된다. 당장 이 주변에 항마는 거의 없고, 프란에게는 지루할 테니까.”

“알았어.”

“나도 몸이 좀 움직이면 좋을 텐데…… 내 몫까지 녹타 방면의 항마를 날려버리고 와라.”

“응! 맡겨줘!”

거기서부터는 속전속결이었다.

한 시간도 지나지 않아 이마에 아이언 클로 자국으로 멍이 든 메아가 돌아와 여러 장의 편지를 건네주었다. 뭔가 또 사고를 쳐서 쿠이나에게 벌을 받은 모양이었다.

아무래도 쿠이나의 무서움이 나에게도 전해졌다느니 하는 농담을 한 것 같은데. 나, 나한테까지 화내는 건 아니겠지? 일단 분노가 잠잠해질 때까지는 센디아로 돌아오지 않는 편이 좋겠다.

문 앞에서 울시 등에 올라탄 프란을 향해 메아가 말을 걸었다. 친구와 또 잠시의 이별이다. 하지만 프란은 웃고 있었다. 메아와는 또 어딘가에서 만날 수 있다는 확신이 있기 때문이겠지.

"그럼 갈게."

"프란, 스승, 울시. 부탁한다!"

『그래!』

"웡!"

"또 봐."

다사다난했던 센디아를 뒤로 하는 우리. 프란에게는 의미 있는 경험이 되었을 것이다. 암노에 상인들에 관한 정보도 얻을 수 있었고, 한 단계 더 강해질 수도 있었다. 그리고 무엇보다 소중한 친구가 또 한 명 늘어났다.

"……이 소리는."

『배웅해 주는 거겠지.』

"웡!"

울시의 등에 몸을 맡긴 프란이 귀를 쫑긋거렸다. 울시도 마찬가지다. 나한테도 들렸다. 마치 이별을 아쉬워하는 것 같은, 하지만 떠나는 것을 축복해 주는 듯한 신비로운 음색.

뒤를 돌아보아도 연주자의 모습은 보이지 않았다.

하지만 그 아름답고도 즐거운 음색은 확실히 우리를 감싸고 있었다.

함께 싸웠던 친구가 보내는 작별의 노래다.

『소피랑 또 만난다면 좋겠네.』

"웡!"

"응. 꼭, 만나러 올 거야."

작은 중얼거림. 하지만 그녀에게는 들렸을 것이다.

프란의 말에 부응하듯 음색이 더욱 부드럽게 변화했다.

"안녕, 소피."

에필로그

"안녕, 티르디아. 오랜만이야!"

"무르사니 아저씨. 오랜만."

"하하, 여전하구나."

"?"

한 흑묘족 소녀가 아직도 깨어날 기미가 보이지 않는 나디아 씨의 얼굴을 내려다보고 있었다.

"엄마, 안 일어나네."

"육체에 이상은 없다는데……."

"그렇구나."

억양이 없는 느린 말투도, 졸린 것처럼 반쯤 감긴 눈도 변함이 없었다.

그보다 4년 만에 만났는데 키도 거의 변하지 않은 것 같았다. 프란보다 나이가 많을 텐데 키에서 이미 지고 있었다. 바뀐 것이라고 하면 어깨까지 자란 검은 머리 정도려나?

"엄마가 카스텔을 지켰구나."

"그래, 맞아."

그 얼굴은 무슨 생각을 하고 있는지 알 수 없었다. 슬픔을 품은 것처럼 보이기도 하고 안도한 것처럼 보이기도 했다.

"때를 맞추지 못했네."

"……그런가."

"응."

지금은 알겠다. 확실히 침울해하고 있었다. 그럴 만도 하다.

이 아이가 이 대륙으로 돌아온 것은 나디아 씨 때문이었다. 양어머니에게 힘이 되기 위해 일부러 항마의 계절에 귀환했다. 하지만 카스텔 전투에는 늦었고, 구하고 싶었던 상대는 혼수 상태. 복잡한 감정이 교차할 것이다.

"엄마를 도와준 흑묘족, 알아?"

우리 쪽 사용인에게 이야기를 들은 모양이었다. 복잡한 표정으로 나를 바라보고 있다.

"프란 말이구나. 카스텔에 생존자가 있었거든. 프란의 어머니와 나디아 씨가 굉장히 사이가 좋았지. 나도 그렇지만 나디아 씨도 기뻐했어. 티르디아라면 알고 있지 않아? 흑뢰희라고 불리는 모험가인데."

"흑뢰희? 프란이 흑뢰희의 이름이야?"

다른 대륙에서 모험가를 하고 있는 티르디아도 역시 프란의 이명을 들은 적이 있는 모양이었다. 놀란 얼굴이다.

"흐음. 그렇구나……."

"티르디아?"

중얼중얼 무언가를 읊조리더니 몇 번이나 고개를 끄덕인다. 대체 왜 그러는 거지?

"흑뢰희 프란……. 외웠어."

억양이 없는 중얼거림이, 이상하리만치 크게 방 안에 울려 퍼졌다.

때가 되면 받는 전생검의 설정은 웹이나 서적에서 별로 접하지
못한 사소한 세계 설정이나 캐릭터 설정, 마술도 적잖이 있어서
가능한 한 범위에서는 만화에 도입하여 표현하고 있습니다.(향후
서적판에서 나올 가능성도 크지만…)
타 작품도 병행해서 집필하는 와중에 신규 에피소드까지 펑펑
쏟아지는 타나카 선생님의 창조력과 집필 속도는 정말 괴물급
입니다…!
코미컬라이즈 담당 마루야마

전생했더니 검이었습니다 19

2026년 2월 15일 1판 1쇄 발행

저 자 타나카유
일 러 스 트 Llo
옮 긴 이 이소정
발 행 인 유재옥
이 사 조병권
편 집 부 정영길 조찬희 박치우 이소의 정지원 최유정 김혜주
디자인랩팀 김보라 전세연
디지털사업팀 김지연 윤희진 장혜원
라이츠사업팀 김정미 유아현
영업마케팅팀 최연욱 김민
물 류 팀 백철기 이새롬
경영지원팀 최정연
인쇄제작처 ㈜코리아피엔피
발 행 처 ㈜소미미디어
등 록 제2015-000008호
주 소 서울시 마포구 토정로222, 502호 (신수동, 한국출판콘텐츠센터)
판매 및 마케팅 (070) 8822-2301

ISBN 979-11-384-8935-5
ISBN 979-11-5710-608-0 (세트)